Maren Vivien Haase

SOUNDS OF SILENCE

AF178641

MAREN VIVIEN HAASE

SOUNDS OF SILENCE

GOLDEN OAKS BAND 1

Roman

blanvalet

Sollte diese Publikation Links auf Webseiten Dritter enthalten,
so übernehmen wir für deren Inhalte keine Haftung,
da wir uns diese nicht zu eigen machen, sondern lediglich auf
deren Stand zum Zeitpunkt der Erstveröffentlichung verweisen.

Penguin Random House Verlagsgruppe FSC® N001967

3. Auflage
Originalausgabe 2022 by Blanvalet
in der Penguin Random House Verlagsgruppe GmbH,
Neumarkter Str. 28, 81673 München
Copyright © 2022 by Maren Vivien Haase
Dieses Werk wurde vermittelt durch die
Langenbuch & Weiß Literaturagentur.
Redaktion: Melike Karamustafa
Umschlaggestaltung und -motiv: www.buerosued.de
Gestaltung Golden-Oaks-Logo: Felix Würkner
DK · Herstellung: sam
Satz: Uhl + Massopust, Aalen
Druck und Bindung: CPI books GmbH, Leck
Printed in Germany
ISBN 978-3-7341-1160-0

www.blanvalet.de

Liebe Leser*innen,

dieses Buch enthält potenziell triggernde Inhalte.
Deshalb findet sich auf S. 414 eine Triggerwarnung.
Achtung: Diese enthält Spoiler für das gesamte Buch.
Wir wünschen allen das bestmögliche Leseerlebnis.

Maren Vivien Haase und der Blanvalet Verlag

Für alle,
die Angst haben und trotzdem
über sich hinauswachsen

PLAYLIST

Deepest Lonely – Birdy

Enchanted – Taylor Swift

Afterglow – Ed Sheeran

Collide – Howie Day

Power Over Me – Dermot Kennedy

Mean It – Lauv & LANY

Train Wreck – James Arthur

Lost – Dermot Kennedy

Got It In You – BANNERS

Breathing – Anne-Marie

Run Like A River – JAMICA

Feeling A Moment – Feeder

God Bless The Child – Michelle Featherstone

Repeat Until Death – Novo Amor

Walked Through Hell – Anson Seabra

Hear You Me – Jimmy Eat World

Hold On – Chord Overstreet

Better Days – Dermot Kennedy

Dare You To Move – Switchfoot

Always – James Arthur

KAPITEL 1

TATUM

Stille.

Klick.

Ausatmen, einatmen, Luft anhalten. Vollkommener Stillstand. Nichts als knackende Zweige unter meinen Füßen und raschelnde Laubbäume, die der Wind mit seinem nächsten Atemzug zum Tanzen brachte. Plätscherndes Wasser, das einen steinigen Abhang herunterfloss und sich zu einem Fluss verband, der links an mir vorbeirauschte.

Klick.

Ich senkte meine Kamera und schaute auf das kleine rechteckige Display, öffnete mit einem Knopfdruck die Bildergalerie und blätterte dann durch die Fotos, die ich soeben geschossen hatte. Das warme Farbenspiel zauberte mir ein Lächeln aufs Gesicht. Dann huschte mein Blick wieder zu den Bäumen, deren Kronen in den verschiedensten Farben leuchteten. Das Grün der Blätter strahlte mir geradezu entgegen und wurde von Knallrot, Orange und Gelb durchbrochen. Es roch nach Holz, Moos und

Erde, eine frische Brise wehte. Ein perfekter Ort, um sich für eine Weile von der Natur ablenken zu lassen und alles um sich herum zu vergessen.

»Okay, okay, okay«, murmelte ich vor mich hin, während ich die Fotos durchsah. Es gab schon ein paar, die gut aussahen, doch *das eine* Bild war noch nicht dabei gewesen.

Ich hob mir die Kamera wieder vors Gesicht und blickte durch den Sucher. Auf dem Foto würde der lange gerade Pfad zu sehen sein und zu seinen Seiten – fingers crossed, dass ich es symmetrisch hinbekam – die bunten Bäume.

Und dann kam mein Lieblingsmoment. Der Augenblick, bevor ich abdrückte. Ein paar Herzschläge der absoluten Ruhe, des Stillstands. Mit angehaltenem Atem versuchte ich, den perfekten Bildausschnitt zu erwischen, wartete und wartete … Ich genoss es jedes Mal aufs Neue. Wenn die Welt sich nicht weiterdrehte und ich in dieser Sekunde verharrte, bis …

Klick.

… ich abdrückte.

Mein allerliebstes Hobby, das mir half, zur Ruhe zu kommen: Fotografie. Besonders Landschaften hatten es mir angetan, und die gab es hier zuhauf.

Ich atmete aus und checkte das Display. Zufrieden grinsend klopfte ich mir in meiner Vorstellung auf die Schulter. Der Shot war echt gut geworden. So gut, dass ich hier nun fertig war und den Heimweg antreten konnte. Rasch ließ ich die Kamera in meine braune Tasche gleiten.

Während ich über die orangenen, grünen und braunen Blätter spazierte, die den Waldboden säumten, und die frische Herbstluft einatmete, wanderte mein Blick zu meinem flauschigen Begleiter. Er stolzierte neben mir her, den größten Stock zwischen den Zähnen, den er hatte finden können. Wie immer würde er den so schnell nicht mehr hergeben.

»Oh Sherlock«, flüsterte ich schmunzelnd.

Daraufhin erntete ich lediglich einen schrägen Blick, der mich nur noch mehr zum Lächeln brachte. Unglaublich, wie sehr ich diesen Hund in den letzten Jahren in mein Herz geschlossen hatte.

Als wir vor vier Jahren von Queens nach Golden Oaks gezogen waren, hatten wir kurzerhand beschlossen, unseren Traum von einem weiteren Familienmitglied wahr werden zu lassen, und diesen kleinen Frechdachs – wobei, eher *großen* Frechdachs – aus dem Tierheim adoptiert. Die Betreiber der Auffangstation hatten gemeint, dass er eine Mischung aus Golden Retriever, Schäferhund, Spitz und Pudel sei, wobei meiner Meinung nach ganz klar der Golden Retriever dominierte. Seit diesem Tag wich er mir nicht mehr von der Seite und war zu meinem besten Freund geworden. Ich hatte mir in all den Jahren einen Spaß daraus gemacht, ihm immer mehr Namen zu geben (er hatte keine Wahl gehabt, der Arme), und mittlerweile hieß er Sherlock Marshmallow Gary Pablo Escobark Sullivan. Kurz: Sherlock.

Jetzt, um die Mittagszeit, stand die Sonne weit oben am Himmel, brach vereinzelt durch die dünnen Äste und das Laub der umstehenden Bäume und kitzelte mich in der Nase. Auch wenn es bereits Anfang Oktober war, wurde mir mit jedem Schritt wärmer, also lockerte ich meine beige Herbstjacke und spürte den nächsten Luftstoß, der meinen Nacken entlangstrich.

Ich warf einen Blick auf die goldene Armbanduhr an meinem Handgelenk, die ich vor ein paar Wochen im Secondhandshop Silver Thrift für nur ein paar Dollar ergattert hatte.

»Auf geht's, wir müssen wieder nach Hause«, rief ich Sherlock zu, der mittlerweile ein Stück vor mir lief. »Aber zuerst machen wir noch einen Abstecher zu deiner zweitbesten Freundin, okay?« Ich nickte nach rechts und schlug eine Abkürzung über einen holprigen Waldweg ein, genoss die letzten Momente in der Natur, die mich zumindest ein paar Minuten am Tag ruhig atmen ließen.

Schon von Weitem hörte ich vereinzelte Stimmen, Gehupe und brummende Autos. Und obwohl ich gerade erst den Wald verlassen hatte und über die morsche Brücke über den Fluss Richtung Stadtmitte gelaufen war, beschleunigte sich mein Herzschlag mit jedem weiteren Schritt. Meine Handflächen begannen zu schwitzen, und ich vergrub sie tief in den Taschen meiner Jacke, wo ich an einem kleinen Faden herumspielte, der sich aus der Naht gelöst hatte.

Nur wenige Minuten später erreichte ich die Hauptstraße und leinte Sherlock an. Er hörte zwar auf mich, und in Golden Oaks war auf den Straßen nie sonderlich viel los, doch seine Sicherheit ging vor. Neben mir fuhren langsam ein paar Autos vorbei, auf dem Weg in die Stadtmitte oder hinaus in den nächsten Ort. Christy, eine sympathische grauhaarige Frau mit riesigen Feder-Ohrringen, der das Diner ein paar Ecken weiter gehörte, winkte mir durch die Scheibe ihres Pick-ups zu, und ich erwiderte den Gruß lächelnd. Boutiquen, der örtliche Supermarkt, Buch- und Plattenläden sowie unser kleines gemütliches

Kino säumten mit ihren bunten, leicht altmodischen Fassaden die Straße. Dazwischen mein Lieblingscafé, das Blossom Roast, wo es nicht nur leckere Getränke und Kuchen gab, sondern auch Blumen und Pflanzen in jeglichen Farben und Formen. Die Inhaberin Penelope hatte sich nicht zwischen einem Café und einem Blumengeschäft entscheiden können, weshalb sie einfach beides kombiniert hatte.

»Hey, Tatum, alles klar? Auf dem Weg zu Frankie?«, rief mir plötzlich jemand zu.

Ich zuckte kurz zusammen, dann drehte ich mich rasch herum. Rechts hinter mir in der Tür zur besten Pizzeria in Golden Oaks – na ja, der *einzigen* Pizzeria – stand Arturo, eine weiße Schürze um die Hüften gebunden und die Arme auf seinem ausgeprägten Bauchansatz abgelegt. Aus dem Inneren des Restaurants zog eine Wolke köstlichen Pizzaduftes herüber.

»Hey, ja, klar. Bevor ich wieder zurück nach Hause muss, schau ich kurz bei ihr vorbei«, entgegnete ich und lächelte leicht, als er sich bückte und Sherlock streichelte. »Und bei dir?«

Mit seinen hellgrauen, fast schon weißen Haaren und den Falten wirkte er wie der italienische Großvater der Stadt und hatte für alle ein offenes Ohr, die bei einer Pizza über ihr Leben philosophieren wollten. Er grinste breit, gab Sherlock einen kleinen Klaps und richtete sich auf. »Aber immer, aber immer.« Dann wandte er den Blick kurz nach innen, wo jemand seinen Namen rief. »Ich muss wieder rein, sag ihr liebe Grüße! Einen schönen Tag.«

»Danke, dir auch noch einen schönen Tag«, sagte ich und lief weiter.

In Golden Oaks war es normal, dass nahezu alle sich kannten. Das ging nun mal mit dem Kleinstadtleben einher und war definitiv das komplette Gegenteil zu meinem früheren Leben in Queens.

Ich konzentrierte mich wieder auf die herbstliche Dekoration, die hier an jeder Straßenecke zu finden war. Während im Frühling und Sommer die ganze Stadt mit Blumen geschmückt und im Winter alles weihnachtlich mit Lichterketten und Weihnachtsmännern dekoriert war, gab es im Oktober Kürbisse und Vogelscheuchen in allen Größen und Formen zu bestaunen. Auch wenn ich den Frühling lieber mochte als alle anderen Jahreszeiten, genoss ich die warmen Farben im Herbst, für die Golden Oaks bekannt war.

Auf dem Bürgersteig kamen mir immer wieder Leute entgegen, die sich unterhielten oder in ihr Handy brabbelten. Die Motorengeräusche der vorbeifahrenden Autos vermischten sich mit dem Klingeln der Glöckchen über den Türen der Geschäfte. Mein Herzschlag beschleunigte sich mit jeder Sekunde. Im Vergleich mit der Ruhe, auf die ich mich auf den Waldwegen und zwischen den Feldern verlassen konnte, kam mir die Geräuschkulisse innerhalb der Stadt lauter vor, als sie eigentlich war. Und so wie jeden Tag, seitdem wir hierhergezogen waren, sagte ich mir innerlich dieselben Sätze auf.

Ruhig bleiben. Ich bin in Golden Oaks, wo mir nichts passieren kann. Alles ist gut. Mir geht es gut. Alles ist gut. Mir geht es gut. Alles ist gut. Mir …

Wie versteinert blieb ich stehen und krallte die Finger in den Innentaschen meiner Jacke fest. Mir wurde heiß. Mein Herz schlug so schnell, dass ich Angst bekam, meine

Brust würde explodieren. Und all das nur wegen eines schwarzen Jeeps, der gerade in einem Affentempo an mir vorbeigebraust war, die Musik so laut aufgedreht, dass sie vermutlich noch die Tiere im Wald wecken würde.

Verdammt, was sollte das denn?

Ich spürte ein Ziehen an Sherlocks Leine und blinzelte ein paarmal, um wieder ins Hier und Jetzt zu gelangen. Das Auto war aus dem Nichts gekommen und hatte so viel Krach gemacht, dass ich für einen Moment um Jahre zurückgeworfen worden war.

Langsam atmen, Tatum.

Zwar beruhigte sich mein Puls etwas, doch der Jeep und vor allem die laute Musik ließen mich nicht mehr los. In meinem Bauch breitete sich ein mulmiges Gefühl aus, während ich mich von Sherlock weiterziehen ließ.

Früher hatte ich meine Musik auch so laut aufgedreht. Doch mein Leben hatte sich verändert, und ich hatte gelernt, damit umzugehen. Damit klarzukommen. Auch wenn ich mich manchmal danach sehnte, auf ein lautes Konzert zu gehen, unbeschwert in der Menge zu tanzen und meine Lieblingssongs aus voller Kehle mitzusingen, bis ich am Morgen so heiser war, dass ich kein Wort mehr herausbekam.

Erst als ich das cremefarbene Schild mit den geschwungenen Buchstaben über der Glastür sah, konnte ich langsam, aber sicher wieder ruhiger atmen. Das Le Petit Pain war eine französische Bäckerei, in der es nicht nur Baguettes und Croissants gab, sondern auch eine Vielzahl an Torten, kleine Küchlein und alles, was das Gebäck-Herz sonst noch höherschlagen ließ.

»Warte kurz hier, okay? Ich bin in fünf Minuten wie-

17

der da«, verhandelte ich mit Sherlock, während ich seine Leine am Metallgeländer der Hausfassade anband.

Ich erntete ein kurzes zustimmendes Grunzen, woraufhin ich die Bäckerei betrat und unmittelbar vom vertrauten Duft nach frisch gebackenem Baguette, Törtchen und einer leichten Schokoladennote überwältigt wurde. Ein zaghaftes Grinsen umspielte meine Lippen, als mir das Wasser im Mund zusammenlief.

Die Bäckerei war in lichten Tönen gehalten: ein Dielenboden in hellem Ton, gegenüber vom Eingang eine cremefarbene Theke mit schwarzen Akzenten. Hinter dem Glas lagen etliche Backwaren, angefangen bei Croissants über Eclairs und Macarons bis hin zu unfassbar leckeren Windbeuteln. Dahinter an der Wand standen Körbe voller verschiedener Brotsorten auf langen Holzbrettern, dazwischen Schiefertafeln, auf denen meine Freundin Frankie die Angebote der Woche aufgelistet hatte.

Es war nicht besonders viel los, vor der Theke stand lediglich eine Kundin, die gerade ihre Bestellung aufgab, während mein Lieblingsrotschopf hin und her wuselte, um alles in Papiertüten zu packen. Glücklicherweise war ihr überdramatischer Chef Mathieu heute nicht da, der hin und wieder echt anstrengend werden konnte.

Mein Blick glitt zum hinteren Teil der Bäckerei, wo mehrere weiße und beige Metallstühle und Tische ihren Platz hatten und einluden, es sich mit einem Buch, heißer Schokolade und Brioche gemütlich zu machen. Doch in den wenigsten Fällen kamen die Leute, nur um zu lesen. So wie an diesem Montagmittag, an dem die übliche Golden-Oaks-Tratschrunde ihren inoffiziellen Stammtisch im Le Petit Pain abhielt. Ich winkte den drei Frauen und zwei Männern um die fünfzig zu, worauf sie kurz verstummten, um mich lächelnd zu begrüßen, bevor sie sich wieder ihrem Gespräch zuwandten.

Schon länger als ich hier wohnte, war diese Bäckerei der Ort, an dem Klatsch und Tratsch der Stadt ausgetauscht wurden. Anfangs hatte ich das total seltsam gefunden, was aber eventuell auch daran gelegen haben könnte, dass meine Familie und ich ihnen zum Opfer gefallen waren. Wer war schon gerne neu in einem Ort und sofort Gegenstand der Stadtgespräche, bevor man überhaupt Freunde gefunden hatte? In der ersten Zeit hatte ich mich daher eher bedeckt gehalten, bis ich mich nach einigen Wochen in der Schule mit Franks angefreundet und in ihr eine Verbündete gefunden hatte, die sofort dafür sorgte, dass die Leute sich anderen Gesprächsthemen zuwandten. Mittlerweile hatte ich mich daran gewöhnt, dass sie über alles und jeden tratschten, und spitzte des Öfteren selbst die Ohren, um mitzubekommen, was es Neues gab. Doch in diesem Moment übertönte das Rascheln der Papiertüten hinter der Theke die Gesprächsfetzen.

»Hier, dein Pain au Chocolat«, sagte meine beste Freundin Frankie grinsend und streckte mir eine kleine Tüte entgegen. »Schönen Tag noch, Mrs. Lennon.«

Die Kundin, die noch vor mir dran gewesen war, winkte Frankie noch mal zu und trat dann durch die Glastür auf die Straße. »Danke, dir auch.«

»Danke, Franks«, sagte ich lächelnd, nahm die Tüte entgegen und legte ihr das Geld auf den Tresen. Seit unserem Highschool-Abschluss vor einem Jahr war es zu einer Art Ritual geworden, dass ich in den Mittagspausen kurz bei Frankie vorbeischaute, und es war jedes Mal

19

einer der schönsten Momente des Tages. Denn mal abgesehen von dem leckeren Gebäck hatte ich die so ziemlich beste Freundin der ganzen Welt. »Heute Abend bei mir, oder?«

»Klar, wenn ich hier fertig bin, muss ich erst kurz nach Hause, aber dann komme ich bei dir vorbei. Gegen sieben?« Ein warmes Lächeln breitete sich auf ihren hellen Zügen aus. Sie wippte, wie fast immer, auf den Füßen vor und zurück, wobei einige ihrer hellroten Locken, die sich aus ihrem Dutt gelöst hatten und ihr Gesicht einrahmten, mitwippten. Frankie grinste so gut wie immer und war damit sozusagen mein Gegenstück. Während mir dauernd gesagt wurde, dass meine Blicke töten konnten, war es Frankie, die unsere Mitmenschen mit ihrem strahlenden Lächeln wieder zum Leben erweckte – oder so ähnlich. Wobei die wenigsten Leute wussten, dass es tief in ihr ganz anders aussah.

»Klingt gut.«

»Wo warst du gerade? Im Wald?«

»Yep. Ich habe den Spaziergang mit Sherlock mit einer kleinen Fotosession verbunden. Wir waren im Wald, am Fluss und davor noch am Golden Lake.«

Sie nickte.

»Ich will die Bilder gleich heute Nachmittag bearbeiten. Vielleicht schaffe ich das, bevor du anrückst … und hoffentlich Proviant für einen gemütlichen Abend dabeihast.«

Grinsend wackelte sie mit den Augenbrauen. »Stets zu Diensten, um für das leibliche Wohl zu sorgen.«

»Exzellent. Das schreit nach einem vielversprechenden Abend, der da auf uns zukommt.«

»Wenn du *vielversprechend* mit leckerem Gebäck gleichsetzt, könntest du recht haben.«

»Mit was denn bitte sonst? Also echt ...« Ich musste lachen, und Frankie schüttelte den Kopf. Dann warf ich Sherlock einen flüchtigen Blick durchs Schaufenster zu. »Ich mach mich wieder auf den Weg. Wir sehen uns später, Franks.«

»Bis dann.«

Nur wenige Minuten später erreichte ich unseren kleinen, aber hübschen Vorgarten, den ein weißer Holzzaun vom Bürgersteig abgrenzte. Daran war ein Schild mit dem Logo der Chestnut Flower Lodge angebracht, bestehend aus einer Serifenschrift und der minimalistischen Illustration unseres kleinen Hauses. Ganz simpel gehalten, wie wir es gerne mochten. Rasch öffnete ich den leicht verrosteten Riegel am Tor, machte Sherlock von der Leine los und ließ ihn in den Garten springen. Ein Lächeln legte sich auf meine Züge, als ich ihm nachblickte, während ich das Tor hinter mir schloss. Dann checkte ich kurz unseren Briefkasten, der am Zaun befestigt war, und blätterte die Briefe an die Chestnut Flower Lodge durch, bevor ich ihn wieder schloss.

Nachdem meine Eltern vor vier Jahren wegen mir nach Golden Oaks gezogen waren, hatten sie versucht, das Beste aus unserer Situation zu machen, indem sie sich ihren Lebenstraum von einem gemütlichen Bed and Breakfast erfüllten – mit der Chestnut Flower Lodge, die zugleich unser Zuhause war. In der Regel hatten wir nicht viele Gäste. Wenn es richtig gut lief, waren alle fünf Zimmer belegt; in bescheideneren Zeiten (die mittlerweile leider an der Tagesordnung waren) freuten wir uns, wenn ein bis zwei Zimmer reserviert waren. Für unsere Gäste wollten wir eine Atmosphäre schaffen, in der sie sich wohlfühlten. Ein temporäres Zuhause statt eines sterilen Hotels. Dafür gab es jeden Morgen, neben dem feinen Gebäck von Le Petit Pain und den anderen Köstlichkeiten, die wir von lokalen Betrieben und Farmern bezogen, die wohl leckersten Waffeln der Welt. Meine Mom hatte sie im Laufe der Jahre mit ihren Geheimzutaten und ganz viel Sirup verfeinert. Im Herbst machte sie immer eine besonders leckere Variante: Kürbiswaffeln mit Vanille und frischem Apfelmus, für die die Chestnut Flower Lodge bekannt war. Gut, das half vielleicht nicht, Tausende Gäste anzulocken, dafür brachte es uns online ausschließlich gute Bewertungen ein.

Der Garten, der einmal um unser Haus herumführte, barg am Rande des Zauns viel Gebüsch, Blumen, Obstbäume, die nun verfärbt waren, und einige Sitzmöglichkeiten wie Bänke und Tische mit Stühlen. Hinter dem Haus lag sogar ein kleiner Froschteich mit Sonnenliegen, die jetzt im Oktober jedoch im Schuppen verwahrt wurden.

Mit großen Schritten lief ich den gepflasterten Weg, der vom Tor zum Haus führte, entlang. Gemeinsam mit meiner Mom hatte ich die Holzveranda, die wir im vorangegangenen Jahr beige gestrichen hatten, mit herbstlicher Dekoration geschmückt. Auf den drei Stufen, die zur Haustür hinaufführten, lagen Kürbisse in verschiedenen Formen, Farben und Größen, um das Geländer hatten wir Herbstblüten und Lichterketten gewunden. Hier und dort standen Windlichter. Orangene und dunkelgrüne Kissen und Decken auf den Schaukelstühlen zauberten noch vor dem Eintreten ein herbstliches Willkommen.

Ich stieg die Stufen hinauf und kramte in meiner Tasche nach dem Schlüssel. Meine Eltern waren um diese Zeit in der Regel auf dem Markt und die einzigen Gäste – Jonathan und George, ein Paar um die fünfzig, das der Großstadt für ein paar Tage entfliehen und unser wochenlanges Herbstfest besuchen wollte – über Mittag ausgeflogen, um den Ort zu erkunden. Neben mir hörte ich leise das Windspiel klirren, das ich aus Queens mitgenommen hatte und das eines der letzten Überbleibsel war, das mich an unser Leben in New York erinnerte. Aus irgendeinem Grund störte es mich nicht; dafür lauschte ich ihm morgens, wenn ich mit meinem Kaffee und einer Vanillewaffel auf der kleinen Treppe saß und in meinem Buch las, viel zu gerne.

»Hey!«

Erschrocken zuckte ich zusammen und ließ dabei meinen Schlüsselbund fallen. Mit aufgerissenen Augen fuhr ich herum und sah, wie ein Kerl von unserer gepolsterten Bankschaukel links von mir aufstand und einige Schritte auf mich zukam. Sein Haar war mittelblond, etwas verwuschelt. Ein dichter Bart, der seinen schlanken Kiefer bedeckte. Dunkelgraue Kopfhörer, eine schwarze Lederjacke, schwarze Jeans und Boots vervollständigten seinen Look.

Mein Herz raste, als ich hinter ihn Richtung Parkplatz blickte und mir bewusst wurde, wer da vor mir stand. Dieser Typ in meinem Alter, in dessen hellblauen Augen sich etwas Herausforderndes und gleichzeitig Verlorenes spiegelte, war mir zuvor schon mal begegnet. Genau genommen vor ungefähr einer halben Stunde. In seinem schwarzen Jeep. Mit so lauter Musik, dass ich sie noch bei der Erinnerung in meinem ganzen Körper vibrieren spürte.

KAPITEL 2

DASH

Laute Musik. »Party Monster« von The Weeknd dröhnte so schallend in meinen Ohren, dass ich mich wieder mal fragte, warum mir eigentlich noch nicht das Trommelfell geplatzt war.

Skeptisch musterte mich das Mädchen, das gerade die Veranda des Bed and Breakfast betreten hatte, welches mir Tyler heute Morgen empfohlen hatte. Dabei zog sie die geraden Augenbrauen dermaßen eng zusammen, dass sich eine Falte zwischen ihnen bildete. Sie hatten die gleiche dunkelbraune, fast schon schwarze Farbe wie die glatten Haare, die ihr zierliches Gesicht umspielten und ihr geradeso bis zu den Schultern reichten. Sie trug eine hellblaue Jeans, helle Sneakers und ein dunkelgrünes kariertes Hemd unter einer beigen Jacke und kniff die Augen zusammen. Dann hob sie rasch den Schlüsselbund auf, der ihr heruntergefallen war, und sah mich wieder an.

Ihr Blick hatte etwas Fragendes. Ihre Lippen bewegten sich …

Oh fuck.

Ich zuckte zusammen, als mir auffiel, dass ich abgesehen von der Musik nichts hörte. Im Bruchteil einer Sekunde schob ich mir die Kopfhörer in den Nacken und grinste sie entschuldigend an. »Sorry, die Musik ist so 'ne Angewohnheit.« Ich streckte ihr die Hand hin. »Ich bin Dash Adams. Hey.«

Ohne zu zögern, nahm sie meine Hand in ihre, drückte kräftig zu und schüttelte sie.

Etwas Kribbelndes flutete meinen Körper.

»*Hey* sagtest du bereits, als du noch die da auf den Ohren hattest.« Sie nickte mit dem Kinn zu meinen Kopfhörern, aus denen immer noch The Weeknd dröhnte. Dann ließ sie meine Hand los und trat einen großen Schritt zurück, bevor sie die Arme vor der Brust verschränkte. »Ich bin Tatum. Meinen Eltern gehört das Bed and Breakfast.« Ihr düsterer Blick hielt meinen einen Moment lang fest, bevor sie wieder meine Kopfhörer ins Visier nahm. »Willst du die Musik nicht mal stoppen? Frisst bestimmt viel Akku, wenn die ganze Zeit dieser bescheuerte Krach weiterläuft.«

Ich musste grinsen. »Passt schon, gibt ja Ladekabel und Steckdosen, oder habt ihr die hier nicht?« Ich schaute zur Fassade des Hauses, das eindeutig schon bessere Zeiten gesehen hatte. Die Fensterläden hätten einen frischen Anstrich gebrauchen können, und die Holzdielen der Veranda knarzten zum Teil bedrohlich, aber insgesamt machte das B&B eher einen charmant-altmodischen als heruntergekommenen Eindruck. »Andererseits … jetzt, da ich mich hier so umsehe …«

»Für Dummschwätzer ist der Strom heute leider aus, sorry.«

Lachend schüttelte ich den Kopf und schnaubte, worauf sich in ihrer vorher steinharten Miene etwas regte. Ganz leicht, fast unmerklich zuckte einer ihrer Mundwinkel nach oben, und in ihren Augen erkannte ich ein schwaches Funkeln, das meine Neugier weckte. Doch mit einem erneuten Blick auf meine Kopfhörer verschwand beides genauso schnell wieder, wie es gekommen war.

Sie war knallhart. Tatum. Das Mädchen mit den dunklen Augen und dem Ausdruck im Gesicht, als ob sie mir jede Sekunde eine reinhauen wollte.

»O-kay, dann habt ihr wohl kein Zimmer mehr für mich frei, oder?«

Sie kniff die Augen zusammen, seufzte dann aber, als würde sie sich ihrem Schicksal ergeben, und schloss die Tür auf. Im Eingang drehte sie sich wieder zu mir um, diesmal mit einem übertrieben freundlichen Lächeln auf den Lippen. »Herzlich willkommen in der Chestnut Flower Lodge. Unser Zuhause ist dein Zuhause. Möge die Herbstsonne in Golden Oaks dein Gemüt erwärmen und unser Bed and Breakfast dein wohliger Rückzugsort sein. Frühstück ab sechs Uhr. Hast du reserviert? Oh, und wehe, du verpfeifst mich bei meinen Eltern – die sagen mir oft genug, dass ich nicht so giftig sein soll.«

Wie bitte? Behandelt die ihre Gäste immer so?

Mir klappte der Kiefer runter, und ich blinzelte ein paarmal, um auf dieses Mädchen klarzukommen. Vergeblich.

»Also? Hast du reserviert?«, fragte sie noch einmal ungeduldig und reckte das Kinn.

»Oh, ja, ich …« Rasch schnappte ich mir meine schwarze Reisetasche und den Rollkoffer und folgte ihr hinein.

»Ich hatte vor ungefähr einer Stunde angerufen und nach einem Zimmer gefragt. Am Telefon war ein Mann. Bestimmt war das dein Dad, oder?«

Keine Reaktion.

Ich sah auf. Tatum war verschwunden. Ich gab der Holztür einen Stoß, und sie fiel hinter mir ins Schloss.

Ruhe. Nur die Musik, die immer noch aus meinen Kopfhörern scholl. Zum Glück hatte sie nicht weiter darauf bestanden, dass ich sie ausmachte.

Der Flur war wie eine Art Windfang, nur wenige Meter breit, in einem dunklen Mintton gestrichen und mit Kunstwerken in antiken goldenen Bilderrahmen vollgehängt. Hier und da standen Pflanzen in riesigen Übertöpfen aus Ton, dazwischen ein Läufer sowie eine Sitzbank und eine Art Kommode, die alle drei aussahen, als stammten sie aus Renaissance-Zeiten.

Mit der Tasche über der Schulter, den Koffer hinter mir herrollend, trat ich am Ende des Flurs durch eine Glastür mit weißem Rahmen und geschnitzten Details in den nächsten – sehr viel breiteren – Flur, von dem mehrere Türen in verschiedene Räume abgingen und eine dunkle Holztreppe nach oben führte. Tatum saß an einem Sekretär aus einem ähnlichen dunklen Holzton, der seinen Platz am Ende des Gangs direkt rechts neben der Tür hatte, durch die ich gerade getreten war. Darauf türmten sich Briefe, Notizbücher, Stifte und Mappen, und an der Wand darüber waren kleine goldene Haken befestigt, an denen die Schlüssel für die Zimmer hingen, jeder mit einem geschwungenen Holzanhänger mit der Zimmernummer darauf. Insgesamt gab es fünf Haken; nur an einem hing kein Schlüssel.

»Yep, du hast mit meinem Dad gesprochen«, murmelte Tatum, während sie einen Kalender mit Ledereinband durchblätterte. »Weißt du, wie lange du bleibst?«

Langsam schlenderte ich zu ihr herüber, ließ mein Gepäck sinken und überlegte, wobei ich mir über den Bart fuhr. »Nein, eigentlich nicht. Ist eher auf unbestimmte Zeit. Passt das?«

Ihr Kopf ruckte nach oben. Verwunderung in ihrem Blick. »Reden wir von Tagen, Wochen oder Monaten?« Wieder fiel ihr Blick auf meine Kopfhörer, aus denen noch immer Musik scholl. Die einzige Geräuschquelle in diesem (meiner Meinung nach) viel zu leisen Gebäude. Ich sah, wie sie den Kiefer anspannte, als kostete es sie Mühe, sich einen weiteren bissigen Kommentar zu verkneifen.

»Ehrlich gesagt keine Ahnung. Musst du das für eure Planung wissen?«

»Ne, ist … ist schon okay. Ein Zimmer ist immer frei.« Sie wandte sich rasch um und hob einen der Schlüssel vom Haken, den sie mir reichte. Dabei berührten sich für einen kurzen Moment unsere Finger. Blitze schossen durch meinen Körper, und ich spannte mich an. Ihre Haut war warm und weich. Insgeheim wollte ich sie noch länger berühren. »Hier, ähm … du kannst das Zimmer die Treppe rauf gleich links haben. Nummer drei. Soll ich dir noch eine Führung geben oder dir mit dem Gepäck helfen?« Sie zog ihre Hand zurück, schluckte und blickte zu meinem Gepäck, bevor ihr Blick wieder zu mir zuckte.

Ich fing ihn auf und ließ ihn nicht mehr los. Funken, die zum Takt meiner Musik durch die Luft tanzten. Ihre Lippen öffneten sich leicht, doch trotz ihrer Bemühung, sich etwas freundlicher zu geben, verschwand der misstrauische Ausdruck auf ihrem Gesicht nicht.

»Danke für den Schlüssel«, durchbrach ich die Spannung zwischen uns. »Mit dem Gepäck brauchst du mir nicht zu helfen, aber du kannst mir gerne alles zeigen, wenn ich …«

In diesem Moment klingelte lautstark mein Handy.

Tatum fuhr zusammen, als ob ein Blitz neben ihr eingeschlagen hätte. Sie blinzelte einige Male und verzog beinahe wütend das Gesicht. »Ganz schön laut …«

Ich zuckte entschuldigend mit den Schultern, zog es aus meiner Hosentasche und warf einen Blick auf das Display.

Tyler.

»Sorry, ich muss kurz drangehen«, murmelte ich und hob ab. »Hey, alles gut, Mann?«

»Yep, klar, und bei dir? Bist du schon in der Stadt?«, kam es von einem meiner ältesten Freunde durch den Hörer.

Während sich Tatum irgendwelchem Papierkram widmete, mir aber immer wieder einen kritischen Seitenblick zuwarf, entfernte ich mich ein Stück. »Hab gerade in dem B&B eingecheckt, von dem du mir erzählt hast. Sehen wir uns gleich?«

»Aber hallo. Ich schick dir meine Adresse. Wann kannst du da sein?«

»Keine Ahnung, die Wege hier sind ja nicht sonderlich weit.« Ich lachte auf. »Vielleicht so in zwanzig Minuten?«

»Super, dann bis gleich.«

Ich verabschiedete mich und legte auf, worauf erneut die laute Musik aus den Kopfhörern scholl, die vom Anruf unterbrochen worden war. Im nächsten Augenblick erschien Tylers Nachricht mit seiner Adresse auf dem Bildschirm.

Nachdem ich mein Handy gesperrt und zurück in meine Hosentasche geschoben hatte, wandte ich mich wieder Tatum zu. Die Falte zwischen ihren zusammengezogenen Augenbrauen schien noch ausgeprägter als vorhin. »Ich muss mich jetzt doch etwas beeilen. Heißt, wir müssen die Führung leider verschieben.«

»Kein Problem. Meld dich einfach bei mir oder meinen Eltern, falls du was brauchst.«

»Danke ... Tatum«, antwortete ich und betonte dabei ihren Namen. Damit hatte ich schon einige Mädels aus der Reserve locken können.

Erneut huschte ihr Blick zu meinen Kopfhörern, dann sah sie mir geradewegs in die Augen, worauf ich ihr ein schiefes Grinsen schenkte (bisher hatte mich mein Charme noch nie enttäuscht), doch dieses Mädchen ließ sich nicht aus der Fassung bringen. Stattdessen hob sie eine ihrer geraden Augenbrauen und erwiderte: »Klar, dafür werde ich immerhin bezahlt.«

Ich nickte. Dann wandte ich mich ab, schob mir die Kopfhörer zurück auf die Ohren und brachte mein Gepäck die Treppe hinauf in mein Zimmer.

Irgendwie war Tatum seltsam. Sie schien tough, aber auch unhöflich, fast schon fies; und ihr Versuch am Ende, die freundliche Gastgeberin zu spielen, war eindeutig gescheitert. Anscheinend hatte sie absolut keinen Bock auf mich – obwohl sie mich kaum kannte.

Andererseits, wer konnte es ihr verübeln? Selbst ich hielt es manchmal nicht mit mir aus.

»Ich kann immer noch nicht glauben, dass du hier bist.«
Tyler saß zurückgelehnt in einem Sitzsack, der fast nur
noch von einer Vielzahl aus Flicken jeglicher Farben zu-
sammengehalten wurde. Sein braunes welliges Haar war
so zerstrubbelt, dass sich mit Sicherheit eine ganze Vogel-
familie darin wohlgefühlt hätte. Er trug einen grauen
Sweater von der Golden Oaks University und dazu eine
schwarze Jogginghose.

Als ich vorhin bei ihm angekommen war, hatten wir es
uns im Wohnbereich seiner WG gemütlich gemacht. Bestehend aus mehreren Sitzsäcken und einem Ecksofa in
Beige, einigen Pflanzen (als ob Tyler die am Leben halten
konnte), einem riesigen Flatscreen und zusammengewür-
felten Kommoden und Regalen, erinnerte das Zimmer an
eine richtige Studierendenbude, wirkte zugleich aber auch
wie ein echtes Zuhause. Im Hintergrund spielte eine Playlist mit Hip-Hop-Songs.

»Es wurde Zeit«, entgegnete ich und nahm einen
Schluck Eistee. »Dein Angebot kam genau richtig.«

»Am Telefon sagtest du so was. Was ist passiert?«

Es entstand eine kurze Pause, in der ich meine Gedanken ordnete. Ich wusste selbst, dass ich Scheiße gebaut
hatte. Tyler war mein ältester Freund, und wenn ich mit
irgendjemandem darüber sprechen wollte, dann mit ihm.
Aber konnte ich es auch?

»Vor einer Woche hatte ich den letzten DJ-Gig. Es
war einer dieser superschicken Clubs in Midtown, und
dann hatte ich einen kleinen Absturz … Na ja, am nächsten Morgen bin ich in meinem Apartment aufgewacht.
Aber … nicht alleine, sondern mit drei nackten Mädels
in meinem Bett und noch mehr zugedröhnten Leuten auf

dem Fußboden verteilt. Alles voll mit leeren Flaschen, Spuren von Koks auf dem Couchtisch und noch diverse andere Aufputschmittel in meinem Badezimmer.«

»Ein kleiner Absturz?« Er legte den Kopf schief. »Klingt eher nach einer kompletten Eskalation, wenn du mich fragst.«

»Okay, ja, es war schon heftiger als sonst. Deswegen hat es auch endgültig dafür gesorgt, dass ich mein Leben umkrempeln wollte.«

»Hat es was mit dem zu tun, was du vor Kurzem gefunden …«

»Hey, lass uns nicht darüber reden, okay? Wichtig ist nur, dass mir klar geworden ist, dass ich auf dem falschen Weg bin und da rausmuss.«

Und dass ich mich Tag für Tag aus der Realität flüchte.

»Okay, aber … bist du dir wirklich zu hundert Prozent sicher, dass du das hier machen willst? Wenn du jetzt einsteigst, muss ich mich die nächsten Jahre auf dich verlassen können. Na ja, es ist nun mal eine Verpflichtung, die du eingehst, Mann. Das hier ist ein anderes Leben als das in der Großstadt, das muss dir bewusst sein. Nicht dass du in ein paar Monaten deine Meinung änderst und jetzt nur hier bist, weil du dich momentan vielleicht an einem Punkt befindest, an dem du vor ein paar Jahren schon mal gewesen bist.«

Ich schluckte. »Du kannst dich voll und ganz auf mich verlassen. Ja, es wurde vor Kurzem einiges aufgewirbelt, aber ich will das hier mit dir durchziehen. Es gibt kein Zurück mehr. Versprochen.«

»Okay«, entgegnete er und fixierte mich.

Gerade als er ansetzen wollte, noch etwas zu sagen,

ging die Wohnungstür auf und zwei Leute in unserem Alter kamen herein. Ein Mädel, schwarze Haare, so dunkel wie die Nacht, die sie gelockt bis zur Taille trug, mindestens genauso dunkle Augen, die aber strahlten. Die bunte Jacke, die sie trug, sah aus, als ob dafür ein Papagei draufgegangen war. Ihr folgte ein Kerl mit kürzer rasierten hellbraunen Haaren, kurzem Bart und hellen Augen. Dunkelblauer Hoodie und helle Jeans, darüber ein Rucksack.

Vermutlich Tylers Mitbewohner.

Kaum hatten die beiden den Raum betreten, hielten sie in ihrer Unterhaltung inne und schauten erst verwundert zu mir, dann zu Tyler.

»Leute, das ist Dash. Ich hatte euch schon vorgewarnt, dass er kommt, wisst ihr noch?«

Die Miene des Mädchens hellte sich auf, und sie kam grinsend auf mich zugelaufen. »Ach ja, klar. Hey, ich bin Fiona. Schön, dich kennenzulernen, Tyler hat uns schon einiges von dir erzählt.« Sie drückte mich kurz zur Begrüßung, und ich erwiderte die Geste ein wenig überrumpelt. Dann ließ sie mich wieder los und schenkte mir ein herzliches Lächeln.

»Freut mich auch«, entgegnete ich leicht grinsend und wandte mich dem Typ zu.

»Chase«, sagte er, und wir schlugen ein. »Cool, dass du die Sache mit Tyler zusammen durchziehst. Der kann jede Hilfe gebrauchen.«

Tyler schnaubte nur und schüttelte den Kopf. »Klappe.«

Es entstand eine kurze Pause, in der lediglich die Musik zu hören war. Mein Herz begann schneller zu pochen.

»Hey, setzt euch doch.« *Und füllt die Stille mit Worten.*

»Klar, gerne«, sagte Fiona und machte sich gemeinsam mit Chase auf dem Sofa breit. Sie zog ein Bein an den Körper und spielte an den goldenen Armreifen an ihrem Handgelenk herum. »Du und Ty, ihr kennt euch schon ewig, oder? Oh, und erzähl mal, wie kommt es, dass ein heißer New Yorker DJ die Großstadt verlässt und in dieses Kaff zieht?«

In mir spannte sich alles an, doch ich setzte mein charmantestes Grinsen auf. »Ach, irgendwann wird selbst das langweilig; außerdem hatte ich Lust, was Neues auszuprobieren. Und ja, Tyler und ich sind im selben Haus in Brooklyn aufgewachsen. Na ja, zumindest bis dieser Kerl hier«, ich nickte in Tylers Richtung, »mit seiner Family zurück nach Golden Oaks gezogen ist. Da waren wir ungefähr zwölf, oder?«

Er nickte. »Kommt hin. Damals ging es meiner Grandma nicht gut, und meine Eltern wollten in ihrer Nähe sein. Ihr kennt die Geschichte ja schon … Aber bis dahin waren wir die besten Kumpels, und in den letzten Jahren hab ich immer mal wieder einen Abstecher nach New York gemacht, um bei Dash vorbeizuschauen.«

»Da waren ein paar verrückte Nächte dabei«, fügte ich lachend hinzu. »Und als ich vor ein paar Wochen in einem Club in Chelsea aufgelegt hab, stand Ty natürlich ganz oben auf der Gästeliste. Danach haben wir noch einige Zeit geredet. Ich wusste ja von Tys Abschluss in Wirtschaft und seinem Vorhaben, hier eine Bar zu eröffnen, aber an dem Abend kam die Idee auf, dass ich einsteigen könnte. Das war immer ein Traum von uns, seit wir Teenager waren. Ich hatte schon seit Längerem überlegt, was anderes zu machen als aufzulegen, und dann war plötzlich die Möglichkeit da. Trotzdem war ich mir erst nicht sicher, aber vor einer Woche habe ich Ty angerufen und Nägel mit Köpfen gemacht. Tja, und jetzt … sitze ich hier.«

Es war vielleicht nicht ganz so gelaufen, aber gelogen war es auch nicht. Nach meinem »kleinen« Absturz hatte ich nur noch mein wichtigstes Zeug zusammengepackt und mein Apartment zurückgelassen. Glücklicherweise hatte ich in den letzten Jahren das meiste Geld, das ich bei meinen Gigs verdient hatte, gespart, und so war das mit der Miete dort und der Unterkunft hier erst mal kein Problem. Und die Kosten für den Umbau der Bar waren überschaubar, da Tyler und ich das meiste selbst machen wollten.

»Dann bist du in der Bar der DJ?«, kam es von Chase.

Ich ballte die Hände zu Fäusten, doch die anderen bekamen es nicht mit, da ich sie neben meinen Beinen versteckte. »Äh, nee, damit hab ich erst mal abgeschlossen. Ich will mich anderen Dingen widmen, allem, was eben anfällt. Buchungen von Acts, der Organisation von Events und so.«

»Solange ich noch eure Barkeeperin sein darf?« Fionas Mundwinkel zuckten nach oben.

»Aber klar«, entgegnete Tyler. »Und bei dem ganzen Werbe-Zeug brauchen wir auf jeden Fall auch deine Hilfe.«

»Dein Studium kommt also doch noch zum Einsatz«, murmelte Chase grinsend, und Fiona rammte ihm mit gespielter Empörung den Ellenbogen in die Seite.

»Ach, studierst du Grafikdesign?«

»Yep. Und ich bin bald fertig. Genau wie der hier«, entgegnete sie und boxte Chase gegen die Schulter.

»Na, Gott sei Dank. Ich bin auch im vorletzten Semester, allerdings weniger künstlerisches Zeug und mehr Sport.« Er lachte. »Sportmanagement.«

Auf den ersten Blick hatte er wie ein Footballspieler gewirkt, aber ich hatte ihn nicht vorschnell in eine Schublade stecken wollen. Doch manchmal bestätigte sich der erste Eindruck. Meine Gedanken schweiften ab zu Tatum und zu meinem ersten Eindruck von ihr. Mal sehen, ob sich der auch bestätigte.

»Klingt cool.«

»Sorry, Mann, dass du nicht hier übernachten kannst, aber es sind schon alle Zimmer belegt, und wenn Fiona alle paar Wochenenden Besuch von ihrer Freundin Jenn bekommt, puh … dann wird es echt eng hier.«

»Und laut«, fügte Chase grinsend hinzu.

Fiona streckte ihm die Zunge heraus. »Mhm, ja, passt zu dir, dass du an unserer Tür lauschst. Aber nur zu, tu dir keinen Zwang an, wenn's dir Spaß macht.«

Chase legte lachend einen Arm um seine Mitbewohnerin, und sie konnte ihr Schmunzeln nun auch nicht mehr unterdrücken. »War doch nur 'n Witz.«

»Kein Problem, Ty. Ich habe vorhin in diesem Bed and Breakfast eingecheckt. Chestnut Flower Lodge.«

»Das einzige B&B in Golden Oaks, aber echt supergemütlich. Und die Familie Sullivan ist entspannt. Das wird sicher passen, bis du eine Wohnung gefunden hast. Ich halte die Augen offen und sage Frankie Bescheid, dass sie in der Bäckerei mal die Tratschrunde fragen soll, wo eventuell gerade was vermietet wird«, sagte Tyler.

»Danke, Mann, ich freu mich über jeden Tipp«, entgegnete ich. »Aber stress dich nicht, ich kann auch erst mal eine Weile im B&B bleiben.« *Und rausfinden, warum mich diese Tatum nicht ausstehen kann*, fügte ich in Gedanken hinzu.

Ich hatte keine Ahnung, warum, aber irgendetwas an ihr ließ mich nicht los.

Nachdem ich mit Fiona, Tyler und Chase gegessen hatte, war ich in den Jeep gestiegen, hatte meine Musik laut aufgedreht und erst mal durchgeatmet. Nur wenn es laut war, funktionierte ich richtig. Nur wenn Geräusche meine Gedanken übertönten, fühlte ich mich sicher. Mit jeder Minute, die ich mir auf der Fahrt zurück Zeit ließ, entspannte ich mich mehr und mehr. Ich nutzte jede dieser Sekunden, um mich lebendig zu fühlen. Oder es mir zumindest einzureden.

Bei der Chestnut Flower Lodge angekommen, parkte ich auf einem der Parkplätze neben dem Haus, setzte meine Kopfhörer auf und switchte die Musik vom Lautsprecher im Auto auf meine Ohren. Es war schon recht dunkel, und durch ein Fenster sah ich zwei Männer in Sesseln in einer Art Wohnzimmer sitzen und sich unterhalten. Das mussten andere Gäste sein. Aufmerksam ließ ich den Blick über den dunklen Garten und die Veranda wandern, ob noch jemand anderes – okay, Tatum – zu sehen war, konnte jedoch niemanden ausmachen.

Auf der Bankschaukel, auf der ich mittags gesessen hatte, lag der Hund der Familie Sullivan und beobachtete mich neugierig, als ich die drei Stufen zur Tür hinaufstieg und eintrat. Drinnen roch es nach frisch gewaschener Wäsche und irgendwelchen Blumen. Mehrere Lampen tauchten den Windfang und den dahinter liegenden Flur in ein hübsches Licht.

Und da stand sie.

Mein Herz setzte für einen kurzen Moment aus, schlug dann weiter, als ich ein paar Schritte durch den Windfang und die Glastür auf Tatum zumachte und leise ausatmete. Sie packte gerade irgendwelche Papiere auf einen Stapel.

Rasch schob ich mir die Kopfhörer von den Ohren und räusperte mich.

Sie fuhr herum. Ihre Miene wirkte unverändert genervt.

»So sieht man sich wieder.« Ein Grinsen zupfte an meinen Lippen, doch Tatum sah mich weiter nur mit einem Ausdruck an, der mich vermuten ließ, dass sie mich am liebsten hochkant rausgeschmissen hätte.

»Du hast deine Musik wieder an. Supernervig. Nur fürs Protokoll.«

Ich schob meine Hände in die Jackentaschen und legte den Kopf schief. »Ich weiß. Das ist wie Filmmusik. Der Soundtrack zu meinem Leben. Musikalische Untermalung in jeder Szene.« Ich schnaubte. »Nur fürs Protokoll.«

»Klingt nach einem ganz schön beschissenen Film mit flacher Handlung und genauso dämlichen Charakteren. Eher würde ich mir die Hände abhacken, als den anzusehen«, schoss sie zurück und hob gelangweilt eine Braue.

Ich grinste. Sie war vielleicht seltsam und ziemlich unhöflich, dafür aber mindestens genauso schlagfertig und dabei erstaunlich unterhaltsam. »Hier fühlt man sich gleich wie zu Hause.«

»Freut mich zu hören. Schreib das gerne in deine Online-Bewertung«, sagte sie und kramte auf dem Sekretär herum. In der nächsten Sekunde warf sie mir einen verstohlenen Blick zu, der alles in mir unter Strom setzte. »Kann ich noch was für dich tun?« Wieder blickte sie zu meinen Kopfhörern.

Im Ernst, was hatte sie gegen meine Musik?

»Nein, danke. Ich will deine Freundlichkeit nicht überbeanspruchen«, gab ich zurück und nickte ihr noch mal zu, bevor ich kopfschüttelnd die Treppe hinauflief und die Kopfhörer zurück auf meine Ohren schob.

KAPITEL 3

TATUM

Wie konnte es sein, dass man die blöde Musik selbst durch die Kopfhörer auf seinen Ohren immer noch hören konnte? Der Typ musste doch kurz vor einem Hörsturz stehen, wenn er sie so laut aufdrehte.

Mit jeder Stufe, die Dash die Treppe hinauftrat, entfernte sich seine Geräuschkulisse ein wenig mehr – und verhalf mir somit zu einem entspannteren Puls. So typisch, dass dieser nervige Raser mit seiner dummen Musik hier absteigen musste. In der nächsten Zeit würde ich wohl nicht drum herumkommen, etwas netter zu ihm zu sein, um ihn als Gast nicht zu vergraulen.

Ich atmete tief ein und aus. Dann lief ich in die große Küche, in der Mom stand und sich um den Abwasch kümmerte. Die beigen Schrankfronten und weißen Arbeitsoberflächen ließen den Raum um einiges heller wirken, als er eigentlich war. Überall lagen herbstliche Deko-Elemente verteilt, Schalen mit Obst und Snacks reihten sich auf der Arbeitsfläche, und auf Regalbrettern an den Wänden standen Pflanzen, die wir mittlerweile schon so lange hatten, dass sie fast bis zum Boden hinab rankten. Daneben unzählige Kochbücher und Tassen, Schüsseln und Teller. Über der Spüle waren die beiden großen Fenster mit den weißen Landhausrahmen geöffnet, sodass der Kochdunst abziehen konnte.

»Soll ich dir helfen?«, fragte ich, als ich neben sie trat und mir automatisch eins der bunt karierten Geschirrtücher schnappte.

Sie lächelte mich von der Seite an, und nicht zum ersten Mal wurde mir bewusst, wie ähnlich wir uns sahen. Wir hatten die gleichen kantigen Gesichtszüge, hohen Wangenknochen und dunklen Augen, die etwas weiter auseinanderstanden. Nur unsere Haarfarbe unterschied sich. Während ich das Schwarz meines Bobs von meinem Dad geerbt hatte, waren die Haare meiner Mutter honigblond und reichten ihr wellig bis zu den Schultern. Die leichten Falten auf ihrer Stirn zeugten von all den Sorgen, die sie in den letzten Jahren gehabt hatte. Hauptsächlich wegen mir.

»Wenn du magst, Schatz, aber ich bin so gut wie fertig.«

Ich fing an, ein paar der Pfannen abzutrocknen und sie nach und nach in die Schränke zu räumen. »Haben du und Dad schon den neuen Gast kennengelernt?«

»Bisher nicht. Ist er nett?«

Ich überlegte. »Keine Ahnung, wir werden sehen, wie er sich schlägt.«

»Sei bloß freundlich zu ihm«, sagte sie lachend. »Ich habe gesehen, dass er auf unbestimmte Zeit da ist. Vielleicht bleibt er ja eine Weile, wenn er sich hier wohlfühlt.«

»Schon gut, ich reiß mich zusammen.«

»Ich meine es ja nicht böse, aber …«

»Wir brauchen das Geld«, sagte ich leise und seufzte.

»Ja. Ich weiß.«

Mit der Eröffnung des Bed and Breakfast hatte sich für meine Eltern nicht nur ein Traum erfüllt – es gingen damit auch einige Geldprobleme einher. Die Gehälter aus ihren früheren Jobs in einem renommierten Hotel in New York waren nicht im Ansatz mit den Einnahmen zu vergleichen, die wir durch die Chestnut Flower Lodge hatten. Klar, unser Ruf war super und alle schwärmten davon, wie gemütlich es bei uns war, jedoch war Golden Oaks eine abgelegene Kleinstadt, die nicht unbedingt als *der* Urlaubsort schlechthin galt. Besonders im Herbst und im Frühling war es hier sehr schön und idyllisch, aber ausgebucht waren wir bisher leider nur sehr selten gewesen. Dieser Ort half mir zwar, nicht Tag für Tag von Panikattacken heimgesucht zu werden, doch zeigte er mir dafür immer wieder auf, dass ich an allem schuld war. Daran, nicht mehr so nah bei meinen Verwandten zu leben, aber besonders an den Geldproblemen und den tiefen Sorgenfalten auf der Stirn meiner Mom.

»Na ja, kümmerst du dich später noch um den Artikel?«

Ich schob mir eine dunkle Strähne hinters Ohr und lächelte sie entschuldigend an. »Kann ich den auch morgen hochladen? Frankie kommt gleich noch vorbei.«

»Sicher. Hast du schöne Fotos machen können?«

»Ja, total, das Licht war richtig gut. Die Farben kommen auf den Bildern unglaublich strahlend raus«, erzählte ich begeistert von den Fotos, die ich heute beim Spaziergang mit Sherlock gemacht hatte.

Vor zwei Jahren war ich auf die Idee gekommen, für unser B&B eine Website mit Blog anzulegen, auf dem ich Reisetipps rund um Golden Oaks postete und mich darum kümmerte, Gästen unsere Kleinstadt schmackhaft zu machen. Es bereitete mir unglaublich viel Spaß. Zwar war das Schreiben nicht ganz so mein Ding, dafür das Fotografieren aber umso mehr. Seitdem bestand mein Job in unserem Bed and Breakfast hauptsächlich aus der Pflege der Website, wobei ich auch hier und da mal die Zimmer machte, Reservierungen annahm und dafür sorgte, dass immer frische Croissants aus der Bäckerei auf dem Tisch standen. Meine Eltern kümmerten sich um den ganzen buchhalterischen Kram, das Essen und die Reinigung der Zimmer und natürlich um alles, was das Gäste-Herz sonst noch begehrte.

»Ich bin auf das fertige Ergebnis gespannt. Die sehen bestimmt ...« Weiter kam Mom nicht, denn in diesem Augenblick piepte der Timer am Backofen hinter uns laut los und unterbrach unser Gespräch. Er war eine der wenigen durchdringenden Geräuschquellen im B&B, da sonst Gefahr bestand, dass man sich irgendwo im Haus aufhielt, während im Backofen die Cookies verbrannten.

Mein Herzschlag beschleunigte sich kurz, beruhigte sich im nächsten Augenblick jedoch wieder.

Direkt nach unserem Einzug hatten meine Eltern jegliche Geräuschquellen ausgeschaltet oder so umprogrammiert oder ersetzt, dass sie viel leiser auf sich aufmerksam machten. Das Telefon läutete nur leise, die Klingel an der Tür auch. Im Grunde herrschte in diesem Haus Stille wie auf einem Friedhof. Manch einer mochte das seltsam finden, doch für mich war es lebensnotwendig.

Ich schüttelte mich einmal, während meine Mom zum

Ofen lief und ein Blech Kürbiskekse herausholte. Sofort umspielte der köstliche Duft von frisch gebackenen Cookies meine Nase und ließ mir das Wasser im Mund zusammenlaufen.

»Hey, davon können wir uns doch bestimmt welche mit nach oben nehmen, oder, Nancy?« Frankie trat breit grinsend durch die Tür, die roten Haare zu einem unordentlichen Dutt gebunden, in einem viel zu großen grauen Hoodie und ihrer dunklen Mom-Jeans. Über ihrer Schulter hing ihr blauer Rucksack, den sie bereits zu unseren Schulzeiten immer mit sich herumgetragen hatte.

»Aber maximal vier Stück«, entgegnete Mom und zog ihre Augenbrauen hoch.

»Klar, ich habe sowieso noch ein bisschen was aus der Bäckerei mitgebracht, wir werden schon nicht verhungern.« Mit diesen Worten lief Frankie auf meine Mom zu, drückte sie kurz und kam dann zu mir, um mich ebenfalls mit einer Umarmung zu begrüßen.

»Wollen wir gleich nach oben?«

Als sie mich losließ, nickte sie strahlend. »Yep. Allerdings muss ich dich vorwarnen, dass ich megakaputt bin. Eventuell schlafe ich innerhalb der nächsten dreieinhalb Minuten ein.«

»Eine sehr präzise Zeitangabe, Franks.« Ich schnaubte, dann wandte ich mich Mom zu. »Wir sind dann mal oben, sag Bescheid, wenn was ist.«

»Macht euch einen schönen Abend, Mädels. Gute Nacht.«

Ich gab ihr noch einen flüchtigen Kuss auf die Wange, schnappte mir einen Teller, auf den ich die Kekse legte, und Frankie holte uns Gläser und eine Flasche Wasser aus dem Kühlschrank. Dann durchquerten wir Küche und Flur und traten den Weg nach oben an.

Bereits auf der Treppe hörte ich, dass aus einem der oberen Zimmer laute Musik drang. So laut, dass mein Herz anfing, schneller zu schlagen. Wollte es sich etwa dem Beat des komischen Songs anpassen, der da lief? Mit jeder Stufe wurde die Musik dröhnender. Ich begann zu schwitzen.

»Was ist das denn? Wieso ist das so laut? Wer ist das?«, murmelte Frankie und warf mir einen besorgten Blick zu.

»Frag mich was Leichteres.« Ich zuckte mit den Schultern. »Der Kerl ist heute angekommen. Bevor ich … Bevor ich mittags bei dir war, ist er mit seinem Jeep an mir vorbeigerast, da hatte er seine Musik auch schon so laut laufen.«

»Okay, okay. Wie alt ist er? Ist er cool? Doof? Nett? Creepy? Süß? Heiß? Ein Unterwäsche-Model? Das wäre mal was …«

Ich fischte den Schlüssel zu meiner Zimmertür aus meiner hinteren Hosentasche und schloss auf. Direkt huschten Frankies Finger zum Lichtschalter. Obwohl wir uns auf der anderen Seite des Stockwerks befanden, drang die Musik durch die geschlossenen Türen bis zu uns.

»Ich habe noch nicht viel mit ihm gesprochen. Ist in unserem Alter. Er wirkt ein bisschen …« Ich suchte nach den richtigen Worten, doch die Geräusche lenkten mich zu sehr ab. »Nervig.«

Ich lief rüber in die Ecke zu meinem Bett, das am Fenster stand, und stellte den Teller mit den Keksen auf meinem Nachttisch aus dunklem Holz ab, den ich im Antiquitätenladen in der Stadtmitte erbeutet hatte. Der

Vintage-Look passte total gut zum goldenen Messing-
gestell meines Bettes, welches mit den Stäben, aus denen
der Rahmen bestand, ein bisschen so wirkte, als ob ich ins
letzte Jahrhundert gereist war, um es von dort mitgehen zu
lassen. Die Wände hatte ich in einem hellen Mooston gestrichen, doch mittlerweile sah man nicht mehr allzu viel
davon. Fast jeder Zentimeter war zugehängt mit meinen
Bildern, aber auch mit Inspirationen anderer Fotografie-
render, die in fremden Ländern aufgenommen worden
waren. Fremde Länder, die ich nur zu gern besucht hätte,
doch da gab es wohl für immer etwas, das mir im Weg
stand. Gegenüber meinem Bett hatte mein Schreibtisch aus
dunklem Holz seinen Platz, auf dem sich weitere Fotografien, Festplatten, Notizbücher, Stifte und Blöcke stapelten.
Daneben ein hohes Regal, voll mit Büchern, angefangen
bei Romanen (Fantasy mochte ich am liebsten!) über Bio-
grafien bis hin zu Fachbüchern und Bildbänden. Auf dem
Boden kreuchte und fleuchte ein Sammelsurium von noch
mehr Büchern, Fotografien, Pflanzen und allem, was mich
inspirierte. Einen großen Spiegel mit goldenem Rahmen
hatte ich gegen die Wand gelehnt, daneben befand sich
eine Kleiderstange mit meinen Lieblingsklamotten.

Mein Zimmer war, neben der Natur, mein liebster
Rückzugsort. Hier verbrachte ich viel Zeit, bearbeitete
Fotos und träumte jedes Mal, wenn ich einen Blick auf
den goldenen Globus auf meinem Schreibtisch warf, davon, aus dieser kleinen Stadt auszubrechen und alles hinter mir zu lassen. Doch so leicht war das nicht und würde
es niemals wieder sein. Auch wenn es wehtat, ich hatte
diese Tatsache bereits vor langer Zeit akzeptiert.

»Was meinst du mit nervig?«, fragte Frankie, als sie die

Flasche mit den Gläsern neben meinem Bett abstellte und sich im Anschluss auf die weiße Decke fallen ließ.

Ich setzte mich zu ihr und versuchte auf ein Neues, die Musik auszublenden. Mir einzureden, dass ich hier sicher war. Als ein ruhigerer Song einsetzte, entspannte ich mich ein wenig. »Bisher ist er mir erst dreimal über den Weg gelaufen, und jedes Mal umgibt ihn diese megalaute Geräuschwolke. Musik ist ja schön und gut, aber man kann's echt übertreiben.«

Frankie musste schmunzeln und lehnte sich gegen die Wand. »Mhm, interessant. Du weißt, ich habe vollstes Verständnis für dich und unterstütze dich.« Sie machte eine Pause, und unsere Blicke begegneten sich. Wir wussten immer, was die andere dachte. Frankie kannte mein Geheimnis und ich ihres. Sie war meine Person und ich war ihre. Das war von Anfang an so gewesen. »Aber könnte es nicht vielleicht sein, dass er wie viele andere Leute auch einfach nur gerne Musik hört?«

»Könnte sein … Oder er ist nervig.« Ich grinste.

»Der ist in unserem Alter, meintest du? Wie heißt er?«

»Dash. Ja, vielleicht ein paar Jahre älter.«

Sie musste erneut schmunzeln. »Dash. Hört sich heiß an. Ist er das?«

»Ich hab ihn mir jetzt nicht soooooo genau angeschaut …«

»Tatum!«

Ich lachte auf und warf mich in mein Kissen. »O-kay. Er sieht echt gut aus.« Rasch richtete ich mich wieder auf und hob einen Finger. »Aber das ändert nichts an der Tatsache, dass er ziemlich laut und nervtötend ist.«

»Wusst ich's doch«, bemerkte sie kichernd. »Mal sehen,

wann ich ihm das erste Mal begegne. Morgen beim Frühstück wohl eher nicht, ich muss ja schon vor Sonnenaufgang zur Bäckerei.«

»Der wirkt auf mich wie einer, der sich heute Abend noch betrinkt und bis zwei Uhr mittags durchschläft, also vermutlich nicht, nein.«

»Boah, Tatum, sei nicht immer so zynisch«, wies sie mich lachend in meine Schranken. »Und leg mal deine Vorurteile ab, Girl.«

»Okay, okay«, kapitulierte ich und hob entschuldigend die Hände. »War doch nur Spaß. Ich weiß ja selbst, wie es ist, neu zu sein und in eine Schublade gesteckt zu werden. Aber er ist trotzdem ein anstrengender Krachmacher und ...«

»Sprich nicht weiter, außer du hast was Nettes zu sagen!«

Ich verstummte. Dann, nach einer Pause, fingen wir beide an zu lachen.

Ich meinte meine Sprüche nie böse. Frankie wusste das. Meine Familie wusste das. In den letzten Jahren waren sie zu einer Art Schutzschild geworden, einer Maske, die ich nur selten ablegte, weil ich nicht wollte, dass irgendjemand wusste, wie es tief in mir aussah.

»Wirf mal einen Keks rüber!«

Rasch schnappte ich mir zwei Cookies, von denen ich mir einen in den Mund schob, den anderen warf ich ihr wie einen Baseball gekonnt zu. Als sich der Kürbis-Butter-Geschmack auf meiner Zunge ausbreitete, musste ich unwillkürlich lächeln.

Frankie biss in ihren Keks und verzog ebenfalls genießerisch das Gesicht.

»Wollen wir die Tage mal wieder raus an den See?«, nuschelte ich mit vollem Mund.

»Auf jeden Fall. Die nächsten Tage soll es richtig schön sonnig werden. Wie wär's mit morgen? Und den Mittwoch solltest du dir auch schon mal frei halten …«

Weiter kam sie nicht, denn mit einem Mal wurde die Musik in Dashs Zimmer noch lauter aufgedreht und der Song wechselte. Schnellere Beats. Ich fühlte mich fast schon wie bei einem Konzert.

Unruhig trommelte ich mit den Fingern gegen meine Knie und spürte, wie mir warm wurde. Wie meine Handflächen zu schwitzen begannen und es in meiner Brust schneller schlug. Die Lautstärke nervte unglaublich, machte mir Angst, aber war noch nicht so schlimm, dass eine Panikattacke mich zu überrollen drohte. Ich atmete durch. Ich war hier in meinem Zimmer, nicht dort. Nicht an diesem Ort. Sondern hier.

Es klopfte leise, und ich sprang sofort auf, um an meine Tür zu gehen.

Wenn das jetzt dieser Kerl ist, kann er was erleben …

Ich riss sie mit zitternder Hand auf und blickte in grüne Augen.

Jonathan, einer der anderen Gäste. Er trug bereits seinen Pyjama mit Zebras drauf und presste pikiert die Lippen aufeinander.

»Hey, Tatum, ich habe unten an der Rezeption den Zettel hängen sehen, dass man bei dir vorbeischauen soll, wenn was ist. Tut mir leid, dass ich um diese Uhrzeit störe, aber … die Musik ist echt laut. Könntest du dem Gast vielleicht sagen, dass er sie leiser stellen soll? George und ich wollten es uns im Bett gemütlich machen und noch einen Film schauen, das ist unmöglich bei dem Krach. Wenn das nicht aufhört, müssen wir uns eine andere Unterkunft suchen.«

Ich nickte. »Klar. Nein, das bleibt nicht so. Versprochen. Ich kümmere mich darum. Sorry für die Unannehmlichkeiten.«

»Danke. Gute Nacht.« Mit diesen Worten wandte er sich ab und verschwand den Flur runter wieder in seinem Zimmer.

Verdammt. Dash rauszuschmeißen, war keine Option, wir brauchten die Kohle – genauso wie die von George und Jonathan. Mir blieb nichts anderes übrig, als in den sauren Apfel zu beißen …

»Ich muss kurz rüber zu dieser Flachpfeife und ihm sagen, dass er die Musik leiser drehen soll«, rief ich Frankie über die Schulter zu.

»Willst du … Soll ich mitkommen?«

Ich schüttelte den Kopf. »Nein, passt schon. Da muss ich alleine durch.«

»Sicher?«

»Ja. Aber danke, Franks.«

Sie lächelte mir mitfühlend zu, dann trat ich in den Flur hinaus und zog die Tür hinter mir ins Schloss.

Ich schaffe das. Es ist nur Musik. Laute Musik. Aber dennoch: nur Musik.

Langsam und mit einem mulmigen Gefühl im Magen schlich ich den Gang entlang zu Dashs Zimmer. Mit jedem Schritt, mit dem ich mich ihm näherte, schienen die Beats immer aggressiver auf mich einzuhämmern. Ich schwitzte. Zitterte. Wollte fliehen. Doch das hier war meine Aufgabe, und ich wollte nicht davonrennen. Als ich vor seiner Tür zum Stehen kam, straffte ich die Schultern und klopfte zweimal gegen das dunkle Holz.

Nichts.

Ich seufzte. *Okay, er hört mich also nicht ... War zu erwarten.*

Ich klopfte erneut. Dreimal und um einiges lauter.

Im nächsten Augenblick wurde die Musik heruntergedreht, nicht viel, aber wenigstens ein bisschen, und kurz darauf die Tür aufgerissen.

»Oh, hey«, sagte er, und auf seinem Gesicht erschien ein kleines Lächeln. Er trug immer noch seine schwarze Jeans und dazu ein weißes Shirt, das seine definierten Oberarme umspielte und seine Tattoos freilegte. Es handelte sich um einige größere Motive und Schriftzüge, die thematisch miteinander verbunden schienen. Lässig gegen den Türrahmen gelehnt, die Hände in den Hosentaschen, musterte er mich aus seinen hellblauen Augen.

Zum ersten Mal stieg mir sein Duft in die Nase: eine Mischung aus Holz und Whiskey, gepaart mit Überheblichkeit. Yep, wenn Überheblichkeit einen Geruch hatte, roch Dash definitiv danach. Gut. Aber dennoch wie ein selbstgefälliger Schimpanse, der nichts als Schrott im Kopf hatte.

Mit aller Macht kämpfte ich gegen die Nervosität an, die nicht von diesem Dreikäsehoch herrührte, sondern immer noch von den Bässen. Wobei sein Anblick und seine Nähe es auch nicht gerade besser machten. Immerhin konnte ich nicht leugnen, dass er attraktiv war und eine unendliche Leichtigkeit ausstrahlte, um die ich ihn sogar ein wenig beneidete.

»Hi«, fing ich an. »Könntest du bitte die Musik leiser stellen?«

»Ist sie echt so laut? Ist mir gar nicht aufgefallen.«

»Soll das ein Scherz sein? Mir fallen gleich die Ohren ab.«

Seine Mundwinkel zuckten nach oben. »Wenn du so nett fragst, drehe ich sie doch gerne ein bisschen runter.« Er zog sein Handy aus der Hosentasche und betätigte den Lautstärkeregler, bis die Musik leiser aus seinen Bluetooth-Speakern drang. Immerhin leise genug, dass weder Jonathan und George noch ich in meinem Zimmer sie mehr hören würden.

»Danke. Ab zehn ist Nachtruhe. Wäre super, wenn sie dann ganz aus bleibt oder nur auf reduzierter Zimmerlautstärke läuft. Oder du nimmst deine Kopfhörer.«

»Die kann ich aber beim Schlafen nicht aufbehalten.«

»Zum … Was?« Ich riss verdattert die Augen auf. »Du hörst diesen Mist beim Schlafen?«

»Ist das hier auch verboten?« Er kratzte sich am Bart und zog die Augenbrauen nach oben.

»Du kannst machen, was du willst, aber normal ist das nicht.«

Mit einem tiefen Lachen stieß er sich vom Türrahmen ab. »Was ist denn schon normal?«

Und dann trafen sich unsere Blicke, und mein Mund wurde trocken. Er hatte etwas an sich, das anziehend auf mich wirkte, obwohl mich seine Rücksichtslosigkeit und Lautstärke mehr als alles andere abstieß.

Warum zur Hölle denke ich jetzt daran, dass dieser Unruhestifter anziehend ist? Nein, nein, nein, Kommando zurück, Tatum. Der kommt uns nicht in die Tüte.

Ich schüttelte den Kopf. »Mach einfach leiser. Gute Nacht.« Mit diesen Worten drehte ich mich um und trat den Weg zu Frankie an.

»Gute Nacht, Tatum. Schlaf gut«, hörte ich noch seine tiefe Stimme hinter mir, kurz bevor ich in meinem Zimmer verschwand.

Alles in mir kribbelte. Frustriert lehnte ich mich gegen meine Tür und stöhnte auf.

»Du hattest anscheinend Erfolg? Ich hör gar nichts mehr«, nuschelte Frankie, während sie gleichzeitig von einer Zimtschnecke abbiss.

»Er bleibt jetzt bei der Zimmerlautstärke. Aber ein komischer Typ ist er trotzdem. Ganz seltsame Gestalt.«

Frankie grinste anzüglich. »Als ob wir nicht auch seltsam wären.«

Ich lachte auf. Mein Puls hatte sich glücklicherweise beruhigt, und ich konnte den restlichen Abend mit meiner besten Freundin genießen. Wir unterhielten uns noch eine Weile, bis wir uns zum Schlafen fertig machten und ins Bett kuschelten.

Das Licht ließ ich für Frankie wie immer an. Dann zog ich mir eine Schlafmaske über die Augen, und wenig später drifteten wir beide in den Schlaf.

KAPITEL 4

DASH

»Bist du bereit?« Tyler hielt inne und drehte sich noch mal zu mir um.

Als ich ihm zunickte, zog er langsam an der schweren silbernen Tür, von der der Lack abblätterte.

Das ganze Gebäude schien von außen ... na ja ... seine besten Tage hinter sich zu haben. Doch das würden wir in den Griff kriegen.

»Komm schon, ich will endlich sehen, was ich mir eingebrockt habe«, scherzte ich ungeduldig und versuchte, einen Blick ins Innere zu erhaschen.

Im nächsten Augenblick hatte Tyler die Tür ganz aufgezogen. Dunkelheit hieß uns willkommen, als wir über die Schwelle traten und unsere Schritte über den grauen Betonboden hallten. Als Ty einen Lichtschalter betätigte, sprangen nach und nach die Deckenleuchten an – zumindest die, bei denen die alten Birnen nicht durchgebrannt waren.

Das hier war mein neues Leben. Und irgendwie fand ich es ziemlich cool. Tylers und meine Bar befand sich zwar immer noch im Zentrum von Golden Oaks, allerdings etwas abgelegener in einer Seitenstraße, in der es auch einige Restaurants gab. Das Gebäude war eine Art freistehender Bungalow mit Holzfassade und Fenstern, die mit Zeitungspapier zugeklebt waren.

Während ich mich umsah, musste ich grinsen. Auch wenn es in diesem Schuppen viel zu leise war, freute ich mich auf die kommende Zeit. Der Betonboden war vermutlich schon drin gewesen, hatte aber irgendwie Style. Vom Eingang aus blickte man direkt auf eine dunkelgrau gestrichene Wand, aus der an manchen Stellen die Backsteine hervorgebrochen waren, was dem Ganzen einen leicht abgefuckten Touch verlieh. Rechts hinten befand sich über Eck ein langer Bartresen aus dunklem Holz im Industrial-Stil. Der sah ziemlich neu aus, aber Tyler hatte mir bereits verraten, dass das eines der ersten Dinge gewesen war, um die er sich gekümmert hatte. Hinter der Theke stand auf einem Regal die Musikanlage; die Wände waren ebenfalls dunkelgrau gestrichen und warteten darauf, dass die Holzbretter, die dagegen lehnten, daran angebracht wurden. Sonst war der Raum ziemlich leer, nur einiges an Handwerkszeug, Bretter, eine Leiter, die aufgeklappt neben einem der Fenster stand, und viel Staub. Es roch nach Holzöl und Farbe, und in mir keimte der Gedanke auf, dass das hier echt eine große Sache werden könnte.

»Die Lampen müssen wir definitiv austauschen. Ich hab da aber auch schon ein paar im Hinterkopf«, sagte Tyler ruhig und fuhr sich durch sein unordentliches Haar, das ihm in die Stirn fiel. Dann lief er ein paar Schritte durch den Raum und schob die Hände in die Taschen seiner Jeansjacke. »Es gibt einiges zu tun, ist aber alles gut bis zur Eröffnung in vier Wochen zu schaffen. Der größte Aufwand mit der Bar ist dir wenigstens erspart geblieben.« Sein Lachen hallte herüber.

»Das ist der Hammer, Mann. Danke, dass du mich gefragt hast, ob ich einsteigen will. Der Tresen sieht übrigens nice aus. Die Wände. Das ist genau mein Ding.«

»Wir müssen uns auf jeden Fall noch einiges einfallen lassen, wie wir den Laden füllen. Vielleicht hier auf der Fläche Tische und Stühle, Barhocker fehlen noch.«

Bis auf Tylers und meine Schritte sowie unsere Stimmen war nichts in der ganzen Bar zu hören. Es war zu ruhig. So ruhig, dass sich das Chaos in meinem Kopf verselbstständigte und es sich anfühlte, als ob sich kleine Messerspitzen in mein Herz bohrten.

Diese Bar ist mein Traum. Habe ich ihn verdient? Darf ich das hier überhaupt genießen?

Ich ballte meine Hände zu Fäusten. »Hey, wie sieht's mit der Musik aus? Hast du schon einen Soundcheck gemacht?«

»Klar, die Verstärker sind super, probier den Ton gerne mal aus. Da vorne kannst du dein Handy anschließen.«

Das ließ ich mir nicht zweimal sagen. Schnurstracks näherte ich mich der Anlage, schloss mein Handy an und startete eine meiner vielen Playlists. Für jede Stimmung hatte ich mir eine angelegt, wobei ich in Wirklichkeit die ganze Zeit nur eine rauf und runter hörte, die mit schnellen Nummern vollgestopft war. »Still Don't Know My Name« von Labrinth dröhnte aus den Boxen, die in den Ecken an der Decke befestigt waren. Sofort entspannte ich mich ein wenig und genoss den Sound. Das laute

Wummern des Basses und das damit einhergehende Gefühl von Kontrolle. Kontrolle über meine Gedanken, die ich sofort beiseiteschob und nicht weiter beachtete.

Ich grinste. »Wir könnten da vorne links vom Eingang noch eine Bühne aufbauen. Was meinst du?«

»Darüber wollte ich sowieso mit dir reden«, rief Tyler und kam zum Tresen hinübergeschlendert, an dem ich lehnte. Ich drehte die Musik ein klein wenig leiser, damit wir uns besser unterhalten konnten. »Auflegen willst du wirklich nicht, oder? Immerhin hast du's als DJ echt drauf, Bro.«

Ich biss die Zähne aufeinander und ließ den Blick durch den Raum gleiten. Genau *das* wollte ich hinter mir lassen. Musik duldete ich noch in meinem Leben. Nein, ich *brauchte* sie. Laut. Anders war das alles nicht zu ertragen. Aber meine Karriere als DJ hatte ich an den Nagel gehängt. Zu viel, was mich innerlich Stück für Stück auffraß, hing daran, und ich konnte mich nur vor dem vollkommenen Sturz in den Abgrund bewahren, wenn ich meine Leidenschaft aufgab. Ein für alle Mal. »Keine Ahnung, Mann. Erst mal nicht.«

Er nickte. In seinen Augen konnte ich lesen, dass er Verständnis hatte. Da wir schon seit Ewigkeiten befreundet waren, kannte er meine Situation. Er wusste, was in den letzten Jahren passiert war. Ich hatte keine Geheimnisse vor ihm und vertraute diesem Kerl. Aber auch wenn er damals alles mitbekommen hatte, redeten wir zum Glück nie darüber. Vielleicht wusste er dadurch nicht hundertprozentig, wie es in mir aussah, aber das war auch gar nicht nötig. Niemand außer mir wusste das. Und so sollte es bleiben.

»Aber ich kann safe ein paar DJs für Gigs einladen und mich um die Planung und die Buchungen von Bands und den ganzen Kram kümmern«, schob ich schnell nach und ließ einen meiner Mundwinkel nach oben zucken.

»Und genau deshalb bin ich echt froh, dass du eingestiegen bist. Ich kenne mich zwar gut mit dem ganzen Finanz- und Orgakram aus, aber bei der Musik zähl ich auf dich.«

»Das kannst du. Es ist ein gutes Gefühl, hier zu sein. Weg von dem ganzen Mist, du weißt schon … Das hier ist das perfekte Projekt für mich. Nein, für uns.« Er schenkte mir sein typisches verständnisvolles Tyler-Lächeln, und ich war nicht zum ersten Mal mehr als dankbar dafür, ihn als besten Freund an meiner Seite zu wissen. Ich sah mich um. »Dann check ich mal ab, wie wir das mit der Bühne umsetzen können, ja? Und hast du auch schon was für die restliche Einrichtung im Kopf?«

»Ja. Ich hab meinen Laptop im Auto liegen, aber ich kann dir später ein paar Modelle zeigen, die ich cool finde und die ganz gut zum Industrial Style hier passen könnten.«

»Warte mal«, ich hielt inne. »Wie heißt der Spaß hier eigentlich?« In dem ganzen Aufruhr hatte ich komplett vergessen, Ty nach dem Namen seiner … nein, *unserer* Bar zu fragen. Wie besoffen war ich eigentlich gewesen?

»Ich dachte schon, du fragst nie«, sagte er lachend und fuhr sich durch die Haare. »Golden Hour. Golden wegen Golden Oaks und Hour passend zur Happy Hour. Wir könnten uns eine Aktion überlegen, bei der man immer zur Golden Hour, also wenn die Sonne untergeht, die Drinks günstiger bekommt; oder wir bieten ein Special an, das es nur zu dieser Zeit gibt. Keine Ahnung, irgendwas, das fetzt.«

Golden Hour klang super. Passend. Das hier konnte wirklich gut werden. Und ein Neuanfang sein.

»Gefällt mir. Um das Logo, Schilder, Werbung und so kümmert sich bestimmt Fiona, oder?«

»Genau, ich zeig dir gleich am Laptop alles, was sie vorbereitet hat. Sie hat sich auch schon etliche Online-kurse übers Mixen angeschaut und würde sich gerne als Barkeeperin einbringen.«

»Stimmt, das hat sie kurz erwähnt.« Ich stieß mich vom Tresen ab. »Bin ich froh, dass du dich um die ganze Büro-kratie kümmerst. Ich meine, ich hätte mich da sicher auch reinfuchsen können, aber wenn ich hier schon ein BWL-Genie sitzen habe, muss ich das schließlich ausnutzen, oder?«

»Du kannst mich auch einfach Multitalent nennen, gar kein Ding.« Tyler grinste und folgte mir ein paar Schritte durch den Raum. »Ich will, dass das richtig groß wird. Wir müssen alle von den Socken hauen. So, dass die Leute auch aus anderen Orten herkommen, um einen Abend bei uns zu verbringen. Meinst du, wir schaffen das?«

»Ob wir das schaffen? Ich sehe uns schon hier rumlaufen, wie wir alle Gäste begrüßen und uns vor krassen Events nicht mehr retten können. Ty, wir wollen das hier, seit wir Kids waren. Auch wenn ich ein bisschen traurig bin, dass wir weder Hüpfburg noch Süßigkeiten-Pools eingeplant haben … Wenn du mich fragst, wird das der Hammer.«

Ein Strahlen huschte über sein Gesicht. »Die Hüpfburg lässt sich bestimmt hinterm Gebäude für Sommerfeste aufbauen.«

Wir unterhielten uns noch eine Weile über all die coolen Aktionen, die wir vorhatten, und planten, was wir in den kommenden Wochen erledigen mussten, damit die Eröffnung richtig einschlagen würde.

Als wir kurz darauf im Türrahmen frische Luft tankten, fuhr ein kleines weißes Auto auf den Parkplatz vor uns.

Ich legte den Kopf schief. Hinterm Steuer saß ein rothaariges Mädchen und daneben eine Person, die mir nur allzu bekannt vorkam. Ich konnte den Blick nicht von ihr losreißen. Noch hatte sie mich nicht entdeckt, da sie in ein Gespräch mit ihrer Freundin vertieft war, die den Motor des Wagens abstellte.

Rasch beugte ich mich zu Tyler rüber. »Sind die zwei wegen uns hier?«

Er nickte. »Jo. Ich hab Frankie eingeladen, herzukommen und sich alles anzuschauen. Das ist die Rothaarige, mit der bin ich schon seit Ewigkeiten befreundet. Die in der Bäckerei arbeitet. Die andere ist ihre beste Freundin Tatum.«

»Du kennst sie?«

Er lachte auf und legte mir eine Hand auf die Schulter. »Klar. Wir sind in Golden Oaks. Hier kennt jeder jeden. Ich bin besser mit Frankie befreundet, aber Tatum ist auch in Ordnung.« Dann warf er mir einen raschen Seitenblick zu und schlug sich mit der Hand vor dir Stirn. »Klar, du hast sie bestimmt schon im B&B getroffen, oder?«

»Yep, wir hatten bereits das Vergnügen …« Meine Mundwinkel zuckten nach oben, während ich das Mädchen mit den tiefbraunen Haaren und der unergründlichen Miene durch das Seitenfenster des Wagens fixierte.

Tatum öffnete langsam die Tür und machte Anstalten auszusteigen, als sich unsere Blicke begegneten. Überrascht schossen ihre Augenbrauen nach oben. Verwunderung und Skepsis wechselten sich auf ihren markanten Zügen ab, während ich spürte, wie sich der Herzschlag in meiner Brust beschleunigte.

Mit mir hat sie hier wohl genauso wenig gerechnet wie ich mit ihr.

KAPITEL 5

TATUM

»Das ist dieser Dash«, wisperte ich Frankie zu, als wir vom Auto in Richtung der beiden Jungs liefen. »Der Kerl, der bei uns ein Zimmer genommen hat.«

»Hä? Was macht der hier?«

»Das werden wir wohl gleich herausfinden.«

Wir liefen vom Parkplatz aus auf die beiden Jungs zu. Tyler hatte einen weißen Crew-Neck-Sweater mit heller Jeans kombiniert; seine mittelbraunen Haare fielen ihm wie immer verwuschelt in die Stirn. Meine Aufmerksamkeit blieb jedoch gleich an Dash hängen. Er trug sein mittelblondes Haar leicht zerzaust, aber dennoch so, dass man annehmen konnte, dass er eine halbe Stunde gebraucht hatte, um es genau auf diese Art zu frisieren. Sein Bart war noch etwas dichter als bei seiner Ankunft, und ich fragte mich, wie er wohl ohne aussah. Er war sicher einer der Typen, die ein Bart attraktiver machte. Aber traf das nicht auf so ziemlich alle Kerle zu? Zu einer dunkelgrauen Jeans mit Löchern an den Knien trug er ein schwarzes Shirt und darüber eine Lederjacke. Dazu hatte er schwarze Boots kombiniert. Als ich ihn dort stehen sah, entspannt die Arme vor der Brust verschränkt und mich neugierig musternd, musste ich widerwillig zugeben, dass er tatsächlich ziemlich heiß war.

»Haaaaaaallo«, rief Frankie und eilte grinsend zu Tyler, um ihn zu umarmen.

Er schloss sie in die Arme und hob sie hoch, worauf ihr ein Quieken entfuhr. »Hey, ihr beiden.«

Ich blieb vor Dash stehen und legte den Kopf schief. »Hi.«

»Tatum.« Seine Mundwinkel umspielte ein Lächeln, als sich unsere Blicke trafen. Und doch meinte ich, Überraschung in seiner Miene ausmachen zu können. Er hatte vermutlich genauso wenig mit mir gerechnet wie ich mit ihm.

»Hey, ich bin Frankie.« Schon hatte meine beste Freundin ihm die Hand hingestreckt. »Und du bist?«

»Das ist mein Kumpel Dash«, stellte Tyler ihn vor, dann drückte er mich zur Begrüßung kurz.

»Jetzt, da wir uns alle kennengelernt haben, erzählst du uns hoffentlich endlich mehr über Golden Oaks' neusten Place to be. Und zeigst uns vor allem, an was du die letzten Monate gearbeitet hast.« Frankie stemmte die Hände in die Taille und versuchte, durch die Lücke zwischen den Jungs einen Blick ins Innere der Bar zu erhaschen. Von drinnen tönte Musik, glücklicherweise nicht allzu laut, aber dennoch so, dass man sie *überaus* gut hörte.

»Woher kennt ihr euch?« Ich sah zwischen den beiden Jungs hin und her.

»Wir sind seit Ewigkeiten befreundet. Ihr wisst ja, dass ich schon superlange diese Bar eröffnen wollte, um Golden Oaks ein bisschen aufzupeppen … Und da Dash und ich ein gutes Team abgeben und er sich besser mit Events und krassen Partys auskennt als ich, passt das perfekt. Wir eröffnen den Laden zusammen.« Ein breites Grinsen lag auf Tylers Lippen.

Ungläubig blinzelte ich erst Tyler, dann Dash an. »Wie? Ihr … Ihr macht das gemeinsam? Dauerhaft?«

Dash schnaubte amüsiert und fixierte mich mit seinen hellblauen Augen, die mein Herz dazu brachten, etwas schneller zu schlagen. »Willst du mich schon aus der Stadt jagen? So übel bin ich wirklich nicht.«

Unfreiwillig musste ich schmunzeln. »Das wird sich noch zeigen. Im Zweifel muss ich mir ein zweites Standbein als Rattenfängerin von Hameln … äh … Golden Oaks aufbauen.«

Dash grinste nur und schüttelte den Kopf. »Und ihr drei seid befreundet?«

Frankie nickte. »Tyler und ich schon ewig. Wir saßen mal bei einem Footballspiel unserer Highschool nebeneinander und haben gemerkt, dass wir die gleiche Vorliebe für Marvel-Filme haben. Tyler hat den Abschluss zwar ein paar Jahre früher gemacht, aber hier in der Stadt sieht man sich trotzdem regelmäßig.« Ihre hellen Wangen hatten einen rötlichen Unterton angenommen. Wie so oft, wenn sie mit ihrem *Kumpel* Tyler sprach.

»Yep. Und über Frankie habe ich Tatum kennengelernt. Der Lauf der Dinge eben.«

Dash hatte sein Kinn leicht gesenkt und fuhr sich mit einer Hand an seinem Kiefer entlang, während er uns zuhörte. Dann nickte er. »Tja, und wie's aussieht, werdet ihr mich auch so schnell nicht wieder los.«

»Ob wir dich in unseren Kreis aufnehmen, ist noch fraglich«, erwiderte Frankie und lachte auf.

»Ich lege meine Hand für ihn ins Feuer.« Tyler zeigte sein verschmitztes Grinsen, das so breit war, dass seine Augen dabei immer ganz schmal wurden. Ich verstand mich gut mit ihm, mochte ihn, allerdings war Frankie viel enger mit ihm. Wobei ich immer im Hinterkopf hatte, dass er für sie ein bisschen mehr als nur *irgendein* Freund war. Auch wenn er davon nicht die geringste Ahnung hatte.

»Wollen wir rein? Ich platze gleich vor Neugier«, sagte ich.

»Okay, okay, aber denkt dran: Bis wir hier krasse Bar-Abende feiern können mit Karaoke und Drinks und Live-musik und allem, was ihr euch vorstellen könnt, müssen wir noch viel Arbeit in den Laden stecken.« Die Euphorie in Tylers Stimme war nicht zu überhören, und seine Augen leuchteten, als er uns von ihren Plänen erzählte. Ich bezweifelte, dass ich jemals zu einer dieser Partys kommen konnte, höchstens, wenn nicht so viel los war, dennoch freute ich mich für ihn. Er lebte seinen Traum, während ich von meinem noch meilenweit entfernt zu sein schien.

»Karaoke?« Dash warf ihm einen skeptischen Blick zu.

»Komm schon, ein Abend im Monat oder so. Das gehört einfach dazu.«

»Ich lass es mir durch den Kopf gehen.« Dash schnaubte amüsiert.

Gemeinsam betraten wir das Gebäude.

Der Raum war noch ziemlich leer, eine coole Bar, dunkle Wände und alles im Industrial-Stil gehalten. Ich schaute mich um, während Frankie den Tresen inspizierte.

»Wow! Ich meine, ihr habt noch ein wenig zu tun, aber es sieht vielversprechend aus«, sagte sie und nickte anerkennend.

»Ich glaube, das kann echt schön werden«, stimmte ich ihr zu. »Und die Stadtbewohner werden es bestimmt auch richtig feiern.«

Erleichterung breitete sich auf Tylers Zügen aus. »Sehr gut. Freut mich, wenn es euch gefällt.«

»Moment mal … Habt ihr auch eine Küche? Könnt ihr … Tyler, ich backe euch irgendwann was, wenn ihr einen Ofen habt!«

Bei Frankies Worten blieb mir nichts anderes übrig, als zu grinsen. Durch ihren Job in der Bäckerei, den sie nach dem Abschluss eigentlich nur angenommen hatte, weil sie nicht wusste, was sie mit ihrem Leben anfangen wollte, hatte sie schon viele Leckereien gebacken und probierte sich sogar manchmal, wenn auch nur ganz heimlich, an eigenen Kreationen aus. Wenn diese Küche tatsächlich einen Ofen besaß, würde sich Tyler nicht vor Frankies Einfluss auf die Snack-Karte retten können. Wobei sie das Gebäck vermutlich eher liefern würde, als es hier zuzubereiten – manchmal redete Frankie vor lauter Begeisterung drauflos, ohne groß nachzudenken.

»Möglicherweise«, murmelte er vorsichtig und zuckte mit den Schultern. Als Frankies Augen zu leuchten begannen, fügte er schnell hinzu: »Aber immer langsam, Kuchen und so was sind erst mal nicht geplant. Das ist eine Bar, kein Café.«

»Das werden wir noch sehen.« Frankie funkelte ihn an,

dann nahm sie die Beine in die Hand und ging auf die Suche nach der Küche, die sie nur Sekunden später hinten im Anschluss zum Tresen in einem Nebenraum entdeckte.

»Dieses Mädel«, murmelte Tyler und eilte ihr kopfschüttelnd hinterher.

Zurück blieben Dash und ich.

Stille breitete sich zwischen uns aus, die mich daran erinnerte, langsamer zu atmen und mich zu entspannen. Ich schaute mich weiter um, stellte mir vor, wie hier ohne mich Partys gefeiert werden würden. Allein der Gedanke daran hinterließ ein schmerzhaftes Ziehen in meiner Brust.

Natürlich hielt die angenehme Ruhe keine zehn Sekunden, bis der blonde Kerl mit den Tattoos sie schon wieder durchbrach. »Hey, ähm … Du … Also hattest du einen guten Tag bisher?«

Sprach der Kerl eigentlich nur, um Geräusche zu erzeugen? Den Anschein machte es zumindest.

Ich schlenderte ein paar Schritte auf ihn zu und bemerkte, dass er mit den Fingern gegen seinen Oberschenkel trommelte. War das ein nervöser Tic? Wieso war er aufgeregt? Hatte ich etwas damit zu tun?

Und selbst wenn … Du kennst ihn nicht. Du weißt nicht, wie er drauf ist, und außerdem ist er ein lautes Etwas, das nicht in dein Leben passt.

»Yep. Den Morgen hab ich im B&B gearbeitet, danach habe ich meine Mittagspause mit Frankie verbracht. Den Rest des Tages hab ich frei.« Ich ließ den Blick zu ihm gleiten und bereute es gleich wieder, als ich merkte, dass mir warm wurde. Allerdings war es nicht die unangenehme Form von Wärme, die mich überkam, wenn ich in eine Paniksituation geriet, sondern eine aufregende.

Dashs Lippen umspielte ein Schmunzeln. »Hört sich gut an. Wohnst du eigentlich auch schon so lange in der Stadt wie so ziemlich alle hier?«

»Nein, ich bin erst vor vier Jahren hergezogen. Aber es gefällt mir. Sehr sogar. Es war die richtige Entscheidung.«

Er näherte sich mir ganz beiläufig, und mit jedem Zentimeter konnte ich ihm tiefer in die Augen sehen. Mit jedem Blinzeln hatte ich das Gefühl, noch weiter in sie einzutauchen. Er strahlte diese unglaubliche Leichtigkeit aus, eine Lockerheit, die mir selbst seit vier Jahren vollkommen fremd war. Als ob er sich über nichts Gedanken machte. Als ob er frei von allem war. Und doch flackerte etwas in seinen Augen auf, das mich stutzig machte. Die Frage war, ob der Schein trog. Ob sich hinter seinem funkelnden Blick nicht doch etwas anderes verbarg. Abgründe, die weiter reichten als knochentiefe Schnitte.

»Es ist echt idyllisch hier.« Er grinste, und ich konnte mein Schmunzeln nicht unterdrücken.

»Und du? Woher kommst du?«

»Theoretisch von überall her. Ich hab die letzten Jahre als DJ gearbeitet und im ganzen Land aufgelegt. Mein letzter Wohnsitz war in New York, in Williamsburg.«

New York. Mein Herz schlug schneller, doch ich versuchte, all die Unsicherheiten wegzublinzeln und mir nicht anmerken zu lassen, dass allein die Erwähnung der Stadt reichte, um in mir Dinge hochkommen zu lassen, die ich Tag für Tag verdrängte.

»Ach, dann bist du also ein richtiger Party-Boy?«

Er hielt inne und überlegte kurz. »Könnte man sagen.

Aber alles hat irgendwann ein Ende, oder? Hier in der Stadt geht nicht so viel, auch wenn wir mit der Bar den Leuten ein bisschen einheizen wollen.«

»Den Leuten einheizen? Da bin ich ja mal gespannt.«

»Klar, komm gerne vorbei, sobald wir geöffnet haben, dann zeig ich's dir.« Das Schmunzeln auf seinen Lippen verursachte ein Ziehen unterhalb meines Bauchnabels.

Ich erwiderte es und hielt seinem Blick stand. Der Hitze, die dieser Kerl in mir auslöste. Was er konnte, konnte ich schon lange. »Nein danke, Muchacho. Kein Bedarf. Ich kann mir selbst einheizen.«

Sekunden verstrichen, in denen keiner von uns etwas sagte. Nur diese Funken glühten in der Luft, die den Raum zwischen uns mit Energie füllten, die vermutlich nicht nur ich spürte.

Wieder vergingen ein paar Momente.

Bis Dash plötzlich seine Hände zu Fäusten ballte, seine Augen sich vergrößerten und er wegsah. Sein Brustkorb hob und senkte sich schnell.

Was hat der denn geraucht?

»Hey, wo bleiben eigentlich Tyler und Frankie?«, fragte er plötzlich mit erhobener Stimme. »Tyler?«

»Gleich! Frankie lässt sich nicht losreißen, sorry«, scholl es aus der Küche.

»Okay, okay, okay, okay, okay.« Dashs Kiefer spannte sich merklich an. »Hey, wollen wir die Musik ein bisschen lauter machen? Die Boxen hier drin sind der Hammer.«

»Eigentlich nicht.«

Doch offensichtlich hatte er mich nicht gehört. Bevor ich noch etwas hinzufügen und ihn davon abhalten konnte, hatte er die Musik aufgedreht. Der Bass wummerte in meinen Ohren, vibrierte bis in meine Knochen und setzte meinen ganzen Körper unter Strom – im denkbar negativsten Sinne. Alles drehte sich. Meine Handflächen fingen an zu schwitzen.

Zu laut. Viel zu laut.

Meine Atmung ging hektischer. Ich schnappte unregelmäßig nach Luft.

Ich wusste nicht mal, was für ein Lied es war, weil ich mich nicht darauf konzentrieren konnte und schon seit Jahren kaum mehr Musik hörte. Es hätte der schönste Song sein können, für mich war er in diesem Augenblick nichts als ein hungriger Löwe, der sich auf seine Beute stürzte.

Ich bin in Sicherheit. Alles ist gut. Ich bin in einer Bar. Betonboden. Tresen. Dunkle Wände. Backsteine. Lampen. Bretter. Leiter.

Ich zählte stumm alles auf, was ich sah. Alles, was mich daran erinnerte, hier zu sein. An einem Ort, an dem mir nichts passierte. Es half nicht. Nicht so sehr, wie die Flucht helfen würde. Ich musste raus hier. Raus aus diesem Raum. Fort von der Lautstärke, die unaufhörlich auf mich einhämmerte.

»Tatum!«, hörte ich eine schrille Stimme, die immer näher kam. »Hey, stell die Musik leiser, du siehst doch, dass sie sich unwohl fühlt.«

Im nächsten Augenblick wurde der Song leiser gedreht, und ich spürte Frankies Arm an meiner Mitte, nahm ihren vertrauten Geruch nach Vanillegebäck wahr. Ich blinzelte rasch, um mich zurück in diese Bar zu holen.

»Alles ist gut«, flüsterte sie mir zu. »Konzentrier dich auf alles, was du siehst und spürst. Atme in den Bauch.«

Ich nickte. Schweißtropfen rannen meine Schläfe entlang. »Ja … ähm … geht schon wieder.« Meine Stimme brach.

»He, sorry, ich dachte, du hast Lust auf einen kleinen musikalischen Vorgeschmack.« Aus dem Augenwinkel sah ich, wie Dash herübergelaufen kam. »Alles okay?«

Auch wenn ich mich für nichts schämen musste, wollte ich nicht, dass er mich für schwach hielt. Rasch löste ich mich aus Frankies Arm. »Mir geht's gut. Aber mit deinem … komischen … Rap … äh … Musikgeschmack, mit dem kannst du echt Kriege anzetteln. Übler Mist, den du da hörst.«

»Sicher, dass es dir gut geht? Und so schlimm ist meine Musik echt nicht.« Dash verschränkte die Arme vor der Brust und musterte mich.

»Ja, sicher. Kannst deinen Krach wieder aufdrehen, ich wollte sowieso gerade gehen«, erwiderte ich in dem Versuch, halbwegs gefasst zu klingen. Ich nahm es mir selbst nicht ab.

»Aber …«

»Stimmt, wir müssen langsam los. Cool, dass wir vorbeischauen durften. Ich bin auf das Endergebnis gespannt«, eilte mir Frankie zu Hilfe.

In den vergangenen Jahren hatten wir in unserer Freundschaft ein unausgesprochenes Abkommen getroffen, eine Art Selbstverständlichkeit. Füreinander da zu sein in Situationen, aus denen man sich möglicherweise selbst nicht befreien konnte. Für den anderen in die Bresche zu springen. Ohne zu zögern. Denn nicht nur ich hatte mit meinen inneren Dämonen zu kämpfen, sondern auch sie.

Ich wollte nur noch raus. Mit einer gemurmelten Verabschiedung auf den Lippen drehte ich mich um und stürzte durch die Tür, um die frische Herbstluft meine Lunge mit neuem Leben füllen zu lassen.

Frankie folgte mir keine fünf Sekunden später.

Wieder im Auto ließ ich das Seitenfenster herunter, während Frankie den Motor startete. Sie schwieg. Überließ mich einfach der Ruhe, der Stille, die mir mit jedem Herzschlag mehr Kraft schenkte und dafür sorgte, dass ich nicht erneut die Nerven verlor. Nicht in den Abgrund fiel, der mich schon viel zu oft verschluckt und kraftlos wieder ausgespuckt hatte.

KAPITEL 6

DASH

Ich rannte. Immer schneller und schneller, bis meine Lunge brannte. Schritt um Schritt im Takt der Musik, die durch meine Kopfhörer tönte – wie jedes Mal auf der höchsten Lautstärkestufe. Es gab kein besseres Gefühl.

Ich hatte nie eine der typischen Schulsportarten wie Baseball oder Football betrieben. Um mich fit zu halten, war ich stattdessen oft joggen und ins Gym gegangen. Nur ab und zu hatte ich bei meinem Dad auch mal ein paar Körbe geworfen.

»An mir kommst du niemals vorbei. Kannst du komplett vergessen, Kleiner.«

»Ha, das hättest du wohl gern«, sagte er grinsend, dann täuschte er rechts an und zog auf der anderen Seite an mir vorbei, um den Ball im Korb zu versenken.

Unwillkürlich zog sich bei der Erinnerung in meinem Brustkorb etwas zusammen. Ich biss die Kiefer aufeinander und fixierte einen Punkt in der Ferne, hörte nur noch auf die Musik in meinen Ohren. Betäubte mich damit und ließ die Gedanken fortwehen.

Keine Ahnung, ob es in Golden Oaks ein Fitnessstudio gab, aber in diesem Moment reichte es mir, rauszugehen und durch den Wald am Stadtrand zu rennen. Hin und wieder anzuhalten, um ein paar Übungen auszuführen und meine Muskeln zu trainieren. Einen freien Kopf zu bekommen.

Im Gegensatz zur Luft in der Großstadt war die hier viel reiner, frischer. Sie tat mir gut. Nur ab und an kamen mir auf dem breiten Waldweg Leute entgegen, den Rest der Zeit war ich für mich. Bäume, Hecken und Sträucher changierten in den verschiedensten warmen Tönen und säumten den Fluss, den ich aufwärts lief.

Eine gute Stunde später – nachdem ich noch einen Abstecher in den örtlichen Plattenladen gemacht hatte (klare Empfehlung!) – kam ich wieder in der Chestnut Flower Lodge an, begrüßte kurz den wuscheligen Hund mit einer Streicheleinheit und verschwand dann in meinem Zimmer. Tatum hatte ich nirgendwo gesehen. Es war Samstag; bestimmt hatte sie andere Pläne, als ihr Wochenende im B&B zu verbringen.

Möglicherweise war sie mit ihrer rothaarigen Freundin unterwegs.

Möglicherweise sollte ich mir nicht so viele Gedanken darüber machen, wo sie sich befand.

Oh fuck, Dash. Wo bist du da nur reingeraten?

Seit Tatum in der Bar aufgekreuzt war, hatte ich sie nicht mehr gesehen. Allerdings lag das sicher daran, dass ich morgens schon ziemlich früh das Haus ohne Frühstück verließ und meist erst spät abends zurückkehrte. Den Tag verbrachte ich zum größten Teil in der Bar. Gemeinsam mit Tyler kümmerte ich mich um organisatorische Dinge, schrieb Einkaufslisten und telefonierte diverse Leute ab, um zu klären, ob sie bei der Eröffnung auftreten würden. Wir strichen die übrigen Wände, bauten Möbel zusammen und wimmelten neugierige Leute ab, die an der Tür klopften und sich umsehen wollten.

Trotzdem bekam ich Tatum einfach nicht aus dem Kopf. Es war nicht unbedingt ihr Aussehen oder ihre Ausstrahlung, auch wenn sie mich damit wirklich umhaute, sondern vielmehr diese dunkle, mysteriöse Wolke, die sie umgab. Ich fragte mich, ob sie wirklich immer so tough war, wie sie tat, oder ob sich dahinter noch etwas anderes verbarg. Vielleicht würde ich das noch herausfinden. Vielleicht war sie aber auch nur zynisch und giftig und ging mir mit ihren Sprüchen unfassbar auf den Keks. Dennoch wollte ich sie ums Verrecken aus der Reserve locken, um zu schauen, ob unter der Oberfläche etwas ganz anderes brodelte.

Nachdem ich unter die Dusche gesprungen war und eine Kleinigkeit gegessen hatte, fläzte ich auf dem Bett in meinem Zimmer und schob mir die Kopfhörer zurück auf die Ohren. Ich verbrachte zwar eher wenig Zeit hier drin, aber ich konnte nicht leugnen, dass der Raum ganz gemütlich war. An den beige gestrichenen Wänden hingen mehrere Fotografien in ganz unterschiedlichen Bilderrahmen, die zusammen eine Art Fotowand ergaben. Beim näheren Hinsehen war mir aufgefallen, dass viele der Aufnahmen Orte in Golden Oaks zeigten; vermutlich hatte sie ein Fotograf oder eine Fotografin aus der Stadt gemacht. Außerdem verfügte das Zimmer über ein eigenes kleines Bad, einen Kleiderschrank und eine alte Holzkommode, deren Schubladen mit verspielten Schnörkeln verziert waren und die unterschiedliche Griffe hatten. Durch das Fenster sah man auf die blätterverregnete Straße vor dem Garten und die Autos, die dort parkten. Ein brauner Ledersessel in der Ecke neben einem kleinen Regal mit ein paar Büchern sowie ein Fernseher gegenüber vom Bett vervollständigten meine Unterkunft für die kommende Zeit. Zumindest bis ich eine ruhige Minute fand, um mich um eine eigene Wohnung zu kümmern. Für Gigs war ich in den letzten Jahren oft von zu Hause weg gewesen, auch mal für länger. Doch das hier war etwas anderes. Ich lebte jetzt hier. Mein Apartment in Williamsburg würde ich früher oder später kündigen und ausräumen müssen.

Ich startete auf meinem Laptop den nächsten Song, stellte ihn aber ein wenig leiser und öffnete die Telefon-App, wischte ein paarmal nach oben und tippte eine Nummer an.

Es tutete. Dann hob jemand ab.

»Dash, Schatz, schön, dass du dich meldest. Ist alles in Ordnung?«

Ich musste lächeln. »Hey, Mom. Ja, bei mir ist alles gut. Wie geht's dir?«

Ein leises Seufzen erklang. »Wie immer. Stress auf der Arbeit, aber das ist ja nichts Neues. Macht aber nach wie vor Spaß.«

Meine Mom hatte sich in den letzten fünfzehn Jahren in ihrem Job kontinuierlich hochgearbeitet. Ohne Ausbildung oder Studium war sie bei einer Event-Agentur eingestiegen, und mittlerweile gehörte sie zur Assistenz der Geschäftsleitung. Ich war unglaublich stolz auf sie.

»Gut so! Spaß ist das Wichtigste. Und wie geht's Grayson?«

Sie zögerte. »Grayson …«

»Oh, Mom. Was hat er getan? Soll ich kommen und … Wieso hast du in all den Nachrichten in der letzten Woche nichts gesagt?«

»Es hat nicht gepasst. Er … Er war nicht der Richtige.«

Weil uns der Richtige vor neunzehn Jahren für eine andere verlassen hat.

Ich biss die Kiefer aufeinander. »Sicher, dass es dir gut geht? Ich komme gerne für ein paar Tage vorbei. Tyler kann hier so lange die Stellung halten.«

»Mach dir keine Sorgen, Schatz. Es ist ja nicht das erste Mal. Außerdem ist es besser so. Themenwechsel, okay?«

»Okay. Er hatte dich sowieso nicht verdient.«

Das hatte er wirklich nicht. Da ich zum größten Teil bei meiner Mom aufgewachsen war, hatten wir ein echt gutes Verhältnis. Sie war eine der coolen Moms gewesen (beziehungsweise war sie das immer noch), die zwar Regeln und Grenzen aufgezeigt hatte, dabei jedoch immer locker und verständnisvoll gewesen war. Da sie mich ziemlich früh, mit Anfang zwanzig, bekommen hatte, war sie auch diejenige gewesen, die mir meine ersten Hip-Hop-Tracks vorgespielt und mich als Teenager zu Konzerten mitgenommen hatte. Wir konnten ganz offen über die meisten Dinge sprechen, und sie hatte immer einen Rat für mich. Ganz anders als mein Dad.

»Danke, Dash.« Ihre Stimme brach. Schnell räusperte sie sich. »Und wie geht's dir *tatsächlich*? Wie schlägst du dich?«

Ich biss mir auf die Lippe. Dann schob ich rasch den Lautstärkeregler etwas hoch, nicht zu viel, ich wollte sie schließlich noch hören, aber zumindest so weit, dass mein Kopf leer gespült wurde. Meine Finger fingen wie von selbst an, im Takt der Musik gegen den Holzrahmen des Bettes zu trommeln. »Alles gut, Mom.«

»Dash …«

»Wirklich. Du kennst mich, ich leb hier das Kleinstadt-Leben aus dem Bilderbuch. Alles super.«

Sie seufzte. »Genau, ich kenne dich. Deshalb frage ich.«

»Hey, Mom, ich muss jetzt Schluss machen, Tyler wartet. Aber falls doch noch was ist, schreib mir, und ich bin in ein paar Stunden da, okay?«

»Ach, Schatz. Ja, in Ordnung, von mir aus, aber … rede zumindest mit Tyler, wenn du es schon nicht mit mir tust. Rede mit irgendwem, versprichst du mir das?«

»Yep, versprochen. Ich muss jetzt echt auflegen, Mom. Wir hören uns, in Ordnung?«

»Okay, ich … ja … hab noch einen schönen Tag.«

»Du auch. Bis dann«, sagte ich und legte auf.

Mein Herz polterte schneller als die Musik. Lauter als die Musik.

Ich hätte es verhindern können. Ich bin schuld. Ich habe kein Recht darauf, glücklich zu sein. Nie wieder.

Im Bruchteil einer Sekunde richtete ich mich auf. Wie unter Strom verknüpfte ich die Kopfhörer mit meinem Laptop und setzte sie erneut auf, dann drehte ich den Song auf und lief im Zimmer auf und ab. Spielte an den vielen Ringen an meinen kalten Händen herum. Mein Blick huschte vom Bett zum Fenster zur Kommode zum Sessel und wieder zum Bett. Ich biss meine Zähne fest aufeinander, um alles zurückzuhalten, was in mir aufzusteigen drohte.

Wieso kann man diese verdammte Musik nicht noch lauter abspielen?

Ich konzentrierte mich auf die Beats, den Gesang, jedes kleinste Geräusch und kam Schritt für Schritt, Minute für Minute ein wenig zur Ruhe. Als ich mehr oder weniger regelmäßig atmete, ließ ich mich zurück aufs Bett fallen. Meine Muskeln entspannten sich nach und nach.

Um für noch mehr Ablenkung zu sorgen, hob ich mir den Laptop auf den Schoß und scrollte durch meine Mails. Täglich bekam ich irgendwelche DJ-Anfragen, aber seit über einer Woche hatte ich keine einzige mehr beantwortet. Es war fraglich, ob ich das jemals wieder tun würde.

Mein Blick huschte zum Icon meines DJ-Programms, das seinen Platz unten in der Leiste des Bildschirms hatte.

Nie wieder.

Mit dem Cursor fuhr ich darüber, worauf es sich vergrößerte. Dann weg davon. Und hin. Weg. Hin. Weg. Hin. Das Spiel ging ewig so weiter, bis mir ein genervtes Knurren entfuhr und ich den Laptop neben mir aufs Bett pfefferte. Glücklicherweise spielte die Musik noch weiter.

Ich hatte meine DJ-Karriere an den Nagel gehängt. Nicht nur, um mit Tyler die Bar zu eröffnen, sondern in erster Linie, weil ich es nicht mehr übers Herz brachte aufzulegen. Daran hing zu viel, was mich nur immer wieder erneut in die Ecke drängte und zwang, Dinge zu fühlen, die ich in den vergangenen Jahren lieber beiseitegeschoben hatte.

Überhaupt etwas zu fühlen.

Aber nun war sowieso alles anders. Eine Flucht in ein neues Leben, das war es, was ich vor ein paar Tagen angetreten hatte. Selbst wenn ich damit meine Leidenschaft und einen Teil von mir aufgab – letztlich blieb mir eh keine Kraft mehr dafür. Auch nicht hier in diesem Zimmer, an einem Ort, an dem mich niemand sah und womöglich bemerkte, dass ich nicht der harte Kerl war, der ich immer vorgab zu sein. Nicht mal alleine ließ ich diese Gefühle zu, die mich innerlich zerrissen. Und es vermutlich immer tun würden.

KAPITEL 7

TATUM

»Sherlock, komm!«, rief ich meinem pelzigen Freund zu, woraufhin er angeschossen kam und mir nicht mehr von der Seite wich, bis wir von unserem ausgiebigen Spaziergang inklusive Fotosession am Golden Lake nach Hause zurückkehrten.

Rasch schloss ich das kleine Holztor hinter uns, dann sah ich nur noch Sherlocks hübsches Hinterteil, das hin und her wackelte, und kurz darauf eine Staubwolke, schon war er im hinteren Teil des Gartens verschwunden. Ich schmunzelte, dann lief ich hinein ins Haus, füllte seinen Napf mit frischem Wasser und holte mir auch etwas zu trinken aus dem Kühlschrank, um damit in mein Zimmer hochzugehen. Alle Gäste schienen ausgeflogen, und meine Eltern waren ebenfalls nirgendwo zu sehen. Bestimmt kümmerten sie sich um die Zimmer. Vollkommene Stille im ganzen Haus, zumindest für den Moment. Perfekt, um produktiv zu arbeiten.

Da niemand in Sichtweite war, beschloss ich, es mir mit meinem Laptop, der Foto-Speicherkarte und einer warmen Decke in unserem Wohnzimmer bequem zu machen und dort den Artikel zu verfassen statt oben. So hätte ich auch einen besseren Blick auf die Tür, falls spontan ein neuer Gast hereinschneite.

Innerhalb weniger Sekunden hatte ich das Feuer im antiken Kamin vor der Sitzecke entfacht, sodass alles, was ich hörte, das leise Knistern der Flammen war. Endlich Ruhe, nachdem Dash heute Vormittag noch in seinem Zimmer lautstark die Musik aufgedreht hatte.

Ich liebte unser Wohnzimmer. Eine riesige Regalwand aus warmem Nussbaumholz, die sich bis hoch zur Decke zog, war das Zuhause vieler verschiedener Bücher. Hunderte, die sich im Laufe der Jahre angesammelt hatten. Einen Großteil davon hatte ich schon verschlungen. Während die meisten Leute lieber Serien und Filme schauten oder sich in Videospielen bekämpften, fühlte ich mich wohl, wenn ich mit einem guten Buch ein paar ruhige Stunden verbringen und mich ganz in der Geschichte verlieren konnte. Im Raum verteilt standen mehrere Ledersessel, Sofas und Beistelltische, die verschiedene Sitzecken ergaben. Mein Lieblingsplatz war der alte durchgesessene Sessel neben dem Bücherregal mit perfektem Blick durch die Fensterfront in den Garten. Und zugleich wärmte der Kamin die kalten Füße. Die anderen Wände waren mit Bildern und Gemälden vollgehängt, darunter auch einige meiner Fotografien. Mom und Dad waren so stolz auf mich, dass sie die in fast jedem Zimmer verteilt hatten. Was mich gleichzeitig freute und wehmütig stimmte. Gern wäre ich meiner Leidenschaft auch professionell nachgegangen, doch es gab zu viel, was dagegensprach.

Ich schob ein weiteres Holzscheit ins Feuer und schloss die kleine Eisenklappe, bevor ich es mir auf dem Sessel bequem machte. Mit einer raschen Bewegung klappte ich meinen Laptop auf und steckte die SD-Karte in den Schlitz, um die Bilder rüberzuziehen. Dann öffnete ich den Ordner auf der Festplatte und schaute alle neuen Fotos durch, um eine Vorauswahl zu treffen.

Ich seufzte und blickte auf, als Sherlock mit wedelndem Schwanz durch die Tür kam und sich neben mich auf den Boden legte.

Nur zu gern wollte ich viel mehr fotografieren. Und das nicht nur in Golden Oaks. Trotz meiner Ängste war da dieser Drang in mir, mehr zu erleben. Mehr zu sehen. Nicht nur diese Kleinstadt und die umliegenden Orte, sondern die ganze Welt. Ja, es war wirklich schön hier, aber das konnte es doch nicht gewesen sein, oder?

Eine kleine Pfeilspitze bohrte sich in mein Herz.

Doch, Tatum.

Nach dem Highschool-Abschluss hatten die meisten aus meiner Stufe angefangen zu studieren. An der Golden Oaks University oder in anderen Städten, in anderen Ländern, auf anderen Kontinenten. Auch ich hatte mit dem Gedanken gespielt, den Schritt zu wagen und zumindest an der GOU ein paar Fächer zu belegen. Eine Großstadt wäre so oder so nicht infrage gekommen – nicht mit der Geräuschkulisse und dem Gedränge, das dort herrschte. Doch selbst beim Gedanken an unsere Uni, an der es wesentlich ruhiger und entspannter zuging, brach jedes Mal eine Welle der Panik über mich herein, wenn ich mir vorstellte, dort in Vorlesungen zu sitzen. Zwischen all den anderen Studierenden, die sich unterhielten, in der Mensa

Teller oder Besteck fallen ließen, dem Geräusch der läu-
tenden Glocken und zuknallenden Türen. Und das war
nur ein Bruchteil dessen, was dort Tag für Tag auf mich
einprasseln würde. Nein, dafür war ich noch nicht bereit,
und ich wusste nicht, ob dieser Zeitpunkt jemals kommen
würde.

Der zweite Grund, aus dem ich mich gegen das Fotografiestudium entschieden hatte, war schlicht und einfach
ein finanzieller. Studieren war nicht gerade billig, und
unser Erspartes schmolz seit vier Jahren dahin wie ein
Eisberg in den Tropen. Ich konnte meinen Eltern diese
zusätzliche Belastung unmöglich zumuten. Vor allem
nicht, da ich schlussendlich selbst schuld daran war. Nur
wegen mir hatten wir aus New York wegziehen müssen.
Aus der Stadt, in der ich aufgewachsen und die meiste
Zeit meines Lebens mit all meinen Freunden verbracht
hatte. Spaß gehabt hatte. Highschool, danach abhängen
in der Mall oder auf irgendwelchen Sportplätzen, um den
anderen Teenagern beim Schwitzen zuzusehen, während
wir an unseren Snapples nippten. Es war eine schöne Zeit
gewesen – bis sie irgendwann nicht mehr schön gewesen
war. Bis zu diesem einen Tag. Bis sich von einer Sekunde
auf die andere alles verändert und, lange bevor wir es ausgesprochen hatten, festgestanden hatte, dass wir in New
York keine Zukunft hatten.

Eine Faust schloss sich um meinen Magen und drückte
zu.

Rasch befasste ich mich wieder mit der Bearbeitung
meiner Bilder und versuchte, den Traum eines Fotografie-
studiums aus meinem Kopf zu bekommen. Den Traum
einer Weltreise. Den Traum, laute, unbekannte Orte zu

besuchen. So war das doch mit den Träumen: Nur ein Bruchteil der Menschen erfüllte sie sich, während der Großteil daran zerbrach und schlussendlich sowieso aufgab. Irgendwann würde ich die Chestnut Flower Lodge übernehmen, das war ich meinen Eltern schuldig. Ich durfte mich nicht beschweren, es ging mir schließlich gut. Ich hatte ein Dach über dem Kopf, Essen im Kühlschrank und eine Familie und Freunde, die mich liebten. Was beschwerte ich mich überhaupt? Dazu hatte ich kein Recht.

Nachdem ich noch eine Weile die Fotos durchgeschaut und bearbeitet hatte, widmete ich mich dem Text für den Artikel.

Plötzlich vibrierte mein Smartphone. Den Ton hatte ich immer aus, damit es mich nicht so erschreckte. Rasch zog ich es aus der Lücke zwischen meinem Bein und der Armlehne. Auf dem Display leuchtete Frankies Name auf.

Ich öffnete die Nachrichten-App.

Rosie war gerade in der Bäckerei, hab aufgeschnappt, dass sie viele neue Klamotten hat!
Lass uns in der Mittagspause mal vorbeischauen, ok?

Das klang nach der perfekten Mittagspause. Rosie gehörte der Secondhandladen Silver Thrift in der Stadtmitte, in dem es viele Schätze zu ergattern gab. Frankie und ich brachten oft Stunden damit zu, in die verschiedenen Teile zu schlüpfen und sie uns gegenseitig zu präsentieren. Glücklicherweise war der Shop extrem günstig und dennoch nicht allzu stark besucht – Jackpot!

Klingt richtig gut! Wollte mir sowieso den Hut
vom letzten Mal mitnehmen, falls er noch da ist.
Zwölf Uhr? Ich hol dich ab!

Ich wartete keine zehn Sekunden, bis die nächste Nachricht aufploppte.

Du brauchst ihn in deinem Leben. Wirklich! Alles
klar, zwölf Uhr. Ich pack uns als Proviant noch zwei
Apfeltaschen ein, bis späteeeeer!

Ich schickte ihr noch rasch ein paar GIFs mit Herzaugen, dann legte ich mein Smartphone beiseite, um weiter am Artikel über die besten Spazierwege in Golden Oaks zu schreiben. Meine Finger sausten über die Tastatur, tippten Wort für Wort, Zeile für Zeile. Zu jeder Location dachte ich mir einen kleinen Text aus, zog das passende Foto in das dafür vorgesehene Feld und formatierte alles, damit der Post am Ende professionell aussah. Als ich fertig war, streckte ich mich und rutschte im Sessel wieder ein Stück hoch, dann glitt mein Blick zur Tür.

»Kommst du mit dem Artikel voran?« Mein Dad lehnte am Türrahmen und stieß sich nun davon ab, um zu mir rüberzukommen. Sein dunkles Haar, das hier und da schon silberne Strähnen aufwies, hatte er zurückgegelt und seinen dunkelgrünen Pullover bis zu den Ellenbogen nach oben geschoben.

»Wie lange stehst du schon da?«, gab ich zurück und musste schmunzeln. »Yep, bin gerade fertig geworden. Willst du mal sehen?«

»Nur ein paar Minuten, ich wollte dich nicht stören.

Du hast konzentriert gewirkt. Dann zeig mal her.« Er stützte die Arme hinter mir auf die Rückenlehne des Sessels, um über meine Schultern auf den Bildschirm sehen zu können.

Ich öffnete den Artikel und scrollte langsam die Seite hinunter, sodass er alle Fotos anschauen und die Texte überfliegen konnte. »Denkst du, das passt so?«

»Echt super geworden.«

»Gut, dann poste ich ihn direkt.«

Er schlenderte um den Sessel herum und setzte sich auf die breite Bank unseres Sitzfensters. »Die Fotos musst du mir später schicken, ich will sie drucken lassen und in die Küche hängen. Deine Mom hat gestern ein paar dunkle Holzrahmen gekauft, ich glaube, die passen ganz gut dazu.« Dann presste er seine Lippen kurz aufeinander. »Was steht heute noch auf dem Plan? Frankie?«

Ich nickte. »Wenn ich die Website upgedated habe, hole ich sie ab. Wir wollen zusammen zu Rosie und schauen, was sie Neues im Angebot hat. Später werde ich noch ein paar Fotos bearbeiten, die ich letzte Woche bei Penelope im Café gemacht habe.«

Zusätzlich zum B&B verdiente ich mir hier und da ein bisschen was mit anderen Fotografie-Jobs dazu. Nichts Großes, immerhin war ich kein Profi, aber ab und zu brauchten ein paar unserer Geschäfte neue Fotos für ihre Websites, Instagram oder Werbeanzeigen. Es war ein nettes Taschengeld und zudem eine gute Übung für mich.

»Schön. Und sonst ist auch alles gut?«

»Ja, Dad. Alles super, glaub mir. Wie immer eben.«

Er blies die Wangen auf und atmete dann lange aus. »Okay, wenn du das sagst. Dann mach ich mich mal wieder an die Arbeit. Hinten muss ich den Garten noch vom ganzen Laub befreien, das ist echt immer viel Arbeit, ich sag's dir.«

Ich lächelte ihm noch mal zu, dann widmete ich mich wieder meinem Laptop. »Alles klar, wenn ich helfen kann, sag Bescheid.«

»Mach ich.« Er erhob sich und verließ das Wohnzimmer.

Wie meine Mom machte auch er sich laufend Sorgen um mich. So waren die beiden eben, und ich konnte es ja auch verstehen. Wenn ich wieder eine Panikattacke gehabt hatte oder mich diese ganze Sache sonst irgendwie belastete, vertraute ich mich meinen Eltern (direkt nach Frankie) an, aber gerade in letzter Zeit behielt ich kleinere Angstzustände wie zuletzt in der Bar für mich. Sie hatten genug mit dem B&B zu tun.

Ich veröffentlichte rasch den Artikel, dann klickte ich eine E-Mail meiner Schwester Quinn an, die gerade angekommen war. Sie war sechs Jahre älter als ich und zum Zeitpunkt unseres Umzugs für ein Praktikum in einer Werbeagentur nach Chicago gegangen; im Anschluss hatte sie einen Job angeboten bekommen, sodass wir uns seitdem nicht mehr allzu oft sahen. Wir telefonierten hin und wieder, sie besuchte uns, und wir schrieben einander Nachrichten, um uns auf dem Laufenden zu halten.

Der Mail war ein Foto angehängt, ein Flyer für einen Fotografie-Kurs. Mal wieder.

Und schon vibrierte mein Handy.

Mein Mundwinkel zuckte nach oben, und ich hob ab. »Hey, ich hab gerade deine Mail bekommen ...«

»Ah, perfekt! Geht's dir gut? Hast du den Flyer schon

angeschaut?« Quinns Stimme war viel höher als meine und klang euphorisch, ein bisschen wie Frankies.

Ich überflog kurz die Grafik, auf der ein Fotografie-Kurs angepriesen wurde, der schon in ein paar Wochen einen Ort weiter stattfinden sollte und für jeden buchbar war, der Spaß am Fotografieren hatte. »Mhm, ja.«

»Das ist doch voll die gute Möglichkeit, mach das!«

Ich seufzte leise. »Das ist keine so gute Idee, glaube ich.«

Der Kurs war ziemlich teuer. Hinzu kam, dass es fünfzig Plätze gab. Das waren ganz schön viele Menschen und Geräusche, wenn man die letzten Jahre mit maximal fünf anderen Leuten zur selben Zeit an einem Ort verbracht hatte. Wie eine dunkle Gewitterwolke hing all das über meinen Träumen und regnete herab, setzte sie unter Wasser, bis sie irgendwann vollends ertranken.

»Wieso nicht? Du musst was aus deinem Talent machen, Taty.«

Ich schüttelte den Kopf. »Alles gut, so wichtig ist das nicht. Ich helfe Mom und Dad lieber hier im B&B.«

»Die paar Tage schaffen die das auch ohne dich. Ich weiß, es ist eine Situation, die dich überfordern könnte, aber Mom würde sicher mitkommen. Oder Frankie. Das wäre Mom bestimmt sowieso lieber, dann haben sie oder Frankie ein Auge auf dich und sie muss sich keine Sorgen machen. Und unter den gegebenen Umständen sagen sie bestimmt nicht nein. Ihr tut einfach so, als ob ihr den Kurs zu zweit belegt, dann merkt es keiner von den anderen Teilnehmenden.«

Quinn war es, die immer wieder damit anfing, dass ich doch über meinen Schatten springen und studieren sollte.

Meiner Leidenschaft nachgehen sollte. Aber ich konnte nicht erwarten, dass Mom und Dad meine Studiengebühren zahlten, auch wenn sie immer wieder betonten, dass wir schon eine Lösung finden würden. Damit hätte ich mich wie die größte Egoistin gefühlt. Ich wollte meine Eltern nicht enttäuschen. Nicht nach allem, was sie für mich auf sich genommen hatten.

»Quinn. Danke für den Flyer und deine Ermunterungen, wirklich, aber ich habe sowieso keine Zeit dafür und auch keine Lust. Ich gehe lieber raus und mache alleine ein paar Fotos.«

»Komm schon, du kannst mir nichts vormachen. Lass es dir bitte noch mal durch den Kopf gehen, ja?«

»Okay«, versprach ich ihr und glaubte mir so langsam selbst nicht mehr. Ich log meine Schwester an. Was war ich nur für ein Mensch?

»Gut, das war's eigentlich auch schon. Meine Kaffeepause ist seit zwei Minuten vorbei. Wir quatschen die Tage noch mal, okay?« Sie kicherte. Im Hintergrund hörte ich Stimmen und klapperndes Geschirr.

»Alles klar. Viel Spaß beim Arbeiten.«

»Danke, dir auch!«

Ich sperrte mein Handy und ließ es zurück auf den Sessel sinken.

Mit einem schweren Gefühl auf der Brust atmete ich aus und biss die Kiefer aufeinander. Ich musste mir nur immer wieder ins Gedächtnis rufen, dass ich das Richtige tat. Vielleicht würde es dann irgendwann nicht mehr ganz so wehtun.

Irgendwann, wenn ich meine Träume vollends aufgegeben hatte.

KAPITEL 8

DASH

»Können wir mal kurz festhalten, dass du die Kekse in einer Hello-Kitty-Vesperbox transportiert hast?«, zog Fiona Chase auf, der besagte Box aufgeklappt hatte und ihr zwei Kekse reichte. Sie nahm sie entgegen und legte sie auf ihrem Oberschenkel ab.

»Sag bloß nichts! Die hat mir meine kleine Schwester geschenkt. Du weißt nicht, wie ihre Augen geleuchtet haben, als sie sie mir gegeben hat.«

»Steht dir echt gut, Mann. Die pinke Farbe passt super zu deinem Outfit.« Tyler grinste und nahm sich ebenfalls zwei Kekse aus der Box.

»Ihr seid nur neidisch! Ich kann mich nicht daran erinnern, dass du jemals eine Vesperbox hattest – du transportierst doch alles in irgendwelchen Tüten.«

»Klar, Spaghetti Bolognese aus der Plastiktüte. Platzsparend und praktisch.«

»Und platzt im Rucksack, super Einfall«, sagte ich und lachte.

»Hey, das ist bisher erst fünf Mal passiert.«

»Also meiner Meinung nach sind das fünf Mal zu viel, da glänze ich lieber mit meiner Hello-Kitty-Dose.« Chase zuckte mit den Schultern und streckte sie mir hin, damit ich mir auch ein paar Kekse herausnehmen konnte.

Die bald untergehende Sonne spiegelte sich in der glitzernden Oberfläche des Sees, während das leise Rauschen der Laubbäume im Wind zu hören war. Vereinzelt saßen auf den Grünflächen kleine Grüppchen von Leuten – die meisten in unserem Alter – und unterhielten sich. Gesprächsfetzen wehten von allen Seiten herüber und tauchten diesen Ort in etwas Lebendiges und zugleich in Ruhe.

Fiona war auf die Idee gekommen, den Dienstagabend am See ausklingen zu lassen, der sich am Stadtrand befand. Hier chillten anscheinend die meisten Jugendlichen abends. Ein riesiger See, umgeben von einer Wiese und bunten Bäumen, eine Art überdimensionale Waldlichtung. Es gab auch einen kleinen Anlegesteg für Boote, an dem gerade eine Gruppe von Jungs und Mädels saß, die Bier tranken und ein Kartenspiel spielten. Als wir vorhin angekommen waren, hatten wir uns direkt den Platz an der Feuerstelle gesichert, die von Baumstamm-Bänken umgeben war. Chase hatte glücklicherweise seinen Bluetooth-Lautsprecher dabei, also war eine meiner ersten Handlungen gewesen, ihn mit meinem Handy zu verbinden und eine Playlist abzuspielen. Ich hatte mich für eine mit Deep-House-Tracks entschieden, die perfekt zur entspannten Stimmung passte.

Nun saßen wir hier – Fiona, Chase, Tyler und ich – auf umgekippten Baumstämmen und steckten Marshmallows auf Spieße, um sie ins Lagerfeuer vor uns zu halten und im Anschluss als S'Mores zwischen zwei Kekse zu stecken.

»Spielst du eigentlich auch ein Instrument, Dash? Du bist doch so ein Musik-Profi, und hier am Feuer würde es sich anbieten, ganz klischeehaft ›Wonderwall‹ von Oasis zu schmettern.« Fiona grinste mich übers Feuer hinweg an. Ihre voluminöse Haarmähne hatte sie heute zu einem unordentlichen Zopf nach oben gebunden und einen riesigen Hoodie übergeworfen.

Ich schüttelte den Kopf und befestigte eins der zuckrigen Schaumdinger an meinem Spieß. »Ich hab mal angefangen, Klavierunterricht zu nehmen, ein bisschen kann ich noch was, aber irgendwie war das nie so mein Ding. Stattdessen hab ich mich den elektronischen Instrumenten zugewandt und gemixt.« Ich lachte. »Und ihr?«

Während Chase und Tyler sich mir anschlossen, legte sich ein Grinsen auf Fionas Lippen. »Also um ehrlich zu sein, war ich Anfang der Highschool in der Schulband und habe dort eine sagenhafte Karriere als Triangel-Spielerin hingelegt.«

»Hör auf!« Chase kniff die Augen zusammen und winkte ab. »Das behaupten immer alle, aber das ist doch nur ein Mythos.«

»Hey, das ist keine Lüge. Es war wirklich so«, sagte sie und boxte ihm empört gegen den Arm. »Und ich war verdammt gut.«

»Ich bin beeindruckt«, sagte ich und nickte anerkennend. »Das ist eine Leistung, um die man dich nur beneiden kann. Schau dir Chase an, der ist so eifersüchtig, dass er deine Skills herunterspielt.«

»Alter, wen hast du uns hier eigentlich angeschleppt,

Ty?« Ungläubig schüttelte Chase den Kopf, während Fiona anfing zu lachen.

»Danke! Endlich mal jemand, der auf meiner Seite ist.« Tyler zuckte schmunzelnd mit den Schultern. »Er passt doch super zu uns.« Er sah sich um, und seine Miene hellte sich auf. »Hey, schaut mal, wen wir da haben.«

Ich folgte seinem Blick. Vom Waldweg aus kamen gerade zwei Mädels über die Wiese gelaufen. Frankie in einem grün karierten Hemd, einer hellen, weiten Jeans und schwarzen Vans und daneben: Tatum. Ihr schwarzes Haar trug sie heute offen, nur die vordere Partie hatte sie oben zu einem kleinen Knoten gesteckt. Der beige Strickpulli umspielte locker ihre Rundungen, während die schwarze Hose eng an ihren Beinen anlag und bis in ihre klobigen Boots reichte. Mit dabei war wie fast immer ihr Hund Sherlock, der alles beschnupperte, was ihm vor die Nase kam. Die beiden hatten uns noch nicht entdeckt, sondern liefen geradewegs auf einen freien Platz zu, der sich unweit des Wassers befand.

Wärme füllte meinen Brustkorb, und ich musste leicht grinsen. »Wollen wir sie nicht fragen, ob sie Lust haben, sich zu uns zu setzen?«

Tyler warf mir einen verstohlenen Blick zu, als wollte er mir signalisieren, dass er genau wusste, was ich gerade dachte. »Hmm … Klar.«

»Hey!«, rief Fiona und winkte aufgeregt mit den Armen. »Frankie, Tatum!«

Die beiden sahen sich suchend um, bis sie uns entdeckten. Frankie fing breit zu lächeln an, während Tatum zu mir schaute, zu Frankie, wieder zu mir und dann etwas zu ihrer Freundin sagte, was ich natürlich nicht hören konnte. Schade. Ich hätte zu gerne gewusst, was ihr durch den Kopf ging, wenn sie mich sah. Sie tuschelten miteinander, und es wirkte, als ob Tatum hin und her überlegte, während Frankie aufgeregt auf sie einredete. Nach einem kurzen Wortwechsel kamen die drei schließlich auf uns zugelaufen.

Ich straffte die Schultern und versuchte, entspannt zu wirken – auf dem Gebiet war ich in den letzten Jahren schließlich ein Profi geworden.

»Hi, Leute«, sagte Tatum.

Unsere Blicke verfingen sich. Funken, die zwischen uns tanzten und nicht vom Feuer herrührten. Ein Kribbeln durchzuckte mich.

Ihre Lippen öffneten sich ein Stück, dann sah sie wieder weg.

»Hey, hey, wollt ihr euch nicht zu uns setzen?«, fragte Tyler und begrüßte Sherlock mit einer Streicheleinheit. »Genug Marshmallows haben wir jedenfalls.«

»Klar!« Frankie ließ sich grinsend neben Ty auf den Baumstamm fallen, während Tatums Blick über unsere Gesichter huschte. Ihre Mundwinkel zuckten zur Abwechslung mal nach oben, was ihr unglaublich gut stand. Das ungewohnte Funkeln in ihren Augen machte mich verrückt.

Als wollte ich ihr ein stummes Signal schicken, rückte ich automatisch ein Stück zur Seite, um ihr Platz zu machen. Mal sehen, ob sie darauf einging.

Zögerlich machte sie ein paar Schritte auf mich zu und ließ sich schließlich neben mich sinken. Mit den Fingern spielte sie an ihrem goldenen Armband herum. »Hey, alles klar?«

»Ja. Und bei dir?«

Sie nickte, und ein Lächeln streifte ihre Mundwinkel. »Seitdem ich nicht mehr so oft an deine Tür klopfen muss, um dich anzumeckern … Super.«

Ich schnaubte. »Ach, wer's glaubt. Das hat dir doch Spaß gemacht!«

»Da schätzt du mich ganz falsch ein«, murmelte sie und griff nach meinem Spieß mit dem Marshmallow, um ihn übers Feuer zu halten. »Danke.« Sie warf mir ein Lächeln zu, das nicht mal eine Sekunde anhielt.

»Was meinst du?«

»Dash, dreh doch mal die Musik ein bisschen leiser, dann können wir uns besser unterhalten«, rief mir Fiona plötzlich übers Feuer hinweg zu. »Ich hör so gut wie nichts von Tatum.«

Verdammt.

Ich presste die Lippen aufeinander und nickte. Da kam ich nun nicht mehr raus. Aber da wir nun echt einige Leute waren, würden die Gespräche sicher laut genug sein. Ruhig atmend holte ich mein Handy hervor und stellte die Musik ein wenig leiser, dann steckte ich es wieder ein.

»S'Mores, huh?« Tatum beobachtete, wie der Zucker schmolz. »Das typische Lagerfeuer-Klischee.«

»Dash meinte, er hat noch nie welche gegessen, da haben wir es uns zur Aufgabe gemacht, ihn in die Welt der Zuckerbomben einzuführen«, rechtfertigte Tyler die Wahl unseres Snacks.

»Du hast noch nie S'Mores gegessen?« Frankies Augen weiteten sich, als setzte sie es damit gleich, dass ich in meinem Leben noch nie geduscht hatte.

»Nö, bisher noch nicht. Aber das wird sich ja gleich

ändern.« Ich nahm mir einen neuen Spieß und schob ein Marshmallow über die Spitze. Dann hob ich ihn übers Feuer und versuchte ihn so zu halten, dass er nicht abfackelte und trotzdem genug Hitze abbekam. »Das ist echt eine schmale Gratwanderung, wenn man die hohe Kunst der S'Mores-Zubereitung noch nicht verinnerlicht hat.«

Während Tyler und Frankie sich unterhielten und auch Chase und Fiona herumalberten, nahm ich aus dem Augenwinkel wahr, dass Tatum leicht lächelte. Sofort stieg Wärme in mir auf, und ich war mir sicher, dass sie nicht vom Feuer kam. Sie war so schön. Alles an ihr. Sogar dieser genervte Ausdruck, den sie die meiste Zeit auf ihrem Gesicht trug, wenn sie mich anpöbelte.

»Zu spät. Augen nach vorne«, flüsterte sie und nickte zu meinem Marshmallow.

Er stand in Flammen.

»Fuck!« Ich zog ihn schnell zu mir und pustete darauf, doch es war nur ein verkohltes Etwas übrig, das mit Sicherheit alles andere als lecker schmeckte. Ich schmiss den verbrannten Rest ins Feuer.

»Konzentrier dich lieber auf die wichtigen Dinge, statt dich ablenken zu lassen.«

Okay, Tatum hatte also mitbekommen, dass ich sie beobachtet hatte.

»Wer sagt, dass ich das nicht getan habe?«

Hoch gepokert, Dash. Hoffentlich hält sie dich jetzt nicht für einen Schleimbolzen.

Ich erntete ein amüsiertes Schnauben. »Haben solche Sprüche bei den Mädels auf deinen Partys gezogen?«

»Selten.« Ich lachte auf und lehnte mich ein wenig zurück. »Aber die habe ich auch nicht unbedingt gebraucht.«

»Wow. Ein richtiger Party-Hengst, der eine Frau nach der anderen abschleppt. Gratulation, du lebst wohl ein Leben, um das dich viele Menschen beneiden.«

»So extrem, wie du es ausdrückst, war es nun auch nicht«, sagte ich und ließ den Blick zu den Flammen schweifen. Die anderen standen gerade auf, um mit Sherlock zu spielen, und entfernten sich ein Stück von uns, während aus dem Lautsprecher leise Beats tönten. »Und außerdem ist es auch nicht das, was ich weiter tun möchte.«

»Du willst mir also weismachen, dass du nicht gerne der coole und entspannte Party-New-Yorker bist, der bei allen beliebt ist?« Sie sah zu mir und zog ihre buschigen Augenbrauen zusammen. Neugier lag in ihren Augen. Dann griff sie nach dem Lautsprecher, und im nächsten Moment stellte sie die Musik aus. »Jetzt können wir das Knistern des Feuers und die Abendruhe genießen. Perfekt.«

Ich schüttelte den Kopf. »Nein, ich ... ähm ... «

Zu viele Informationen. Wechsle das Thema, schnell. Sag was. Sprich. Gib Laute von dir. Los. Irgendwas.

»Ähm ... also ... Okay ... Wie sieht's bei dir aus? Was machst du, wenn du nicht gerade arbeitest? Oder mit eurem Hund unterwegs bist? Oder ...«

»Alles okay?«, fiel sie mir ins Wort. »Du sprichst ganz schön laut. Und viel. Und schnell. Pass auf, sonst tackere ich dir noch den Mund zu. Anders hält man das ja nicht aus.«

Ich atmete aus und spielte an den silbernen Ringen an meinen Fingern herum. Mein Fuß wippte wie von selbst auf und ab. Das Gespräch musste am Laufen bleiben, sonst würden die Erinnerungen wieder hochkommen. Das taten sie immer, wenn es still wurde.

»Ist mir echt ein Rätsel, wie deine Eltern dich auf Gäste loslassen können. Einen Preis für Freundlichkeit gewinnst du in diesem Leben nicht mehr.« Ich grinste und winkte ab, als ginge es mir gut. »Also noch mal von vorn und ganz simpel: Was treibt Tatum Sullivan so in ihrer Freizeit?«

Sie überlegte, erwiderte nichts, ließ Ruhe einkehren. Nur das Knistern des Feuers war zu hören.

Verdammt, sag doch was! Egal, was.

Und da tauchte auch schon sein Gesicht vor meinem inneren Auge auf. Mein ganzer Körper spannte sich an, während ich unaufhörlich gegen das ankämpfte, was in mir aufstieg.

»Was ist los? Wieso sagst du nichts?«

Er schüttelte den Kopf und rollte mit den Augen. »Dash, nur weil wir verwandt sind, müssen wir nicht einen auf Happy Family machen.«

»Aber … wir haben uns doch immer voll gut verstanden. Und jetzt schicke ich dir zehn Nachrichten und du antwortest auf keine einzige. Was ist denn los?«

»Du nervst tierisch, weißt du das?«

»Ich fotografiere sehr gerne«, holte mich Tatum zurück ins Hier und Jetzt. Ihre weiche Stimme spülte meine Gedanken fort. »Am liebsten Landschaften oder Architektur, manchmal auch Menschen. Aber die weniger. Bisher habe ich nur ein paar von Frankie gemacht.«

Ich rollte die Schultern nach hinten, um meine Verspannungen etwas zu lösen. Dann heftete ich meinen Blick auf Tatum, konzentrierte mich voll und ganz auf das, was sie sagte, und atmete langsam ein und aus. »Die Bilder im B&B sind von dir?«

»Ja, ich … Meine Eltern sind wahrscheinlich meine größten Fans. Abgesehen von Frankie vielleicht. In deinem Zimmer hängen ein paar Aufnahmen von mir, genau. Und unten im Wohnbereich auch.«

Wow. Sie hatte es wirklich drauf.

»Die sehen echt gut aus. Du solltest das beruflich machen.«

Sie zuckte mit den Schultern. »Ich kümmere mich um unsere Website und füttere sie mit Fotos und Reisetipps für Touristen und Neuankömmlinge in Golden Oaks. Manchmal bekomme ich auch kleinere Aufträge in der Stadt. Mehr oder weniger mache ich es also schon beruflich, wenn auch in einem sehr weit gefassten Sinn.« Rasch schnappte sie sich zwei Kekse, pfriemelte den leicht goldenen Marshmallow vom Spieß und platzierte ihn mit einem Stück Schokolade dazwischen, dann klappte sie alles zu einem Sandwich zusammen. »So, das Werk ist vollbracht.« Zufrieden grinste sie mich an, dann streckte sie mir den fertigen S'More hin. »Wenn er deinem Gaumen nicht schmeichelt, hast du keinen Geschmack.«

Ich legte überrascht den Kopf schief. »Der ist für mich?«

»Ne, ich halte ihn dir nur zum Spaß hin.« Gerade als ich danach greifen wollte, zog sie ihn wieder zurück. »Schau, jetzt gehört er mir.«

Ich lachte. »Wow, zu nett.«

Damit entlockte ich auch ihr ein Schmunzeln; dann reichte sie mir das Keks-Sandwich erneut, und ich nahm es entgegen. »Ausnahmsweise aber nur.«

»Ich fühle mich geehrt.« Ich biss genüsslich in die Zuckerbombe.

»Und?«, rief Fiona, die gerade mit den anderen zurückgekommen war, und ließ sich wieder auf den Baumstamm sinken. Ty, Frankie und Chase taten es ihr gleich.

Die geschmolzene Schokolade vermischte sich in meinem Mund mit dem zuckrigen Marshmallow und den Keksen. Ich ließ den süßen Geschmack auf mich wirken und überlegte. »Zehn von zehn«, sagte ich schließlich und grinste.

»Was anderes haben wir auch nicht erwartet.« Tyler lachte, während Frankies Blick erstaunlich lange auf ihm lag. Als sie bemerkte, dass ich zu ihr sah, zuckte sie ertappt zusammen und widmete sich ihrem eigenen S'More.

Ob die beiden was am Laufen haben?

Vermutlich nicht, das hätte Ty mir bestimmt gesagt.

»Danke«, sagte ich an Tatum gewandt. »Ohne dich hätte ich niemals diese ultimative Geschmacksexplosion erleben dürfen.«

Sie rollte amüsiert mit den Augen. »Jetzt mal nicht übertreiben, Cowboy.«

»Cowboy?«

»Klar. DJ, Cowboy, Feuerwehrmann … Ist doch alles das Gleiche.«

Ich lachte auf und steckte sie damit an. In ihren Augen funkelte etwas, als sich unsere Blicke kreuzten. Sofort spürte ich, wie diese Frau meinen ganzen Körper unter Strom setzte. »Für dich bin ich, wer du willst.« Hoffentlich checkte sie es und fasste es nicht als dummen Anmachspruch auf.

Ein erneutes Lachen brach aus ihr heraus. »Okay, und jetzt zitierst du auch noch meine frühere Lieblingsserie?«

Bingo. Es war eine Szene aus der Pilotfolge der Serie *O. C., California*, die mir über die Jahre hinweg im Gedächtnis hängen geblieben war.

»*Frühere?* Magst du sie nicht mehr?«

Ihr Blick schweifte zurück zum Feuer. »Ich hab sie ewig nicht mehr gesehen. Mittlerweile lese ich eher Bücher und schaue weniger Serien und Filme.«

»Cool. Hörbücher mag ich auch ganz gern.« Ich schob mir den Rest meines S'Mores in den Mund.

Wir redeten noch eine Weile in der Gruppe, während die Sonne langsam unterging und sich mit dem glasklaren See verband. Es saßen immer noch einige Leute auf der Lichtung verteilt. Man hörte Bierflaschen, die aneinandergestoßen wurden, Gelächter und Musik.

»Habt ihr gehört, kommende Woche macht das Maisfeld-Labyrinth auf. Wer kommt mit? Jenn ist auch da«, sagte Fiona und klatschte vergnügt in die Hände. »Dienstag vielleicht?«

»Unbedingt, ich freue mich schon seit letztem Jahr darauf«, pflichtete Frankie ihr bei.

»Auf jeden Fall.« Tyler nickte, und auch Chase und Tatum stimmten zu.

»Maisfeld-Labyrinth? Na okay, nachdem ich zum ersten Mal einen S'More probiert habe, werde ich wohl nächste Woche zum ersten Mal durch so ein Ding rennen und den Ausgang suchen«, sagte ich und grinste.

»Du wirst sowieso haushoch verlieren«, flüsterte mir Tatum zu. »Brauchst dich nicht mal anzustrengen.«

»Du bist ganz schön frech.«

Ihre Mundwinkel hoben sich, dann zuckte sie plötzlich zusammen, als ob ihr etwas eingefallen wäre, und sah zu Frankie. »Hey, Franks? Müssen wir nicht langsam gehen?«

Frankie sah erschrocken auf. »Ja, stimmt, ich muss wieder früh raus, die … die Arbeit ruft. Also morgen Früh.« Ihre Hand huschte im nächsten Moment zu der Kette mit dem goldenen Sonnenanhänger, die sie um ihren Hals trug, und sie spielte daran herum.

Irrte ich mich oder waren diese zwei hier unglaublich schlechte Schauspielerinnen?

»Also gut, dann lass uns los«, sagte Tatum und warf mir noch mal einen kurzen Blick zu.

Tyler stand auf. »Könnt ihr mich mitnehmen?«

Ich warf ihm einen fragenden Blick zu, den er mit einem Kopfschütteln quittierte.

Was ist denn hier im Busch?

»Klar, supergerne«, erwiderte Frankie. »Noch jemand?« Und als Tatum Anstalten machte aufzustehen, fügte sie schnell hinzu: »Du kannst ruhig hierbleiben, wenn du noch nicht gehen magst, und später bei den anderen mitfahren. Oder wie seid ihr hergekommen?«

Ich hob die Hand. »Bin mit dem Auto gefahren.«

»Ich weiß nicht …« Tatum schaute erst zu mir, dann durchbohrte sie ihre beste Freundin mit ihrem Blick. »Soll ich wirklich nicht mitkommen? Bist du dir ganz sicher?«

»Auf jeden Fall, Tyler fährt ja mit mir. Und Dash muss doch sowieso auch ins B&B.«

»Ich kann dich gerne mitnehmen, wenn du willst«, schaltete ich mich ein und warf beiden Mädels ein Lächeln zu. »Gar kein Problem.«

Tatum biss sich auf der Lippe herum, bevor sie schließlich sagte: »Okay, von mir aus.«

Frankie umarmte ihre beste Freundin zum Abschied. Ganz leise konnte ich hören, wie Tatum noch ein »Schick mir sofort eine Nachricht, wenn du zu Hause bist und im Bett liegst, und ruf mich an, falls ich kommen soll, okay?« murmelte.

Seltsam. Ich hatte nicht die geringste Ahnung, was hinter diesem Komplott steckte, aber wahrscheinlich ging mich das auch gar nichts an.

Tyler und Frankie verabschiedeten sich rasch und traten den Heimweg an. Während Chase und Fiona mit einem Bier anstießen und sich auf seinem Smartphone irgendein lustiges Video ansahen, naschte ich noch ein paar Keksreste. Das Feuer war mittlerweile runtergebrannt, und es dauerte nicht mehr lang, bis es ganz ausging.

»Hör zu, ich brauche deine Hilfe«, tastete ich mich vorsichtig bei Tatum vor. »Da du dich hier so gut auskennst, wäre es super, wenn du mir eine kleine Stadtführung geben könntest.«

Hoffentlich funktionierte es.

»Soso … meine Hilfe.« Ein Hauch Bedenken mischte sich unter ihren toughen Gesichtsausdruck. Nur eine Sekunde, dann war die Regung wieder verschwunden. »Und Tyler könntest du nicht fragen? Der wohnt schließlich schon viel länger hier als ich.«

»Du kannst das sicher viel besser.« Meine Mundwinkel zuckten nach oben. »Zeig mir deine Lieblingsorte.«

War ich zu weit gegangen? Ich wollte sie keinesfalls bedrängen. Wenn sie keine Lust auf ein Date mit mir hatte, dann musste ich damit leben. Als sie nichts sagte, fuhr ich schnell fort: »Wenn du nicht möchtest, ist das echt kein Thema. Ich dachte nur, ich …«

»Wenn's sein muss.«

»Wenn's sein muss?« Mein Herz schlug schneller. »So viel Begeisterung aus deinem Mund? Du hast Lust?«

»Wenn du noch so 'ne überflüssige Frage stellst, überlege ich es mir gleich wieder anders.«

Als sich unsere Blicke trafen, schossen Blitze durch meinen ganzen Körper. Ich konnte mich nicht von ihrem Anblick losreißen, und so wie sie mich ansah, schien es ihr ähnlich zu gehen. Oder interpretierte ich da viel zu viel rein?

»Aber zu meinen Bedingungen.«

»Und die wären?«

»Das wirst du dann sehen.«

»Ich mache mich auf das Schlimmste gefasst«, scherzte ich. »Wann hast du Zeit?«

»Hmm … Vielleicht Donnerstag? Da soll es schön sonnig werden.«

»Hört sich nach einem guten Plan an.«

»Das wird sich zeigen.«

KAPITEL 9

TATUM

Ich warf noch einen letzten Blick in den Spiegel und atmete tief ein und aus. Worauf hatte ich mich bloß eingelassen? Keine Ahnung, was ich mir dabei gedacht hatte, mit Dash auf ein Date zu gehen. War es überhaupt ein richtiges Date? Immerhin zeigte ich ihm nur den ein oder anderen hübschen Ort in der Stadt. Und außerdem hätte es mich gewundert, wenn er nach meinen ganzen garstigen Sprüchen überhaupt Interesse an mir hatte.

Ja, Tatum, denk nur weiter, dass das kein Date ist.

Schnell kämmte ich mir noch mal durch die glatten Haare und checkte mein Outfit. Ich hatte mich für einen braunen Jeansrock, ein beiges Longsleeve und meine Boots entschieden. Darüber schichtete ich noch meine herbstliche braune Fake-Lederjacke darüber, und schon war das Outfit komplett. Mit meinem Lieblingslippenstift in Rotbraun zog ich mir die Lippen nach, dann steckte ich ihn in die kleine Tasche und machte mich auf den Weg nach unten, wo Dash bereits wartete. Das hatte er mir zumindest vor einigen Minuten geschrieben.

Dash stand am unteren Treppenabsatz und unterhielt sich mit einem Gast, der gestern neu eingecheckt hatte. Verdammt, er sah echt gut aus. Okay, das sah er immer. Aber irgendwas hatte er an sich, das mich heute noch mehr anzog, auch wenn ich das niemals offen zugegeben hätte. Möglicherweise lag es auch an der Art, wie er mich in diesem Moment anschaute, als er mich entdeckte. Seine Mundwinkel huschten nach oben und blieben dort wie festgetackert hängen. Unterhalb meines Bauchnabels zog sich etwas zusammen.

Wie schon so oft trug er seine schwarze Jeans, dazu schwarze Combat-Boots und ein schwarzes Shirt, darüber seine Lederjacke. In den Farbtopf war er nicht gefallen. Aber es stand ihm. Er strahlte etwas Rockiges aus, diesen Mir-ist-alles-egal-aber-trotzdem-weiß-ich-wie-gut-ich-aussehe-Look … Falls es den überhaupt gab.

Während ich langsam die Treppe herunterlief, ließ er mich nicht aus den Augen. Dann murmelte er dem anderen Gast – Peter aus Denver, der Ruhe brauchte, um seinen neuen Roman zu schreiben – kurz etwas zu. Der klopfte ihm auf die Schulter und verschwand anschließend nach draußen.

Ich schluckte. Dann musste ich lächeln. Weil Dashs Grinsen immer breiter wurde und er mich irgendwie damit ansteckte.

Oh Mann, das konnte ja was werden!

»Hi.«

»Hey.« Ich versuchte, mein Grinsen unter Kontrolle zu bringen, als ich unten ankam. »Das ist ja fast wie bei einem Debütantinnenball. Warten da die Kerle nicht auch unten an der Treppe auf die holde Maid?«

Mit offenem Mund starrte er mich an, lachte dann los und fuhr sich durchs Haar. »Wenn du von mir in die feine Gesellschaft eingeführt werden willst, muss ich dich leider enttäuschen. Ich glaube, die dulden mich dort nicht.«

»Weil du aussiehst wie ein Bad Boy, der gerne mal ein paar Fabergé-Eier mitgehen lässt?«

»Eher, weil ich mit meinen krassen Tanzmoves alle anderen vom Parkett fegen würde.«

Ich musste schmunzeln. »Ganz bestimmt. Ein richtiges Multitalent. Wollen wir los?«

»Klar, gerne«, erwiderte er und folgte mir zur Tür. »Du würdest dich also mit einem Bad Boy auf ein Date treffen?«

»Mit dem würde ich auch noch fertigwerden.«

Hinter mir hörte ich ein Schnauben, dann das Knarren der Dielen, als wir über die Veranda liefen. Wenig später saßen wir in Dashs Auto.

Ich schaute mich in seinem Wagen um. Alles sah mehr oder weniger ordentlich aus, mal abgesehen von der Rückbank, auf der ein paar Klamotten und Schallplatten lagen. Es roch angenehm nach Dash. Eine Mischung aus Holz und etwas Herbem, die mir die Sinne vernebelte.

»Also«, durchbrach er die Stille. »Wo geht unser Ausflug los?«

Ich überlegte kurz. »Ich navigiere dich. Ist nicht weit von hier. Richtung Stadtrand. Fahr einfach mal los, wir werden schon irgendwie ankommen.«

Grinsend startete er den Motor. »Na schön.«

Im nächsten Augenblick ertönte lautstarke Musik aus den Boxen. Unwillkürlich krallten sich meine Finger ins Polster des Sitzes, während sich mein ganzer Körper bis zum Zerreißen anspannte. Wie wild hämmerte mein Herz gegen den Brustkorb.

»Kannst du das bitte leiser drehen?«

»Oh, sorry«, sagte er und runzelte die Stirn. Sein Blick glitt neugierig in meine Richtung. »Du stehst ja nicht so auf Musik, ich dreh sie ein bisschen runter.«

Er betätigte den Lautstärkeregler, woraufhin der Geräuschpegel von Wimpernschlag zu Wimpernschlag sank. Genau wie mein Puls. Als Dash bemerkte, dass ich trotzdem noch hektisch atmete, schaltete er die Anlage ganz aus.

Ich entspannte mich etwas, löste die Finger vom Sitz und legte sie auf meinen Oberschenkeln ab. Nach einigen Momenten holte ich tief Luft. »Ich mag Musik. Nur nicht, wenn sie dermaßen laut ist. Du bekommst irgendwann noch einen Hörsturz, wenn du so weitermachst.«

»Glaub mir, das geht noch viel krasser.« Er lachte und fuhr vom Parkplatz auf die Straße. »Und bisher haben meine Ohren noch nichts abbekommen.«

»Lange kann das aber nicht mehr dauern.«

Grinsend warf er mir einen kurzen Blick zu, dann bog er um die Ecke auf die Hauptstraße. »Also, Tatum, wie war dein Tag bisher so? Irgendwelchen kleinen Kindern das Bein gestellt oder Senioren die Brille geklaut?«

»Hab nur mal wieder ein paar Männerherzen gebrochen.«

Er schnaubte amüsiert. »Das glaube ich.«

»So fies bin ich doch gar nicht. Aber manchmal, da … da geht es einfach mit mir durch. Vor allem, wenn irgendwelche überheblichen Großstadt-Boys hier antanzen und meinen, Golden Oaks mit ihrer dämlichen Musik fluten zu müssen.« Ich hatte versucht, es wie einen Witz klingen zu lassen, doch ich kaufte ihn mir selbst nicht ab. Mir war bewusst, dass ich auf andere Menschen ab und an vielleicht etwas unhöflich wirkte, doch die kannten mich nicht gut genug, um zu wissen, dass das, was hinter dieser Fassade steckte, nur eine Tatum war, die Angst hatte, verletzt zu werden.

»Schon okay, damit verjagst du mich nicht.«

»Ach? Und mit was könnte ich dich verjagen, wenn ich wollte?«

»Mit salzigem Popcorn.«

Ich lachte auf. »Wow, was für eine tiefgründige Antwort.« Dann blickte ich nach vorne durch die Scheibe. »Bleib am besten die ganze Zeit auf der Hauptstraße. Wir brauchen ungefähr zehn Minuten.«

Er nickte und warf mir einen kurzen Blick zu. »Mach ich.«

Ich wollte etwas sagen, da erklang plötzlich lautes Hupen aus einer der Seitenstraßen. Es stoppte gar nicht mehr, und mit jedem Meter, mit dem wir uns dem Geräusch näherten, krallte ich meine Finger fester in meine Oberschenkel. Mein Herz raste. Ich blinzelte wie wild und biss die Kiefer aufeinander.

Alles ist gut, Tatum. Das sind nur hupende Autos.

»Bist du okay?« Eine dumpfe Stimme neben mir.

Im nächsten Moment hörte das Hupkonzert schon wieder auf, und ich entspannte mich ein wenig, atmete tief aus, ließ los.

»Ja, klar, alles gut«, entgegnete ich und fuhr mir rasch durchs Haar.

»Sicher? Sieht nicht danach aus. Ist dir schwindelig oder so?«

»Mir geht's gut, Dash. Hab mich nur erschreckt.«

»Okay. Aber wenn was ist, sag Bescheid, ja?«

Er hatte ein vorsichtiges Lächeln aufgesetzt, als ob er sich nicht sicher war, ob ich die Wahrheit sagte oder ihm etwas vormachte. In meinem Brustkorb flatterte es, als ich ihn von der Seite ansah und mir die Sorge in seinen Zügen auffiel.

»Ich sag, wenn's mir nicht gut geht, keine Panik«, murmelte ich und blickte wieder nach vorne. Ich hasste es, wenn Menschen meine Schwäche mitbekamen.

Nach einigen Minuten verließen wir die Hauptstraße und überquerten eine Brücke, die uns an den Stadtrand führte. Dorthin, wo ich im Herbst gerne meine Zeit verbrachte, wenn ich Abwechslung vom Wald und See brauchte.

»Einen abgelegeneren Ort gab es nicht, oder? Hier ist ja nichts los. Gar nichts. Muss ich mir Sorgen machen, dass du mich gleich abmurkst und unter den Kürbissen verbuddelst?«, fragte Dash, als wir wenig später geparkt hatten und einen schmalen Streifen Wiese entlangspazierten, der zwischen zwei Kürbisfeldern verlief.

Die Mittagssonne hing tief am hellblauen Himmel. Ein paar Wolken verschmolzen mit den Baumkronen des Waldes, die sich am Horizont erstreckten. Rund um uns herum nichts als Felder und orangene Kürbisse, hier und da auch ein paar in weiteren Formen und Farben – gelb, grün, welche mit Mustern und in Schlangengestalt, andere geformt wie riesige cremefarbene Erdnüsse. Wohin das Auge reichte, war keine Menschenseele zu sehen. Nichts zu hören bis auf das Rauschen der Blätter im Wind, zwitschernde Vögel und unsere Schritte im trockenen Gras.

»Nur, wenn du frech wirst. Dann hol ich meinen Spaten und zieh ihn dir über die Rübe.«

»Hört sich nach einem tollen Ausgang für ein erstes Date an.« Er zwinkerte mir zu.

»Was heißt denn hier *Date*? Ich dachte, du willst 'ne kleine Einführung in unsere hübsche Stadt? War das etwa nur ein Vorwand?« Meine Stimme troff vor Sarkasmus.

»Manchmal muss man Menschen zu ihrem Glück zwingen, weißt du?«

»Also an Selbstbewusstsein mangelt es dir absolut nicht.«

Dash grinste und zuckte mit den Schultern. »Dir doch auch nicht, oder? Es wirkt, als ob dir die Meinung anderer komplett egal ist.«

Ich dachte kurz darüber nach. »In den meisten Fällen schon, außer vielleicht die von meinen Freunden und meiner Familie. Irgendwie ... Na ja, meiner Meinung nach lebe ich mein Leben für mich und nicht für irgendwelche anderen Leute, die sich womöglich das Maul über mich zerreißen. Es bringt doch nichts, sich davon runterziehen zu lassen, wenn sie sowieso keine Rolle für dich spielen.«

»Ist eine gute Einstellung«, erwiderte er und lief weiter neben mir her, die Hände in seinen Jackentaschen versteckt. »Hattest du die schon immer?«

Auf einmal fühlten sich meine Hände ganz kalt an. »Nein. Aber seit ich hier wohne, hat sich mein Leben verändert.«

»Ach, stimmt, du bist ja gar nicht in Golden Oaks aufgewachsen.«

Ich schüttelte den Kopf. »Queens. Nach Golden Oaks

kam ich erst vor einigen Jahren, um … um hier meinen Abschluss zu machen.«

Wie angewurzelt blieb er stehen und grinste mich ungläubig an. »Und du vermisst das Großstadtleben gar nicht? New York City? Ich meine, hier ist es um einiges idyllischer, aber den Trubel und die Ausgehmöglichkeiten dort vermisse ich schon ziemlich, du nicht?«

»Ist bei mir genau andersherum. Ich find's schön, hier draußen zu sein, wo man nichts hört bis auf den Wind und die Vögel. Klar, in New York war alles größer und lauter und hektischer. Aber ist das wirklich besser?«

»Vielleicht nicht besser, aber anders.«

»Ich mag es hier. Natürlich war es schwer, neu anzufangen, aber glücklicherweise hat mich Frankie schnell unter ihre Fittiche genommen.« Ich schnaubte amüsiert. »Die erste Zeit auf der neuen Schule war sehr eintönig, weil ich zu dem Zeitpunkt nicht gerne auf Leute zugegangen bin und lieber für mich war. Aber Franks hat sich nach zwei, drei Wochen im Literatur-Kurs einfach neben mich gesetzt und angefangen, über das Buch zu sprechen, das ich zu dem Zeitpunkt in jeder Pause verschlungen habe. Sie hat nicht aufgehört, von einem der Protagonisten zu schwärmen, und mich sogar fast gespoilert, aber zum Glück konnte ich sie noch stoppen. Seitdem sind wir beste Freundinnen. Das hat mir die Anfangszeit … okay, eigentlich die *komplette* Zeit hier echt erleichtert.«

»Was war das denn für ein Buch?«

»*Clockwork Angel*. Der Auftakt einer der besten Urban-Fantasy-Trilogien auf diesem Planeten.«

»Gibt's davon nicht eine Serie?«

»Ne, das ist eine andere Buchreihe der Autorin.«

»Verstehe. Und wieso ausgerechnet Golden Oaks? Habt ihr hier Verwandte?«

»Meine Eltern wollten sich ihren Traum verwirklichen und ein Bed and Breakfast eröffnen. Wir haben nach einer Kleinstadt gesucht, die einigermaßen bezahlbar ist und nicht am anderen Ende des Landes liegt. Na ja, und dann sind wir auf eine Anzeige einer älteren Dame gestoßen, die ihre Pension verkaufen wollte. Wenige Wochen später sind wir umgezogen.«

»War es schwer, die Großstadt hinter sich zu lassen?« Er warf mir einen kurzen Blick zu und folgte mir zwischen zwei Feldern von Zierkürbissen hindurch, die gerade von einem älteren Mann geerntet und auf die offene Ladefläche eines kleinen Lastwagens gelegt wurden.

»Nein, nein. Ich habe mich schnell umgewöhnt. Es tat mir damals gut … Das tut es heute noch. Zu Beginn war ich natürlich das Gesprächsthema Nummer eins, aber nach und nach hat sich das dank Frankie gelegt. Und ganz ehrlich, die meisten Leute hier sind echt cool. Ich brauche zwar nicht jeden Tag die komplette Bewohner-Dröhnung, aber es macht Spaß, ab und zu bei einer Pizza mit Arturo zu quatschen oder bei der Klatschtruppe in der Bäckerei zu lauschen.«

»Deshalb bist du auch oft am See oder im Wald, oder? Du scheinst kein besonders großer Fan von lauten Menschen wie mir zu sein.« Er lachte warm und zwinkerte mir zu.

»Also prinzipiell habe ich nichts gegen Menschen«, sagte ich und hob verteidigend die Hände. »Die Natur bedeutet mir einfach sehr viel. Wenn ich mit meiner Kamera hier draußen bin, kann ich mich fallen lassen. Ich muss nicht darauf achten, Autos auszuweichen oder über Stimmengewirr hinweg meine Gedanken zu ordnen. Es fühlt sich einfach gut an.«

»Seit wann fotografierst du?« Er wirkte aufrichtig interessiert.

»Echt lange.« Ich schob mir eine Strähne hinters Ohr und ließ den Blick über die Felder wandern. »Schon als Kind hatte ich immer eine Spielzeugkamera in der Hand, und als ich dann mit dreizehn meine erste richtige bekommen habe, musste sie überallhin mit. Irgendwie hat sich das bis heute durch mein Leben gezogen. Ich habe verschiedene Motive durchprobiert und bin schließlich bei Landschaft und Architektur hängen geblieben. Als wir nach Golden Oaks gezogen sind, hab ich erst so richtig angefangen. Davor war es nur drauflosknipsen.« Ich lachte auf, weil ich mich an meine ersten Bilder erinnerte, die komplett unter- oder überbelichtet, verwackelt oder unfokussiert gewesen waren. »Die Umgebung bietet wunderschöne Motive. Gerade im Herbst und Frühling.«

Auf Dashs Lippen lag ein Lächeln, er hatte mich die ganze Zeit von der Seite aus angesehen. »Hast du mal überlegt, was in die Richtung zu studieren?«

Mir wurde flau im Magen. »Ja. Nein. Ja …«

»Was jetzt?« Er lachte und fuhr sich durchs Haar.

»Klar. Das war immer mein Traum. Fotografie zu studieren und im Anschluss um die Welt zu reisen und zu fotografieren. Alles, was mir vor die Linse kommt. Vielleicht sogar für den *National Geographic* oder eine andere renommierte Zeitschrift.«

»Das klingt toll. Wann geht's los?«

Ich seufzte leise. Unhörbar.

Zumindest dachte ich das, denn sogleich zog Dash seine Augenbrauen zusammen. Bevor er etwas sagen konnte, entgegnete ich rasch: »Mal sehen.« Ich wandte den Blick ab und hoffte, er würde nicht weiter nachbohren.

»Was soll das denn heißen? Wenn es dein Traum ist, solltest du es tun.«

Fehlanzeige.

»Aber manchmal, da kann man seine Träume nicht verwirklichen. Das ist echt so ein seltsames Ding, also, dass die Menschen immer sagen, dass man alles schaffen kann, was man sich in den Kopf setzt. Manchmal geht es einfach nicht. Manchmal gibt es zu viele Gründe, die dagegensprechen, oder Hindernisse, die dich davon abhalten. Und wäre es dann nicht schade, sein Leben lang einem Traum nachzujagen, der sich sowieso nie erfüllen wird?«

»Wir reden hier aber nicht von dem Traum, dass dir Federn wachsen und du wie ein Vögelchen zum Flug abhebst. Es geht doch erst mal nur um ein Studium, Tatum.«

»*Nur um ein Studium.* Das ist echt leichter gesagt als getan.« Ich verschränkte die Arme vor der Brust und kickte einen kleinen Stein aus dem Weg.

»Wieso? Liegt es an deinen Noten?«

»Du stellst ganz schön viele Fragen dafür, dass du nicht sonderlich gerne über dich selbst sprichst, Kollege.« Ich funkelte ihn gespielt böse an. »Nein, es liegt nicht an meinen Noten.«

»Dir muss man auch echt alles aus der Nase ziehen, oder?« Er grinste und stieß mich sanft mit dem Ellenbogen in die Seite.

Ich fasste mir ein Herz. »Meine Eltern. Ich kann sie nicht im Stich lassen. Die brauchen mich im Bed and

Breakfast und …« Nein, mehr wollte ich ihm nicht verraten. »Frankie kann ich auch nicht allein lassen.«

Er sah in die Ferne, schien zu überlegen. »Aber was brauchst *du*?«

»Was interessiert *dich* das denn?« Ich merkte, wie sich automatisch wieder meine Mauer aufbaute. Eine Mauer, bestehend aus Härte und Kälte und Gleichgültigkeit, die mich am Leben hielt. Die mich davor schützte, erneut verletzt zu werden.

»Ich weiß, wie es ist, wenn man bereut, Dinge nicht getan zu haben. Und das wünsche ich niemandem.« Er sah zu Boden, dann begegneten sich unsere Blicke, und ich konnte in seinen Augen erkennen, dass viel mehr als nur eine Kleinigkeit dahinterstecken musste.

Gänsehaut legte sich auf meinen Körper, und da war wieder dieses Kribbeln in meinem Bauch. Ich gab keinen Ton von mir, da ich den Moment nicht zerstören wollte. Schaute ihm nur geradewegs in die Augen und versuchte ihm zu verstehen zu geben, dass ich da war, falls er das Bedürfnis hatte, über etwas zu reden. Noch mehr Kribbeln, das nun wie Tausendfüßler durch meine Glieder wanderte.

Wir liefen ein paar Sekunden nebeneinander her. Die Sonne würde sich bald dem Horizont entgegenneigen und verhieß einen goldenen Untergang innerhalb der nächsten paar Stunden. Pure Stille zwischen uns, die keiner durchbrach. Vorerst. Denn nach ein paar weiteren Wimpernschlägen bemerkte ich aus dem Augenwinkel, wie Dashs Finger unruhig gegen seine Oberschenkel klopften. Er atmete schneller, sah sich in alle Himmelsrichtungen um und räusperte sich schließlich.

»Okay, und jetzt? Sollen wir dort vorne lang? Oder in

Richtung Stadtmitte? Wollen wir später noch was essen gehen?« All die Worte hatte er in einem Affenzahn heruntergerattert, sodass er jede einzelne Sekunde mit Hektik gefüllt hatte.

Ich kniff die Augen zusammen und musterte ihn. »Wieso bist du so nervös?«

»Wer sagt, dass ich nervös bin?«, versuchte er auszuweichen.

»Dash. Ich seh das doch. Du wirkst wie ein Huhn auf Futtersuche, und hinzu kommt dein wirres Geplapper.«

»Du nimmst wirklich kein Blatt vor den Mund, oder?« Er lachte auf und fuhr sich durch sein Haar und am Kiefer entlang.

»Wieso auch?« Ich schmunzelte. »Also, woran liegt es, dass du immer so unruhig wirst, wenn Stille einkehrt? Warum lässt du deine Musik so laut laufen, und wieso umgibt dich immer diese Wolke von Geräuschen?«

Diese Wolke, die mir so viel Angst einjagt.

Er atmete lautstark aus. »Hör zu, ich rede da echt nicht gerne drüber.« Dann riskierte er einen Blick in meine Augen, und ich hielt ihn fest. Legte Wärme in meinen und lächelte ihn aufmunternd an.

»Schon okay, wenn du nicht darüber sprechen magst. Ich würde es nur echt gerne verstehen.«

»Musik und Trubel und laute Gespräche helfen mir, die Gedanken aus meinem Kopf zu spülen, die immer wieder angeschwemmt werden, sobald es still wird. *Deshalb* brauche ich das Laute und vermeide es, in ruhige Situationen zu kommen. Denn jedes Mal tauchen diese Bilder …« Er brach ab, rang nach Worten. »… diese Erinnerungen auf, die mich kaputtmachen.«

Ich lauschte jedem seiner Worte und legte ihm schließlich sanft eine Hand auf den Arm. »Was ist passiert? Was
sind das für Gedanken? Also falls du darüber reden willst.«

Erwartete ich womöglich zu viel? Ich war mir nicht
sicher, ob er mir jetzt schon genug vertraute, um mir mehr
zu verraten. Mehr von dem, was ihn so sehr belastete. So
wie Dash darüber sprach, musste es sich um mehr als nur
eine Kleinigkeit handeln.

»Danke, aber jetzt gerade kann ich das nicht. Wie gesagt, nicht mein liebstes Gesprächsthema, stattdessen
lenke ich mich lieber ab. Okay?«

»Klar.« Ich schenkte ihm ein Lächeln und blickte wieder nach vorne. »Und wie war dein Leben so, bevor du
nach Golden Oaks gekommen bist?«

Er seufzte leise. »Anders. Ich hatte superviele Gigs.
Die meisten davon an der Ost- und Westküste. Eigentlich war ich jedes Wochenende unterwegs, oft auch unter
der Woche. Viele heftige Partys mit krassen Beats und
Alkohol und schwitzenden Menschen, die wollen, dass
du ihren Lieblingssong aus *High School Musical* auflegst.«

Ich kicherte. »Das ist doch bestimmt der Hit in den großen Clubs.«

»Absolut.« Seine Miene hellte sich ein wenig auf. »Wobei ich mir da selten habe reinreden lassen. Die meisten
sind sowieso betrunken und pöbeln nur rum. Aber Spaß
gemacht hat es trotzdem. Es war eine wilde Zeit mit viel
zu wenig Schlaf und noch weniger Zeit für Freunde und
Familie. Aber alles nimmt mal ein Ende. Und jetzt bin
ich hier.«

»Fühlst du dich wohl?«

»Schon. Es ist alles so viel entspannter, und ich habe

einen geregelten Tagesablauf. Die Arbeit in der Bar macht echt Spaß. Ich bin froh, das zusammen mit Ty machen zu können. Ein neues Projekt, in dem ich aufgehen und mich ausleben kann, zusammen mit meinem besten Kumpel.«

»Freut mich für dich. Du hättest Ty ja in der ganzen Zeit auch mal hier besuchen können, wenn ihr so gut befreundet seid.«

Er wandte den Blick ab und wirkte auf einmal wieder ernst. »Ich weiß. Und das ist auch so eine Sache, die mir leidtut. Ty kam ab und zu nach Williamsburg oder zu irgendwelchen Partys, aber ich habe einfach nie die Zeit gefunden, ihn zu besuchen. Bevor du mir jetzt wieder irgendwas an den Kopf pfefferst: Ja, ich weiß, dass das nur eine Ausrede ist, aber hinterher ist man immer schlauer.«

»Immerhin bist du jetzt da. Ist sicher auch schön, dass ihr wieder vereint seid, oder?«

»Yep, total. Früher als Kids haben wir auch jeden Tag abgehangen, und das jetzt wieder tun zu können, ist echt genial. So, als ob es nie aufgehört hat.«

»Klingt gut.«

Unwillkürlich kreuzten sich unsere Blicke.

Wärme ging von ihm aus, die sich gut anfühlte. Mir ein wohliges Gefühl gab. Vielleicht war ich am Anfang zu harsch zu ihm gewesen. Auch wenn ihn allzeit diese Geräuschkulisse begleitete und er somit genau das ausstrahlte, was ich ganz und gar nicht brauchte, war da doch eine Stimme in mir, die mir sagte, dass ich ihn nicht brauchte, aber vielleicht ja doch wollte.

KAPITEL 10

DASH

»Wirf mal die frische Farbrolle rüber, Bro«, rief ich Tyler zu, der gerade die dunkelgraue Farbe im Eimer umrührte.

In der ganzen Bar roch es danach, während wir uns daranmachten, hier und da noch ein paar Stellen an den Wänden auszubessern und zu überstreichen. Im Hintergrund spielte die Anlage lautstark »Look« von Russ ab.

»Hier«, bekam ich zur Antwort, und schon flog eine Rolle durch die Luft, die ich auffing. »Wenn wir damit durch sind, können wir uns um die Möbel hinten fürs Büro kümmern.«

»Klar, machen wir.« Ich tunkte die Rolle in die Farbe und setzte an der Wand zu einer Bahn an. »Ich bin ein wahrer Künstler.«

Er schnaubte. »Klar, Wände streichen … Das können nicht alle. Aber nicht, dass du noch deine eigene Galerie mit deinen Kunstwerken eröffnest und mich im Stich lässt.«

Ich grinste. »Würde ich niemals tun.«

»Wie verrückt ist es eigentlich, dass wir jetzt hier stehen und unsere Bar streichen, von der wir schon als Kids geredet haben?«

»Ehrlich gesagt kann ich's auch kaum glauben. Ich find's auch echt cool, hier zu sein und meinen ältesten Freund wieder so oft zu sehen. Das war überfällig.«

»Absolut«, sagte Tyler und begann zu schmunzeln. »Du hast die letzten Jahre gefehlt. Ich hatte meine Leute, aber wir hätten uns öfter sehen müssen.«

»Ja, ich weiß. Das holen wir jetzt alles nach. Und deine Clique, Frankie und die anderen, mit denen du abhängst, die sind super. Ich freue mich schon auf unseren Ausflug ins Maisfeldlabyrinth später.«

»Yep, das stimmt. Frankie und ich haben uns zu Schulzeiten bei einem Footballspiel kennengelernt und über unsere Vorliebe für Marvel-Filme direkt angefreundet. Sie ist echt cool.«

»Geht da was zwischen euch?«

»Zwischen Franks und mir?« Mit geweiteten Augen starrte er mich an, dann fing er an zu lachen. »Ne, Mann. Wir sind nur Freunde. Wir können über fast alles reden, und ich lieb ihre gute Laune und die Witze, die sie immer bringt, aber mehr ist da nicht. Wenn, dann würdest du es als Erster erfahren.«

»Mhm. Okay, wenn du das sagst.« Ich hatte so ein Gefühl, dass Frankie das anders sah, aber diese Vermutung behielt ich lieber für mich.

Er tunkte seine Rolle erneut in den Eimer und versuchte, die Farbe an die Wand zu befördern, ohne allzu viel auf die ausgelegte Plane auf dem Boden zu tropfen. »Aber sonst geht's dir gut? Ich meine …«

»Ty«, fiel ich ihm ins Wort. »Mir geht's gut. Du weißt

schon, es ist immer noch … übel. Aber … hey, wofür habe ich 'ne Bar und 'nen besten Kumpel, wenn mich beides nicht ablenken kann?«

»Versteh schon, Dash. Aber du weißt Bescheid, wenn du reden möchtest …«

»Danke«, entgegnete ich und presste die Lippen aufeinander. »Für alles.«

»Quatsch, nicht der Rede wert. Ich bin für dich da. Genau wie du für mich, wenn bei mir was los ist. Alles gut, Mann.«

Ein dankbares Lächeln streifte meine Lippen, das er erwiderte, dann wandte ich mich wieder der Wand zu.

»Hey, hast du seit eurem Date noch mal mit Tatum gesprochen?« Tylers dunkle Augenbrauen schossen fragend nach oben.

»Das war doch kein Date«, entgegnete ich und grinste. »Sie hat mir nur ein bisschen die Stadt gezeigt. Ihre Lieblingsorte und so. Irgendwie muss ich mich ja hier zurechtfinden, und wenn du mir nicht die coolen Ecken zeigst, muss ich eben sie um Hilfe bitten.«

»Ja, genau. Und als Nächstes erzählst du mir von deiner neuen Leidenschaft für Meditation und einer Reise zu den Mönchen nach Tibet.«

Ich schnaubte. »Du unterstellst mir also, dass ich das arme Mädchen unter einem Vorwand dazu gebracht habe, mit mir auf ein Date zu gehen?«

»Ganz genau«, gab er trocken zurück.

»Sie ist echt toll.« Ich konnte mein Lächeln nicht verstecken. »Irgendwas hat Tatum an sich. Sie wirkt so tough und schlagfertig und … fies, aber als wir uns unterhalten haben, gab es auch diese Augenblicke, in denen sie weicher wurde und ... keine Ahnung, Mann, aber ich fühle mich bei ihr wohl.«

In den letzten Tagen seit unserem Ausflug hatte ich immer wieder an sie denken müssen. An ihr Lächeln, wenn es dann mal zum Vorschein kam. An das, was sie gesagt hatte, und das Gefühl von Verständnis, das sie mir entgegengebracht hatte. Zudem war sie einfach wunderschön, und jedes Mal, wenn ich ihr im B&B über den Weg lief, wollte ich sie küssen und ihren kleinen, kurvigen Körper an mich pressen. Was hatte dieses Mädchen nur an sich, dass sie mir dermaßen den Kopf verdrehte? Eigentlich war ich doch derjenige, der bei Gigs mit Frauen flirtete, auch die ein oder andere Nacht mit ihnen verbrachte und anschließend nicht mehr wollte. Doch mit Tatum fühlte es sich nicht so an. Dabei strahlte sie die Ruhe aus, vor der ich mich fürchtete und die ich verdammt noch mal mied. Oder war es genau das, was mich anzog? Dass wir eigentlich so verschieden und uns doch so ähnlich waren?

»Freut mich, wenn es mit ihr so nice war, aber ...«, entgegnete Ty, brach dann jedoch ab.

»Was ist?«

»Ich kenne sie schon ein paar Jahre. Wir sind zwar nicht die allerdicksten Freunde, aber ich mag sie supergerne. Sie ist Teil unserer kleinen Clique, und ich bin für sie da, wenn sie mich braucht.« Sein Gesicht hatte einen ernsten Ausdruck angenommen. »Irgendwas hat sie durchgemacht, bevor sie hergezogen ist. Keine Ahnung, was genau. Frankie weiß Bescheid, aber natürlich behält sie es für sich. Geht uns schließlich nichts an, wenn Tatum nicht darüber sprechen möchte. Aber ... Bro, du weißt, ich stehe immer hinter dir. Allerdings kenne ich auch deine Story.«

»Mir ist bewusst, dass ich ihr möglicherweise nicht das geben kann, was sie verdient, Ty. Aber ich würde es trotzdem gerne versuchen.«

»Sei einfach vorsichtig, okay?« Mitgefühl spiegelte sich in seinen dunklen Augen.

Ich nickte und blickte zu Boden.

»Wir wissen beide, dass du in der Vergangenheit … schon viele Herzen gebrochen hast – wenn auch nicht absichtlich – und außerdem nicht der größte Fan davon bist, über deine Gefühle zu sprechen oder überhaupt welche zu zeigen. *Ich* kenne das, was hinter dem grinsenden Dash steckt, aber die anderen nicht. Tatum hat vermutlich genug gelitten, und im Zweifel macht mir Frankie die Hölle heiß, wenn du ihr wehtust. Also nachdem sie dir einen Besuch abgestattet hat.«

Kälte flutete meinen Körper. Es tat weh, die Wahrheit zu hören, wenn sie einem nicht gefiel. Aber Tyler hatte recht. »Ich will sie nicht verletzen, glaub mir.«

»Natürlich glaube ich dir«, sagte er und lächelte mich an. »Ich will einfach nur, dass du vorsichtig bist. Zu deinem Schutz, aber auch zu Tatums. Du bist ein echt guter Kerl, also überstürz nichts und lass es erst mal auf dich zukommen, in Ordnung?«

Ich nickte. »Wird wohl das Beste sein.«

Nach dem, was Tyler berichtet und ich bei den Gesprächen mit ihr bemerkt hatte, steckte hinter Tatums Fassade wohl auch mehr, als sie andere sehen lassen wollte. Ich hatte mir so was schon gedacht, aber Tys Worte hatten noch mal einen anderen Punkt meines kaputten Herzens getroffen. Selbst wenn sie mich nicht brauchte, wollte ich derjenige für sie sein, bei dem sie sich fallen lassen konnte. Ihr ein gutes Gefühl geben. Ihr Fels in der Brandung sein.

Doch war das auch das, was ich für sie sein *konnte*?

Allein beim Gedanken daran verknotete sich mein Magen. Ganz sicher nicht. Dafür war ich selbst viel zu kaputt. Ich konnte ihr nicht den Halt geben, den ich ihr geben wollte. Ich durfte mir nichts vormachen, ich war nicht gut genug für sie und würde es niemals sein. Daran gab es keinen Zweifel, auch wenn ich mir wünschte, dass es anders war. Außerdem hörte ich tief in meinem Inneren diese Stimme, die sich langsam und stetig an die Oberfläche kämpfte. Diese Stimme, die immer die gleichen Worte sagte.

Darf ich wirklich glücklich sein? Falsch gedacht. Ich habe kein Recht darauf, nur eine Sekunde glücklich zu sein. Ich habe sie nicht verdient. Tatum ist zu gut für mich. Jede wäre das. Jede.

»Ihr wisst schon, dass ihr keine Chance gegen uns habt, oder? Fiona und ich haben uns gut vorbereitet und werden heute definitiv den schnellsten Weg herausfinden.« Jenn grinste erst Tyler, Chase und mich an, dann ihre Freundin.

Gestern hatte ich sie bereits kennengelernt, als sie und Fiona für einen kurzen Abstecher in der Bar vorbeigesehen hatten. Sie wirkte total sympathisch, hatte immer ein leichtes Lächeln auf den Lippen. Ihr hellblondes Haar trug sie in einem glatten Bob, der auf Kinnlänge endete, und mit ihrer hellen Haut schien sie fast schon einem schwedischen Modekatalog entsprungen zu sein. Das komplette Gegenteil zu Fiona. Ich hatte aufgeschnappt, dass die beiden bereits seit der Highschool ein Paar waren und nicht die Finger voneinander lassen konnten. Mittlerweile studierte sie anscheinend Informatik in Harvard.

Wir standen gerade vor dem Maisfeldlabyrinth und warteten nur noch auf Tatum und Frankie. Das braungrüne Gestrüpp ragte einige Meter in die Höhe und befand sich unweit eines Waldes. Davor standen Autos auf dem Parkplatz, daneben waren mehrere Stände mit Snacks und Getränken sowie dem Ticketschalter aufgebaut. Als herbstliche Dekoration dienten Vogelscheuchen, Kürbisse und Heuballen. Im Hintergrund lief leise Countrymusik, die ich noch nie in meinem Leben gehört hatte und die es wohl auch in Zukunft nicht auf meine Playlists schaffen würde. Aber hey, für einen Ausflug ins Maisfeld ging das für mich klar.

»Pff, glaubst du ja wohl selbst nicht«, sagte Chase und schüttelte den Kopf.

Tyler lachte auf. »Chase ist ungefähr der schlechteste Verlierer aller Zeiten. Spiel niemals irgendwelche Gesellschaftsspiele mit ihm oder gar auf der Playstation. Der führt sich auf wie eine kleine Diva.«

Ich grinste, das würde sicher ein witziger Nachmittag werden.

Als ich mich umsah, entdeckte ich Tatum und Frankie, die auf uns zugelaufen kamen.

Ich habe sie nicht verdient. Ich kann nicht für sie da sein. Sie wird sich niemals auf mich verlassen können.

Fuck. Ich konnte das nicht. Ich durfte sie nicht verletzen, und vor allem wollte ich ihr keine falschen Hoffnungen machen, etwas für sie sein zu können, was einfach *unmöglich* war. Das wäre unfair – auch wenn ich sie mehr als alles andere wollte. Es würde nicht funktionieren. Niemals.

Ich schluckte, als sich plötzlich unsere Blicke trafen und ich genau sah, wie sie ein breites Grinsen unterdrückte. Schnell lächelte ich und nickte ihr zur Begrüßung zu, schaute dann aber wieder weg.

Auch wenn mein Herz etwas anderes wollte, musste ich stark bleiben und durfte sie nicht zu nah an mich heranlassen. Denn das, was daraus resultieren würde, das, was nicht zu verhindern war, hatte nicht nur die Macht, mich zu zerstören, sondern sie mit mir in den Abgrund zu reißen.

KAPITEL 11

TATUM

Mit jedem Schritt, den wir uns Dash näherten, schlug mein Herz ein bisschen schneller. Seine Haare waren heute wieder so ordentlich zerzaust und zugleich fluffig, und ich fragte mich, ob sie genauso weich waren, wie sie aussahen.

Waaaaas?

Oh Gott, so weit war es also mit mir gekommen. Jetzt dachte ich schon darüber nach, welchen Conditioner Dash benutzte. Wow. Einfach wow.

Die Hände in den Taschen seiner schwarzen Lederjacke versteckt, standen er, Tyler, Jenn, Fiona und Chase vor dem Schild des Maisfeldlabyrinths. Wie immer trug er überwiegend dunkle Töne: seine schwarzen Boots zu einer dunkelgrauen Jeans und einem schwarzen Sweater, der unter seiner Jacke zum Vorschein kam. Ein leichtes Lächeln zupfte an seinen Mundwinkeln, als sich unsere Blicke trafen. Ich erwiderte es, doch im nächsten Moment sah er wieder weg.

Ich freute mich auf den heutigen Nachmittag. Es war

zu einer Art Ritual geworden, jedes Jahr das Maisfeld-
labyrinth zu besuchen, um zu schauen, wer von uns es als
Erstes hinausschafft. Frankie und ich waren bisher immer
ein Team gewesen. Ein unschlagbares noch dazu.

»Ich hab einen Plan«, raunte mir Frankie zu.

»Was? Aber …«

»Vertrau mir, der geht auf keinen Fall schief.«

»Das wäre ja ganz was Neues, Franks.« Ich kicherte
und kassierte dafür einen Stoß mit dem Ellenbogen zwischen meine Rippen.

Gerade als ich noch mal nachfragen wollte, was sie aus-
geheckt hatte, kamen wir bei den anderen an. Jenn und
Fiona strahlten bis über beide Ohren. Die zwei waren
echt viel zu süß zusammen.

»Hey, seid ihr bereit, dieses Jahr ausnahmsweise zu verlieren?« Chase zwinkerte mir zu und umarmte mich.

Dash hob nur kurz die Hand zu einem zögerlichen
Winken, statt mich – so wie alle anderen – zu umarmen.

Ich spürte einen Stich in der Magengrube. Unsere
kleine Sightseeingtour war schön gewesen, und irgendwie
war ich davon ausgegangen, dass er das ähnlich empfunden hatte. Wieso verhielt er sich auf einmal so zurück-
haltend?

»Na, denkst du nicht, dass du womöglich einen Natur-
schock erleidest, wenn du als Großstadt-Boy einen Abstecher ins Maisfeld machst?« Ich legte den Kopf schief und
funkelte ihn herausfordernd an.

Er blickte mir in die Augen, versuchte, das Lächeln
zu überspielen, das sich auf seine Lippen legen wollte.
Nichts als Leere im Blau. Wie ein sich endlos erstrecken-
der Ozean. »Hmm«, brummte er und fuhr sich mit einer

Hand über den Bart. »Ich hoffe nicht.« Dann sah er wieder weg und flüsterte Tyler etwas zu, woraufhin dieser nur lachte und nickte.

Was ging denn jetzt ab?

»Tatum und ich haben uns was überlegt«, holte Frankie aus. »Dieses Jahr wollen wir herausfinden, wer von uns beiden die wahre Siegerin ist. Beste Freundin hin oder her, heute geht's ans Eingemachte. Außerdem haben wir einen Neuzugang in unserer Gruppe, der eine Maisfeldlabyrinth-Jungfrau ist und Unterstützung bei der Entjungferung braucht.«

»Ähm …« Mein Mund blieb offen stehen, und ich schaute zwischen Frankie und den anderen hin und her. *Oh-oh.* So langsam konnte ich mir vorstellen, in welche Richtung ihr Plan ging.

»Daher schnappe ich mir Tyler und Chase, Tatum geht mit Dash, und Jenn und Fiona bilden das letzte Team. Okay? Wer es als Erstes raus schafft, wird von den Verlierern heute Abend auf eine Pizza eingeladen. Let's go!« Und schon lief sie im Stechschritt auf Chase zu, hakte sich unter und sammelte dann Tyler ein.

Oh, Frankie.

Das war doch nicht ihr Ernst. Schmunzelnd schüttelte ich den Kopf und lief ein paar Schritte zu Dash herüber. In mir kribbelte es. Zu Beginn hatte ich ihn nur als anstrengend und störend empfunden, aber mittlerweile mochte ich ihn immer mehr. Besonders nach unseren Unterhaltungen. Ich hatte das Gefühl, dass er doch nicht so ein nervtötendes Erdferkel wie gedacht, sondern eigentlich ganz in Ordnung war. Okay, mehr als in Ordnung.

Aus dem Augenwinkel sah ich noch, wie mir meine beste Freundin einen verschwörerischen Blick zuwarf und dann mit Tyler und Chase im Mais-Gebüsch verschwand. Tickets hatten wir zuvor schon geholt, also konnte es direkt losgehen. Jenn und Fiona liefen ebenfalls los.

Dash nickte in Richtung Labyrinth. »Gehen wir?« Er hatte die Stirn gerunzelt, als sei er sich nicht ganz sicher, ob er auf diese Aktion (oder auf mich?) Bock hatte. In seinen Augen versteckte sich etwas, das ich nicht zuordnen konnte.

»Klar. Du weißt aber schon, dass wir gewinnen müssen, oder? Hier gibt's keine halben Sachen.«

»Okay, ich werde mein Bestes geben«, entgegnete er und schob die Hände zurück in die Jackentaschen. Mit hochgezogenen Schultern lief er voraus.

Rasch holte ich ein paar Schritte auf. »Alles in Ordnung bei dir?«

»Immer.«

Langsam nervte mich seine offensichtlich schlechte Laune. Was war bitte sein Problem?

Egal, es spielte keine Rolle. Ich würde mich auf das Labyrinth und den schnellsten Weg hinaus konzentrieren und …

»Achtung, Achtung! Eine kurze Durchsage«, scholl es aus den Lautsprechern, die sich irgendwo zwischen den Heuballen versteckten.

Ich zuckte zusammen. Wie vom Donner gerührt blieb ich stehen. In meinen Ohren setzte ein Piepsen ein, während mein Herz Salti schlug.

Maisfeld. Heu. Frankie und Dash und Tyler und Chase und Jenn und Fiona. Meine Freunde sind hier. Ich bin in Sicherheit.

Alles ist gut. Wind, der mir durch die Haare streicht. Blauer Himmel.

»Der kleine Brandon sucht seine Mutter und wartet am Ticketschalter. Achtung! Der kleine Brandon sucht seine Mutter und wartet am Ticketschalter.« Dann ertönte ein Kratzen, und das Mikro wurde ausgeschaltet.

Ich bin hier. Ich stehe auf festem Boden. Kürbisse. Eine Vogelscheuche. Sonnenstrahlen. Bäume hinter dem Labyrinth. Wald. Dash. Seine Lederjacke. In den Bauch atmen. Langsam.

Mein Herzschlag beruhigte sich allmählich, holte mich zurück in die Gegenwart, während ich die Arme vor der Brust verschränkte, um meine zitternden Hände zu verstecken.

Dash hatte sich umgedreht und kam zu mir. In seinen Augen konnte ich Sorge lesen. Aber auch tausend Fragezeichen.

»Geht's dir gut? Was war das denn?«

»Ja. Nichts.« Meine Stimme zitterte. »Kein Ding. Hab mich nur erschreckt, weil die … ähm … die Durchsage so laut und so plötzlich aus den … aus den Lautsprechern kam.«

Glücklicherweise war sie schnell wieder vorbei gewesen und ich hatte Schlimmeres abwenden können. Die Frage war nur, ob Dash mir abkaufte, dass es mir wirklich gut ging.

»Das schien aber ein bisschen heftiger als nur ein kleiner Schreck. Bist du sicher, dass …«

»Chill mal. Alles super. Komm, wir müssen los. Die anderen sind schon lange im Labyrinth.« Ich biss die Kiefer fest aufeinander und lief in die Gasse, die uns ins Innere des Maisfelds führte. Nach einigen Metern wandte ich mich zu ihm um. »Was ist? Muss ich mich erst als Vogelscheuche verkleiden und dich durchs Feld jagen?«

Er zog die Brauen zusammen und schüttelte den Kopf. Dann kam er auf mich zugelaufen, blieb auf meiner Höhe stehen und sah mir geradewegs in die Augen.

Wieder beschleunigte sich mein Herzschlag, aber nicht wegen irgendwelcher Durchsagen, sondern wegen ihm. Wegen seiner Nähe. Spannung, die sich aufbaute. Ich blendete alle Geräusche um uns herum aus, weil ich mich nur noch auf ihn konzentrierte. Auf die Tatsache, dass er diese Anziehung auf mich ausübte, die ich nicht gewohnt war.

Dash öffnete die Lippen, um etwas zu sagen, dann blinzelte er ein paarmal, machte einen Schritt zurück und fuhr sich durch die hellen Haare. »Okay, lass uns los, wenn du noch gewinnen willst.« Damit setzte er sich wieder in Bewegung und stiefelte an mir vorbei.

Was war das denn?

Aber gut, mal sehen, was der restliche Mittag noch so bringen würde.

Im nächsten Moment war ich mit ihm auf einer Höhe und versuchte, Schritt zu halten. Rechts und links grüne Maisgräser, die fast drei Meter in die Höhe ragten und an den Spitzen hellbraun verfärbt waren. Sie schirmten uns von den anderen Gängen ab, die durch das gesamte Feld verliefen. Sie waren so breit gehalten, dass selbst Menschen mit Klaustrophobie hier herumlaufen konnten, ohne Angst zu bekommen. Eine Angst, von der ich zum Glück verschont geblieben war. Abends, wenn es dunkel wurde, war es hier auch sehr schön, ein bisschen gruselig, aber durch die Laternen, die entlang der Wege steckten, konnte man sich in der Dunkelheit nicht komplett verirren. Da ich aber genau wusste, dass Frankie damit ihre Probleme hatte, waren wir in all den Jahren immer tagsüber hergekommen. Das passte auch Tyler besser, der abends nur selten Zeit hatte. Warum, wusste keiner von uns so richtig.

»Wo sollen wir lang gehen?« Dash blieb an einer Kreuzung stehen und warf mir einen fragenden Blick zu. Im Hintergrund tönte aus den Lautsprechern leise Musik, die über das ganze Feld scholl, aber zum Glück nicht zu laut war. Und hier und da schwebten Gesprächsfetzen aus den anderen Gängen zu uns herüber.

Ich überlegte, kniff die Augen zusammen und sondierte die Lage. »Mein Bauchgefühl sagt, dass wir nach links sollten.«

Schon bogen wir um die Ecke und liefen nebeneinander her. Als sich unsere Ellenbogen streiften, wich Dash zur Seite, um Abstand zwischen uns zu bringen.

Seltsamer Kerl.

»Kommt ihr mit der Bar gut voran?«

»Ja, doch. Ich kümmere mich momentan darum, ein paar coole Acts für die Eröffnungswoche zu buchen.«

»Feuerschlucker, Elefantendompteure und Stripper?«

»Fast.« Er lächelte, und mir wurde warm ums Herz. »Ein paar DJs, die ich in den letzten Jahren kennengelernt habe. Einige von denen haben 'ne ziemlich große Reichweite auf Social Media. Die würden bestimmt zusätzlich Gäste von außerhalb in die Stadt locken.«

»Und gute Musik machen sie hoffentlich auch?«

»Das kann dir doch egal sein, du hörst doch sowieso keine«, sagte er und lachte.

»Wenn es so ein Mist ist wie der, der immer aus deinem Zimmer kommt, dann hast du recht, dann kann ich das wirklich nicht anhören, ohne die Lautsprecher ganz schnell im Golden Lake zu versenken. Wobei … den Fischen will ich den Müll auch nicht unbedingt zumuten.«

»Hey, meine Playlists sind super!«

Ich kicherte. »Bezweifle ich.«

»Irgendwann stelle ich dir eine zusammen, die selbst du lieben wirst. Glaub mir, ich hab ein Händchen dafür. Mein ganzes Leben besteht aus Playlists. Für jede Stimmung hab ich gleich mehrere.«

»Von mir aus. Versuch ruhig, mich von deinen Skills zu überzeugen, aber ich warne dich schon mal vor: Mich haut so schnell nichts um.«

»Challenge accepted.«

Ich grinste, und wir bogen um die nächste Ecke. Als er dabei meinen Arm streifte, zog er seinen schnell weg. Als ob er sich verbot, mir näher zu kommen. Vielleicht hatte es ja mit dem zu tun, was er mir bei unserem Date erzählt hatte. Beziehungsweise nicht erzählt hatte. Ich wollte es zu gerne wissen, doch hier und jetzt in diesem Maisfeld war definitiv nicht der richtige Zeitpunkt. Statt ihn also darauf anzusprechen, beschränkte ich mich auf ein unverfängliches Thema.

»Warum legst du bei der Eröffnung eigentlich nicht selbst auf?«

Er seufzte leise. »Ich mach das nicht mehr.«

»Auflegen? Als DJ arbeiten?«

»Yep.«

»Warum nicht? Ich dachte, du bist total erfolgreich damit?«

»Erfolg ist Ansichtssache. Wenn du auf die Gigs, die Fans und die Kohle anspielst, dann ja.«

»Und wenn ich auf etwas anderes anspiele? Auf dich als Menschen zum Beispiel?«

Seine Kiefer mahlten, und als sich für den Bruchteil einer Sekunde unsere Blicke begegneten, konnte ich in seinen Augen so viel mehr lesen, als was er mir bisher über sich verraten hatte. Schmerz. Unsicherheit. Und ein Zögern.

»Ich lege nicht mehr auf. Punkt.« Er fuhr sich über den Bart, dann über sein Gesicht und durch die Haare. »Es ist zu viel passiert. Zu viel Scheiße, die ich damit verbinde.«

»Aber ist das nicht deine Leidenschaft?«

»Ja, das war es. Ist es immer noch. Aber ich kann das nicht mehr, ohne …« Er brach ab, weil uns plötzlich drei Kinder mit ihren Eltern entgegenkamen und zwischen uns hindurchliefen. »Na ja, ich beschränke mich lieber darauf, DJs zu buchen, statt selbst aufzulegen. Ist für alle besser.«

»Wenn du meinst. Ich finde das zwar ein bisschen feige, aber okay.«

»Feige?« Er blieb abrupt stehen und starrte mich an. »Und das von der Frau, die genauso wenig für ihre Träume kämpft aus Angst, sie könnte daran scheitern. Du wirst dich dein Leben lang fragen, was gewesen wäre, wenn du Fotografie studiert hättest und um die Welt gereist wärst.«

Eiseskälte rann durch meine Glieder. Ich verschränkte die Arme vor der Brust. »Du hast echt keine Ahnung, Dash. Von mir aus bin ich feige. Von mir aus kannst du mich so nennen und über mich denken, was du willst, aber wenn du das so siehst, dann nimm dir kein Beispiel an mir. Wenn du mich für schwach und verängstigt hältst, dann tu das. Ist mir egal, ich weiß, was in mir vorgeht, und ich weiß auch, dass ich ...«

»Ich halte dich nicht für schwach und verängstigt, Tatum«, unterbrach er mich sanft. »Ganz im Gegenteil. Du bist stark. So stark, wie ich es manchmal auch gerne wäre.« Es war nur ein Flüstern, er hatte den Blick gesenkt.

Ich blieb stehen und versuchte, meine Gedanken zu ordnen. »Erst haust du mir um die Ohren, dass ich feige bin, dann behauptest du, ich sei stärker als du. Vor ein paar Tagen flirtest du mit mir, heute bist du total abweisend. Was willst du eigentlich von mir, Dash? Falls du kein Interesse hast, sag es mir am besten gleich ins Gesicht. Ich habe keinen Bock auf irgendwelche dummen Spielchen von einem New Yorker DJ, der normalerweise jede Nacht 'ne andere am Start hat. Der Tausende Herzen bricht und dem ich eigentlich egal bin. Der vielleicht meine Aufmerksamkeit genießt, aber mich am Ende nur verarscht. Sag es mir einfach, wenn es so ist. Los!«

So viele Worte kamen mir selten auf einmal über die Lippen. Doch in der letzten halben Stunde hatte sich etwas in mir aufgestaut. Sein Verhalten war widersprüchlich, und ich hasste Typen, die Spielchen spielten. Lieber blieb ich allein, statt einem Kerl hinterherzurennen, der am Ende sowieso nur auf meinem Herzen herumtrampelte.

Dash verharrte auf der Stelle, den Rücken zu mir. Angespannt bis in die letzte Faser seines Körpers. Dann drehte er sich wie in Zeitlupe um und sah mich an. Schwere in seinem Blick und die Lippen aufeinandergepresst, dass nur noch ein schmaler Strich zu sehen war. Langsam kam er auf mich zu. Mit jedem weiteren Schritt pochte mein Herz schneller.

»Denkst du das wirklich? Dass ich kein Interesse an dir habe und nur mit dir spiele?«

»Ja. Das tun doch die meisten Kerle.«

Wieder kam er etwas näher. Jetzt waren es nur noch wenige Zentimeter, die uns trennten. Ich musste mein Kinn ein Stück anheben, um ihm in die Augen sehen zu können. In das Blau, in dessen Tiefe ich ertrinken würde, wenn ich nicht auf mich aufpasste. Oder vielleicht wollte ich es sogar. Ertrinken und nicht mehr auftauchen.

»Ich würde das nicht tun«, flüsterte er, und seine Pupillen weiteten sich.

»Ach«, brummte ich und schnaubte. »Ich bezweifle, dass du das hier wirklich ernst meinst, so wie du dich verhältst.«

Der Abstand zwischen uns, der sich von Sekunde zu Sekunde verringerte. Ich spürte, wie sein Atem meine Wange streifte, und sog scharf die Luft ein. Mein Herzschlag beschleunigte sich. Und noch mehr. Und noch mehr. Dashs Blick huschte zu meinen Lippen, dann wieder in meine Augen, zurück zu meinen Lippen und wieder nach oben.

»Dann muss ich dich wohl vom Gegenteil überzeugen.«

Noch bevor ich über seine Worte nachdenken konnte, hatte er seine Lippen auf meine gelegt. Er raubte mir den Atem. Warm spürte ich seine Hand an meiner Wange und die andere fest an meiner Taille, mit der er mich mit einem Ruck an sich zog. Ich fuhr über seine harte Brust, fühlte, wie sein Herz raste, und musste lächeln, weil es mir ähnlich ging. Quälend langsam streifte er mit seinen

Lippen meine, kitzelte mit seinem Bart über meine Haut, küsste mich wieder. Intensiver. Schneller. Hitze, die in mir aufstieg und dafür sorgte, dass ich mehr von ihm wollte. Ich wusste nicht mehr, wo oben und unten war, musste seinen ganzen Körper berühren und presste mich an ihn. Dann schnappte ich nach Luft, und ihm entfuhr ein tiefes Knurren. Gerade als ich mich zurückziehen wollte, setzte er wieder an.

Ich wollte ihn nie wieder loslassen. Es fühlte sich zu gut an, um es nicht jeden Tag zu tun. Jede Stunde. Minute. Sekunde. Und dazwischen. Ich strich über seine Wange, vertiefte den Kuss, bis ich keine Luft mehr bekam.

Und dann bekam ich *wirklich* keine Luft mehr.

Gekreische. Laute Stimmen. Kinder, die brüllten.

Ich fror ein. Bekam nichts mehr mit, spürte nur noch, wie Dash sich von mir löste. Dumpf hörte ich, dass er etwas sagte. Blut, das mir in den Ohren rauschte. Noch mehr Gekreische.

Bitte, lass es aufhören. Bitte. Bitte. Bitte. Maisfeld. Erdboden. Grün. Braun. Dash. Ich bin in Sicherheit. Ich bin hier. Golden Oaks. Dash. Blaue Augen. Bitte, lass es aufhören. Bitte. Nicht jetzt. Ich muss weg von hier.

Mir wurde heiß. Mein Herz sprang mir fast aus dem Brustkorb. Ich versuchte, langsam in den Bauch zu atmen. Ganz langsam. Aber das Geschrei hörte nicht auf. Hämmerte auf mich ein und brachte alles in mir zum Zittern.

Ich muss weg hier. Schnell. Raus. Weg. Einfach nur weg.

Doch ich konnte mich nicht bewegen. War wie festgewachsen. Meine Beine zitterten. Kalter Schweiß rann meine Schläfen hinab.

Alles ist gut. Alles ist gut. Alles ist gut.

Nichts war gut. Nichts würde jemals gut sein. Nie wieder.

Und dann gaben meine Beine nach, und die Vergangenheit verschlang mich.

KAPITEL 12

DASH

»Tatum! Beruhig dich, ich bin bei dir.«

Mein Herz raste. Was war mit ihr los? Hatte ich etwas falsch gemacht? Ihr Angst eingejagt? Wie konnte ich ihr nur helfen?

Ihre Augen weiteten sich immer mehr. Sie krallte ihre Finger in meinen Unterarm, klammerte sich fest, während ihre Atmung zu schnell ging. Viel zu schnell. Verdammte Scheiße, sie hatte eine Panikattacke, und ich musste etwas dagegen unternehmen. Jetzt.

»Okay, schau mich an!« Ich nahm ihre eiskalte Hand und sah ihr in die Augen. »Tatum, guck mich an. Konzentrier dich auf mich.« Die andere Hand legte ich ihr an die Wange und zwang sie, meinen Blick zu erwidern. »Konzentrier dich auf uns.«

Vollkommene Panik in ihren dunklen Augen. Sie sah aus, als ob sie sich mit allerletzter Kraft an einen Hoffnungshalm klammerte und doch wusste, dass sie es nicht schaffen würde. Schmerz durchfuhr mich bei ihrem Anblick.

Ich sah sie noch eindringlicher an. »Tatum, hör mir zu. Atme langsam ein und aus. Schau, so …« Ich holte tief Luft und stieß sie stockend wieder aus. »Und jetzt du. Komm schon, Süße. Du kannst das. Wir machen das zusammen.«

Immer wieder atmete ich ein und aus in der Hoffnung, sie würde mitmachen. Doch sie starrte mich nur mit riesigen Augen an. Sie versuchte es. Aber das reichte nicht.

»Tatum, du bist hier bei mir. Ich tu dir nichts. Niemand tut dir was. Du bist hier sicher.« Und dann fiel mir ein, was ich mal in einer Serie aufgeschnappt hatte. »Was siehst du, Tatum? Konzentrier dich auf das, was du siehst. Mich. Den Erdboden. Das Maisfeld. Kürbisse. Den blauen Himmel. Wolken. Bäume. Wald.« Ich zählte weiter wahllos irgendwelche Dinge auf, die sich um uns herum befanden, und hoffte, dass das helfen würde. Die Hand immer noch an ihrer Wange, verlor ich jegliches Raum- und Zeitgefühl. Waren es nur wenige Sekunden, mehrere Minuten oder sogar noch mehr? Ich hatte keine verdammte Ahnung. Alles, was ich wusste, war, dass ich vor Sorge fast umkam. Und während ich immer wieder dieselben Dinge aufzählte, ihr sagte, sie solle ruhig atmen und sich nur auf mich konzentrieren, schaffte es Tatum nach und nach, die Kontrolle zurückzuerlangen. Langsam, aber stetig. Bis sie irgendwann wieder ruhiger atmete und sich gegen meine Brust sinken ließ.

Erleichterung machte sich in mir breit, und ich zog sie noch enger an mich, schloss die Augen und legte mein Kinn auf ihrem Kopf ab. In kreisenden Bewegungen fuhr ich ihr über den Rücken. Sie zitterte immer noch ein wenig und stand auf wackeligen Beinen. Ich versuchte, ihr Halt zu geben, wollte sie nie mehr loslassen. So verharrten wir einige Minuten am Wegrand, ohne den Menschen, die an uns vorbeigingen, Beachtung zu schenken, bis sie sich langsam von mir löste.

»Ähm …«, fing sie an und sah zu Boden. »Ich … ähm …«

Ich runzelte die Stirn. »Fühlst du dich besser?«

Sie nickte und biss sich auf die Lippe. Immer noch vermied sie jeglichen Blickkontakt mit mir.

Rasch schob ich zwei Finger unter ihr Kinn und hob es an, um ihr endlich in die Augen sehen zu können. »Du musst dich für nichts schämen, okay?«

»Aber …« Ihre Stimme brach.

»Kein Aber.« Ich legte ihr den Arm um die Seite und stützte sie, auch wenn sie das vielleicht gar nicht mehr brauchte. »Na komm. Da vorne, einen Gang weiter, habe ich eine Bank gesehen.«

Wenige Momente später saßen wir auf einer kleinen Holzbank in einer abgelegenen Gasse, wo keine Menschenseele vorbeilief. Tatum mit einem Bein im Schneidersitz, das andere auf dem Boden abgestellt. Ihr Knie berührte meinen Oberschenkel. Der einzige Körperkontakt zwischen uns. Am liebsten hätte ich meine Arme um sie geschlungen und sie an mich gezogen, doch ich wusste noch immer nicht, ob sie die Panikattacke wegen mir überrollt hatte. Immerhin hatte es sie während unseres Kusses erwischt. Hatte ich sie zu sehr überrascht oder gar bedrängt? Ich hoffte inständig, dass ich nicht dafür verantwortlich gewesen war. Das hätte ich mir niemals verziehen. Niemals. Genau wie viele andere Dinge. Ich schluckte. Da saß dieses Mädchen vor mir, das Gefühle in mir weckte, die ich in den letzten Jahren immer beiseitegeschoben hatte. Die ich nicht zu empfinden gewagt oder mir nicht erlaubt hatte.

Was bin ich nur für ein beschissener Idiot?

Machte ihr Hoffnungen, um sie dann von mir zu stoßen. Als sie mir all die Dinge an den Kopf geworfen hatte, dass sie davon ausgegangen war, ich würde kein Interesse an ihr haben, waren Blitze in mir eingeschlagen. Niemals hatte ich ihr so ein Gefühl geben wollen. Ich wollte sie doch nur schützen. Vor mir. Ohne mich war sie besser dran. Und doch tat es mir unfassbar leid. Zumal ich mich ihr einfach nicht entziehen konnte. Da war etwas zwischen uns. Sie berührte eine Seite an mir, die ich nicht für möglich gehalten hatte, irgendwann wieder zu fühlen. Alles in mir schrie nach ihr. Schrie ihren Namen. Tatum. Aber dann hatte sie die Angst gepackt. Fuck. Bitte, es durfte nicht an mir, nicht an unserem Kuss, gelegen haben.

Selbst wenn ich nicht daran schuld bin, habe ich sie nicht verdient. Ich werde niemals dazu imstande sein, jemanden glücklich zu machen, verdammt …

»Hey«, durchbrach ich die Stille und verdrängte die Gedanken in meinem Kopf. »Kann ich was für dich tun?«

»Du hast schon genug getan«, flüsterte sie.

Autsch. Anscheinend hatte ich richtiggelegen. Ich fuhr mir mit den Händen übers Gesicht. »Scheiße, es tut mir leid, ich hätte dich nicht so überrumpeln sollen und …«

Ihr Blick schnellte zu mir hoch. »Was? Nein, stopp. Ich hab das im positiven Sinne gemeint.«

»Was? Dann bin ich nicht schuld?«

»Dash, was redest du?« Sie schüttelte ungläubig den

Kopf und schluckte. »Nein. Natürlich nicht. Ich meinte, dass du schon so viel getan und mir damit geholfen hast. Das hättest du nicht tun müssen.«

»Ja, klar. Stattdessen hätte ich weglaufen und dich deiner Panikattacke überlassen sollen? Genau. Klingt logisch.«

Ein kleines Lächeln legte sich auf ihre schönen Lippen. »Was weiß denn ich?«

»Also lag es nicht an unserem Kuss?«

»Quatsch! Hör auf, so einen Mist zu verzapfen.«

»Da ist sie wieder, deine liebenswerte Seite.« Ich musste schmunzeln.

Tatum seufzte leise und wandte dann den Blick ab. »Es tut mir leid.«

»Was meinst du?«

»Na das, was du gerade miterlebt hast.«

War das ihr Ernst? Verwirrt kniff ich die Augen zusammen und musterte sie einige Augenblicke. »Wieso entschuldigst du dich? Das ist das Letzte, was du tun musst.«

Tatum starrte auf ihre Hände und begann, am Saum ihres Pullis herumzuspielen. »Es ist mir unangenehm, wenn mir das unter Menschen passiert. Oft schaff ich es, die Welle noch abzuwenden, aber in manchen Momenten klappt es nicht. So wie gerade eben.«

»Ich hab mir echt Sorgen gemacht.« Ich seufzte und nahm eine ihrer Hände in meine. »Oh Gott, die ist ja ganz kalt.« Rasch rieb ich sie ein bisschen, um ihr etwas Wärme zu schenken, dann trafen sich unsere Blicke. »Dir muss nichts unangenehm sein. Es gibt so viele Menschen, die mit Panikattacken zu kämpfen haben. Du musst dich dafür nicht schämen. Wirklich. Ich bin nur froh, dass es dir jetzt besser geht.«

Dankbar lächelte sie mich an und brachte mein Herz dazu, einen kleinen Hüpfer zu machen. »Danke. Du hast echt gut reagiert. Woher wusstest du, wie du mir helfen kannst?«

»Na, irgendwie muss sich mein Serienkonsum der letzten Jahre ja bezahlt machen. Aber ich hab es gerne getan. Also nicht gerne, weil ich ja nicht wollte, dass es dir überhaupt so schlecht geht, aber … na ja, du weißt schon.«

Sie grinste leicht, wenn auch etwas erschöpft. »Ich weiß.«

»Gut.«

»Dash?«

»Ja?«

»Meinst du, du könntest vergessen, was passiert ist? So als ob nichts gewesen ist?«

»Wenn das dein Wunsch ist. Klar. Aber nur, wenn ich dich davor noch etwas fragen darf.«

»War ja klar, dass du das nicht so einfach hinnehmen kannst.« Sie verdrehte gespielt genervt die Augen und nickte dann.

Ich hielt inne, weil ich mir meine Worte genau überlegen musste. Ich wollte nichts Falsches sagen. Da waren so viele Fragezeichen. Wie lange hatte sie schon Panikattacken? Wie oft kamen sie vor? Was war ihr zugestoßen, dass sie überhaupt welche bekam? Was war der Auslöser vorhin gewesen? Was waren allgemeine Trigger für sie? Wie konnte ich sie davor schützen, Attacken zu bekommen? Wie konnte ich ihr in Zukunft besser und schneller helfen? So viele Fragen. So viele Antworten, die ich mir erhoffte, und doch konnte ich sie nicht einfach damit überfallen.

»Was war der Auslöser, wenn es nicht unser Kuss war?«

»Du musst ganz schön überzeugt von dir sein, wenn du denkst, dass ein einziger Kuss von dir so was auslösen kann, Muchacho.«

»Tatum«, ermahnte ich sie sanft, weil ich diesen Schutzmechanismus nur allzu gut kannte. Witze reißen, um die eigentlichen Gefühle zu verstecken. Ihre Hand lag immer noch in meiner, also drückte ich sie leicht, wollte ihr zu verstehen geben, dass sie es mir sagen konnte.

»Da war so ein Geschrei. Gekreische von irgendwelchen Kindern. Hast du das nicht gehört? Das war ziemlich laut.«

Ich überlegte und nickte dann.

Tatum holte tief Luft. »Es ist dir vielleicht schon das ein oder andere Mal aufgefallen: Ich bin nicht so der Fan von lauter Musik, überraschenden Geräuschen. Eigentlich allem, was laut ist. Deshalb warst du mir am Anfang auch ein Dorn im Auge. Bist du mir immer noch. Na ja, zumindest die Geräuschkulisse, die dich in der Regel umgibt.«

Immerhin war sie ehrlich. Auch wenn es auf gewisse Weise schmerzte, dass sie auf diese Art über mich dachte. Ich biss die Kiefer aufeinander und hielt ihrem Blick stand, während sie weitersprach.

»Ich brauche sehr viel Ruhe. Daher bin ich ja auch so gerne in der Natur. Dort fühle ich mich am wohlsten. Sobald es lauter wird, fängt mein Herz an zu rasen und ich bekomme schwitzige Handflächen. Das Blut schießt mir in den Kopf. Und manchmal, da kann ich die Panikwelle nicht mehr abwenden. Aber zum Glück kommt das nicht mehr so oft vor, seitdem ich hergezogen bin.«

Ich schluckte. Irgendwie hatte ich mir schon etwas in der Richtung gedacht, aber es von ihr zu hören, traf mich härter, als ich vermutet hätte. Während ich alles dafür tat, immer von einer Wolke aus lauten Geräuschen oder Musik umgeben zu sein, war das genau das, was Tatum zutiefst hasste und mied. Gegensätzlicher konnten zwei Menschen kaum sein. Doch hieß es nicht immer, dass Gegensätze sich anzogen?

»Okay, das erklärt einiges. Tut mir leid, wenn ich dir Angst eingejagt habe. Ich hatte keine Ahnung.«

»Natürlich hattest du die nicht. Dir muss nichts leidtun. Es ist, wie es ist, und bisher hat mich das vielleicht in die ein oder andere beschissene Situation gebracht, aber irgendwie hab ich es immer überstanden. Und das werde ich auch in Zukunft schaffen.«

»Da bin ich mir sicher. Und falls du über irgendwas reden willst, kannst du gerne zu mir kommen«, entgegnete ich und drückte noch mal ihre Hand.

»Danke, Dash.«

Ich nickte.

»Scheiße«, sie lachte auf. »Wir sitzen immer noch zwischen diesen Maiskolben. Oh Mann ... das hatte ich ja völlig vergessen.«

»Verständlicherweise.« Ich grinste. »Wollen wir weiter nach dem Ausgang suchen? Die anderen warten bestimmt schon draußen auf uns.«

»Ich glaube, das mit dem Gewinnen können wir knicken.« Sie stöhnte gequält. »Ich bin eine schlechte Verliererin. Ganz schlecht. Chase wird mich richtig auslachen.«

»Der kann was erleben, wenn er das tut.«

»Fliegen dann die Fäuste?«, fragte Tatum und erhob sich von der Bank.

Ich stand auch auf und folgte ihr den Weg entlang. »Nein, aber dann muss ich wohl oder übel jedem erzählen, was ich vor ein paar Tagen in seinem Zimmer gefunden habe, als er mich reingeschickt hat, um ihm was zu holen.«

»Oh! Was ist es?«

»Meine Lippen sind versiegelt. Vielleicht verrate ich es dir ein anderes Mal, wenn ich dich zum Lachen bringen will.«

»Du kannst echt fies sein, Adams.«

»Hab ich von dir gelernt, Sullivan.«

Wir belegten schließlich den letzten Platz. Tatum war zwar etwas angefressen, aber mir machte das nichts aus. Solange es ihr gut ging, war mir egal, dass wir nicht als Gewinner hervorgingen. Gegenüber den anderen erwähnte sie nichts, wobei ich stark davon ausging, dass sie Frankie später noch von dem Vorfall berichten würde.

Auch wenn wir heute verloren hatten, hatte ich zumindest eine weitere Erkenntnis über dieses Mädchen gewonnen, das alles ausstrahlte, was mir Angst machte. Und doch bekam ich sie nicht aus dem Kopf.

KAPITEL 13

TATUM

Ich blätterte durch die Seiten meines Fotografie-Ratgebers, den ich mir vor ein paar Tagen zugelegt hatte. Er hatte mich geradezu angelächelt mit den Flüssen, Bergen und Wäldern auf dem Cover.

An den Tagen, an denen in der Chestnut Flower Lodge nicht so viel los war, genoss ich es, auf meinem Bett zu liegen und mein Notizbuch mit Fotografie-Tipps zu füllen. Heute hatte ich mir schon einiges zur Verschlusszeit und zu verschiedenen Bildkompositionen notiert. Auch wenn ich nicht die Möglichkeit hatte, richtige Kurse zu belegen oder zu studieren, wollte ich mich trotzdem weiterentwickeln und dazulernen.

Mein Handy leuchtete auf und signalisierte damit den Eingang einer Nachricht.

Dash.

Bist du da?

Ich erwischte mich bei einem dümmlichen Grinsen und konnte mich nur selbst auslachen. Oh Mann. Mein Herz schlug schneller, wenn er mir schrieb oder ich in seiner Nähe war.

Ich tippte eine Antwort und schickte sie ab.

Yep, du auch? Können wir uns sehen?

Seit dem Vorfall im Maisfeldlabyrinth vor vier Tagen waren wir uns zwar im B&B ab und zu über den Weg gelaufen, hatten aber keine Zeit miteinander verbracht. Dafür hatte er zu viel in der Bar zu tun gehabt und ich mit dem Schreiben neuer Artikel. Über meine Panikattacke hatte er kein Wort mehr verloren, wofür ich ihm sehr dankbar war.

Klar. Bin da.

Ich richtete mich auf und warf einen Blick in den Spiegel, der gegenüber meinem Bett an der Wand lehnte. Meine Haare hatte ich heute nicht wirklich zurechtgemacht, sondern einfach zu einem kleinen Pferdeschwanz im Nacken gebunden. Zu meiner grauen Stoffhose trug ich einen weißen Sweater und mehrere filigrane Ketten. Ich sah okay aus. Aber letzten Endes war das auch völlig egal, da ich niemandem etwas zu beweisen hatte. Auch nicht diesem echt heißen Typen, der mich genau jetzt sehen wollte.

Wollen wir mit Sherlock spazieren gehen?

Gerade hatte ich mein Handy weggelegt, da leuchtete es schon wieder auf.

Hmm, ja ... oder magst du vielleicht rüber in mein Zimmer kommen?

Oh Gott. Ich in Dashs Zimmer. Mit Dash. Also damit hatte ich jetzt nicht gerechnet, zumal ich etwas Vorbereitungszeit bitter nötig gehabt hätte ...

Tatum!, ermahnte ich mich. *Nur weil er dich in sein Zimmer ruft, heißt das nicht, dass ihr miteinander in der Kiste landet.*

Gib mir fünf Minuten.

Nachdem ich mir noch mal die Zähne geputzt hatte (wer wusste schon, wie das Ganze endete), schlich ich rüber zu Dashs Zimmer und klopfte zweimal.

Die laute Musik, die durch die Wand dröhnte, wurde heruntergedreht, und im nächsten Augenblick öffnete ein ziemlich attraktiver Kerl die Tür und lehnte sich gegen den Rahmen. Das weiße Shirt umspielte seine trainierten Oberarme und ließ die Tattoos zum Vorschein kommen. Alle möglichen Motive von Würfeln und einem Schmetterling über Jahreszahlen und eine Schlange bis hin zu einer *Super-Mario*-Figur waren dort abgebildet. Dazu trug er graue Jeans, die ihm tief auf den Hüften saßen.

Ich sah ihm in die Augen und lächelte, wobei ich versuchte, mir nicht anmerken zu lassen, wie heiß mich sein Auftreten machte. Vor allem sein schelmischer Blick unter den langen Wimpern hindurch, gepaart mit diesem charmanten Grinsen, sorgte dafür, dass sich alles in mir zusammenzog. Auf eine gute Art und Weise.

»Hey«, sagte er und trat einen Schritt zur Seite, um mich hereinzulassen. »Wie ich sehe, hast du den Weg gut gefunden.«

Ich schnaubte und streifte seinen warmen Oberkörper, als ich an ihm vorbei in den Raum lief. »Zum Glück hat mein Navi nicht versagt. Hattest du keine Lust, spazieren zu gehen?«

»Ich dachte, wir könnten uns hier ein bisschen ungestörter unterhalten.«

Ich hörte, wie die Tür hinter mir ins Schloss fiel.

Auf dem Bett lag sein geöffneter Laptop, leise Hip-Hop-Musik kam aus der Bluetooth-Box auf dem Nachttisch. Das Bett war ungemacht, daneben auf dem Boden lag seine große Reisetasche. Auf der Lehne des dunkelroten Sessels in der Ecke hatte er ein paar Klamotten abgelegt, und auf dem Schreibtisch türmten sich mehrere Fest- und Schallplatten. Ein Zimmer wie jedes andere in diesem Haus, und doch fühlte es sich anders an, weil Dash hier wohnte. Sein holziger Duft lag in der Luft, und ich sog ihn heimlich ein.

»Wie geht's dir?«, fragte er, und ich drehte mich zu ihm um. Sofort erfüllte Wärme meinen Körper.

»Gut. Und dir?«

»Auch.« Er trat einen Schritt auf mich zu, blieb dann jedoch stehen und lehnte sich gegen den Schreibtisch. »Ich hab dich gestern gesehen. Warst du auf dem Weg zum Fotografieren?«

Ich überlegte kurz. »Ja, am See. Danach war ich noch bei Frankie. Wie läuft's mit Ty?«

»Super, wir kommen gut voran. Heute sind die Tische und Stühle geliefert worden. Du musst unbedingt bald wieder ...« Er hielt inne und fuhr sich über seinen Bart. »Du siehst es ja dann, wenn du zur Eröffnung kommst. Falls du vorhast zu kommen.« Er legte den Kopf schief und kniff die Augenbrauen zusammen.

»Ich weiß es noch nicht. Wird vermutlich ein bisschen lauter dort, oder?«

Er nickte, und in seinen Augen lag stummes Verständnis.

»Aber ich will es vielleicht probieren.«

Ein Schritt nach dem anderen, Tatum. Genau das könnte der Weg zur Normalität sein.

»Ehrlich? Fühl dich nicht unter Druck gesetzt. Ich glaube nicht, dass irgendjemand ein Problem damit hat, wenn du nicht kommst.«

»Aber vielleicht freuen sich manche Leute ja, wenn ich doch auftauche.« Ich zwinkerte ihm zu und ließ mich auf die Bettkante sinken.

Oh, diese Kombination könnte wohl etwas irreführend sein. Verdammt. Immer diese Zweideutigkeiten. Aber vielleicht ist es ihm ja nicht aufgefallen.

»Du kannst dich auch zu mir setzen«, sagte ich.

Das macht es nicht besser, Tatum.

Innerlich schlug ich mir die Handfläche gegen die Stirn. Wieso war ich in seiner Gegenwart so nervös? Okay, dumme Frage. Ziemlich dumme Frage. Ich schüttelte den Kopf, um meine Gedanken loszuwerden.

»Oder lass es. Egal. Wie auch immer«, versuchte ich mich zu retten, worauf ich ein angedeutetes Schmunzeln von Dash erntete. Und doch blieb er an Ort und Stelle stehen.

»Hey, ich wollte mich noch mal bei dir bedanken. Wegen Samstag. Du weißt schon.«

Er nickte und hielt meinem Blick stand, seine Lippen waren leicht geöffnet. »Wie gesagt, du musst dich für nichts bedanken.«

»Ja, ja.« Ich rollte mit den Augen, lächelte dann wieder. »Aber als Dankeschön würde ich dich trotzdem gerne auf irgendwas einladen. Oder dir was kochen. Ich hab mal gehört, dass meine Cannelloni echt gut sein sollen.«

Dashs Mundwinkel zuckten, als wollte er etwas sagen, dann brach er jedoch ab und senkte den Blick. »Das ist echt nicht nötig.«

»Vielleicht möchte ich es trotzdem machen.«

Er stöhnte auf, dann sah er mich wieder an. In seinen Augen konnte ich lesen, dass er nicht so wie ich über uns dachte.

Ein Schauer kroch mir die Wirbelsäule hinauf, und ich biss die Zähne aufeinander.

»Hör zu, Tatum … Ich verbringe echt gerne Zeit mit dir. Da ist was zwischen uns. Ich hab auch gemerkt, dass es mit dir anders ist als mit den Frauen, die ich in den letzten Jahren getroffen habe. Da ist eine Verbindung.«

»Aber?«

Mit der Hand fuhr er sich über den Bart und dann durch seine Haare bis in den Nacken. »Aber … Ich … Ich weiß ehrlich nicht, ob ich bereit für was Ernstes bin. Ob ich mich dir öffnen kann. Manchmal reichen Gefühle nicht aus. Und ich dachte, ich sag dir das jetzt, bevor ich dich womöglich verletze. Es tut mir leid.«

Ich atmete langsam ein und aus, dann erhob ich mich vom Bett und verschränkte die Arme vor der Brust. »Ich könnte dich wieder feige nennen, tu ich aber nicht. Du wirst wissen, was du tust. Schade, aber ...« Ich räusperte mich und versuchte, mir nicht anmerken zu lassen, dass mich seine Worte wie kleine spitze Pfeile getroffen hatten. »Ich hatte nach unserem Kuss angenommen, dass wir auf einer Wellenlänge sind.«

»Das sind wir eigentlich auch. Ich bin einfach kein ... ähm ... kein Typ für was Festes. Das, was du brauchst, kann ich dir nicht geben. Und ich kann dir nicht oft genug sagen, wie sehr es mir ...«

»Was ist das denn für eine bescheuerte Ausrede?«

Wollte er mich für dumm verkaufen?

Seine Augen weiteten sich. »Das ist keine Ausrede.«

»Mhm, und nachts klopfen manchmal fliegende Giraffen an mein Fenster, die sich mit mir über die Französische Revolution unterhalten wollen. Genau. Das ist Bullshit, Dash, und das weißt du genauso wie ich.«

Stille.

»Ich wollte dir nie wehtun.«

Ich fixierte ihn mit kaltem Blick. »Erklär es mir. Ich hab Zeit und würde echt gerne wissen, woran es *wirklich* scheitert.«

»Spielt das denn eine Rolle?« Mit schmerzverzerrtem Gesicht sah er mich an und schüttelte den Kopf. »Du hast nichts falsch gemacht. Mehr musst du nicht wissen.«

Ich starrte ihn an, dann seufzte ich und ging zur Tür. Ich hatte die Hand schon am Knauf, als ich mich noch mal über die Schulter zu ihm umsah. »Weißt du, hättest du gesagt, dass du keine Gefühle für mich hast, hätte ich es dir vielleicht abgekauft. Aber du und ich ... Wir beide wissen, dass du mir etwas verheimlichst. Pass auf, dass es dich nicht zerreißt. Denn wenn du die Menschen von dir stößt, denen du wichtig bist, hast du irgendwann niemanden mehr, der deine Einzelteile wieder zusammensetzt.«

»Aber meinst du nicht, dass du ihm das alles vielleicht nur an den Kopf geworfen hast, weil du verletzt bist und dich verarscht fühlst?« Frankie saß auf ihrem Bett, den Rücken an das Kopfteil angelehnt, während ich am unteren Ende lag und an die Decke starrte.

Über uns hing eine Lichterkette, die von einem Pfosten zum anderen gespannt war und an einen Sternenhimmel erinnerte. Alle Lichtquellen im Zimmer waren angeschaltet: die Stehleuchte hinter dem beigen Lesesessel, ihre Nachttischleuchte, die Deckenlampe und hier und da kleine indirekte Lampen, die Lichtkegel an die Wände warfen. Während mein Zimmer mit Fotografien vollgehängt war, hatte Frankie jeden freien Fleck mit Magazin-Covern, Polaroidfotos, Postkarten und Schallplatten tapeziert. An der einen Wand lehnte ihr liebstes Skateboard mit dem Pinguin drauf, daneben stapelten sich Bücher und Filme auf dem Boden. Vor Kurzem hatte sie sich bei Urban Outfitters eine dieser Tapisserien gekauft, auf denen ein Sternenhimmel und eine Mondsichel abgebildet waren. Diese hing nun direkt links an der Wand, wenn man hereinkam. Hier herrschte ein mehr oder weniger organisiertes Chaos. Inmitten von Pflanzen und Sweatshirts, künstlichen Efeu-Girlanden und noch mehr Lichterketten platzte ihr rustikales Holzregal mit den Fotoalben und Büchern aus allen Nähten.

Sie lebte zusammen mit ihrem Vater in einem Häuschen nur ein paar Straßen von mir entfernt, wobei sie die meiste Zeit alleine verbrachte, da ihr Dad oft aus beruflichen Gründen mehrere Wochen am Stück auf Reisen war.

»Ich bin die Letzte, die einem Typen hinterherrennt, der sie nicht will, Frankie. Oder ihn gar beleidigt oder sonst was. Dann geht man eben wieder getrennte Wege, so ist das Leben, da muss man der Person nicht böse sein. Bei Dash ist das aber ein ganz anderes Paar Schuhe.«

»Weil ihr euch geküsst habt?«

Ich überlegte. »Hmm, nein. Eher weil ich ihm das so null abkaufe, also dass er nichts Ernstes möchte. Er meinte ja auch, dass er nicht weiß, ob er sich mir öffnen kann. Für mich heißt das, dass da – so wie ich dachte – noch mehr dahintersteckt und er es mir nur nicht verraten will. Aber gut. Soll er machen, was er für richtig hält. Zum Glück hat er es mir jetzt schon gesagt und nicht erst, nachdem vielleicht mehr gelaufen wäre.«

»Bist du sehr traurig?« Frankie rollte sich übers Bett und nahm mich in den Arm.

Ich legte den Kopf an ihre Schulter. »Ein bisschen. Er hat Angst, und ich finde es so schade, dass er sich ihr nicht stellt.«

Frankie schnaubte. »Als ob wir das jemals getan hätten.«

»Bei uns ist das was anderes.«

»Ist es das? Vielleicht gibt es bei ihm ja auch irgendwas, das ihn daran hindert, glücklich zu sein.«

Ich dachte nach und drehte mich zurück auf den Rücken, fixierte einen Lichtpunkt über mir. »Möglicherweise. Aber vielleicht liegt es ja doch an mir. An meiner Panikattacke.«

»Quatsch! Er hat dir doch selbst gesagt, dass dir die nicht unangenehm sein muss.«

»Ach, das sagen doch immer alle. Aber hat er es auch wirklich so gemeint? Ich meine … Es war schon heftig. Und dann noch die Tatsache, dass ich die Stille suche, während er … genau das Gegenteil tut. Wer weiß, ob er mich nicht als nervige Last sieht, die ausflippt, sobald er irgendwelche Tracks laufen lässt, Autos hupen oder Kinder herumschreien.«

»Tatum!«

»Nein, wirklich. Der ist doch bestimmt voll abgeturnt von mir.«

Frankie starrte mich an und schüttelte ungläubig den Kopf. »Hast du sie noch alle? Tatum Sullivan, wenn du das nicht sofort wieder zurücknimmst, hol ich die Macarons, die heute übrig geblieben sind, und scheppere sie dir an den Kopf!«

Ich lachte auf und verdrehte die Augen. »Okay, okay. Sorry. Hatte nur kurz vergessen, wer ich bin.«

»Wehe, das kommt noch mal vor. Wie gesagt, ein Rucksack voller Macarons und eine treffsichere Frankie.«

»Das mit dem *treffsicher* stell ich jetzt mal kurz infrage.«

Daraufhin funkelte sie mich gespielt böse an. »Du bist die Ausgeburt der Frechdachsigkeit.«

»Ist das überhaupt ein Wort?«

»Mir egal, dann hab ich's eben gerade erfunden.«

Ich grinste und stemmte mich auf meine Unterarme, während Frankie an ihrem übergroßen »Treat people with kindness«-Shirt herumspielte. Ihre roten Locken hatte sie zu einem unordentlichen Dutt zusammengebunden, der halb auseinanderfiel. »Ich werde ihm ab sofort aus dem

Weg gehen. Ist wohl besser so. Und dann hoffe ich, dass er bald eine Wohnung findet und bei uns auszieht.«

»Lass dir nicht die Laune verderben. Wir haben die letzten Jahre ohne Männer überstanden, da brauchen wir auch in Zukunft keine, die uns das Leben schwer machen. Du wirst schnell über ihn hinweg sein.«

»So wie du über Tyler?«

Sie biss sich auf die Unterlippe und zuckte dann mit den Schultern. »Das ist was anderes.«

»Nur weil er nicht weiß, dass du auf ihn stehst.«

»Genau. Und so soll es auch bleiben. Ich will unsere langjährige Freundschaft nicht kaputtmachen, der steht niemals auf mich, Tatum.«

»Das weißt du erst, wenn du mit ihm darüber gesprochen hast. Oder ihm Signale gesendet hast.«

Ich hatte Frankie auch schon mal angeboten, mit Ty darüber zu reden, allerdings hatte sie mich zur Antwort mit Croissants bombardiert und wie eine böse Hexe aus der Bäckerei gejagt.

»Und das, meine liebe gute Freundin, wird niemals passieren.« Ein trauriges Lächeln legte sich auf ihre Züge. »Außerdem würde es sowieso nicht hinhauen zwischen uns. Er steht zwar auf dieselben Filme wie ich, aber bei Serien geht unser Geschmack weit auseinander.«

Ich lachte und warf ein Kissen nach ihr. »Du laberst echt nur Mist.«

»Und genau deshalb liebst du mich.«

»Richtig.« Ich rutschte hoch und lehnte mich an das Kopfteil des Bettes. Frankie setzte sich neben mich. »Wie war's heute in der Bäckerei?«

»Ganz gut! Ich hab mich an ein paar neuen Gebäckkreationen versucht, eine Mischung aus Tarte und Zimtschnecke. Und rate mal ... Die haben echt gut geschmeckt.«

»Du hättest mir eins aufheben sollen. Hast du sie Mathieu gezeigt?«

»Quatsch, wo denkst du hin? Das ist seine Bäckerei, und ich habe den Job ja sowieso nur halbherzig angenommen, weil ich nicht wusste, was ich mit meinem Leben anstellen soll. Wenn ich jetzt mit irgendwelchen Kreationen ankomme, denkt der sich bestimmt: ›Oh non, Mademoiselle Francine hat doch keine Ahnung, was sie tut. In den Müll damit!‹ Und so gut, dass man sie den Kunden anbieten könnte, waren sie jetzt auch nicht.«

Ich grinste, weil sie Mathieus französischen Akzent ziemlich gut beherrschte. »Aber nach gut einem Jahr bist du nun wirklich keine Anfängerin mehr, Franks. Wie auch immer, ich will die Dinger mal probieren!«

»Ich backe morgen noch mal welche und leg dann eins für dich zurück, okay?«

»In Ordnung, danke.« Ich nickte zufrieden. »Hey, wie lange ist dein Dad eigentlich dieses Mal weg?«

»Die nächsten vier Wochen ungefähr.«

»Oh Mann. Thanksgiving verbringst du dann bei uns.«

»Gerne«, flüsterte sie.

Auch wenn sie selten darüber sprach, wusste ich, dass es sie traurig machte, das Haus so oft für sich zu haben. Meistens kam sie dann rüber und übernachtete bei mir oder ich leistete ihr hier Gesellschaft. Das war nach allem, was sie durchgemacht hatte, selbstverständlich für mich. So wie sie versuchte, mich vor dem Lärm zu schützen, half ich ihr, sich nicht in der Dunkelheit zu verlieren.

KAPITEL 14

DASH

Ich wollte mich unbedingt von Tatum fernhalten. Wirklich. Aber irgendwie funktionierte das nicht so, wie ich es mir vorgestellt hatte. Nachdem ich ihr die Abfuhr gegeben hatte, lief sie mir in der Chestnut Flower Lodge und in der Stadt ständig über den Weg. Mal tauschten wir Blicke, hoben kurz die Hand, und dann gab es wieder Momente, in denen sie mich gekonnt ignorierte. Oh Mann, dabei wollte ich doch nur, dass es ihr gut ging und sie glücklich war. So wie sie mich wieder mit ihrem Killerblick ansah, war ich mir allerdings nicht ganz sicher, ob das der Fall war. Auch wenn meine Gedanken an Tatum klebten und ich an fast nichts anderes als ihre Augen, ihre Lippen, ihre Witze und das seltene Lächeln denken konnte, musste ich mich zusammenreißen. Immerhin war ich selbst daran schuld, dass wir nicht verliebt im Bett lagen und uns Sahne vom Körper leckten – nicht, dass ich so was jemals getan hatte.

Nun war Freitag und ich echt erledigt. In den letzten Nächten war ich auf Kopfhörer umgestiegen, um Tatum nicht mit meiner Musik zu nerven, doch bequem war was anderes. Und pennen hatte ich somit nicht wirklich können. Schon vor Jahren hatte ich mir angewöhnt, mit pulsierenden Beats in den Schlaf zu driften. Die paar Minuten, bevor ich einschlief, waren mir definitiv zu ruhig. Tja, dann musste ich wohl mit dem Schlafentzug leben, der mit den fetten Kopfhörern einherging.

Ich streckte meinen Kopf durch die Tür und sah den Flur hinunter zu Tatums Zimmer. Keine Menschenseele zu sehen. In wenigen Sekunden hatte ich mir den schwarzen Rucksack, Jacke und Handy geschnappt, mir meine Kopfhörer mit der lauten Musik von G-Eazy auf die Ohren geschoben und war in den Flur getreten. Keine Spur von ihr. Ich wollte nicht schon wieder mit irgendeiner Peinlichkeit in den Tag starten, deshalb war ich ganz froh, dass sie nirgendwo darauf lauerte, mir einen Baseballschläger über die Rübe zu ziehen. Ich schlich die Treppe hinunter und lief geradewegs auf den Ausgang zu, warf noch mal rasch einen Blick auf die Vintage-Uhr, die an der Wand hing. Kurz nach zehn. Dann sah ich zum Eingang und … blieb stehen.

Tatum kam gerade durch die Tür, den Blick starr auf mich gerichtet, Sherlocks Leine in der Hand. *Oh no.* Im nächsten Moment hob sie die Hand und winkte mir freundlich zu. Sogar ein kleines Lächeln lag auf ihren Lippen.

War sie doch nicht mehr sauer auf mich? Hatte ich mir nur eingebildet, dass sie mir die ganze Aktion übel nahm? Zögerlich winkte ich zurück und grinste.

Sie setzte an, etwas zu sagen. Als Profi-Lippenleser erkannte ich, dass es ein kurzes »Hey« gewesen sein musste. Dann trat sie einige Schritte auf mich zu, schmunzelte und legte den Kopf schief.

Rasch zog ich mir die Kopfhörer von den Ohren und schob sie mir in den Nacken. »Hey, Tatum, schön, dich zu sehen, ich …«

Nicht mal eine Sekunde später streifte mich etwas an der Schulter, und ein Mann um die vierzig oder fünfzig lief an mir vorbei. Tatum blickte mit geweiteten Augen von mir zu ihm, wieder zu mir, dann schüttelte sie den Kopf, als ob sie sich zurück ins Hier und Jetzt holen wollte, und schenkte dem anderen Gast ein Lächeln.

Oh fuck.

Mir wurde bewusst, dass sie gar nicht mir gewinkt hatte. Hitze stieg mir den Hals hinauf, und ich wandte den Blick zur Tür, so als ob nichts passiert war. Verdammter Mist – das zu den Peinlichkeiten des Tages. Aus dem Augenwinkel nahm ich noch wahr, wie Tatum dem Gast freundlich auf die Schulter klopfte und ihm einen schönen Tag wünschte. Dann war der Kerl durch die Tür, und ich stand ihr gegenüber.

»Hey, ähm«, fing ich an und fuhr mir am Bart entlang. »Du … Alles gut bei dir?«

Tatum verschränkte die Arme vor der Brust. »Klar. Wie immer.« Sie spitzte die Lippen. »Okay, ich bin dann mal in der Küche.«

Noch bevor ich etwas entgegnen konnte, war sie schon aus meinem Blickfeld verschwunden und um die Ecke gebogen.

Volldepp. Erst winkst du ihr wie ein dümmlicher Vollpfosten, obwohl ihre Begrüßung nicht an dich gerichtet war, und dann fällt dir nicht mal ein witziger Spruch ein, um souverän zu wirken. Ganz toll, Dash, wirklich nice.

Ich stöhnte auf und fuhr mir übers Gesicht, bevor ich

die Haustür aufriss. Die Arbeit in der Bar würde mich hoffentlich ablenken.

Gerade als ich über die Schwelle treten wollte, hörte ich ein lautes Klirren, gefolgt von mindestens genauso lautem Fluchen.

»Tatum?« Nur ein paar Augenblicke später stand ich in der Küche und sah mich mit klopfendem Herzen um.

»Alles okay.«

»Was …« Ich umrundete die Kücheninsel. »Oh. Warte!«

Tatum kniete auf dem Boden, mitten in einem Scherbenhaufen. Neben ihr zwei riesige kaputte Bilderrahmen, die von der Wand gefallen sein mussten, und Fotografien, auf denen Blutspritzer zu erkennen waren. An Tatums Hand lief ein schmales rotes Rinnsal hinunter, und sie starrte mit geweiteten Augen auf das Chaos.

Ich ließ meinen Rucksack zu Boden fallen und eilte zu ihr.

»Komm, ich helfe dir.« Ich machte Anstalten, ihre Hand zu nehmen und sie nach Scherben abzusuchen, doch sie entzog sie mir sofort wieder.

»Ist schon in Ordnung.«

»Du blutest, Tatum. Wo habt ihr Verbandszeug und Desinfektionsmittel?«

»Ich sagte doch, dass alles in Ordnung ist. Du musst mir nicht helfen.« Sie warf mir einen scharfen Blick zu und richtete sich mit wackeligen Knien auf, um zum Wasserhahn zu laufen.

Ich folgte ihr und lehnte mich neben sie an die Arbeitsfläche. »Hey«, sagte ich sanft. »Ich will dir nur helfen.«

»Mein Retter in der Not, ich fühle mich geehrt«, gab sie sarkastisch zurück. »Ich kriege das selbst hin. Alles gut.«

Geh, Dash. Geh einfach und belass es dabei. Es ist besser – für euch beide.

»Nix da. Als Retter in der Not muss ich doch aufpassen, dass du nicht von den Nachwirkungen umkippst oder so. Ich bleibe.«

Ganz dumme Entscheidung, dümmer als dumm. So dumm, wie nicht mal ein besoffenes Faultier jemals sein könnte.

»Wehe, du fasst mich an«, murmelte sie und hielt ihre Hand unter das Wasser. Auf ihrem Gesicht breitete sich ein schmerzerfüllter Ausdruck aus – für den ich verantwortlich war.

Ich blähte die Wangen auf und studierte ihre Züge. Die hohen Wangenknochen und die dunklen Augen, die Falte zwischen ihren Augenbrauen und ihre vollen Lippen, die sie fest aufeinandergepresst hatte. Trotz ihrer offensichtlichen Abweisung hatte sie nie besser ausgesehen.

»Alles klar. Ich stehe hier nur rum, bereit, die holde Maid zu stützen, falls sie einen Schwächeanfall erleidet.« Mein Mundwinkel zuckte nach oben, und ich hoffte, sie mit meinem Spruch zum Lächeln bringen zu können.

Vergeblich.

Dafür erntete ich nur ein genervtes Brummen, dann drehte sie sich weg und lief zu einem der Küchenschränke, um Desinfektionsmittel und Verbandszeug herauszuholen.

Um mich nützlich zu machen, widmete ich mich dem Chaos auf dem Boden. Ich fegte die Scherben mit dem Besen zusammen, der in der Ecke stand, und warf sie in den Müll. Die Fotografien hob ich auf und legte sie auf der Kücheninsel neben der Schale mit dem Obst ab.

»Ich kann dir auch helfen«, sagte ich und schlenderte zurück zu Tatum. Sie war gerade dabei, sich – mehr oder weniger unbeholfen – den Verband um die Hand zu wickeln.

»Danke, aber ich schaffe das auch alleine, Dash.«

»Das weiß ich.« Ich kam noch einen Schritt näher und lächelte sie aufmunternd an. »Trotzdem ist es okay, sich ab und zu helfen zu lassen.«

Sie wickelte sich den Verband weiter kreuz und quer um die Hand und quittierte meinen Spruch lediglich mit einem Schulterzucken.

»Sei nicht so stur, okay? Wenn Frankie da wäre, würdest du ihre Hilfe doch auch annehmen, oder? Dir geht es nur darum, dass ich es bin, der sie dir anbietet.«

»Nein. Mir geht es darum, dass ihr Männer immer denkt, uns Frauen helfen zu müssen und dass wir ohne euch nichts auf die Reihe bekommen, weil ihr die Ritter in silberner Rüstung seid, die uns das Leben erklären müssen.«

»Es ist 'ne glänzende Rüstung, die wir tragen«, entgegnete ich und versuchte, mein Grinsen zurückzudrängen.

Wenn Tatum mit ihren Blicken hätte töten können, hätte mein letztes Stündlein nun ganz sicher geschlagen. Irgendwie kam mir plötzlich der wilde Gedanke, dass meine Sprüche vielleicht nicht ganz so sympathisch wirkten. Vielleicht sogar überheblich und wie die eines Vollarsches. »Okay, tut mir leid. Der war unangebracht.«

»Korrekt.«

»Ich entschuldige mich feierlich und bitte um Vergebung.« Verdammt, ich fühlte diese Ritterrolle viel zu sehr. Was war in mich gefahren, so einen Mist zu verzapfen? »Vergiss es. Tut mir ehrlich leid. Und nur, um das klarzustellen: Ich weiß vielleicht nicht, was in den Köpfen aller anderen Männer vor sich geht, aber ich kann dir versichern, dass ich das nicht gesagt habe, um dir auf meinem Pferd zu Hilfe zu eilen.«

Weniger Ritter, Dash! Verdammt, du bist doch kein Minnesänger.

»Wie auch immer. Was ich damit sagen will: Ich weiß, dass du alles alleine hinbekommst; ich wollte dir einfach nur helfen, weil ich dich gar nicht mal so übel finde.«

Ich biss meine Kiefer aufeinander. *Gar nicht mal so übel.* Wow. Welcher Hofnarr hatte heute eigentlich Besitz von mir ergriffen?

»Gut, dann danke«, entgegnete sie und hielt inne, als überlegte sie, ob sie meine Hilfe in Anspruch nehmen sollte. Nur wenige Sekunden später hatte sie ihre Entscheidung gefällt und sich wieder abgewandt.

Dieses Mädchen war viel zu stolz. Aber nach meiner Aktion von Mittwoch konnte ich verstehen, dass sie mir nicht mehr über den Weg traute. Ich musste mir endlich eingestehen, dass ich sowieso keine Chance hatte, gegen die Anziehung anzukommen, die sie auf mich ausübte. Was machte ich mir eigentlich vor? Wie sie hier so stand, viel zu stur und stolz, ein Gespräch mit mir zu führen oder Hilfe von mir anzunehmen, kam ich nicht umhin, all meine Prinzipien über Bord zu werfen. Für sie. Tatum. Ich konnte nur noch den Kopf über mich schütteln. Darüber, wie abweisend ich zu ihr gewesen war, obwohl ich sie doch so sehr wollte. Alles an ihr. Ich musste das schleunigst wieder geradebiegen.

»Was musst du jetzt noch machen?«, fragte ich beiläufig und lehnte mich wieder an die Arbeitsfläche, während sie das Verbandszeug wegräumte.

»Dinge.«

»Welche denn?«

»Dash. Nerv nicht.«

Ich musste schmunzeln. »Tatum. Das würde ich niemals tun.«

Sie warf mir einen Blick zu, und ich konnte genau erkennen, wie ihre Mundwinkel nach oben zuckten. »Ich brauche neue Bilderrahmen, da ich die letzten ja offensichtlich auf dem Gewissen habe. Und dann muss ich noch ein paar Fotos machen, die Zimmer aufräumen und sauber machen, und heute Abend kommt Frankie her.«

Immerhin sprach sie wieder in ganzen Sätzen mit mir. Jetzt oder nie.

»Du hast nicht zufällig zwischendurch ein paar Minuten für mich übrig?«

»Eher nicht.« Während sie sich aufs Aufräumen konzentrierte, würdigte sie mich keines Blickes. »Viel zu tun.«

Okay, okay, okay … Ich musste mir was anderes überlegen. »Tatum, es tut mir ehrlich leid, was ich Mittwoch gesagt habe, und ich würde gerne noch mal mit dir darüber reden.«

Stille.

»Hör zu.« Tatum drehte sich zu mir um und schaute mir geradewegs in die Augen.

Sofort breitete sich Wärme in mir aus, und ich wollte sie einfach nur an mich ziehen und küssen. Nie mehr loslassen. Neben ihr einschlafen und wieder aufwachen. Und das für immer. Trotzdem behielt ich all das für mich und wartete darauf, dass sie weitersprach.

»Ich habe echt keine Lust, mich von dir verarschen zu lassen. Vielleicht bist du ein netter Kerl. Aber ich bin nicht blöd und weiß, dass Männer gerne Spielchen spielen. Wie du aussiehst, wie du dich gibst, wie du sprichst und wie du dein Leben bisher geführt hast, gehe ich stark davon aus, dass ich am Ende mit einem gebrochenen Herzen aus der Sache hervorgehe. Und jetzt rate mal, wer darauf keinen Bock hat.« Sie deutete mit beiden Daumen auf ihre Brust. »Ich.«

»Ich spiele keine Spielchen, Tatum.«

»Lustigerweise sagen das fast alle Kerle, die Spielchen spielen.« Sie zuckte mit den Schultern und verschränkte die Arme vor der Brust. »Wie gesagt. Ich will mein Herz nicht von einem DJ aus der Großstadt gebrochen bekommen. Belassen wir es bei einer … Bekanntschaft.«

Nicht mal für eine Freundschaft reichte es aus.

Wow, Dash, da hast du echt was gutzumachen.

»Eine Bekanntschaft?«

»Eine Bekanntschaft.«

Ich atmete tief ein und aus. »Ich werde dir dein Herz nicht brechen, Tatum.«

Sie lachte auf. »Selbst wenn du das ernst meinst, kannst du das nicht wissen.«

»Aber …«

»Kein Aber«, unterbrach sie mich und lief in Richtung Flur. »Behalt es für dich. Wir sehen uns, okay?«

»Mhm.«

Mit meinem letzten Wort verschwand sie nach draußen.

Sie traute mir nicht über den Weg, und ich konnte es ihr nicht mal verübeln. Doch wer sagte, dass ich sie nicht vom Gegenteil überzeugen konnte? Dass ich es nicht schaffen konnte, ihr zu zeigen, dass ich es wirklich ernst meinte. Und dass ich bereit war, gegen die Dinge anzukämpfen, die mir Tatum entreißen wollten.

KAPITEL 15

TATUM

»Die Frage ist nicht, ob, sondern *wie viele* Glibber-Shots du trinken wirst, Frankie.« Ich lachte auf und hakte mich bei meiner besten Freundin unter. »Ich will dich nur mal kurz an letztes Jahr erinnern. Da warst du so … nennen wir es *angetrunken*, dass dir Benji an der Bar Shotgläser mit Wasser vollgemacht hat, um dich vor deinem eigenen Absturz zu retten.«

»Das war so witzig. Und Tyler hat statt für Tequila für Wasser bezahlt.«

»Irgendwann musst du es ihm mal verraten. Der Arme dachte, du bist so trinkfest wie The Rock.«

Sie grinste. »Ich will ihn noch ein bisschen in dem Glauben lassen. Du musst mir also heute Rückendeckung geben, falls es hart auf hart kommt.«

»Wie immer, Franks.« Ich zwinkerte ihr zu.

Wir schlenderten auf die Stadtmitte zu, wo an diesem Samstag die alljährliche Halloween-Party von Golden Oaks stattfand. Es dämmerte bereits, jedoch war alles gut beleuchtet, sodass ich mir um Frankie keine allzu großen Sorgen machen musste. Glücklicherweise war es keine Party im eigentlichen Sinne, sondern vielmehr eine Art entspanntes Stadtfest mit allerhand Ständen, an denen es verschiedenstes Essen, Getränke und Kleinkram zu kaufen gab. Überall standen ausgehöhlte Kürbisse mit schaurigen Gesichtern, Lichterketten mit Spinnweben spannten sich über den Dorfplatz, und an jeder Ecke hatten Skelette, Gespenster und weitere Gestalten ihren Platz. Nur ganz leise Musik im Hintergrund – gerade so, dass mein Herz in einem geregelten Rhythmus schlug. Zudem war wie jedes Jahr nicht besonders viel los. Die älteren Generationen verbrachten meist ihren Nachmittag und den frühen Abend auf dem Fest, und spät abends kamen die Jugendlichen und Leute in unserem Alter. Und von denen gab es hier nicht allzu viele. Die meisten gingen eher auf College-Halloween-Partys, weil das Stadtfest ihnen zu langweilig war und die Leute hier nicht mal Kostüme trugen. Für mich und Frankie war es genau richtig, und über die Jahre hatte es sich eingebürgert, dass Tyler, Chase und Fiona mit uns hierblieben.

»Tatum! Frankie! Wie sieht's aus, wollt ihr einen Corn Dog?«, rief uns Zach von seinem Imbissstand aus zu.

»Später vielleicht, danke«, entgegnete Frankie und winkte ihm zu.

»Halt uns welche warm!«, fügte ich hinzu.

»Mach ich. Bis später, Mädels!«

Frankie und ich setzten unseren Weg fort, vorbei an Fotoautomaten, noch mehr Kürbissen und Elijah, dem Typen, der auf Wunsch Karikaturen anfertigte.

»Schau mal, da ist Chase«, sagte Frankie und zog mich

in seine Richtung. »Dann sind die anderen bestimmt auch nicht weit.«

Ich nickte. »Mal sehen, auf wen wir heute alles treffen.«

»Denkst du, er kommt?« Sie warf mir einen bedeutungsschweren Blick zu, und ich musste schlucken.

»Klar. Als ob er sich an Halloween in sein Zimmer verzieht, während seine Buddys hier abhängen und Spaß haben.«

Allein beim Gedanken an Dash zog sich alles in mir zusammen. Als er mir gestern hatte helfen wollen, meine Hand zu verbinden, hatte ich ziemlich genervt reagiert. Er wusste offensichtlich nicht, was er wollte, und auf so einen Kindergarten hatte ich keine Lust.

»Im Zweifel halten wir uns einfach von ihm fern.« Frankie lächelte mich aufmunternd an, und im nächsten Moment kamen wir vor Chase zum Stehen.

Rasch begrüßten wir uns mit einer Umarmung, dann bog auch schon Fiona um die Ecke und grinste uns an. »Hey, Girls, alles gut? Habt ihr gesehen, dass es wie letztes Jahr wieder ein Gruselhaus mit Clowns und Zombies gibt?«

»Oh, echt? Geht ihr später rein?«, fragte ich und biss mir sofort auf die Innenseite meiner Wange.

Früher hatte ich so was total gemocht, aber mittlerweile traute ich mich nicht mal mehr für eine Sekunde in ein solches Haus. Frankie ging es ähnlich, weshalb sie mir einen kurzen verstohlenen Blick zuwarf.

»Chase und ich auf alle Fälle. Tyler auch. Ob Dash mitkommt … Keine Ahnung, aber wenn er sich auf verrückten Partys im ganzen Land aufgehalten hat, ist so ein Gruselhaus bestimmt nur halb so schlimm.«

Frankie lachte. »Wo stecken die anderen?«

»Ich glaube, Ty wollte sich 'ne Pizza holen, und Dash habe ich bei den Waffeln gesehen.«

Dann war er also tatsächlich hier. Ich konnte nur für ihn hoffen, dass er nicht wieder versuchte, mich in ein Gespräch zu verwickeln.

»Wollen wir schon mal was trinken?« Ich ließ meinen Blick über den Platz schweifen und entdeckte die Bar.

»Klar. Danach können wir ja mal schauen, ob wir Ty finden.«

Ich musste mein Schmunzeln unterdrücken und nickte nur. Dann liefen wir gemeinsam rüber zu Cathy, die uns mit – vorerst noch – antialkoholischen Drinks versorgte. Irgendein seltsames pinkes Gebräu, das viel zu süß schmeckte und meine Nackenhaare dazu brachte, sich aufzustellen.

»Ich hab vorhin 'nen Collegetypen kennengelernt, der uns auf eine Halloween-Party in seinem Wohnheim eingeladen hat. Da könnten wir später noch vorbeischauen«, sagte Fiona, nahm einen Schluck und verzog angewidert das Gesicht.

»Der Nachgeschmack geht klar«, beruhigte ich sie lachend. »Das mit dem Wohnheim muss ich mir noch überlegen ...«

College-Partys waren laut. Zu laut. Zu viele Menschen.

»Ja, klar. Wir entscheiden einfach später, ob wir Lust haben.«

»Yep«, entgegnete Frankie und sah sich um. Dann hakte sie sich bei mir unter. »Ich hab Lust auf Pizza, lass uns mal nach Ty schauen.«

Wie immer dachte sie nur an ihn. Manchmal tat sie mir echt leid.

Während Chase und Fiona nach Dash suchten, hielten Frankie und ich nach Ty Ausschau. Wir fanden ihn in der Schlange des Pizza-Stands, wo er sich mit zwei ehemaligen Kommilitoninnen unterhielt, die mir in Golden Oaks auch schon mal über den Weg gelaufen waren. Becky und Candace, die nebeneinander ein bisschen aussahen wie die Olsen-Zwillinge. Ich kniff die Augen zusammen, als wir auf sie zusteuerten, und bemerkte, dass Becky mit Tyler flirtete, der allerdings nicht sonderlich angetan von ihr schien. Immer wieder schaute er auf sein Handydisplay und nickte nur desinteressiert.

»He, Montgomery, du kannst dir doch keine Pizza ohne mich holen«, rief Frankie ihm zu und sprang auf ihn los.

Überrascht drehte er sich um, und sofort legte sich ein Grinsen auf seine Lippen. »Da ist ja meine Lieblingsschnapsdrossel.« Er schloss die Arme um Frankies Körper und drückte sie an sich, woraufhin sie lachte. Nachdem sie sich wieder voneinander gelöst hatten, wuschelte sie ihm durch die dunklen Haare.

»Pass bloß auf, ich trink dich später über den Tisch!«

»*Unter* den Tisch. Du trinkst ihn *unter* den Tisch«, sagte ich grinsend und umarmte Ty kurz.

»Hey, Tatum. Alles gut bei euch?«

»War es das jemals nicht?«, fragte ich mit leicht sarkastischem Unterton und verpasste mir dafür innerlich eine Ohrfeige. »Sorry. Uns geht's super. Und dir?«

»Sobald ich die Pizza habe und meinen leeren Magen füllen kann – auch gut.« Dann sah er wieder zu Frankie, auf deren Wangen sich eine leichte Röte gelegt hatte. Irgendwie passte es zu ihrer Lockenmähne. Jedes Mal, wenn sie ihn anschaute, funkelten ihre grünen Augen.

Und so wie Tyler sie ansah, keimte in mir nicht zum ersten Mal die Hoffnung auf, dass er vielleicht ebenfalls mehr für sie empfand und die beiden irgendwann ihr Happy End bekamen.

»Habt ihr die anderen schon getroffen?«

Frankie nickte. »Klar, die suchen gerade Dash.«

Tyler warf mir einen kurzen Blick zu, und ich musterte ihn aus zusammengekniffenen Augen.

»Du weißt Bescheid, oder? Er hat mit dir über mich gesprochen.«

»Könnte sein.« Er verzog das Gesicht. »Du kannst ihm nicht ewig aus dem Weg gehen, Tatum.«

»Ach, doch, ich glaube, das schaffe ich ganz gut.«

»Nicht, wenn ich es zu verhindern weiß«, murmelte Tyler verschwörerisch und legte mir freundschaftlich einen Arm um die Schultern.

Ich boxte ihm meinen Ellenbogen in die Seite und lachte. »Das werden wir ja sehen.«

Nachdem sich Tyler und Frankie Pizza geholt hatten, trafen wir uns mit den anderen am Stand mit den Drinks. Dieses Mal bestellten wir allerdings ein paar dieser orangenen Halloween-Cocktails, die definitiv besser schmeckten als das pinke Glibberzeug ohne Alkohol.

Dash unterhielt sich überwiegend mit Chase, warf mir jedoch immer wieder kurze Blicke zu und lächelte mich zaghaft an. Anscheinend versuchte er, mit seinem Charme bei mir zu landen. Sein Bart war etwas fülliger geworden, und zu seinem schwarzen Outfit (bis auf das weiße Shirt) trug er seine silbernen Ringe an den Fingern. Mein Herz schlug schneller. Ich konnte nicht leugnen, dass er toll aussah, aber das reichte nun mal nicht. Ich schaute sofort weg, als er meinen Blick suchte und die Stirn runzelte.

»Hatten du und Jenn eine schöne Zeit, als sie hier war?«

Fiona nickte und trank einen Schluck. »Klar. Sie musste zwar ein bisschen für die Uni lernen, aber wir haben das Beste daraus gemacht. Nur der Abschied ist immer schwer.«

»Das glaube ich«, warf Frankie ein und seufzte. »Wann seht ihr euch wieder?«

»In etwa drei Wochen, wenn sie zu Thanksgiving herkommt.«

»Die vergehen sicher schneller, als ihr denkt«, sagte ich und lächelte sie aufmunternd an. »Und schwupps sitzt ihr zusammen am Tisch und köpft den Truthahn.«

Sie grinste. »Hoffen wir's! Hey, meinst du, du könntest demnächst mal ein paar Fotos von mir machen? Mein Abschluss ist nicht mehr lange hin, und ich wollte mich schon frühzeitig um Bewerbungen und das ganze Zeug kümmern.«

»Sag das lieber nicht so laut«, entgegnete ich und nickte zu Tyler, der mit dem Rücken zu uns stand und in ein Gespräch mit den Jungs vertieft war. Dabei streiften sich für einen kurzen Moment Dashs und meine Blicke. Schnell sah ich zu Fiona. »Tyler wird dich als Barkeeperin vermissen, wenn du einen Grafikerinnen-Job annimmst und näher zu Jenn ziehst.«

»Vorausgesetzt, ich finde was in ihrer Nähe. Aber das dauert ja alles noch, den Abschluss mach ist erst im Frühjahr.«

»Das wirst du bestimmt. Aber klar, ich kann ein paar Fotos von dir machen. Gar kein Problem!«

»Danke, Tatum«, erwiderte sie und drückte mich kurz. »Außerdem solltest du unbedingt welche aufnehmen, wenn die Bar eingerichtet ist. Die Jungs brauchen doch sicher Werbefotos oder so. Hey, Ty, Dash … habt ihr Tatum schon gefragt, ob sie vom Golden Hour ein paar Bilder machen kann?«

Zu gerne wäre ich geflüchtet. Zu gerne hätte ich mir Frankie geschnappt und mich aus dem Gespräch ausgeklinkt. Aber ich blieb stehen. Selbst als sich Tyler und Dash uns zuwandten und Tyler sagte: »Das wäre echt toll und würde uns wirklich helfen. Hast du Lust?«

Ich zögerte, tauschte mit Dash einen Blick, der Hitze in mir aufsteigen ließ. Ein Kribbeln breitete sich auf meiner Haut aus, als er mir tief in die Augen sah und einer seiner Mundwinkel nach oben zuckte.

»Klar. Das mache ich gerne«, sagte ich an Ty gerichtet und nickte. »Vielleicht kurz vor der Eröffnung oder danach?«

»Klingt gut.« Dash trat ein Stück näher und legte den Kopf schief. »Und im Gegenzug bekommst du so viele Freigetränke, wie du magst.«

»Sag das nicht so laut«, schaltete sich Frankie ein, grinste und rieb ihre Handflächen aneinander. »Ihr wisst ja, dass ich dann immer dabei bin.«

»Apropos, wer kommt später mit zur Halloween-Party im Studierendenwohnheim?« Fiona klatschte vergnügt in die Hände.

Dash und Chase sagten direkt zu.

»Ich muss wieder früh raus, sorry, Leute, und Tatum übernachtet heute bei mir«, redete uns Frankie heraus.

»Schade, Girls. Und du, Tyler?«

»Ich … hab noch was vor«, sagte dieser ruhig und wandte den Blick ab.

Eigentlich waren alle seine Freunde hier, was konnte er also noch vorhaben?

Während das Gespräch weiterging und Tyler Frankie damit aufzog, dass sie nach ein paar Gläsern sowieso nur betrunken in der Ecke liegen würde, ließ Dash seine Augen nicht mehr von mir. Sein Blick brannte sich in meinen, und am liebsten hätte ich ihn abgewandt oder etwas Schlagfertiges gesagt. Doch es blieb nur bei Chaos in meinem Kopf und nichts als stockendem Atem, der über meine Lippen glitt. Keine Anzeichen von irgendwelchen eloquenten Worten. Nur Energie, die sich zwischen uns aufbaute.

So konnte das nicht weitergehen. Rasch schüttelte ich den Kopf, um mich wieder in die Gegenwart zu holen, hakte mich bei meiner besten Freundin unter und zog sie weg. »Sorry, Jungs, die Pflicht ruft, ich muss ein paar Kinder erschrecken.«

Ich sah mich kein einziges Mal um, blickte nur in die Richtung, in die ich gerade lief.

»Was ist? Hat Dash irgendwas Doofes gesagt? Hast *du* irgendwas Doofes gesagt?«

Ich stöhnte auf. »Nein. Wir haben uns nur angeschaut, niemand hat was gesagt.«

»Dann war es peinlich?«

Abrupt blieb ich stehen und ließ sie los. »Eigentlich nicht. Irgendwie war es okay. Aber wie gesagt: Keine Lust auf Dash-Drama.«

»Tatum, du bringst mich noch um den Verstand, weißt du das?« Sie musterte mich schmunzelnd, bevor sie sich wieder in Bewegung setzte. »Wieso gibst du ihm nicht noch mal eine Chance? Vielleicht tut er dir gut. Außerdem würde es nicht schaden, noch eine zweite Person hinter deine Mauern blicken zu lassen.«

»Ich denke darüber nach.«

»Aber wirklich.«

»Versprochen.«

Sie fixierte mich noch mal mit ihrem typischen Wehe-du-lügst-mich-an-Frankie-Blick, dann zog sie mich in Richtung des Fotoautomaten. »Unser Ritual, Tatum. Jedes Jahr!«

Ich grinste. Jedes Halloween, wenn der Fotoautomat hier aufgebaut war, setzten wir uns rein und machten haufenweise Bilder zusammen.

Während Frankie in ihrer Tasche nach ein paar Dollars kramte und sie in den Automaten schob, setzte ich mich schon mal auf den kleinen Hocker und klickte mich durch das Menü. Knallbunte, übersättigte Fotos mit einem tropischen Hintergrund sollten es dieses Jahr werden. Wenn ich schon nicht auf irgendwelche Inseln fliegen konnte, mussten diese auf eine kitschige Art und Weise wohl zu mir kommen.

»Hey, Franks, ich würde sagen …« Weiter kam ich nicht, denn im nächsten Augenblick wurde Frankie zur Seite geschoben und ein mir durchaus bekannter New Yorker DJ lächelte mich an. »Äh, was?«

Ich sah und hörte nur noch, wie Frankie hinter seinem breiten Rücken auf ihn einredete, es dann aber letztlich aufgab, die Arme in die Luft warf und davontrabte.

Da war ich nun. In einem kleinen Photo Booth mit Dash Adams, der meinen Kreislauf zum Überkochen brachte.

»Oh, Frankie, hast du deine Haare gefärbt und abgeschnitten? Der Bart steht dir, aber das Outfit lässt noch etwas zu wünschen übrig.« Ich verschränkte die Arme vor der Brust und funkelte ihn an.

»Was hast du gegen mein Outfit?« Er verengte die Augen.

Ich würde es lieber auf dem Boden liegen sehen.

Nein, Tatum, stopp! Oh Gott …

Klack. Das erste Foto wurde geschossen.

Na super …

»Was tut das zur Sache? Was willst du von mir, Dash?«

»Du gehst mir aus dem Weg, irgendwie musste ich dich ja mal erwischen.«

»Ach, und deswegen folgst du Frankie und mir, schubst sie beiseite und belagerst mich in einer Kabine, die so groß ist wie eine Baustellentoilette? Super. Macht dich gleich viel sympathischer.«

»Ich hab sie nicht geschubst«, sagte er und lachte. Sein Duft stieg mir in die Nase, und ich biss die Zähne zusammen. »Sondern mich zwischen euch gedrängt. Und ich kann doch nichts dafür, dass diese Kabinen so klein sind. Die sollte mal jemand größer bauen. Ist ja 'ne Frechheit.«

Ich unterdrückte ein unfreiwilliges Schmunzeln und fixierte ihn. »Komm zum Punkt.«

Klack. Das nächste Foto war im Kasten.

»Okay, okay …« Er holte geräuschvoll Luft und trommelte mit den Fingern gegen seine Oberschenkel. Sein Fuß wippte auf und ab.

Löste ich diese Aufregung in ihm aus oder war es die Stille?

»Ich bin ganz ehrlich, Tatum. Ich weiß selbst nicht genau, was in mir vorgeht, aber ich weiß, dass ich gerne mehr Zeit mit dir verbringen möchte. Mich öfter mit dir treffen und auf Dates gehen will. Einfach, um zu schauen, wohin es führt. Möglicherweise merken wir, dass es nicht passt, und wir gehen wieder getrennte Wege, aber ich habe da so ein Gefühl, dass es vielleicht gut werden könnte … Und ich will nicht, dass ich in zehn Jahren irgendwo sitze und mir Gedanken darüber mache, was passiert wäre, wenn ich damals dieses nervtötende Mädchen mit dem Killerblick gefragt hätte, ob sie Zeit mit mir verbringen will.«

Ein weiteres *Klack*.

Meine Gedanken kreisten um ihn. Um mich. Um mein Herz und um die Mauern, die ich darum erbaut hatte. Was, wenn er recht hatte? Wenn man am Ende bereute, dass man manche Dinge nicht getan hatte? Dieses Gefühl kannte ich zu gut. Allerdings wusste ich auch, wie sich seelischer Schmerz anfühlte, den man im ganzen Körper spürte. Wenn man dachte, es würde kein Morgen geben. Keine Zukunft. Und was ich daraus gelernt hatte, war, dass ich nie wieder verletzt werden wollte. Das Leben war zu kurz, um sich von einem Bad Boy das Herz brechen zu lassen.

»Ich weiß es ehrlich zu schätzen, dass du mir das gesagt hast, Dash.«

In seinen Augen flackerte ein Funken Hoffnung auf, den ich in der nächsten Sekunde mit meinen Worten erstickte.

»Aber ich bin nicht bereit, mein Herz zu verlieren, und ich habe keine Lust auf dein Hin und Her. Morgen änderst du deine Meinung womöglich wieder. Das … Das will ich einfach nicht.«

Seine Lippen öffneten sich ein wenig, während er leise seufzte. Blässe umspielte seine Nase. Damit hatte er offensichtlich nicht gerechnet.

Klack. Das letzte Foto war gemacht.

»Kannst du mich jetzt bitte vorbeilassen?«, flüsterte ich und hielt seinen Blick fest.

Er schluckte. Dann trat er zur Seite, und ich lief davon. Und alles, was ich zurückließ, war ein Trümmerhaufen voller unerwiderter Gefühle.

KAPITEL 16

DASH

Der Beat wummerte mir in den Ohren. Strömte durch meine Glieder und pumpte Freiheit in meinen Körper. So laut war es lange nicht mehr um mich herum gewesen. Im ganzen Club tanzten etliche Leute in meinem Alter zu Bennys Set, ließen sich mit Haut und Haaren fallen und warteten darauf, dass der Beat mit dem nächsten Herzschlag droppte. Die Luft war übel, stickig, wie ich es schon Hunderte Male erlebt hatte, als ich in diesem New Yorker Club aufgelegt hatte. Benny hatte mich schon vor einigen Wochen zu seinem Gig eingeladen und auf die VIP-Liste gesetzt. Ich kannte ihn von der ein oder anderen Party in Los Angeles – seiner Heimatstadt –, und er war ein cooler Typ. Etwas abgefuckt. Aber wer war das nicht?

Jetzt stand ich im Fairy's an die Bar gelehnt, meinen Gin in der Hand, den Blick auf Benny gerichtet, der die Menge auf der Tanzfläche zum Eskalieren brachte, und so lauten Beats im Kopf, dass ich alles um mich herum vergaß. Nun ja, fast alles … Denn eigentlich hatte ich gar nicht herkommen wollen. Eigentlich hatte ich in Golden Oaks bleiben und mit Tyler und den anderen abhängen wollen. Aber nachdem ich Mist gebaut und von Tatum zu Recht einen Korb kassiert hatte, brauchte ich definitiv Ablenkung und Abstand. In meiner Magengegend breitete sich ein flaues Gefühl aus. Schnell trank ich einen Schluck. Der Alkohol brannte in meiner Kehle, und ich nahm noch einen hinterher, um den ersten herunterzuspülen. Diese Frau hatte sich nicht nur in meinem Kopf, sondern auch in meinem Herzen breitgemacht. Tja, nach allem, was ich mir geleistet hatte, kein Wunder, dass sie mich fallen ließ und ich damit klarkommen musste. Ich war echt ein Volldepp. Jetzt stellte sich nur die Frage, wie ich sie wieder vergessen konnte. Etwas sagte mir, dass das nicht so leicht werden würde, wie ich es mir vorstellte.

Während ich mit meinem Drink in der Hand wieder rüber zu Benny lief, ließ ich den Blick durch den Club gleiten. Mitten im Raum tanzten die Menschen zu den Rhythmen auf der Tanzfläche, Benny sprang hinter seinem Mischpult auf und ab und grinste vor sich hin. Das graue Shirt klebte an seinem Oberkörper, und auch seine längeren dunkelbraunen Haare waren schweißnass.

»Alles fresh?« Er nickte mir kurz zu, als ich neben ihm zum Stehen kam.

»Klar. Wie läuft's? Wie viele kamen heute schon und wollten, dass du was von One Direction spielst?«

»Vier. Die eine sogar zweimal.«

Ich lachte und nahm einen Schluck von meinem Drink, sah mich wieder um.

In den verschiedenen Nischen saßen Leute und unterhielten sich, während wieder andere an der langen Bar standen und sich Getränke bestellten. Ich erinnerte mich an die Zeiten, in denen ich hier aufgelegt hatte. Immerhin war es einer der heißesten Insider-Clubs in Soho, hier ging so ziemlich an jedem Wochentag irgendwas. Es gab normalerweise zwei Sorten von DJs; die, die sich für die Allergrößten hielten und auf das Barpersonal und die Türsteher pfiffen, und die, die sich mit ihnen gut stellten, um wieder gebucht zu werden und auch bei den Bookern einen guten Eindruck hinterlassen wollten. Während Benny zur ersten Sorte gehörte und mit seinen Freigetränken vor den Barleuten einen auf dicke Hose machte, hatte ich immer zur zweiten gehört. Immerhin hatte ich damals recht gute Gagen bekommen und wieder dort auflegen wollen. Was für eine Ironie, dass ich nun hier stand und Benny dabei zusah, wie er den Club zum Kochen brachte. Die Energie der Menge zu spüren, war immer eins meiner Highlights gewesen, doch in diesem Moment bereitete mir allein der Gedanke daran Übelkeit. Also schob ich die Erinnerung beiseite und konzentrierte mich auf die Beats in der Musik. Ablenkung. Das war es, was ich jetzt brauchte. Und wenn ich die hier nicht fand, wusste ich auch nicht, was mir noch helfen konnte. War mir überhaupt noch zu helfen?

»Pass auf, gleich spiel ich meinen Lieblings-Banger«, sagte Benny und wippte zur Musik mit, als plötzlich der Song wechselte und »Hips Don't Lie« von Shakira und Wyclef Jean die Tanzfläche einnahm. Er grinste mich wieder an, und ich wusste genau, warum er den Track am liebsten spielte. Alle Frauen auf der Tanzfläche rasteten aus und schwangen die Hüften wie Shakira höchstpersönlich. War klar, dass ihm das gefiel.

Fuck. Überall heiße Frauen, doch ich wollte nur die Eine. Die, die mich anmotzte, vor Herausforderungen stellte und nichts von mir wissen wollte. Da hatte ich mir echt was eingebrockt. Außerdem merkte ich mit jeder Sekunde, die verstrich, dass ich hier irgendwie fehl am Platz war. Dieses ganze Partyleben … Als ich nach Golden Oaks gezogen war, hatte ich es hinter mir lassen wollen; und so, wie es schien, hatte ich das tatsächlich geschafft. All das hier gab mir nichts mehr. Wenn, dann hatte ich mir höchstens eingeredet, dass ich es vermisst hatte. Aber nun fragte ich mich ernsthaft, was für einen Sinn es ergab, noch weiter hier herumzustehen und darauf zu warten, dass ich Tatum vergaß. Wenn ich es mir hätte aussuchen können, wäre ich jetzt tausendmal lieber mit ihr spazieren gegangen. Zwischen diesen dämlichen Kürbissen oder im Wald. Egal wo, Hauptsache mit ihr. Mit Neckereien und Gesprächen. Und mit weniger Musik.

Was zur Hölle mache ich hier eigentlich?

War es nun schon so weit gekommen, dass ich nicht nur sie, sondern auch das, was sie ausstrahlte, die Ruhe, die sie umgab, vermisste?

Niemals. Unmöglich. Keine Chance.

Und dann traf es mich wie aus dem Nichts, und ich konnte klar sehen, dass ich mich verändert hatte. Mit ihrer Hilfe – auch wenn diese nicht mal Absicht gewesen war. Natürlich wollte ich mich jetzt nicht unbedingt in einen menschenleeren Raum ohne jegliche Geräusche setzen und mich dem hingeben, was tief in meinen Erinnerungen lauerte, aber irgendwie war es besser geworden. Jeden verdammten Tag, den ich in diesem Kaff verbracht hatte. Jeden Moment, den ich mit Tatum zusammen gewesen war. Die Summe aus allem war das, was mir nun das Gefühl gab, nicht gleich durchzudrehen, wenn es leise wurde.

Ich trank mein Glas leer, verabschiedete mich von Benny und verließ das Fairy's. Das hier war nicht das, was es einst für mich gewesen war. Davon war ich nun meilenweit entfernt. Und nicht nur davon, sondern auch von Tatum, die mir nicht mehr aus dem Kopf ging.

»Morgen, Schatz«, hörte ich eine Stimme hinter mir, während ich mir in der Küche einen Kaffee aus der Maschine ließ.

»Guten Morgen, Mom.« Ich drehte mich um und drückte sie kurz. »Hast du mich gehört, als ich nach Hause gekommen bin?«

»Nein, nein. Du warst so leise wie damals, als du dich mit fünfzehn nachts raus- und reingeschlichen hast.« Sie lachte und strich sich eine hellbraune Strähne ihrer Kurzhaarfrisur hinters Ohr. Auch wenn sie mit Mitte vierzig noch jugendlich wirkte, hatten die letzten beiden Jahrzehnte Spuren in Form von feinen Falten um ihren Mund und die Augen hinterlassen. Trotzdem strahlte sie immer. Oder zumindest jedes Mal, wenn ich sie sah. »Wann fährst du zurück?«

Ich streckte mich, dann zog ich meine alte *Spider-Man*-Tasse unter der Kaffeemaschine hervor.

»Komm schon, Bro, wir können nicht jedes Wochenende, wenn wir uns sehen, alle Spider-Man-*Filme von vorne bis hinten durchschauen. Was ist mit* Iron Man? *Den* Avengers? *Oder … und jetzt steinige mich bitte nicht …* Batman?«

»Vergiss es, wir schauen heute die mit Andrew Garfield. Und

hör mir mit Batman *auf … pff«, gab er entrüstet zurück und schüttelte den Kopf. »DC kommt niemals gegen Marvel an.«*

Ich lachte und ließ mich neben ihn auf die Couch fallen. »Von mir aus, okay, aber nur für dich mach ich 'ne Ausnahme, dass du's weißt!«

Eine Faust schloss sich um mein Herz und drückte zu, als die Bilder vor meinem inneren Auge aufflackerten.

»Schatz?«

»Was? Ähm …« Ich atmete tief durch und zwang mich zurück in die Gegenwart. »Ja, sorry, ich …« Rasch setzte ich mich mit meiner Tasse an den Küchentisch, der am Fenster der Wohnung meiner Mutter in Brooklyn stand und von dem aus man einen Blick auf die herbstliche Straße unten hatte. Da das schwarze Gebräu noch viel zu heiß war, stellte ich meinen Kaffee ab und lehnte mich im Stuhl zurück. »Vermutlich … ähm … gegen Nachmittag. Ich brauche gut zwei Stunden und will nicht erst nachts ankommen.«

»So schön, dass du noch vorbeigeschaut hast. Ich vermisse dich! Aber warum hast du nicht in deinem Apartment übernachtet?«

Ein Lächeln zupfte an meinen Lippen. »Wenn ich schon mal in der Stadt bin, wohne ich lieber bei dir. Sonst hätten wir uns vielleicht gar nicht gesehen. Du fehlst mir auch, Mom.«

Sie nickte. »Ich werde dich besuchen, wenn du eine Wohnung gefunden hast.«

Dafür müsste ich erst mal eine suchen …

»Mach das unbedingt. Dann kannst du auch Tyler wiedersehen und die anderen kennenlernen. Und …« Ich hielt inne und nippte an meinem Kaffee.

»Und?«

»Kein ›und‹. Nichts ›und‹. Nichts weiter.«

»Dash, ich hab dir bereits als Teenager angesehen, wenn du mich angeschwindelt hast, um an diese dämlichen Videospiele zu kommen, für die du noch zu jung warst.«

Ich seufzte und fuhr mir übers Gesicht, den Bart entlang. »Ist echt nicht der Rede wert«, brummte ich. »Es gibt da jemanden. Tatum. Sie ist echt toll, aber ich hab Mist gebaut, und jetzt will sie nichts mehr von mir wissen. Egal. Ich muss sie nur aus dem Kopf bekommen.«

»Ach, Dash.« Sie schüttelte den Kopf und musterte mich. »Ich hab natürlich keine Ahnung, was du getan hast, aber das kriegst du doch bestimmt wieder hin.«

»Da bin ich mir nicht so sicher … Ich hab jetzt schon öfter probiert, mit ihr darüber zu sprechen, aber das wird nichts mehr, glaube ich.« In meiner Brust zog es, und ich trommelte mit den Fingern auf die Tischplatte.

»Gib ihr ein wenig Zeit, vielleicht lässt sie ja dann mit sich reden. Sie wird schon noch einsehen, dass sie sich glücklich schätzen könnte, dich in ihrem Leben zu haben.«

»Wir werden sehen«, murmelte ich. »Am Anfang hat sie mich die ganze Zeit angemeckert, aber irgendwann hab ich dann bemerkt, dass sie das nur als eine Art … dass das eine Maske ist, weißt du? Ihr ist was passiert …«

Mom lächelte mich warm an. »Was ist ihr zugestoßen?«

»Ich weiß nur, dass sie sehr schreckhaft ist und laute Geräusche hasst. Mehr hab ich noch nicht herausbekommen. Und es ist fraglich, ob ich das jemals tun werde.«

»Wenn sie dir wirklich wichtig ist, dann solltest du

es noch mal versuchen. Gib ihr ein bisschen Zeit, eine Chance, über alles nachzudenken und dich zu vermissen, dann solltest du es noch mal probieren.«

Ich seufzte. »Vielleicht mach ich das. Einen Versuch ist es wert, oder?«

»Auf jeden Fall, Schatz.«

»Genug von mir ... Wie geht's dir so? Alles okay?« Ich nahm einen großen Schluck Kaffee.

»Gut. Ich genieße den New Yorker Herbst, aber vor allem bin ich gerade begeistert, dich bei mir zu haben.«

Ich lächelte sie an. »Ich find's auch schön, hier zu sein.«

»Und ... besuchst du deinen Dad, jetzt da du in der Stadt bist?«

»Ist nicht geplant.«

»Dash ...«

»Du weißt genau, dass ich versuche, ihn so selten wie möglich zu sehen, Mom. Und so wenig, wie es nur geht, an ihn zu denken. An alles, was war.«

Auch wenn mein Dad sich angestrengt hatte, hatte ich nie vergessen können, dass er sich damals gegen Mom und mich und für seine Affäre Bridget entschieden hatte. Unser Verhältnis war in Ordnung, aber immer, wenn ich Kontakt mit ihm hatte, wirbelte das auch Dinge hoch, die ich nach wie vor zu verdrängen versuchte.

»Hey, Mom«, sagte ich rasch. »Wollen wir vielleicht drüben im Café was frühstücken? Ich hab echt Hunger.«

»Klar. Ich habe zwar schon vorhin was gegessen, als du noch seelenruhig von Tatum geträumt hast, aber bei leckeren Pancakes bin ich immer dabei.«

KAPITEL 17

TATUM

»Bis morgen, Franks.«

»Tschüüüüüüss!«, rief mir Frankie noch hinterher, als ich ihre Haustüre zuzog.

Draußen war es mittlerweile dunkel, während ihr ganzes Haus innen hell erleuchtet war. Mit großen Schritten lief ich die drei Steinstufen hinunter und steuerte durch den Vorgarten die Straße an.

Ich warf einen Blick auf das Display meines Handys. Einige Nachrichten meiner Mom, wann ich zu Hause sein würde, und noch ein paar von meiner Schwester, die mir Fotos von ihrer neuen Katze und noch mal den Flyer für den Fotokurs geschickt hatte. Mom schrieb ich, dass ich gleich da sein würde, und Quinn schickte ich als Reaktion auf die Katze ein paar verliebt guckende GIFs und auf den Flyer ein »Ich denke darüber nach!«, dann sperrte ich das Handy und ließ es in meine Tasche fallen.

Eine nächtliche Brise fegte durch die Straßen. Automatisch zog ich die Schultern hoch und beschleunigte meine Schritte. Am Himmel glitzerten ein paar Sterne, während die Straßen mit Verlassenheit glänzten. Keine Menschenseele zu sehen, bis auf ein paar Leute, die in den Restaurants saßen und sich unterhielten. Es war kurz nach zehn, und ich genoss die Ruhe. Von nichts gestört zu werden, nur Stille, während ich die Hauptstraße entlanglief, vorbei an den Geschäften, die in der Dunkelheit verlassen wirkten. Der Wind trug leises Stimmengewirr und sanfte Musik herüber, was beides sogleich von meinen Schritten auf dem Asphalt übertönt wurde. Dann bog ich um die Ecke in eine Gasse und nahm eine Abkürzung durch eine Seitenstraße. Kaum war ich um die nächste Ecke gelaufen, blieb ich abrupt stehen.

Ein einsames Auto parkte einige Meter weiter am Bordstein. Ein schwarzer Jeep. Auf dem Fahrersitz saß Dash, den Kopf gegen das Lenkrad gelehnt. Laute Beats – irgendein Rap-Song – schnitten scharf durch meine geliebte Stille. Er hatte die Lautsprecher im Wagen so laut aufgedreht, dass ich tatsächlich Angst bekam, er würde noch die örtlichen Waschbären anlocken, die ihm die Scheibe eintraten, um den Krach auszustellen.

Kälte kroch durch meinen Körper. Ich sollte weiterlaufen. Wir brauchten unterschiedliche Dinge vom Leben, und ich würde ihm sowieso nicht helfen können, selbst wenn ich wollte. So wie er da saß, die Musik aufgedreht, dass sie fast sein Trommelfell sprengen musste, die Augen geschlossen und die Stirn ans Lenkrad gelehnt … Wir waren zu verschieden.

Ich setzte mich wieder in Bewegung, notgedrungen in Richtung seines Autos, um zur Chestnut Flower Lodge zu kommen.

Er saß da wie ein Häufchen Elend.

Nein, Tatum, lauf weiter. Damit tust du euch beiden einen Gefallen.

Schlief er? Oder ... weinte er? Hatte er sich womöglich betrunken und war bewusstlos? Wieso bewegte er sich nicht?

Mein Puls beschleunigte sich. Ich machte mir Sorgen um ihn. Vielleicht sollte ich ihn wenigstens fragen, ob alles in Ordnung war. Aber wie immer umgab ihn diese laute Musik. Und wie immer wollte ich nichts lieber als davor flüchten. Ich biss mir auf der Lippe herum und trat unruhig von einem Bein aufs andere.

Mit jedem Mal, bei dem Dash mir mit seiner Lautstärke begegnet war, hatte ich mehr und mehr das Gefühl bekommen, dass ich mich überwinden musste, um meine Ängste zu bekämpfen. Und dann würde vielleicht irgendwann alles gut werden. Ich würde ein unbeschwertes Leben führen können.

Irgendwann.

Nicht heute und nicht morgen, aber möglicherweise in ein paar Monaten oder Jahren. Und genau diese Hoffnung wollte ich nun nicht mehr aufgeben. Ich wollte mich daran festklammern und glauben, dass ich recht behielt. Dass tatsächlich alles gut werden würde.

Irgendwann.

Ich straffte die Schultern und ignorierte mein wild klopfendes Herz, näherte mich seinem Wagen und blieb neben der Fahrertür stehen.

Los, Tatum, du schaffst das!

Meine Finger zitterten, als ich an das kalte Glas klopfte. Natürlich hörte er mich nicht. Aber immerhin fiel mir auf, dass er atmete und sich leicht bewegte. Das hieß, dass ich mich zumindest nicht mit der räudigen Waschbären-Clique aus der Mülltonne rechts hinter mir zusammen-tun musste, um die Scheiben einzuschlagen. Ich klopfte erneut, dieses Mal etwas lauter.

Dash schreckte hoch und blickte mir entgegen. Seine Augen weiteten sich und verrieten mir, dass es ihm offen-sichtlich ziemlich bescheiden ging. Zwar konnte ich keine Spuren von Tränen erkennen, aber er wirkte unglaublich müde. Er starrte mich regungslos an, bis ich die Hand hob, um ihm leicht zuzuwinken. Daraufhin blinzelte er ein paarmal, drehte die Musik leiser und ließ die Scheibe herunter.

»Ähm, hey«, sagte ich mit gerunzelter Stirn. »Alles okay bei dir?«

Dash räusperte sich und schüttelte dann den Kopf, als ob nichts gewesen sei. »Hey … Ja, bei mir ist alles gut.«

»Sicher? Sieht nämlich nicht danach aus.«

»Ich bin nur ein bisschen müde.«

Da kamen zwar Worte aus seinem Mund. Erklärun-gen. Aber ich glaubte ihm nicht. Deshalb lief ich einmal ums Auto herum auf die Beifahrerseite, und bevor ich weiter darüber nachdenken konnte, ob ich einen Fehler oder zur Abwechslung mal das Richtige machte, stieg ich ein und ließ mich auf den Sitz plumpsen.

»Was machst du da?«

»Hände hoch, das ist ein Überfall«, versuchte ich es mit einem halbherzigen Scherz.

»Tatum, das ist echt kein guter Zeitpunkt.«

»Kein guter Zeitpunkt für was? Meine aberwitzigen Sprüche?«

»Kein guter Zeitpunkt für alles.«

Ich seufzte und richtete meinen Blick durch die Scheibe auf die Straße. Ganz leise war die Musik noch zu hören, während Dash mit seinen Fingern gegen das Lenkrad trommelte. Mit jeder weiteren Sekunde, die verstrich, verebbte dieses Trommeln jedoch mehr und fand ein Ende, als ich zu ihm sah und sich ein kleines Lächeln auf meine Lippen legte.

»Sicher, dass du nicht darüber reden willst? Auch wenn ich nicht so aussehe, bin ich eine gute Zuhörerin.«

Ich studierte jeden Millimeter seines Gesichts, während er überlegte. Die blauen Augen, in denen Traurigkeit schwamm, die zusammengezogenen Augenbrauen und den Bart, über den ich nur zu gerne gestrichen hätte. Den verkrampften Kiefer.

»Danke«, flüsterte er und fixierte mich. »Aber heute nicht.«

»Okay. Dann sitze ich hier einfach nur und leiste dir Gesellschaft.« Ich wandte mich wieder nach vorne und beobachtete eine Katze, die gerade über die Straße schlich. »Dash?«

»Ja?«

»Tut mir leid, dass ich nicht mit dir reden wollte.«

Er atmete tief ein und wieder aus, dann bemerkte ich aus dem Augenwinkel, wie er mich ansah. »Kein Problem. Ich hab mich echt beschissen verhalten, was mir übrigens auch leidtut. Ich hätte dich nach dem, was zwischen uns passiert ist, nicht so behandeln dürfen. Ich war überfordert mit allem.«

Ich nickte. »Hättest du echt nicht, da hast du recht. Aber ich hätte auch nicht so abweisend sein sollen. Dann sind wir jetzt quitt, was meinst du?«

»Klingt gut.« Seine Lippen umspielte ein Lächeln, und ich erwiderte es. »Schön, dass du hier bist, Tatum.«

»Finde ich auch«, flüsterte ich.

Dann riss er sich wieder von mir los und starrte gedankenverloren auf sein Lenkrad. Es war nur die Musik zu hören, die sanft aus den Lautsprechern drang. Seine Anwesenheit tat mir gut. Ich musste erneut lächeln, und in meiner Magengegend flatterte etwas.

»Tatum?«

»Ja?« Unsere Blicke begegneten sich für einen kurzen Moment.

Dann sah er nach vorne und hielt sich am Lenkrad fest. »Vielleicht ist jetzt doch ein guter Augenblick, um darüber zu sprechen.«

»Wenn du magst, bin ich da.«

Dash setzte mehrere Male an, etwas zu sagen, brach jedoch immer wieder ab. Etwas Gequältes lag in seiner Miene. Es war offensichtlich, dass er sich überwinden musste, bis er sich von der Seele reden konnte, was ihn belastete. Aber egal, wie viel Zeit er brauchte, ich würde sie ihm geben. Ich würde warten, bis er anfing zu sprechen.

»Du machst mir Angst.«

Oh. Das klang nicht gerade nach der großen Liebe …

»Ich? Aber … weshalb?«

»Okay, falsch … Das mit *uns* macht mir Angst. Eine Höllenangst.«

Ich drehte mich ein wenig in seine Richtung und zog ein Bein an. Den Blick auf ihn gerichtet, versuchte ich, alles aufzusaugen, was Dash von sich gab.

»Ich … Ich empfinde mehr für dich, als ich angenommen habe.« Er schluckte. »Und genau das jagt mir eine

Heidenangst ein. Nicht weil ich fürchte, dass du meine Gefühle nicht erwiderst, sondern genau aus dem gegenteiligen Grund. Weil es das nicht leichter macht.«

»Wieso?«

»Ich hatte seit Jahren keine ernsthafte Beziehung. Nur lockere Geschichten, weil ich niemanden an mich herangelassen habe. Ich wollte nicht, dass irgendjemand hinter meine Fassade schaut. Aber wenn es plötzlich eine Person gibt, für die du mehr empfindest, dann … dann willst du dich ihr ja irgendwie auch öffnen. Und das fällt mir superschwer. Ich weiß nicht, ob ich es kann. Irgendwann sicher, aber momentan überfordert mich alles.«

Gänsehaut kroch über meinen Körper. Wie in Zeitlupe legte ich meine kalte Hand auf sein Bein, um ihm zu signalisieren, dass ich für ihn da war. »Was genau überfordert dich denn? Sag mir bitte, wenn ich dir irgendwie helfen kann.«

»Die lauten Gedanken in meinem Kopf. Wenn ich darüber nachdenke, was passiert ist und wie sehr es wehtut. Wie groß der Schmerz nach all den Jahren noch immer ist und dass das wohl niemals weggehen wird. Die Musik und all die Geräusche und Gespräche helfen mir, es zu verdrängen. Es aus meinem Kopf zu bekommen. Aber wenn es leise wird und vor allem dann, wenn ich bewusst darüber nachdenke – so wie jetzt –, weil ich jemandem davon erzähle, nimmt mich der Schmerz noch viel mehr in Beschlag. Er zerfrisst mich und wird irgendwann kein Stück mehr von mir übrig lassen.«

Ich hatte keine Ahnung, was mich erwartete, aber ich musste wissen, was er erlebt hatte. »Dash … Was ist passiert?«

»Es ist ...« Er stöhnte gequält auf und schüttelte sanft den Kopf. »Ich hatte einen Bruder.«

Hatte.

In meiner Kehle bildete sich ein Kloß, den ich herunterzuschlucken versuchte. Mein ganzer Körper stand unter Strom, während ich ihm aufmerksam zuhörte.

»Er war einige Jahre jünger und hat bei meinem Vater und seiner Mutter gelebt, während ich bei meiner Mom aufgewachsen bin. Trotzdem haben wir uns öfter gesehen und hatten ein echt gutes Verhältnis. Es ist noch nicht allzu lange her, da ... Er hat sich das Leben genommen. Und zum Teil gebe ich mir die Schuld daran. Daran, dass ich nichts gemerkt habe ... dass ich nicht für ihn da gewesen bin, es nicht habe kommen sehen, ihn nicht davon abgehalten habe. Ich konnte ihn nicht retten.«

Mir blieb der Mund offen stehen. Es vergingen ein paar Herzschläge, in denen ich meine Gedanken zu ordnen versuchte. Sofort musste ich an meine Schwester Quinn denken. Ich liebte sie und wollte nicht, dass ihr jemals etwas passierte. Ich versuchte nachzuempfinden, was Dash fühlte, doch wenn ich ganz ehrlich zu mir selbst war, wollte ich gar nicht wissen, wie es sich anfühlte.

Ich atmete leise aus. »Das tut mir unglaublich leid. Aber du darfst dir nicht die Schuld daran geben, du kannst ganz bestimmt nichts dafür.«

Er nickte nur, starrte auf die Straße hinaus.

»Willst du weiter darüber sprechen? Oder lieber nicht?«

»Es ist ... schwer. Weißt du, wir haben uns an so vielen Wochenenden getroffen, zusammen abgehangen. Auch wenn da immer diese Wut auf meinen Dad war, dass er mich und meine Mom verlassen hat, waren wir Brüder.

Ich habe mich für ihn verantwortlich gefühlt. Als ich immer mehr Musik gemacht und angefangen habe, professionell aufzulegen, hatte ich weniger Zeit für ihn. Und wenn ich ihn dann mal wieder besucht hab, hat er sich von mit distanziert, mir aber nie gesagt, was los ist. Ich dachte, dass es an der Pubertät liegt oder so. Oder dass er sauer war, weil wir uns nicht mehr so häufig treffen konnten. Aber es ging viel tiefer. Und bevor ich das bemerkt habe, war es schon zu spät. Deshalb kann ich jetzt auch nicht mehr auflegen. Ich muss immer an ihn denken und sehe sein Gesicht vor mir, höre seine Stimme, die mir Dinge einredet. Dass ich ihn für meine Karriere vernachlässigt habe. Dass mir mein Beruf und die Partys wichtiger waren als er. Dass ich das alles nicht verdient habe, weil er nie die Chance dazu bekommen hat, das Leben zu führen, das er sich gewünscht hat.«

In meiner Kehle bildete sich ein Kloß, den ich versuchte runterzuschlucken. Ich spürte seinen Schmerz bis in die letzte Faser meines Körpers. Alles, was ich wollte, war, ihm diese Last von seinen Schultern zu nehmen. »Deshalb wolltest du nie darüber sprechen, oder? Weil es sonst wieder hochkommt, richtig?«, flüsterte ich und hoffte, damit keine Grenze zu übertreten.

Er nickte nur. »Ja. Sein Verlust und die Vorwürfe, die ich mir mache. Alles, was sich darum dreht. Es hört einfach nicht auf, und es wird wohl auch nie aufhören. In der Zeit danach – den Jahren danach – bin ich in ein Loch gefallen. Seitdem betäube ich mich mit lauter Musik. Erlaube mir nicht mehr, all die Dinge zu fühlen. Jedes Mal, wenn die Vorwürfe, Gedanken, Emotionen wieder hochkommen, drehe ich die Musik noch lauter, um sie zu übertönen. Ich weiß, dass das dumm ist. Gefühle zu verdrängen, ist selten eine gute Idee. Aber es hätte mich komplett zerstört, sie zuzulassen. Und so geriet ich irgendwie in diesen Strudel. Erinnerungen kommen hoch, die Musik wird aufgedreht. Ein Teufelskreis.«

»Wenn man einen geliebten Menschen verliert, wird es wahrscheinlich nie besser. Man lernt nur, damit zu leben. Damit klarzukommen. Auch wenn es einen für immer innerlich zerreißt, daran zu denken. Aber vielleicht hilft es dir ja, wenn du dir die schönen Momente mit ihm vor Augen führst und ihn in guter Erinnerung behältst. Das würde er sich bestimmt wünschen.«

Dash spannte den Kiefer an und starrte in die Dunkelheit. »Vielleicht.«

Ich strich in kreisenden Bewegungen über sein Bein und hoffte, dass es ihm half, mich in diesem Moment an seiner Seite zu haben. Irgendwie ergab sein Hin und Her jetzt sogar Sinn. Auch wenn es nicht in Ordnung gewesen war, konnte ich mir gut vorstellen, dass er durch den Verlust, den er anscheinend nie verarbeitet hatte, Angst hatte, eine Beziehung einzugehen und möglicherweise aufs Neue jemanden zu verlieren, den er liebte. Und wenn er sich solche Vorwürfe machte, war ihm bestimmt auch der Gedanke gekommen, Dinge – in seinen Augen – erneut falsch zu machen oder nicht zu genügen. Allein wenn ich daran dachte, zog sich alles in mir zusammen. Dash war toll, so wie er war. Hoffentlich würde er das früher oder später merken.

»Die Ereignisse damals haben meine Prioritäten komplett verschoben«, sagte er plötzlich mit heiserer Stimme. »Ich mag dich unglaublich gerne, Tatum. Gleichzeitig habe ich wahnsinnige Angst, dich im Stich zu lassen, wenn du mich brauchst.« Er ballte seine Hände zu Fäusten. »Was ist, wenn du wieder eine Panikattacke hast oder sonst irgendwas ist und ich nicht für dich da sein kann?«

»Wieso solltest du mich im Stich lassen?«

Er zuckte mit den Schultern. »Ich weiß es nicht. Für meinen Bruder hätte ich auch da sein sollen, aber ich war es nicht und … Ich will nicht, dass so was noch mal passiert. Ich möchte, dass es dir gut geht. Was, wenn ich dir keine Stütze sein kann, obwohl du dich auf mich verlässt?«

Hinter meinen Lidern brannte es. Rasch blinzelte ich weg, was drohte aufzusteigen, und sammelte mich. »Okay, jetzt pass mal auf«, sagte ich sanft. »Ja, ich habe meine eigenen Ängste, aber bisher habe ich es auch immer alleine geschafft, damit klarzukommen. Klar, Frankie und meine Familie stehen hinter mir und helfen, wo es geht, aber letztendlich liegt es an mir, meine Panikattacken in den Griff zu bekommen. Nicht an Frankie, nicht an meinen Eltern, nicht an dir. Ich bin kein zerbrechliches Etwas, das einen Kerl braucht, der sie rettet und von ihrer Angst kuriert. Das muss ich alleine schaffen. Also reduziere mich bitte nicht auf mein Problem. Ich brauche niemanden, der mir die Hand hält, Dash, sondern jemanden, der mir zuhört, wenn ich reden möchte, und für den ich genauso da sein kann, wenn es ihm mies geht. Ich will kein Mitleid von dir und auch keine Hilfe, weil ich das ganz alleine hinbekomme.«

»So habe ich das gar nicht gemeint«, erwiderte er rasch und blickte mich mit geweiteten Augen an. Dann legte er seine warme Hand auf meine. »Ich bin davon überzeugt, dass du das alleine schaffst und niemanden brauchst. Du bist so stark, Tatum. Aber ich möchte für dich da sein. Und ich möchte, dass du dich auf mich verlassen kannst. Auch wenn du mich dafür nicht brauchst, habe ich durch alles, was ich durchgemacht habe, das Bedürfnis, es trotzdem zu tun, verstehst du? Ich will nicht wieder versäumen, mich um Menschen zu kümmern, die mir wichtig sind und denen – auch wenn sie zu stolz sind, danach zu fragen – ein wenig Hilfe guttun würde. «

»Das verstehe ich. Und ich glaube, ich kann nachvollziehen, dass du Angst hast, mich im Stich zu lassen, aber ich weiß, dass du es nicht tun wirst, solange du es nicht willst. Ich glaube fest daran, dass es klappen kann, wenn wir beide einen Schritt aufeinander zugehen. Was meinst du?«

Seine Mundwinkel zuckten nach oben. »Hört sich vernünftig an. Wenn du mich lässt, bin ich gerne für dich da. Und im Gegenzug hast du vielleicht ein wenig Geduld mit mir?«

Auch wenn er sich wie ein Depp verhalten hatte, war mir in den letzten Wochen, die ich ihn um mich gehabt hatte, etwas klar geworden. Das Ziel, meine Ängste zu überwinden, war in greifbare Nähe gerückt. Ich hatte immer angenommen, dass ich damit zu leben und sie zu akzeptieren hatte, aber das musste ich nicht. Die Hektik, die Dash umgab, machte mir zwar Angst, aber gleichzeitig vertraute ich ihm, und trotz unserer Gegensätzlichkeit schien er mich tatsächlich zu verstehen.

»Klar, so kriegen wir das hin.« Mein Herz machte einen Satz, und als der Song verstummte, baute sich eine unbändige Energie zwischen uns auf.

Unsere Blicke waren ineinander verschränkt. Ich spürte immer noch seine Hand auf meiner, wie er über meine Finger strich und langsam meinen Arm hinaufwanderte. Alles kribbelte unter seinen zarten Berührungen. Die Stille dröhnte in meinen Ohren, während ich mich Dash Zentimeter für Zentimeter näherte. Sein Blick sprang zwischen meinen Lippen und meinen Augen hin und her. Hitze kroch mir den Hals hinauf, und ich atmete stockend aus.

»Die Musik ist … aus«, wisperte ich.

»Ich … weiß.«

Mit dem nächsten Wimpernschlag hatte er die Hand an meine Wange und seine Lippen auf meine gelegt. Ich schmeckte ihn. Alles. Mein Herz schlug Purzelbäume, als ich den Kuss atemlos erwiderte. Mein kompletter Kopf schien wie leer gefegt, und alles, woran ich denken konnte, war Dash. Ich fuhr mit den Händen an seiner Brust entlang und zog ihn noch enger an mich. Atmete seinen unvergleichlichen Duft ein und wünschte mir, seine Lippen jeden Tag auf meinen zu spüren. Wir vertieften den Kuss, beschleunigten das Tempo. Als ich aufstöhnte, musste er lächeln, und mir ging es ähnlich. Sobald ich meine Lippen wieder auf seine gelegt hatte, begegneten sich unsere Zungen, und ich spürte ein verräterisches Ziehen unterhalb meines Bauchnabels. Dashs Bart kratzte an meiner Wange, während seine Hände an meinem Körper auf- und abglitten. Gott, der Kerl hatte es echt drauf. Atemlos löste ich mich von ihm, blickte ihm erneut in die Augen, und als er grinste, hauchte ich ihm noch einen kleinen Kuss auf den Mundwinkel.

»Du bist unglaublich, weißt du das?«

Ich musste schmunzeln und lehnte mich zurück. »Na klar.«

Dash lachte und schüttelte den Kopf, während ich mein eigenes Grinsen nicht mehr zurückhalten konnte. Mittlerweile waren alle Scheiben beschlagen. Falls jemand draußen an uns vorbeilief, dachte sich die Person definitiv ihren Teil, was hier drin gerade passierte.

»Willst du die Musik wieder anmachen? Gerade waren wir ja etwas abgelenkt, aber … vielleicht brauchst du sie jetzt?«

Dash überlegte kurz und schüttelte dann den Kopf. »Nein, ist … ist schon in Ordnung.«

»Okay«, hauchte ich und heftete meinen Blick erneut auf ihn. »Und Dash, was ich noch unbedingt loswerden wollte … ähm … was das andere betrifft … Es ist okay, wenn du nicht darüber reden willst. Wirklich. Ich dränge dich zu nichts, immerhin kenne ich das selbst viel zu gut. Erinnerungen und Gedanken, die dich heimsuchen, wenn du es am wenigsten willst. Ich weiß, wie du dich fühlst. Für dich ist die laute Musik das, was für mich die Stille ist. Man will vergessen, aber dann bricht die Vergangenheit doch über einen herein.« Ich nahm seine Hand und drückte sie, wollte ihm zu verstehen geben, dass ich es wirklich so meinte.

»Danke.« Sein Lächeln schwand, stattdessen lag wieder diese Traurigkeit in seinen Augen. »Auch wenn ich mir wünschen würde, dass du nicht weißt, wie es sich anfühlt, bin ich froh, dass du mich verstehst.«

»Wenn du irgendwann darüber reden willst, bin ich da. Und wenn nicht … na ja … dann auch.«

KAPITEL 18

DASH

Ich nickte. »Ich werde vermutlich noch etwas Zeit brauchen.«

»Nimm dir die Zeit, die du benötigst.«

»Okay.« Ich drückte ihre Hand, strich mit dem Daumen über ihren Handrücken und wandte dann wieder den Blick ab. Tatum sollte nicht sehen, wie sehr ich dagegen ankämpfte herauszulassen, was aus mir ausbrechen wollte. Da war dieser fette Kloß in meinem Hals, der nicht verschwand. Ich biss die Zähne aufeinander und atmete tief durch.

»Oh, Mist, ich wollte nicht, dass du jetzt traurig bist«, flüsterte sie, während sich ihre Augen weiteten.

Rasch straffte ich die Schultern und winkte ab. »Quatsch, mir geht's gut.«

Gerade als ich die Musik aus Reflex wieder anschalten wollte, den Finger schon auf dem Knopf hatte, hielt ich inne. Ich würde es schaffen. Für Tatum. Also zog ich die Hand zurück und schluckte hart.

»Dash, ich sehe doch, dass du nicht okay bist. Tut mir

leid, wenn meine Worte das ausgelöst haben.« Ihre Stimme klang sanft zu mir herüber, was nur noch mehr an mir nagte und Dinge heraufbeschwor, die die letzten Jahre im Verborgenen geschlummert hatten. Gefühle. Emotionen. Alles, was ich hinter meiner Maske versteckt gehalten hatte. Doch ich war nicht bereit, ihr diese Seite von mir zu zeigen. Ich war nicht mal bereit, mich selbst dieser Seite zu stellen. Das konnte mich nur in den Abgrund reißen.

»Schon in Ordnung«, murmelte ich und fixierte einen Punkt auf der dunklen Straße, der durch die beschlagenen Scheiben blitzte.

Sie seufzte. »Nichts ist in Ordnung. Es ist okay, wenn du traurig bist.« Ich spürte ihre Hand an meiner Schulter. »Hey, schau mich mal bitte an.«

Fuck. Wenn ich ihr jetzt in die Augen sehe, war's das.

»Dash, komm schon.«

Und dann tat ich es. Und mit einem Mal durchflutete mich Wärme, die ich in ihren braunen Augen fand. Mir stockte der Atem, als sie mich so eindringlich ansah.

»Du musst vor mir nicht cool und gleichgültig tun, wenn es dir schlecht geht oder dir zum Heulen zumute ist. Ich weiß, dass du Gefühle nicht gerne zulässt und dich lieber versteckst. Ich kenn das, ich bin auch so. Aber bei ein paar wenigen Menschen – bei den richtigen – kann ich loslassen, und ich wünsche mir, dass du das auch zu können lernst.« Ihre Stimme blieb sanft, aber bestimmt, während ihr Blick auf meinen Augen ruhte.

Ich kam mir vor wie in einer Blase, in der es nur sie und mich gab. Und all diese Dinge, die ich fühlte und verdammt noch mal nicht fühlen wollte.

»Alles in sich reinzufressen schmerzt mehr, als es herauszulassen. Es ist okay, Dash, vertrau mir.«

Was machte sie nur mit mir? Das ging nicht. Ich konnte das alles doch nicht einfach rauslassen. Niemals. Das … Das würde ich nicht übers Herz bringen.

Ruhig atmen, Dash. Ruhig atmen.

Im Zweifelsfall musste die Musik angeschaltet werden. Ich trommelte mit den Fingern auf meine Oberschenkel, während ich Tatum anstarrte und meine Mauer immer mehr einriss. Sie bekam einen Sprung, bröckelte ein wenig. Und dann noch mehr. Wieder ein Stück, das herausbrach und auf dem Boden zerschellte. Ich wusste nicht, wie lange ich versuchte, dagegen anzukämpfen. Wie lange wir nebeneinandersaßen und uns anschwiegen, bis ich nicht mehr konnte. Bis der Zeitpunkt gekommen war, den ich die letzten Jahre so sehr gefürchtet hatte. Der Punkt, an dem alles über mir einbrechen und die Mauer vollends eingerissen werden würde. Niemals hätte ich es für möglich gehalten, dass dieser Moment heute erreicht sein würde. Jetzt. Und dass Tatum die Macht hatte, all das in mir auszulösen.

Beim nächsten Wimpernschlag spürte ich eine Träne, die heiß meine Wange hinabbrann. Und dann noch eine. Bis ich aufgab. Losließ. Bis alles aus mir herausbrach und meine Fassade einriss. Ich fuhr mir übers Gesicht, konnte es nicht aufhalten.

Es ist okay, sagte ich mir immer wieder und glaubte es sogar irgendwann.

Meine Schultern bebten, als Tatum mich in ihre Arme zog und ich meine um ihren Körper schlang. Ich atmete ihren süßen Duft ein und meine angestauten Gefühle wieder aus. Alles, was ich gefühlsmäßig in den letzten Jahren verdrängt hatte, kämpfte sich an die Oberfläche. Immer wenn ich alles um mich herum laut gestellt hatte, war der Berg ungefühlter Emotionen in meinem Inneren gewachsen. Jetzt spürte ich, wie er abnahm. Wie er sich mit jeder Minute verkleinerte, bis irgendwann nur noch ein Hügel übrig war.

Ich hatte jegliches Zeitgefühl verloren, als ich mich schließlich von Tatum löste und mir über das Gesicht wischte. Meine Wangen glühten. »Wow, ähm … das war …«

»Überfällig«, flüsterte sie und bedachte mich mit einem schrägen Lächeln.

»Ich glaube auch. Du weißt echt nicht, wie lange sich das alles aufgestaut hat.«

»Schön, dass du es endlich herauslassen konntest.«

Ich nickte. »Ja, ich … ähm …«, rang ich nach Worten. »Irgendwie bin ich noch ein wenig durch den Wind. Sorry, ich …«

»Wehe, du entschuldigst dich dafür noch mal.« Sie lachte leise. »Wollen wir in die Lodge fahren? Ich glaube, eine heiße Schokolade würde uns jetzt guttun. Was denkst du?«

»Klingt perfekt.«

Während der Fahrt blieb es still zwischen uns. Tatum drehte die Musik ein bisschen auf, vermutlich, weil sie es mir angenehmer machen wollte. Und auch wenn wir nicht redeten, lag etwas Unausgesprochenes in der Luft. Sie warf mir immer wieder kurze Blicke zu, und jedes Mal, wenn sie das tat, spürte ich ein angenehmes Kribbeln.

Wenige Minuten später kamen wir im B&B an. Wir schlichen uns in die dunkle Küche, und während Tatum

211

die Schränke nach einem Mitternachtssnack durchforstete, lehnte ich mich an die Arbeitsplatte und beobachtete sie dabei.

»Wie jetzt? Nur zuschauen und nichts tun?« Mit einem Grinsen auf den Lippen schüttelte sie den Kopf.

»Was soll ich machen? Und wo bleibt meine versprochene heiße Schokolade?«

»Die kriegst du noch. Du kannst schon mal einen Topf aus dem Schrank dort vorne holen«, erwiderte sie und deutete mit dem Kinn zur anderen Seite des Raumes.

Ich stieß mich von der Arbeitsplatte ab und lief an ihr vorbei. Dabei ließ ich es mir nicht nehmen, sie mit der Hand am Rücken zu streifen.

Sie musste lächeln. Wie konnte sie nur so unglaublich schön sein?

Kurze Zeit später standen zwei große Tassen dampfender Kakao vor uns.

»Hast du auch Mini-Marshmallows und Sahne?«

»Klar, alles am Start.« Rasch holte sie alles und garnierte unsere Getränke mit einem überdimensionalen Sahnehaufen und so vielen Marshmallows, dass die Sahne fast komplett darunter verschwand.

»Keine Ahnung, wann ich das letzte Mal Kakao getrunken habe. Da war ich bestimmt noch ein Teenager.« Kaum dass ich die Worte ausgesprochen hatte, verblasste mein Lächeln und mein Magen verknotete sich.

Marcus.

Mit ihm hatte ich das letzte Mal Kakao getrunken.

Ich hätte es verhindern können. Hätte ich nicht nur an mich gedacht, wäre es nie passiert. Er sollte jetzt hier sein und heiße Schokolade trinken, nicht ich. Er hat sie geliebt.

Gänsehaut breitete sich auf meinem Körper aus. Ich ballte die Hände zu Fäusten und atmete tief ein und aus.

»Dash?«

»Ja, ich … ich hab mich nur an was erinnert.« Meine Anspannung löste sich ein wenig, und ich blinzelte ein paarmal, um mich zurück ins Hier und Jetzt zu holen. »Es ist nur … Das letzte Mal, als ich Kakao getrunken habe, war mit meinem … meinem Bruder.«

Ich schaffe das. Ich schaffe das. Ich schaffe das.

Tatum sagte nichts, sie umarmte mich einfach.

Ich erwiderte die Umarmung und ließ meine Hände an ihrem Rücken auf- und abgleiten. Zwar fiel etwas Schwere von mir ab, doch da lag immer noch dieser große Felsen auf meiner Brust, der nicht weichen wollte.

»Sollen wir die Snacks mit nach oben nehmen?«, flüsterte sie.

Ich ließ sie los und starrte sie an. »Wie? Du meinst …«

»Yep«, entgegnete sie lächelnd. »Du könntest noch mit in mein Zimmer, wenn du magst?«

»Aber klar.« Mit rasendem Herzen sah ich ihr in die Augen und hielt mich mit aller Kraft davon ab, darüber nachzudenken, was womöglich dort oben passieren würde. Hitze durchströmte meine Glieder, und mein Mund glich einer Wüste.

»Dann komm.« Sie wich einen Schritt zurück, zwinkerte mir noch mal zu und platzierte dann unsere beiden Getränke und den Teller mit Cookies auf einem kleinen Holztablett.

»Ich kann das tragen«, sagte ich, nahm ihr das Tablett aus der Hand und folgte ihr mit leisen Schritten nach oben.

Mit jeder Stufe, die wir uns ihrem Zimmer näherten, schossen mir immer mehr Gedanken durch den Kopf. Doch eines hatten sie alle gemeinsam: Sie drehten sich um Tatum.

»Lass dich von der Unordnung nicht stören, ich habe nicht damit gerechnet, heute noch Besuch zu bekommen.« Kichernd sperrte sie die Tür auf.

Wir traten ein, und während ich hörte, wie sie den Schlüssel herumdrehte, stellte ich das Tablett auf ihrem Bett ab und sah mich um.

Die gesamte Einrichtung hatte etwas von einem Vintage-Laden. Ein goldenes Bettgestell mit weißer Bettwäsche zog meine Aufmerksamkeit zuerst auf sich. Überall Pflanzen, altmodische Möbelstücke und Spiegel und die Wände voller Fotografien. Auf manche Leute mochte der Stil vielleicht chaotisch wirken, aber da ich wusste, wie Tatum tickte, dass ihr die Aufnahmen eher Ruhe schenkten, hatten diese genau die gleiche Wirkung auf mich wie sie. Ich fühlte mich wohl, irgendwie zu Hause.

»Die Bilder sind echt schön«, sagte ich und zog mir die Jacke aus, legte sie über den antiken Schreibtischstuhl. »Die meisten sind von dir, oder?«

Sie näherte sich und blieb neben mir stehen. »Ja, einige sind aber auch Werke von anderen Fotografierenden. Hier hängt alles, was mich inspiriert und in die richtige Stimmung versetzt.«

Ich sah mich noch ein wenig um, durchforstete ihr Bücherregal und musste bei dem Sammelsurium an Blättern, Blöcken, Fotos und Technikkram auf ihrem Schreibtisch schmunzeln.

Tatum saß inzwischen im Schneidersitz auf dem Bett,

nippte an ihrer Tasse und beobachtete mich über den Rand hinweg, als ich zu ihr herüberlief. Reflexartig fing ich wieder an, mit den Fingern gegen meine Oberschenkel zu trommeln – was Tatum offensichtlich nicht entging.

»Magst du ein bisschen Musik anmachen? Also … ganz leise.«

Wie süß konnte man eigentlich sein?

»Bist du sicher? Wir können es auch ohne versuchen.«

»Nein, nein, was Entspanntes ist okay. Ich will mich wieder daran gewöhnen, und ich glaube, wenn ich das schaffen kann, dann ganz sicher mit dir.« Sie klopfte neben sich aufs Bett, und ich ließ mich auf die weiche Decke sinken.

»Dann gerne. Darf ich meine Playlist an deinem Laptop öffnen?«

»Klar«, sagte sie und nahm ihn vom Nachttisch. Sie gab das Passwort ein und schob ihn anschließend zu mir rüber. »No pressure, aber das muss jetzt gut werden, sonst reklamiere ich dich bei der vereinigten DJ-Gesellschaft.«

Ich schnaubte amüsiert und öffnete meine Playlist, scrollte durch die verschiedenen Songs. »Wenn es die gäbe, hätten die mich schon lange zum Vorsitzenden gewählt.«

»Deine Bescheidenheit fasziniert mich jedes Mal aufs Neue, Dash Adams.«

Während ich in mich hineingrinste, überlegte ich, welches Lied ich spielen sollte.

Candy Shop? Zu offensichtlich.

Pony? Noch viel offensichtlicher. Ich war schließlich kein Stripper, der feuchtfröhlich seinen Feuerwehrschlauch herumwirbelte.

Verdammt, da musste sich doch noch was anderes Brauchbares finden lassen. Ich wischte über das Touchpad, öffnete eine meiner älteren Playlists und tippte einen Song an. Der würde ihr hoffentlich gefallen und nicht die falschen Signale senden. Okay, zugegebenermaßen wären die Signale bei den anderen nicht falsch gewesen, aber ganz so plump wollte ich dann doch nicht sein.

Ich klickte auf das Lied, und schon ertönte ganz leise »Let Me Love You« von Drew Sycamore.

»So okay?«

Sie nickte. »Passt.« Dann lauschte sie mit zusammengekniffenen Augen der Musik. »Gute Wahl. Damit hätte ich nicht gerechnet, aber es gefällt mir.«

Erleichtert atmete ich aus. »Ach, was dachtest du denn, kommt jetzt?« Ich musterte sie interessiert, während ich einen Schluck aus meiner Tasse nahm.

»Hmm … Irgendwas Gefährliches.«

Ich lachte. »Weil ich so gefährlich aussehe?«

»Ganz besonders mit diesem Sahneschnurrbart, ja.« Ein Lächeln zupfte an ihren Mundwinkeln, und ich wischte mir schnell die Sahne aus dem Gesicht. Dann stellte ich die Tasse wieder ab, zog meine Boots aus und rutsche ein Stück zu ihr, lehnte mich ans Kopfteil des Bettes. Mein Herz raste, als sie sich neben mich legte und sich unsere Blicke begegneten.

»Ist es komisch, dass ich hier bin?«

Sie schüttelte den Kopf. »Nein. Nur anders.«

»Inwiefern?«

»Na ja, sonst chillen hier nur Frankie, Sherlock und ab und zu mal jemand von der Clique. Ist lange her, dass ich einen heißen Typen zu Besuch hatte«, gab sie schmunzelnd zurück und richtete den Blick auf die gegenüberliegende Fotowand.

»Wann hattest du deinen letzten Freund?«

»Um ehrlich zu sein, habe ich mich in den letzten Jahren mehr mit mir selbst beschäftigt als mit irgendwelchen Typen. Klar, hier und da gab's mal kleine Geschichten, aber meine letzte Beziehung liegt etwa sechs Jahre zurück. Wenn man die überhaupt als Beziehung bezeichnen konnte.«

»Und hier in Golden Oaks gab es niemanden?«

»Nicht wirklich. Wie gesagt, ich hab mich eher zurückgezogen. Mir war es wichtiger, erst mal mit mir selbst klarzukommen, statt mich in eine Beziehung zu stürzen, die sowieso nur zum Scheitern verurteilt gewesen wäre.«

»Verstehe. Ist eine gute Einstellung.«

»Bei dir war es bestimmt ähnlich, oder?«

»Kann man so sagen. Die letzten Jahre war ich auch eher ... locker unterwegs.« Ich warf ihr einen kurzen Seitenblick zu, um sicherzugehen, dass ihr das Thema nicht unangenehm war. »Na ja, ich wollte mich niemandem öffnen, also habe ich mich für den einfachen Weg entschieden und bin alleine geblieben.«

»Aber ist ja gut, wenn das hier ... also wenn das jetzt ein Fortschritt für dich ist.«

»Das ist es«, wisperte ich und hob meinen Arm ein Stück, forderte sie stumm auf, näher zu kommen. Sofort rückte sie zu mir und kuschelte sich an meine Seite. Als sie ihre Hand über meinen Oberkörper wandern ließ, zog ich sie noch enger an mich. Ihre Wärme strahlte auf mich ab, während sie ruhig atmete, im gleichen Rhythmus wie ich.

»Könntest du dir vorstellen, irgendwann zurück nach New York zu ziehen?«

Sie tippte abwechselnd mit ihrem Zeige- und Mittelfinger an meine Brust und schien nachzudenken, während ich ihr sanft über das dunkle Haar strich. »Ich weiß nicht. Momentan verbinde ich damit nur Schmerz. Ich bin zwar dort aufgewachsen und liebe die Stadt, aber es würde mich einiges an Überwindung kosten, dorthin zurückzugehen. Vielleicht wäre es ein Experiment wert, um zu sehen, wo ich stehe. Aber wahrscheinlich würde ich kurz vorher einen Rückzieher machen.« Sie klang traurig, und als sie schwer ausatmete, spürte ich, dass mehr auf ihr lastete, als man im ersten Moment vielleicht annahm.

»Tatum … falls du mal reden willst, ich bin für dich da.«

»Danke. Irgendwann bestimmt. Aber so wie es dir schwerfällt, über gewisse Dinge zu reden, habe ich auch meine Probleme auszusprechen, was passiert ist. Wenn ich bereit bin, erzähle ich es dir«, murmelte sie.

Auf einmal klang sie sehr müde. Ihr Kopf lag schwer auf meiner Brust, und ich strich behutsam über ihren Rücken. Ich wusste nicht, wann ich mich das letzte Mal so lebendig gefühlt hatte.

»Hey, Tatum? Ich wollte dir noch sagen, dass ich …« Ich hielt inne. »Tatum?«

Als sie nicht reagierte, sondern sich ihr Brustkorb nur gleichmäßig hob und senkte, musste ich lächeln. »War ja klar, dass du einschläfst«, flüsterte ich, um sie nicht zu wecken, dann zog ich sie enger an mich, breitete ihre Decke über uns und hoffte, dass es mir trotz der leisen

Musik gelang, in den Schlaf zu driften. Statt auf die Beats konzentrierte ich mich auf dieses schöne Mädchen in meinem Arm, das heute hinter meine Mauern geblickt und mich dennoch in ihr Herz geschlossen hatte.

KAPITEL 19

TATUM

»Happy, happy, happy, happy Birthday«, sang Frankie vor sich hin, während sie mir stürmisch um den Hals fiel. »Ein Jahr älter und doch noch so jung und knackig, unglaublich, diese Gene.«

»Danke, Franks. Du übertreibst immer so. Als ob ich mit einundzwanzig plötzlich aussehen würde wie eine Grandma.«

»Wer weiß, hat es bestimmt schon mal gegeben.«

Lachend setzten wir uns in die beiden Sessel vor dem Kamin in unserem Wohnzimmer. Frankies Strahlen war heute besonders hell, vermutlich weil sie genau wusste, was ich ihr noch zu erzählen hatte.

»Schieß los. Ich bin viel zu ungeduldig. Dein Geschenk bekommst du danach.«

»Gut, ich platze nämlich auch fast.«

»Deine Nachricht heute Morgen war viel zu kryptisch. Ich dachte, du verarschst mich, als du geschrieben hast, dass da ein bärtiger Kerl neben dir im Bett liegt. Ich will alles wissen.«

»Ich bin selbst noch ganz durch den Wind, aber es war superschön mit ihm.«

»Wir reden schon von Dash, oder?«

»Frankie!« Ich funkelte sie gespielt empört an. »Klar reden wir von ihm.«

»Okay, okay, wollte nur sichergehen. Nicht dass du auf dem Nachhauseweg gestern noch jemand anderen aufgerissen hast. Aber crazy, Tatum, echt crazy. Dann hast du ihn dir jetzt geangelt?« Frankie machte eine Geste, als ob sie eine Angel auswarf, um einen Fisch an Land zu ziehen, und wackelte dabei anzüglich mit den Augenbrauen.

»Ich weiß noch nicht so recht, wer bei wem angebissen hat. Aber so oder so hatte einer von uns einen Wurm im Mund.« Gelassen blickte ich zu ihr herüber, versuchte, bei meinem flachen Spruch keine Miene zu verziehen. Und … scheiterte kläglich. Beim Anblick von Frankies offenem Mund und den geweiteten Augen konnte ich unmöglich ernst bleiben. Kichernd musste ich mich am Polster festhalten, um nicht vom Sessel zu kippen.

Frankie schüttelte lachend den Kopf. »Wow, alles klar. Ich hoffe, er hat geschmeckt. *Wurm* klingt nicht wirklich vielversprechend, wobei … die Technik macht's am Ende. Damit *steht* und fällt alles.«

»Stopp! Niemand hatte hier wirklich einen Wurm im Mund. Wir haben uns ausgesprochen und geküsst, und anschließend ist er mit zu mir aufs Zimmer und neben mir … okay, *unter mir*, eingeschlafen. Aber es lief nichts weiter.«

»Warum nicht? Der ist so hot, dass es kracht, Tatum. An deiner Stelle hätte ich mich auf ihn gestürzt, wie ich es mit deinem Geburtstagsessen später vorhabe.«

Ich schmunzelte und fuhr mir durch die glatten Haare. »Es hat sich nicht ergeben. Na ja, ich glaube, es hätte schon was laufen können, aber im Auto haben wir über seine Probleme gesprochen und ein Stück weit auch über meine. Es hätte sich komisch angefühlt, direkt im Anschluss mit ihm zu schlafen. Als ob das seine Belohnung gewesen wäre oder so.«

»Seine Belohnung.« Frankies ganzer Körper wackelte vor Lachen, bevor sie sich um einen ernsten Gesichtsausdruck bemühte. »Kann ich aber verstehen. Wenn es nicht gepasst hat, dann holt ihr das bestimmt irgendwann nach.«

»Vielleicht. Heute Morgen neben ihm aufzuwachen, war echt toll. Nachdem er sich mir gestern ein wenig geöffnet hat, hab ich die Hoffnung, dass zwischen uns was entstehen könnte. Wir sind zwar wahnsinnig gegensätzliche Typen, aber wir können uns in den anderen reinversetzen, wissen, wie er sich fühlt. Verstehst du? Ich glaube, so was findet man nicht oft.«

Frankie zog ihre Beine in einen Schneidersitz. »Ich hoffe sehr für euch, dass er nicht wieder einen Rückzieher macht. Oder du.«

»Er motiviert mich, meine Grenzen auszutesten, ohne sich dessen bewusst zu sein. Ich will das angehen, alles. Weil ihm die laute Musik so wichtig ist und ich nicht immer Angst bekommen will, wenn er sie aufdreht oder sonst irgendwas vorfällt.«

»Das freut mich so sehr, Girl.« Sie lächelte, und ich hätte schwören können, in ihren Augen Tränen glitzern zu sehen.

»Du weißt, dass du das auch kannst, oder? Deine *Sache* angehen.«

Sie wandte den Blick ab und spielte am Saum ihres Sweaters herum. »Vielleicht irgendwann. Gerade klappt ja alles gut, also ...«

»Also warum die Komfortzone verlassen?«

Ertappt blinzelte sie mich an. Dann nickte sie. »Irgendwann, Tatum.«

»Wenn es so weit ist, kannst du auf mich zählen.«

»Weiß ich doch«, erwiderte sie und atmete lautstark aus. »Hey, was hat dir Dash eigentlich zum Geburtstag geschenkt?«

»Ähm ...« Ich verzog das Gesicht. »Eventuell weiß er gar nicht, dass ich heute Geburtstag habe und wir irgendwie zusammen reingefeiert haben.«

»Was? Oh Gott, wenn er das erfährt, versinkt der arme Knecht ja vor Peinlichkeit im Boden.«

»Was hätte ich denn machen sollen? ›Hey, Dash, übrigens habe ich genau jetzt Geburtstag, yay, Überraschung! Wünsch mir alles Gute oder du fliegst aus dem Fenster!‹ Pff, klar ... Mein Geburtstag ist mir doch sowieso nicht so wichtig.«

»Verdammt. Ich hoffe, Ty sagt ihm noch Bescheid, bevor er ... Warte ... dann kommt er auch nicht zum Essen, oder?«

»Von wegen. Dann würde er meine Eltern ja auf diese Boyfriend-Art kennenlernen. Ne, ne, das ist mir viel zu früh. Vielleicht sehen wir uns später heute Abend, nachdem er aus der Bar zurück ist.«

»Hmmm.« Frankie tippte sich mit dem Finger an den Kiefer. »Die arbeiten heute aber noch ziemlich lange, zumindest hat Ty so was erwähnt. Immerhin ist morgen die Eröffnung. Gut möglich, dass sie die Nacht durchmachen.«

»Dann wohl doch erst morgen bei der Eröffnung.«

Mir machte es nichts aus, dass wir uns an meinem Geburtstag nicht sahen. Er hatte unglaublich viel zu tun, außerdem waren wir kein Paar.

»Willst du hin?« Mit großen Augen sah sie mich an.

Ich wiegte den Kopf hin und her. »Ich denke schon. Zumindest mal vorbeischauen und gucken, wie es läuft. Ich will wissen, wo ich stehe.«

»Und was, wenn du eine Panikattacke bekommst?«

»Dann weiß ich, dass ich noch einiges vor mir habe.«

»Tatum, ich bin mir nicht sicher, ob das so eine gute Idee ist. Da sind im schlimmsten Fall echt viele Menschen, und ein DJ legt auf. Und wenn die Leute getrunken haben, sind sie auch nicht gerade leiser.«

»Und dunkel könnte es auch sein«, flüsterte ich.

»Das … ja …«

»Komm schon, Franks. Wir schaffen das. Und wenn alle Stricke reißen, gehen wir wieder und machen uns hier einen gemütlichen Abend. Was denkst du?«

Sie starrte durchs Fenster nach draußen in den Vorgarten, wo Sherlock gerade seinem Schwanz nachjagte und sich kurz darauf in einen Laubhaufen warf. »Von mir aus. Aber sag nicht, ich hätte dich nicht gewarnt, Sullivan.«

»Das wird gut. Ich weiß es«, sagte ich, auf einmal geradezu euphorisch. »Außerdem kannst du mir nicht erzählen, dass du an Tylers großem Tag nicht dabei sein willst.«

Ihr linker Mundwinkel zuckte nach oben. »Als eine seiner engsten Freundinnen bin ich gerne dabei, da hast du recht.«

Ich schnaubte. »Mhm. Yep. Okay. Ich sag rein gar nichts mehr dazu.«

»Das ist auch besser so!«

Wir lachten, und in meinem Körper breitete sich ein wohliges Gefühl aus. So, als ob wirklich alles gut werden könnte. Irgendwann.

»Zurück zu den wichtigen Punkten auf der Tagesordnung.« Frankie griff in ihren Rucksack und holte einen Gegenstand heraus, den sie in waldgrünes Geschenkpapier gewickelt hatte. Grinsend überreichte sie ihn mir. »Auspacken!«

Auch wenn ich nicht der größte Fan von Geburtstagstrubel war, konnte ich nicht leugnen, dass ich es liebte, Geschenke zu bekommen. Aber ging es nicht jedem so, auch wenn es die wenigsten Leute zugaben?

Neugierig entfernte ich die goldene Schleife und schälte die kleine Pappkiste aus dem bunten Papier.

»Oh Gott, Frankie. Nein, oder?«

Mein Herz schlug schneller, als ich die Vintage-Kamera aus der Verpackung hob. Ein seltenes Canon-Modell, von dem ich in den letzten Monaten immer wieder erwähnt hatte, danach Ausschau halten zu wollen, weil ich den Retrolook der Fotos so unglaublich cool fand. Ich schaltete sie an und blickte durch den Sucher in Frankies lächelndes Gesicht.

»Wow, ich … Das ist … Ich freu mich wahnsinnig, Frankie.« Rasch stand ich auf und drückte sie.

»Du hast so oft darüber gesprochen. Vor Kurzem hab ich dann meinem Dad davon erzählt, und der hat sie auf seiner Geschäftsreise in Stockholm entdeckt und hergeschickt. Liebe Grüße also auch von ihm.«

»Danke. Wirklich. Sie ist perfekt.« Meine Finger huschten über die Knöpfe, den Sucher und das Gehäuse.

»Vielleicht könnte sie noch ein zusätzlicher Ansporn sein, deine Angst zu überwinden. Du wolltest doch immer reisen, Tatum, die Welt sehen und überall Fotos schießen. Was meinst du, wie cool die werden, wenn du sie mit dieser Kamera machst?« Sie hielt inne. »Jetzt musst du dich nur noch trauen, dich überwinden und deine Angst bekämpfen. Ich weiß, dass du das schaffst.«

Ich spürte, wie mir Tränen in die Augen traten. Das hier war ein Zeichen. Ich wusste, dass es das war. Ganz sicher. Frankie hatte mir die ultimativ tollste Kamera geschenkt, mit der ich so schöne Aufnahmen machen konnte, und die würde ganz sicher nicht in Golden Oaks versauern. Nein, es reichte mir. Alles reichte mir. Es war wirklich an der Zeit, diese beschissene Angst in den Griff zu bekommen, um meine Träume zu leben und das zu tun, was ich mir immer gewünscht hatte. Ich wollte die laute und bunte Welt bereisen und würde das auch machen.

»Nein, Frankie. Ich weiß, dass *wir* das schaffen.«

»Hattet ihr einen guten Tag?«, fragte mein Dad und schob sich ein paar Pommes in den Mund.

Meine Eltern, Frankie und ich saßen am Esstisch in der Küche und schaufelten Burger mit Fries in uns hinein. Das perfekte Geburtstagsessen. Das hatte sich seit meiner Kindheit nicht verändert – eine jährliche Tradition.

»Und ob! Wir haben mit Sherlock einen ausgiebigen Spaziergang rund um den Golden Lake gemacht und die Kamera ausprobiert, die Frankie mir geschenkt hat.«

»Wie schön, die Fotos will ich unbedingt sehen«, sagte Mom und lächelte. »Vielleicht finden wir für die noch einen Platz in dem einen oder anderen Gästezimmer. Oder im Flur.«

»Schauen wir mal. Das waren die ersten Versuche mit der Kamera. Wer weiß, ob die Bilder was geworden sind.«

»Sind sie.« Frankie verdrehte übertrieben die Augen. »Als ob nicht. Du hast einfach ein Auge für die richtigen Einstellungen.«

»Ach, seit wann kennst du dich denn mit Kameraeinstellungen aus?« Ich grinste sie an.

»Seit ich finde, dass deine Fotos super sind.«

»Wow, du machst dir nicht mal die Mühe, 'ne gute Erklärung zu finden. So weit ist es schon gekommen.«

»Na ja, wir sind jedenfalls gespannt«, schaltete sich mein Dad ein.

Ich trank einen Schluck selbst gemachten Eistee und fasste mir ein Herz. »Frankie und ich wollen morgen zur Bar-Eröffnung. Nur, dass ihr Bescheid wisst, dass es später werden kann.« Weil ich es ganz beiläufig gesagt hatte, hatte ich die Hoffnung, dass Mom kein großes Ding daraus machen würde.

»Ihr wollt was? Bist du ... Es wird bestimmt voll und außerdem ziemlich laut. Ich habe gehört, dass es Livemusik oder einen DJ oder so geben soll.«

Ich stöhnte genervt. »Mach dir keine Sorgen, das wird schon. Betrachten wir es als Experiment.«

»Schatz, lass es langsam angehen.«

»Ich kann meine Angst aber nur bekämpfen, wenn ich mich mit ihr konfrontiere.«

Mein Dad räusperte sich. »Ja, aber Schritt für Schritt. Nicht alles auf einmal.«

»Frankie wird dabei sein. Ich muss das tun. Ich *möchte* es tun.«

»Aber wenn du zuallererst auf eine laute Party rennst, kann das doch nur schiefgehen«, erwiderte meine Mom ernst und starrte mich an.

Ich starrte zurück. »Danke, dass du an mich glaubst.«

»So meine ich das doch gar nicht. Natürlich glaube ich an dich.« Ihre Züge wurden weicher. »Aber ich will nicht, dass du Panik bekommst. Ich mache mir Sorgen um dich.«

»Ich bin alt genug, um selbst zu entscheiden, was gut für mich ist. Ich will nur, dass es vorbei ist. Dieser ganze Mist. Die Angst. Und die kann nur verschwinden oder zumindest abnehmen, wenn ich sie angehe. Es reicht mir einfach.«

Stille. Betretene Blicke, die sich meine Eltern zuwarfen.

»Das verstehen wir doch. Ich habe nur Bedenken, dass es dich womöglich überfordern könnte.«

»Glaube ich nicht. Ich will, dass es klappt, ich werde mich zusammenreißen.«

»So einfach ist das nicht, und das weißt du, Tatum.« Mein Dad schüttelte nachdenklich den Kopf.

Ich seufzte, legte meine Gabel auf dem Teller ab und lehnte mich zurück. Dann sah ich eindringlich zwischen den beiden hin und her. »Ich werde es probieren, und es wird gut laufen. Frankie ist dabei, falls was sein sollte. Wir können jetzt weiter essen und meinen Geburtstag feiern. Yay, Partytime.«

Vielleicht war ich leichtsinnig. Vielleicht war ich nicht vorsichtig genug. Aber letzten Endes war es meine Entscheidung, mein Leben. Es waren meine Träume, die ich nicht aufgeben wollte. Und es war meine Angst, die es zu beseitigen galt. Ich musste da durch, auch wenn es hart werden würde.

»Tatum ...«, fing meine Mom an, doch ich ließ sie nicht ausreden.

»Echt lecker, bekomme ich noch ein paar Pommes?«

Frankie reichte mir die Schüssel und blickte zwischen unseren Gesichtern hin und her. »Ich passe gut auf Tatum auf, Nancy, und wenn es ihr schlecht gehen sollte, bring ich sie nach Hause. Macht euch keine Sorgen, ich bin da.«

»Gib uns Zwischenupdates. Wenn wir eine Stunde nichts von euch hören, kommen wir vorbei.«

»Dad!«

»Was? Du hängst doch sowieso immer am Handy, da macht dir das doch sicher nichts aus.«

Ich rollte mit den Augen. »Schön, von mir aus.«

Denen würde ich es zeigen. Und nicht nur ihnen, sondern auch meiner Angst, meiner Vergangenheit und allem, was mich in eine Ecke drängen und ersticken wollte.

KAPITEL 20

DASH

Der große Tag stand vor der Tür. Die letzten Wochen waren schneller vergangen, als ich es für möglich gehalten hätte, und jetzt befand ich mich hier, in unserer Bar, fünfzehn Minuten bevor sich die Türen zum ersten Mal öffneten. Von draußen drangen vereinzelte Gesprächsfetzen herein und das Geräusch von knirschenden Autoreifen auf dem Kiesparkplatz. Mein Körper stand unter Strom, bis in den letzten Muskel war ich angespannt. Ich freute mich auf die Eröffnung, aber es blieb die Unsicherheit, wie es den Gästen gefallen würde.

Ich sah mich um. Auf dem Podest, das wir als eine Art Bühne eingebaut hatten, befand sich schon unser DJ für den heutigen Abend, den ich vor einiger Zeit bei einem Festival kennengelernt hatte. Andrew hatte uns zum Glück einen Freundschaftspreis gemacht und groovte sich bereits ein. Aus den Boxen drangen leise RnB-Rhythmen, während Fiona hinter dem Tresen noch mal über die Arbeitsfläche wischte. Ihre Kollegin für den Abend war Abby, ein Mädel aus ihrem Studiengang, die anscheinend schon Erfahrungen im Mixen bei einem Nebenjob in einer Uni-Bar gesammelt hatte. Sie sah gerade alle Flaschen durch und bereitete sich vermutlich mental darauf vor, gleich Dutzende Drinks zu mixen. Die Deckenbeleuchtung war beinahe ganz heruntergedimmt, bunte Scheinwerfer tauchten den Raum in stimmungsvolles Licht. Kleine Tische und Stühle im Industrial Style standen auf der Fläche zwischen Podest und Bar verteilt. Die grauen Wände mit den vereinzelt daraus hervorbrechenden Mauersteinen sahen so genial aus, dass klar gewesen war, dass wir keine Poster oder Dekoration daran aufhängen wollten. Am Tresen standen Hocker und luden dazu ein, es sich dort bequem zu machen und mit Fiona über das Leben zu quatschen. Ich freute mich schon darauf, den Leuten dabei zuzuhören, wie sie betrunken irgendwelchen lustigen Mist erzählten.

Wer hätte vor ein paar Monaten gedacht, dass ich heute hier stehen würde? In einer Bar, die zur Hälfte mir gehörte und in die ich in den letzten Wochen wahnsinnig viel Herzblut gesteckt hatte. Und doch gab es da eine Person, der der Laden noch mehr bedeutete als mir.

»Bist du bereit?«

Ich grinste, als ich Tylers Hand auf meiner Schulter spürte. »Klar. Noch entspannt oder geht dir der Arsch auf Grundeis?«

Mit einem Lächeln auf den Lippen lief er an mir vorbei in die Mitte des Raumes. Blieb stehen und schüttelte ungläubig den Kopf. »Heute ist der Tag, Dash. Wie verrückt ist das eigentlich? Ich bin alles andere als entspannt, Mann.«

Und das sollte was heißen. Wenn es eine Person gab,

die die Ruhe selbst war, dann Ty. Er war dauerentspannt. Selbst wenn er die Bar innerhalb von vierundzwanzig Stunden auf die Beine hätte stellen müssen, hätte er sich vermutlich erst mal zurückgelehnt, die Füße hochgelegt und wäre alles langsam angegangen – um es am Ende doch zu schaffen. Dafür bewunderte ich ihn. Dass er es immer hinbekam. Egal, was er anpackte und wie viel oder wenig Zeit er dafür hatte. Die Tatsache, dass sogar er an diesem Tag nervös war, brachte mein Blut noch mehr zum Kochen.

»Hoffen wir mal, dass alles glattgeht.«

Ich ging zu ihm rüber. »Mann, bin ich froh, dass du mich gefragt hast, ob ich mich hier einklinken will. Keine Ahnung, was ich ohne dich getan hätte.« Ich schluckte. »Dabei hab ich nur einen Bruchteil von deinem Beitrag an diesem Projekt geleistet.«

»Du hättest auf einem anderen Weg die Kurve bekommen.« Er atmete tief ein und aus und sah mich an. »Ich bin genauso froh, dass du dabei bist. Auch wenn ich schon lange, bevor du dazugestoßen bist, mit allem angefangen habe, bist du mein Partner. Also genieß den Abend, lass dich feiern und hab Spaß, okay?«

»So machen wir's.« Dann sah ich zur Tür, von wo immer lauter werdende Stimmen zu hören waren. »Wollen wir aufmachen?«

Tyler nickte. »Let's go. Leute, seid ihr ready? Abby? Fiona? Andrew?«

»Yes«, rief Fiona, und die anderen beiden stimmten ihr euphorisch zu.

Während wir uns der Tür näherten, breitete sich Gänsehaut auf meinem Körper aus, und mein Herz begann zu rasen. Was war denn los mit mir? Ich hatte schon etliche Gigs gehabt, teilweise vor Tausenden Menschen. Warum war ich heute so nervös?

Vielleicht, weil ich mir nicht sicher bin, ob ich all das verdiene? Würde Marcus heute auch seinen Traum verwirklichen, wenn er noch am Leben wäre? Er hatte keine Gelegenheit dazu. Warum habe ich sie bekommen?

Nein, nein, nein, nein. Nicht jetzt.

Ich sog scharf die Luft ein und marschierte schneller auf die Tür zu.

»Ich kann es kaum erwarten, die Leute zu sehen, Ty«, ratterte ich herunter und legte eine Hand auf den Knauf.

»Okay, los geht's«, flüsterte er, und im nächsten Moment öffnete ich die Tür.

Etliche Menschen, um die fünfzig mindestens, warteten davor. Tyler kannte die meisten und begrüßte jeden persönlich. Von Sekunde zu Sekunde füllte sich der Laden, Andrew drehte die Musik auf, und Fiona und Abby hatten einiges zu tun, wie es aussah.

Langsam ließ ich den Blick über die Gesichter wandern auf der Suche nach dem einen, von dem ich mir eigentlich nicht einmal zu wünschen wagte, es heute hier zu sehen. Trotzdem war da dieser kleine Hoffnungsschimmer in mir …

»Na, gut vorbereitet?«

Überrascht fuhr ich herum.

Vor mir stand Tatum, ein gezwungenes Lächeln auf den Lippen, eine Hand krampfhaft um Frankies geklammert, die neben ihr stand.

»Hey, Dash, ich wollte kurz zu Ty und uns was zu trinken besorgen. Achtest du so lange auf sie? Ich bin gleich wieder da.«

Als ich nickte, ließ Frankie Tatums Hand los, flüsterte ihr etwas ins Ohr und verschwand in Richtung Bar.

Auch wenn sie angespannt wirkte, sah sie wie immer umwerfend aus. Ihr braunes Haar hatte sie heute zu Wellen gelockt … oder gedreht? Was wusste ich schon von diesem Haar-Slang, aber es sah gut aus, und das war die Hauptsache. Unter ihrem braunen Mantel trug sie ein schwarzes Spitzentop, das sie in eine schwarze Mom-Jeans gesteckt hatte, dazu hatte sie ein paar Combat-Boots kombiniert. Sie strahlte übers ganze Gesicht, und ich wünschte mir, dass sie niemals damit aufhörte.

»Du bist … Was machst du hier?« Ich zog sie in eine Umarmung, hielt sie einige Sekunden fest, dann flüsterte ich: »Alles Gute nachträglich. Wieso hast du nichts gesagt?«

Sie löste sich von mir und fuhr sich durchs Haar. Ich ließ ihre andere Hand nicht los, um ihr etwas Sicherheit zu schenken. »Danke, ähm … Ach, kein Stress. Mir ist mein Geburtstag sowieso nicht wichtig.«

»Tyler hat es mir gestern erzählt, aber als ich nach Hause gekommen bin, war es mitten in der Nacht. Und heute Morgen hab ich dich auch nicht mehr erwischt. Tut mir echt leid!«

Was sie jedoch nicht wusste, war, dass ich mir etwas zur Wiedergutmachung überlegt hatte (und jede verdammte freie Sekunde des heutigen Tages damit zugebracht hatte).

»Wirklich, Dash, gar kein Problem. Du hattest mit der Eröffnung viel um die Ohren. Und ich hab es dir ja auch nicht gesagt, als du …« Sie senkte die Stimme. »… als du bei mir übernachtet hast.«

In ihren Augen machte ich ein Funkeln aus. Etwas, das auf mehr hoffen ließ. Mehr von ihr. Mehr von uns. Hitze durchströmte meine Glieder, als ich sah, wie sie auf meine Lippen und wieder zurück in meine Augen sah.

»Ich mach es wieder gut. Später. Oder morgen.«

»Kein Problem, echt!«

Ich zog sie näher zu mir, hauchte ihr einen Kuss auf die Wange und fuhr ihr mit der Hand langsam über den Rücken. »Was machst du überhaupt hier? Das ist doch viel zu laut für dich. Du wirkst nicht gerade so, als ob du dich wohlfühlst.«

»Ich wollte euren großen Tag nicht verpassen.« Sie seufzte, und ich wünschte mir unwillkürlich, dass sie das später, wenn wir zu zweit in ihrem Zimmer waren, auch tun würde. »Und außerdem möchte ich so nicht mehr weitermachen. Ich will, dass das aufhört, das mit der Angst und dem ganzen Mist. Es reicht mir. Und da dachte ich, der beste Weg ist die Konfrontation.«

Mir blieb der Mund offen stehen. »Meinst du das ernst?«

Sie nickte, und auf ihre Züge legte sich ein Lächeln.

»Bist du sicher, dass dir das nicht zu viel ist? Ich meine … Es ist jetzt schon einiges los, und ich glaube, es kann hier heute echt laut werden. Was, wenn du eine Panikattacke bekommst?«

»Ich habe Frankie im Schlepptau, die passt auf, dass ich nicht aus den Latschen kippe.« Sie sah sich um und fixierte einen Punkt hinter mir. »Yep, da steht sie und redet mit Ty.« Dann blickte sie mir wieder in die Augen. So tief, dass es überall kribbelte. Ich blendete alles um uns herum aus, spürte nur noch die Energie zwischen uns, die sich immer mehr aufbaute. »Mach dir keine Sorgen, ich hab … ich hab das im Griff.«

»Haben die von der Titanic das nicht auch gesagt, bevor sie gesunken ist?« Als sie mich grimmig anblickte, lachte ich auf. »Spaß! Ich bin stolz auf dich. Aber bitte … Sobald es schlimmer wird, sag mir Bescheid. Oder Frankie. Oder von mir aus Ty oder Fiona oder Chase. Mute dir nicht mehr zu, als du auch wirklich verkraftest. Versprich mir das, ja?«

»Mach ich.« Ihre Stimme zitterte leicht, schnell presste sie die Lippen aufeinander. »Übrigens bin ich auch sehr stolz auf dich«, fuhr sie fort, nachdem sie sich ein wenig gefangen hatte. »Die Bar, das alles, sieht super aus. Und so viele Menschen sind gekommen.« Mit geweiteten Augen blickte sie umher, atmete tief ein und aus. »Das ist echt eine große Sache.«

»Tatum, geh lieber wieder, wenn du dich nicht wohlfühlst.« Es war ihr deutlich anzumerken, dass sie zu kämpfen hatte.

»Nein. Ich will es probieren.«

»Okay, Sturkopf.« Ich grinste und kassierte dafür einen Schlag gegen die Brust.

»Depp. War ja klar, dass du mich loswerden willst, um die anderen Mädels abzuschleppen.« In ihren Augen blitzte wieder etwas auf. Ich liebte ihre Sprüche, weil ich genau wusste, dass sie die nicht ernst meinte und innerlich darüber lachte.

»Klar, wir feiern später noch 'ne Orgie.« Ich musste schmunzeln. »Nein, Quatsch. Ich würde echt gerne den ganzen Abend mit dir verbringen und mir noch viele tolle

Beleidigungen anhören, aber ich glaube, das kann ich Ty nicht antun.«

Frankie kam gerade wieder auf uns zugelaufen und musterte ihre Freundin besorgt.

Ich verzog entschuldigend das Gesicht. »Ich sollte auf jeden Fall mal 'ne Runde drehen, den Leuten Hallo sagen und checken, ob alles gut läuft. Ist das okay?«

Ungläubig schüttelte sie den Kopf. »Ich bin gar nicht davon ausgegangen, dass du den Abend mit mir verbringst, also alles gut. Mir war es nur wichtig, dass du weißt, dass ich da bin. Und jetzt los, spiel mit deinen Freunden!« Leicht grinsend schlug sie mir auf mein Hinterteil und nickte in Tylers Richtung.

Ich wandte mich ab, entfernte mich einige Schritte, nur um mich noch mal umzudrehen und zu ihr zurückzulaufen. Im Bruchteil einer Sekunde hatte ich ihr Gesicht mit beiden Händen umschlossen und küsste sie. Nicht lange. Aber lange genug, um ein Feuerwerk in mir zu zünden. Fuck, ich wollte sie so unbedingt.

Schweren Herzens löste ich mich von ihr und wisperte: »Noch lieber würde ich jetzt mit dir spielen. Ohne Klamotten.«

Als ihr der Kiefer herunterklappte, fing ich leise an zu lachen, zwinkerte ihr noch mal zu und lief davon. Wenn das mal kein guter Abgang gewesen war! Innerlich klopfte ich mir auf die Schulter und verpasste mir zugleich eine Ohrfeige, weil ich Tatum jetzt am liebsten in eins der hinteren Zimmer gezogen, weitergeküsst und ihr die Klamotten heruntergerissen hätte.

Nachdem ich ein paar Leute begrüßt hatte, legte ich einen Zwischenstopp bei Fiona ein, die mit Abby zusammen alle Hände voll zu tun hatte. Cocktails, Biere und alkoholfreie Drinks gingen über die Theke. Andrew spielte einen Song nach dem anderen und brachte sogar ein paar Leute dazu, die kleine Tanzfläche einzuweihen. Wir hatten nie beabsichtigt, einen Club zu eröffnen, aber beim Anblick der tanzenden Gäste fielen mir sofort etliche Möglichkeiten ein, hier coole Partys zu schmeißen. Bewegung bedeutete größeren Durst und mehr Cash für uns. Zufrieden über meine glorreiche Erkenntnis genehmigte ich mir erst mal einen Shot, zu dem mich Ty nötigte, und ließ den Blick durch den Raum gleiten.

Bisher lief alles rund. Fingers crossed, dass dies auch so blieb. Ich konnte immer noch nicht fassen, dass das hier uns gehörte und wir jetzt mehrere Tage in der Woche die Türen öffnen und Leute begrüßen würden. Verdammt, es fühlte sich ein wenig so an, als ob ich angekommen war. Als ob das hier ein richtiges Zuhause für mich sein könnte. Ein Ort, an dem ich mich nach all den Jahren sicher fühlte und an dem mich niemand verurteilte.

Ich zog noch etwas herum, sprach mit ein paar Frauen über die Cocktailkarte und fachsimpelte mit einer Gruppe Kerle über die Songauswahl von Andrew. Es war alles so normal. So natürlich. Und zwischendurch wanderte mein Blick andauernd zu Tatum. Wie sie mit Frankie am Tresen saß und Drinks orderte, lachte und versuchte, sich nicht anmerken zu lassen, wie nervös sie war. Doch ich konnte es klar sehen. Immer wieder biss sie sich auf die Lippe, verschränkte die Arme vor der Brust und tippte sich mit dem Zeigefinger gegen den Oberarm. Sie sah sich unruhig um und zuckte manchmal zusammen, wenn ein unerwartetes Geräusch ertönte. Was war nur passiert, dass sie in Situationen wie diesen solch eine Heidenangst verspürte? Was hatte sie durchgemacht? Es interessierte mich nicht, weil ich neugierig war (okay, das auch), sondern vor allem, weil ich verstehen wollte, was sie zu dem Menschen gemacht hatte, der sie heute war. Was sie so verletzt und traumatisiert hatte, dass es sie so viel Überwindung kostete, nur in eine Bar zu gehen. Auch wenn ich geduldig mit ihr war, hätte ich alles getan, um zu erfahren, was dahintersteckte. Doch ich musste warten. So lange, bis sie bereit war, mit mir darüber zu sprechen.

Immer wieder huschte mein Blick zu ihr. Sie fing ihn auf und formte mit ihren Lippen ein tonloses »Alles okay!«.

Ich bewunderte sie für ihre Stärke und ihren Willen. Es gehörte viel dazu, sich freiwillig in eine Situation zu begeben, die im schlimmsten Fall mit einer Panikattacke enden konnte. Ich selbst hatte noch nie eine gehabt, aber ich wusste von Freunden, dass es sich so anfühlte, als ob einem der Boden unter den Füßen weggezogen wurde. Es war mir ein Rätsel, wie Tatum diesen Mut aufbrachte. Wer war sie? Eine Superheldin?

Und während ich weiter von Tisch zu Tisch schlenderte, mich mit Leuten austauschte und Sachen in Ordnung brachte, die nicht perfekt liefen, hoffte ich, dass ich Tatum all das später noch sagen konnte, wenn wir alleine waren.

KAPITEL 21

TATUM

Meine Hände zitterten, doch ich versteckte sie unter dem Tresen, sodass es niemandem auffiel. Hoffte ich zumindest. Mein Kreislauf spielte verrückt, Hitze kroch mir den Hals hinauf. Auch wenn ich an diesem Abend bisher noch keine Panikattacke bekommen hatte, merkte ich, dass mein Körper nicht so funktionierte, wie ich es mir vorgestellt hatte.

Frankie und ich saßen nun schon einige Zeit an der Bar und unterhielten uns. Ich konzentrierte mich ausschließlich auf unsere Worte, auf das Hier und Jetzt. Alles, was gerade passierte. Atmete in den Bauch hinein. Krampfhaft kämpfte ich gegen die Angst an, die versuchte, mich in die Knie zu zwingen. Mein Herz schlug rasant in meinem Brustkorb, und immer wieder erinnerte ich mich daran, wo ich war und was ich sah, mit wem ich hier war.

Frankie. Holztresen. Gläser. Flaschen. Hocker. Dunkle Wände und Boxen in den Ecken.

Es funktionierte. Mehr oder weniger. Denn mit jeder weiteren Minute, die verging, hatte ich das Gefühl, dass sich die Welle der Angst nur noch mehr näherte. Sich anschlich, ganz leise, um dann im letzten Moment über mir einzubrechen und mich mit in die Tiefen zu reißen.

»Alles in Ordnung?«

Ich blinzelte ein paarmal und sah dann zu Frankie. »Ähm, ja, doch. Alles gut.«

»Sicher?« Ihr Blick wurde weicher. »Du bist ganz blass, Tatum.«

»Schon okay«, winkte ich ab. Als sie jedoch ihre Augenbrauen kritisch zusammenzog, gab ich mich geschlagen. »Vielleicht ist es doch ein bisschen viel.«

»Lass uns gehen. Jetzt.«

»Warte …«

»Auf was? Dass du vor Angst vom Hocker fällst? Ne, vergiss es.« Aus ihrer Stimme hörte ich die Besorgnis heraus, aber auch, wie ernst es ihr war. Rasch stand sie vom Stuhl auf, packte ein paar Scheine aus, die sie Abby zuschob, und nickte in Richtung Ausgang. »Wir gehen. Habt noch einen schönen Abend.«

»Frankie!«

»Tatum!«

Ich seufzte. Sie hatte natürlich recht, aber irgendwie wollte ich es mir nicht eingestehen. »Lass uns wenigstens noch Ty und Dash Tschüss sagen.«

»Okay.« Sie hob die Hand, um Tyler und Dash herzuwinken. Dabei wich ihre ernste Miene einem kleinen Schmunzeln.

»Geht ihr?«, fragte Tyler, als er neben mir stehen blieb.

»Yep. Wir sind müde und …« Frankie täuschte ein Gähnen vor. »Ich muss morgen wieder zeitig raus. Der frühe Bäckerswurm reitet den Vogel.«

»Ich bin mir ziemlich sicher, dass das Sprichwort anders geht«, sagte Dash und lachte. Ich spürte seine Hand auf meinem unteren Rücken und dann seinen Atem an meinem Hals, als er sich zu mir herunterbeugte. »Bist du okay? Hast du Angst?«

Ich drehte mich zu ihm und erkannte sofort die Sorge in seinen Augen. Er hatte die Brauen leicht zusammengezogen, die Lippen geöffnet. Als sich unsere Blicke fanden, machte mein Herz einen Satz. »Alles okay. Es ist nur ein bisschen viel.«

»Soll ich mitkommen? Ich müsste nur ein paar Sachen regeln, dann könnte ich …«

»Bist du verrückt? Quatsch! Ich hab dir doch gesagt, dass ich niemanden brauche, der mir die Hand hält. Das hier ist euer großer Abend, und den sollst du genießen. Außerdem geht es mir gut. Nur ein bisschen Anspannung und die Vorboten einer Attacke, aber wenn wir jetzt gehen, ist alles okay.«

Sein Kiefer mahlte. »Tatum, es ist echt kein Problem. Ich wäre wirklich gerne für dich da. Keine Ahnung, ob ich den Abend noch genießen kann, wenn ich mir Sorgen mache, wie es dir geht.«

»Dash«, sagte ich leise und legte ihm eine Hand an die Brust. »Bitte tu mir den Gefallen und mach dir keine Gedanken. Hab einen schönen Abend! Und morgen können wir uns dann sehen und darüber sprechen. Wirklich. Die Eröffnung findet nur ein einziges Mal statt, und ich weiß, wie wichtig dir die Bar ist.«

»Okay, von mir aus.« Er fuhr sich mit der Hand über seinen Bart. »Aber pass auf dich auf und schreib mir oder ruf an, wenn doch was ist.«

»Mach ich. Aber wie gesagt … Mir geht's gut. Wie du siehst, zieh ich die Reißleine, bevor Schlimmeres passieren kann.«

Aus dem Augenwinkel sah ich, wie Tyler und Frankie sich unterhielten, Frankie mir aber immer wieder prüfende Seitenblicke zuwarf. Vermutlich wollte sie sichergehen, dass ich mich nicht beschwatzen ließ hierzubleiben.

Dash gab mir noch einen Kuss, dann verließen wir die Bar und fuhren mit Frankies Auto zurück zu mir. Zu Hause angekommen lieferte ich meinen Eltern einen kurzen Bericht, und nachdem diese sich beruhigt zurückgezogen hatten, verschwanden Frankie und ich in meinem Zimmer.

»Was hat Dash eigentlich gemeint?«, fragte sie, während sie es sich mit einer Tüte Chips auf meinem Bett bequem machte.

Ich setzte mich zu ihr und zog meine Beine in einen Schneidersitz. »Er wollte mitkommen und hat sich Sorgen gemacht, aber ich hab ihm gesagt, dass nichts weiter ist und er den Abend genießen soll.«

»Mhm«, nuschelte sie und schluckte. »Und hast du das auch so gemeint?«

»Klar. Das ist sein und Tys großer Tag. Außerdem geht's mir gut. Zumindest jetzt wieder.«

Mein Puls hatte sich in der Tat beruhigt, das Zittern meiner Hände hatte aufgehört und mein Körper eine normale Temperatur erreicht.

»Zum Glück sind wir gegangen. Ich bin stolz auf dich, dass du es so lange ausgehalten hast. Das waren locker eineinhalb Stunden.«

Ich nickte. »Ein Schritt nach dem anderen.«

»Und stattdessen machen wir uns hier noch einen tollen Abend. Wie sieht's aus, bisschen lesen, oder worauf hast du Lust?«

»Ähm«, fing ich an und klappte meinen Laptop auf. »Wie wäre es, wenn wir zur Abwechslung einen Film oder eine Serie schauen? Irgendwas Witziges. Das Licht lassen wir ja sowieso an. Und wir drehen die Lautstärke nicht so hoch.«

Die Filme, die ich in den letzten Jahren gesehen hatte, konnte ich an einer Hand abzählen. Früher war ich fast schon süchtig gewesen nach Serien und Filmen, aber nachdem sich mein Leben von einem Tag auf den anderen geändert hatte, konnte ich auch das nicht mehr ertragen. Stattdessen hatte ich immer lieber zu einem Buch gegriffen. Einfach aus Angst, dass es plötzliche Schreckmomente im Fernsehen gab, es zu laut wurde oder mich etwas an früher erinnerte. Aber tief in meinem Inneren vermisste ich es. All meine Lieblingsserien. Vielleicht war jetzt der Zeitpunkt gekommen, es wieder einmal zu probieren.

Frankie musterte mich eine Weile. »Dir ist es echt ernst, oder?«

»Ja«, entgegnete ich. »Also, welchen sollen wir gucken?«

»Schau mal bei denen, die keine Altersbeschränkung haben, da findest du sicher was Harmloses. Irgendwas mit Adam Sandler oder so.«

Ich schnaubte. »Adam Sandler. Der hat mir gerade noch gefehlt.«

»Oder Eddie Murphy. Der, wo er mit den Viechern

spricht. Tatum, wir haben viel aufzuholen, wenn du tatsächlich wieder in der Lage bist, Filme und Serien zu schauen. Allein die neuen Staffeln von *Brooklyn Nine-Nine*, *Grey's Anatomy* und … oh mein Gott, *Euphoria*! Diese Serie! Zendaya killt die Rolle so heftig!«

»Immer langsam mit den jungen Pferden, Muchacha! Eins nach dem anderen. Und bevor ich mir so hartes Zeug anschaue, starten wir vielleicht lieber mit *Hannah Montana* oder so.«

»Okay, okay. Dann lass uns doch erst mal mit einem *Friends*-Rewatch anfangen, das hast du ja damals schon angeschaut. Du weißt also, was dich erwartet.«

»So machen wir's. Chandler Bing hat auf immer mein Herz.«

»Bin gespannt, was Dash dazu sagt, wenn ich es ihm verrate.«

»Der wird sich dann erst mal ein Huhn und eine Ente zulegen.« Ich grinste und öffnete auf dem Laptop einen Streamingdienst, bei dem Frankie sich mit ihrem Account einloggte (ich hatte ja keinen mehr). Dann starteten wir die erste Episode *Friends*.

Es half sehr, mich auf alles zu konzentrieren, was ich sah. Solange keine plötzlichen Geräusche vorkamen, jemand aufschrie und es lauter wurde, klappte es echt gut. Ich fragte mich, warum ich das nicht schon früher gewagt hatte. Auch wenn ich noch nicht hundertprozentig sagen konnte, dass ich mich wohlfühlte, war ich ungeheuer froh, endlich den Entschluss gefasst zu haben. Und weil ich es so sehr wollte, ein Ziel hatte, kämpfte ich dafür und ging über meine Grenzen hinaus, um sie zu verschieben.

Nach ein paar Episoden sah ich plötzlich, wie das Display meines Handys aufleuchtete und eine Nachricht anzeigte. Rasch entsperrte ich es und öffnete den Chat mit Dash.

Hey, bist du noch wach?

In meinem Bauch kribbelte etwas.

Yep. Schaue Serien mit Frankie.
Wie läuft's bei euch?

Mein Blick huschte zur Uhr. Es war mittlerweile nach Mitternacht, die Party war sicher noch in vollem Gange.

Spring mal rüber zur Tür und mach mir auf :)

Ich starrte auf das Display, dann zu Frankie, die sich gerade eine weitere Handvoll Chips in den Mund stopfte und vergnügt vor sich hin kicherte.

»Frankie? Ich glaube, Dash steht vor der Tür.«

»Rum kadum du mücht ffff.«

»Schlucken.«

Frankie würgte die Chips hinunter und setzte ein anzügliches Grinsen auf. »That's what she said.«

Ich schnaubte. »Boah, Frankie.«

»Ich habe gefragt, warum du ihm nicht aufmachst. Der süße Krachmacher wartet auf seine Angebetete.«

Ups, stimmt, ich Vollpfosten.

Mit klopfendem Herzen sprang ich vom Bett auf und lief zur Tür rüber, während Frankie die Pause-Taste be-

tätigte. Im nächsten Moment starrte ich in ein paar hellblaue Augen.

Ein Lächeln auf den Lippen, legte Dash den Kopf
schief. »Na?« Seine Stimme klang angenehm tief und
rau.

»Wieso bist du hier?«

»Soll ich wieder gehen?« Er lachte, und ich schüttelte
den Kopf.

»Nein, bloß nicht. Aber … ist die Bar schon zu?«

»Komm rein, DJ-Boy! Hast du uns wenigstens Shots
mitgebracht?«, hörte ich Frankie rufen.

»Das hättest du wohl gerne, Rotkäppchen«, konterte
Dash und trat ein, während ich ihn immer noch perplex
anstarrte.

»Ey, Rotkäppchen hat nur einen roten Umhang, keine
roten Haare.«

»Sorry, Anfängerfehler.« Dann wandte er sich wieder zu
mir um. »Ich hoffe, ich störe euch nicht. Aber ich musste
einfach zu dir.« Er nahm meine Hände, und ich musste
lächeln. In seinen Augen funkelte etwas. »Das Gröbste ist
geschafft. Tyler meinte, er kümmert sich um den Rest und
dass ich gehen kann. Ich habe eigentlich darauf bestanden, ihm noch zu helfen …«

»Hast du nicht«, murmelte Frankie grinsend und leerte
die Chipstüte.

Dash zwinkerte ihr kurz zu. »Ruhe auf den billigen
Plätzen. Na ja, jedenfalls war es ein super Abend. Ich
habe ihn genossen, und alles war toll, aber jetzt lass ihn
uns bitte gemeinsam beenden, Tatum.«

Mein Herz setzte für einen Schlag aus, dann zog sich
etwas unterhalb meines Bauchnabels zusammen.

»Schon verstanden, ich geh lieber, bevor ihr übereinander herfallt. Wir sehen uns, Tatum. Und Dash? Gib alles! Sie wird mir morgen von deiner Leistung berichten.«

Ich prustete los. »Frankie!«

Dashs Augen weiteten sich erst, dann fuhr er sich an seinem Bart entlang und legte wieder dieses charmante Grinsen auf. »Alles klar, ich tu, was ich kann.«

»Hey, Franks. Ist das wirklich okay? Wir wollten uns einen gemütlichen Abend machen. Soll … Soll ich dich wenigstens noch nach Hause bringen?« Meine Stimme war leise und eindringlicher geworden.

Sie atmete tief ein und aus. »Passt schon. Wirklich.«

»Sicher?«

»Ja! Ganz sicher. Ich schreib dir, wenn ich im Bett liege.« Dann drückte sie mich noch mal, schnappte sich ihre Sachen und tänzelte aus der Tür. Kurz bevor sie sie hinter sich schloss, zwinkerte sie mir noch mal zu. »Viel Spaß!«

Da standen wir. Mitten im Zimmer. Alleine.

Sein Lächeln strahlte so eine unfassbare Wärme aus, dass ich gar nicht anders konnte, als es zu erwidern. Langsam wanderte ich mit den Händen an seinen Armen entlang nach oben, verschränkte sie in seinem Nacken und zog ihn zu mir herunter, um ihn zu küssen.

»Schön, dass du hier bist.«

»Finde ich auch«, flüsterte er, und sein Bart kitzelte mich an der Wange. »Wie geht's dir?«

»Ganz gut. War die richtige Entscheidung zu gehen und nicht gleich zu übertreiben. Hattet ihr noch einen tollen Abend?«

»Dann bin ich froh. Ja. Es war total … krass. Die Bar

ist jetzt offen, jeder kann rein und sich Getränke bestellen und abhängen.«

»Das haben Bars so an sich«, sagte ich und grinste.

Darauf erntete ich einen funkelnden Blick. »Hey!« Er löste sich von mir, und ich schob gespielt schmollend meine Unterlippe vor.

»Warte, es gibt noch eine kleine Überraschung. Du hattest immerhin Geburtstag ...«

»Du musst mir nichts schenken, Dash. Wirklich nicht.«

Doch da hatte er schon sein Handy rausgeholt. Er entsperrte den Bildschirm und hielt es mir vor die Nase.

Ich zog irritiert die Brauen zusammen, während ich zu erkennen versuchte, was er mir zeigte.

»Du weißt ja mittlerweile, dass ich auf Musik stehe.«

»Ist mir durchaus mal in den Sinn gekommen.«

»Sch! Lass mich ausreden.« Er grinste. »Als wir vorgestern zusammen eingeschlafen sind, lief immer wieder dieses Lied, das dir nicht zu viel war, sondern dir zu helfen schien. Und da dachte ich, dass es doch langweilig wäre, nur dasselbe zu hören, falls du dich wirklich langsam an Musik herantasten willst. Deshalb habe ich dir ein Mixtape zusammengestellt. Eine Playlist mit Songs, die so ähnlich sind und von denen ich denke, dass sie dir gefallen und helfen könnten.«

Mir blieb der Mund offen stehen. Mein Herz raste, als ich sein Smartphone entgegennahm und die Lieder durchsah, die er mir zusammengestellt hatte. Ungläubig blinzelte ich ihn an, dann sah ich wieder auf die Playlist und wieder zu ihm hoch, in seine Augen, in denen so viel Wärme und Verlangen und Zuneigung lag. Er glaubte an mich. Daran, dass ich es schaffen würde.

Tatums Playlist

Let me love you – Drew Sycamore

Deep End – Birdy

Keep you Safe – Lindsey Ray

I miss you, I'm sorry – Gracie Abrams

Before the Song is Over – Aron Wright

Ronan – Taylor Swift

All We Do – Oh Wonder

Glowing in the Dark – Emily Rowed

Water & Air – Alex Isley

Keep Me – Novo Amor

Ich konnte es nicht fassen. Mir traten Tränen in die Augen, die ich schnell wegzublinzeln versuchte. Vergeblich.

»Dash. Ich weiß nicht, was ich sagen soll. Danke. Danke für diese Playlist, die für mich so viel mehr ist als nur ein paar aneinandergereihte Lieder.«

Er zog mich in eine Umarmung. »Hab ich gerne gemacht.«

So standen wir da. Zwei Herzen, die miteinander schlugen, vielleicht sogar Ähnliches durchgemacht hatten. Um uns herum alles still.

»Dash?«, wisperte ich. »Es ist so ruhig. Ist das okay?«

Langsam löste er sich von mir, auf seinen Lippen dieses unverschämt heiße Schmunzeln. In seinen Augen lag nun nicht mehr Wärme, sondern richtige Hitze, als sich unsere Blicke begegneten. Gänsehaut kroch über meinen

Körper. »Wenn ich bei dir bin, fällt es mir so viel leichter, diese verdammte Stille auszuhalten. Also ja, Tatum, es ist so was von okay.« Dann legte er seine Lippen auf meine und küsste mich.

Ich schnappte nach Luft, dann erwiderte ich den Kuss, ließ meine Hände an seinem Rücken hinaufgleiten und presste mich an seinen harten Körper. Sein Bart kitzelte mich, als er mit seinen Lippen meinen Kiefer entlangwanderte. Vor lauter Hitze zwischen uns wurde mir ganz schwindelig.

Langsam taumelte ich rückwärts, während wir uns wieder küssten und seine Zunge meine Lippen teilte. Ich klammerte mich an ihn, wollte ihn hier und jetzt und für immer.

Ihm entfuhr ein tiefes Brummen. Unterhalb meines Bauchnabels zog sich etwas zusammen, und ich ließ mich auf mein Bett fallen. Er legte sich sofort auf mich und begann, mich weiter zu küssen, bis wir beide keine Luft mehr bekamen. Ich schlang meine Beine um seine harte Mitte, wollte ihm seine Klamotten am liebsten sofort herunterzerren. Shit, der Kerl hatte es echt drauf.

Schwer atmend stemmte er sich auf seine Handflächen und blickte zu mir herunter. »Wir müssen nicht, wenn es dir zu schnell geht.«

Ich richtete mich ein Stück auf und rollte mich im nächsten Moment auf ihn. Auf seinem Becken blieb ich sitzen und grinste. »Damit hast du wohl nicht gerechnet.«

Lachend versuchte er, sich wieder aufzusetzen, doch ich drückte ihn auf die Matratze. »Wirklich. Fühl dich nicht unter Druck gesetzt, nur weil ich um so eine späte Uhrzeit vor deiner Tür stehe.«

»Du hast es doch gehört, Frankie will morgen einen ausführlichen Bericht über deine Leistung.«

»Tatum … Oh, wow. Echt jetzt?«

Ich fing an zu lachen. So sehr, dass ich von ihm herunterfiel und auf der Matratze neben ihm landete. Als ich mich wieder einigermaßen beruhigt hatte, drehte ich meinen Kopf zu ihm auf die Seite und verlor mich für einen Moment in seinen Augen, in denen ich nicht nur unbändige Zuneigung, sondern auch tiefes Verlangen erkannte. Spannung zwischen uns, die kaum zu ertragen war.

»Ich will das, Dash. Jetzt. Sofort. Wieso hast du überhaupt noch etwas an?«

»Na, wenn das so ist.« Er seufzte, und schon lag ich wieder unter ihm. »Da kann ich Abhilfe schaffen.«

Wieder entwich mir ein Kichern, doch Dash erstickte es mit seinen Lippen. Ich zog ihn noch enger an mich, wollte ihn in mir spüren. Quälend langsam huschten seine Lippen meine Wange entlang nach unten zu meinem Hals und zu meinem Dekolleté. Ich trug immer noch das schwarze Spitzentop von der Eröffnung, von dem ich ahnte, dass es Dash gefallen hatte, nachdem er mich förmlich mit seinen Blicken ausgezogen hatte. Als er zwischen meinen Brüsten ankam und sich meine Brustwarzen aufrichteten, fiel ihm auf, dass ich keinen BH trug.

»Oh, hallo«, murmelte er, und ich lachte auf. Mein Körper bebte, während ich die Augen wieder schloss und genoss, wie er mich berührte.

Langsam schob ich meine Finger unter sein Shirt, zerrte daran, bis er es sich endlich auszog und ich über seine warme Haut fahren konnte. Im nächsten Moment spürte ich seine Hände unter meinem Top, wie es Stück für Stück nach oben rutschte. Ich richtete mich auf, sodass Dash es mir über den Kopf ziehen konnte, dann warf er es zu Boden. Als ich mich wieder zurück auf die Matratze sinken ließ und er sich auf mich legte, sah er mir tief in die Augen. Ich war glücklich. Rundum.

»Tatum, du bist so schön.«

Bevor mir vor Rührung Tränen in die Augen treten konnten, blinzelte ich ihn an und zog ihn zu mir herunter.

»Danke. Ich mag dich übrigens echt gerne, falls du das noch nicht gemerkt hast.«

»Gut, dass du es erwähnst. Da wäre ich nicht drauf gekommen.« Mit einem Grinsen auf den Lippen rutschte er wieder ein Stück nach unten. Sein Bart kratzte an meinen Brüsten, als er mit der Zunge über meine Brustwarzen strich. Ich wölbte mich ihm entgegen, rieb meinen Unterleib an seinen Hüften, bis mir ein Stöhnen entfuhr und ich die Hände in seinen Haaren vergrub.

Oh shit.

Seine Hände waren überall, packten mich an den Oberschenkeln und wirbelten mich herum, sodass ich nun auf seinem Becken saß. Seine harte Mitte presste sich gegen meine empfindlichste Stelle, wodurch sich Hitze in meinem ganzen Körper ausbreitete. Ich beugte mich zu ihm herunter, küsste ihn. Immer schneller und intensiver. Seine Hände fuhren an meinem nackten Rücken entlang. Mit den Fingern wanderte ich nach unten zu seiner Jeans, öffnete Knopf und Reißverschluss. Dann löste ich die Lippen von seinen, half ihm mit rasendem Herzen, die Hose herunterzuschieben, und ließ sie auf den Boden fallen. Hitze in seinem Blick, als ich mich auf die Matratze sinken ließ und er das Gleiche mit mir tat. Seine Lider flatterten, als er meine Hose quälend langsam mitsamt meinem Slip herunterzog und sich selbst seiner engen schwarzen Boxershorts entledigte.

Ich schnappte nach Luft, bevor sich mein Mund bei seinem Anblick zu einem breiten Grinsen verzog.

»Oh, hallo …«

Aus Dashs Kehle drang ein tiefes Lachen, dann ließ er sich auf mich sinken und küsste mich leidenschaftlicher als je zuvor.

Mir blieb die Luft weg, doch das war mir egal, ich wollte diesen Kerl mit Haut und Haaren. Jetzt. Sofort. Seine Hände wanderten über meinen Körper, strichen an meinen Brüsten entlang und zogen heiße Spuren über meine Haut, bis er ganz unten angekommen war.

Ich hielt für einen kurzen Moment die Luft an, als er meine empfindlichste Stelle sanft streichelte, sich langsam herantastete und mit zwei Fingern in mich eindrang.

Shit. Ich keuchte auf und biss mir auf die Lippe.

»Hab ich dir wehgetan? Alles gut?« Er hielt inne, bewegte sich nicht.

»Ja, ja, ja! Alles … super. Ich war nur … uff … mach einfach weiter.« Ich schloss die Augen, als sich seine Lippen auf meine senkten und sich seine Finger in mir bewegten. Zwischen meinen Beinen zog es, und ich wollte mehr von ihm. Ich stöhnte leise auf, bog meinen Rücken durch und presste mich an ihn. Schauer krochen meine Wirbelsäule hinauf und wieder hinunter. Mit einer Hand wanderte ich nun ebenfalls abwärts. Als ich unten angelangt war, umschloss ich ihn.

Aus Dashs Kehle drang ein tiefes Knurren. Langsam bewegte ich meine Hand hoch und runter, doch das reichte mir nicht.

»Dash«, wisperte ich.

»Alles okay?« Er sah mir wieder tief in die Augen, seine Pupillen waren geweitet und die Wangen leicht gerötet.

»Hast du was dabei?«

»Klar.« Langsam zog er seine Finger aus mir heraus, und ich seufzte. Er griff nach seiner Jeans, fischte ein Gummi aus der Hosentasche, packte es aus und schob es sich über.

»Wow, da hat wohl jemand damit gerechnet, dass heute noch was geht«, scherzte ich. »In der Hosentasche. Dash, ich glaub's ja nicht. Du Lümmel.«

Grinsend wandte er sich zu mir um und ließ sich auf mich sinken. »Vielleicht nicht damit gerechnet, aber definitiv darauf gehofft«, sagte er mit heiserer Stimme.

Ich kicherte und küsste ihn wieder, fuhr mit den Händen seine Oberarme entlang. Dann schob er sich zwischen meine Beine, packte einen meiner Schenkel und legte ihn sich um die Hüfte. Beim nächsten Wimpernschlag drang er in mich ein.

Ich warf meinen Kopf zurück und krallte die Nägel in seinen Rücken.

»Oh, fuck«, knurrte er. »Ist das gut so?«

»Mhm«, murmelte ich. »Klappe. Weitermachen.«

Dash drang immer wieder in mich ein. Tiefer. Schneller. Ein Schauer jagte den nächsten über meinen Körper, und ich hätte schwören können, dass ich mich noch nie zuvor so wohl bei jemandem gefühlt hatte. Ich ließ mich fallen, genoss es, ihn in mir zu spüren und zu wissen, dass er mich mochte, wie ich war. Mit all meinen Macken und Problemen. Er gab mir das Gefühl, dass es okay war, ich selbst zu sein. Und genau so wollte ich mich jeden Tag fühlen. Für immer.

KAPITEL 22

DASH

»Ich dachte schon, du bist Dornröschen 2.0 und wachst nie wieder auf«, hörte ich eine mir nicht ganz unbekannte Stimme.

»Mhm.« Mehr als ein Brummen hatte ich leider nicht zu bieten.

Langsam versuchte ich, meine Augen zu öffnen, atmete den vertrauten Duft von Tatums Parfüm – süß und blumig – ein und versuchte, innerhalb weniger Sekunden zu realisieren, wo ich mich befand und wie es dazu gekommen war.

Tatum neben mir. Okay, halb auf mir. Anscheinend ziemlich nackt. Ich hob die Decke hoch. Alles klar, ich auch. Und dann erinnerte ich mich schlagartig.

»Wow«, murmelte ich.

Wir hatten Sex gehabt, und es war der absolute Hammer gewesen. Diese Frau war alles, was ich wollte. Und ich hoffte, dass es ihr ähnlich ging.

»Hast du gut geschlafen?«

Ich suchte ihren Blick und rieb mir die Augen. Selbst

mit zerzausten Haaren und verschmierter Wimperntusche sah sie heiß aus. So heiß, dass ich mich am liebsten gleich wieder auf sie gestürzt hätte.

»Ja«, wisperte ich. »Ich glaube schon. Wobei ich nicht allzu viel Schlaf bekommen habe, wie du weißt.«

Sie kicherte. »Da hast du recht. Ich bin auch noch etwas müde.«

»Das trifft sich gut, dann schlafen wir einfach noch 'ne Runde.« Ich zog sie in meine Arme, so eng, dass sie sich mit Händen und Füßen gegen mich stemmen musste, um Luft zu bekommen.

Lachend gab ich nach. »Okay, okay. Dann halt nicht.«

Mit geröteten Wangen richtete sie sich auf, dabei rutschte ihr die Decke herunter und entblößte ihre Brüste.

Fuck.

»Willst du frühstücken?«

»Ich will was ganz anderes, Babe.« Meine Stimme klang kratzig, und als sie an sich heruntersah und sich dann unsere Blicke begegneten, konnte ich dem Ausdruck auf ihrem Gesicht entnehmen, dass sie das Gleiche dachte.

Im Bruchteil einer Sekunde ließ sie sich auf mich sinken und legte ihre Lippen auf meine. Sie am Morgen zu schmecken, das war der beste Start in den Tag, den ich mir nur wünschen konnte. Ihr Kuss wurde immer drängender, fordernder, bis ich mich nicht mehr zurückhalten konnte. Ich wirbelte sie einmal herum, dass sie nun unter mir lag, dann küsste ich sie wieder. Und wieder. Und wieder.

»Eine Runde Morgensport schadet nie«, sagte sie, als wir atemlos nebeneinander im Bett lagen. Ihr Brustkorb hob und senkte sich schnell, genau wie meiner.

»Richtig. Sollten wir so beibehalten.« Ich grinste sie an, und einer ihrer Mundwinkel zuckte nach oben.

»Von mir aus gerne.«

Alles an mir fühlte sich leicht an. Sie brachte mich auf andere Gedanken und half mir zu vergessen, wer ich war. »Hey, hattest du vor unserer Session nicht was von Frühstück gesagt? Steht das Angebot noch?«

»Klar. Soll ich uns was holen? Oder wollen wir unten essen? Wobei … Ich weiß nicht, ob das so cool ist, wenn meine Eltern um uns herumschwirren.« Sie verzog das Gesicht. »Warte hier, ich besorg uns ein paar Waffeln.«

»Ich kann dir helfen, du musst das nicht alleine machen.«

»Ach, alles gut. Nicht dass noch seltsame Fragen aufkommen, wenn meine Eltern uns zusammen sehen. Darauf habe ich jetzt echt keine Lust.« Beschwingt stand sie auf, zog sich mein Shirt über und streifte ihre Leggings über ihren hübschen runden Po.

»Das Shirt steht dir gut.«

Sie grinste. »Ja, nicht? Hab ich so einem komischen Kerl abgezogen, der sich für superwitzig, charmant und gut aussehend hält.«

»Ich hab nie gesagt, dass ich mich für gut aussehend halte, Sullivan.«

»Ach, und die anderen beiden Eigenschaften streitest du nicht ab?«

»Wo bleibt jetzt mein Frühstück?«, versuchte ich gekonnt, das Thema zu wechseln, und warf ein Kissen nach ihr.

Sie wich mit einem Sprung zur Seite aus. »Pff, an deiner Wurftechnik musst du noch arbeiten. So schaffst du es niemals in die NBA.«

»Ach, ich glaube, heute Nacht habe ich genug versenkt.« Ich legte ein schiefes Grinsen auf, und Tatum brach in schallendes Gelächter aus.

»Oh Gott, ich glaube, ich kümmere mich mal schnell um das Frühstück, bevor ich mir noch mehr solcher flachen Sprüche anhören muss.« Mit diesen Worten huschte sie aus dem Zimmer und zog die Tür hinter sich zu.

Als Tatum wenige Minuten später wieder zurückkam, setzte ich mich langsam auf, unfähig, mein breites Grinsen zu unterdrücken. Ich lehnte mich mit dem Kissen gegen das Kopfteil des Bettes und beobachtete, wie sie die Tür mit dem Fuß zustieß und mit einem voll beladenen Tablett herübergeschlendert kam. Darauf standen zwei Becher mit dampfendem Kaffee, zwei Gläser Orangensaft und ein Teller Waffeln mit Ahornsirup, von dem mir der köstliche Duft nach Vanille in die Nase stieg und der mir das Wasser im Mund zusammenlaufen ließ.

»Ich hoffe, du hast Hunger«, sagte sie und stellte das Tablett vor mir ab, setzte sich mir gegenüber auf die andere Seite davon und wickelte sich wieder in ihre Decke ein.

»Du solltest aufpassen, sonst esse ich dir alle Waffeln weg. Einmal weggesehen, sind sie in meinem Bauch.«

»Pff, die lasse ich nicht aus den Augen, Kleiner.«

»Kleiner?« Ich hob die Brauen und starrte sie amüsiert an.

Sie nickte und nahm einen Schluck Kaffee. »Was machst du heute? Bestimmt musst du in die Bar, oder?«

Nachdem ich auch etwas Kaffee getrunken hatte, schnappte ich mir eine Waffel und biss genüsslich hinein, während ich kurz mein Handy checkte. »Yep. Ty hat mir geschrieben, dass wir uns in … zwei Stunden dort treffen, um aufzuräumen und über ein paar Sachen zu sprechen, bei denen noch Luft nach oben war.« Ich legte das Telefon wieder beiseite und sah zurück zu Tatum. Ihre Wangen waren leicht gerötet, und sie trug immer noch mein Shirt. Es fühlte sich so neu und doch so vertraut an. Ich saß hier und aß Frühstück mit dieser tollen Frau, die es als Einzige schaffte, mich auf andere Gedanken zu bringen, und in deren Gegenwart sich alles viel leichter anfühlte.

»Heute Abend habt ihr auch wieder geöffnet, oder?«

»Ja, aber nicht so lange wie gestern. Und kommende Woche wird es dann bestimmt ein bisschen entspannter; unter der Woche ist sicher nicht so viel los.«

»Wer weiß, vielleicht seid ihr die Party-Revolution für Golden Oaks und die Leute stürmen jetzt jeden Tag das Golden Hour. Kannst du mir noch ein Autogramm geben, bevor du vollends abhebst?« Sie schmunzelte.

»Klar, das kannst du dann irgendwann verscherbeln und Millionen damit machen. Eine Unterschrift von Dash Adams, Besitzer eines zukünftigen Bar-Imperiums. Das ist deine Altersvorsorge, ich sag's dir.«

Sie lachte auf. »Mindestens. Zu gütig von dir.« Dann biss sie in ihre Waffel.

»Und du triffst dich mit Frankie?«

»Klar, die muss doch den Leistungsbericht bekommen. Versprochen ist versprochen.«

»Dachte ich mir schon. Richte ihr liebe Grüße aus und sag ihr, dass ich mein Bestes gegeben habe.«

»Mach ich. Hat man gemerkt. Aber da ist noch Luft nach oben.«

»Bitte was?« Ich verengte die Augen und kniff sie sanft in die Seite.

»Ach, das lernst du schon, Dash. Es ist noch kein Meister vom Himmel gefallen, jeder fängt mal klein an.«

Mir klappte der Kiefer herunter. »Mhm, ganz sicher. Hat dir eigentlich schon mal jemand gesagt, dass du ganz schön frech bist?«

Sie grinste. »Also das hör ich zum ersten Mal. Keine Ahnung, wie du auf so was kommst, Adams.« Sie trank einen Schluck Kaffee und schaute mich über den Rand der Tasse herausfordernd an.

Mein Herz schlug schneller, und ich fixierte sie. »Und was steht bei dir die nächsten Tage an? Immerhin muss ich ja üben, um es mit dir aufnehmen zu können. Wann hast du denn noch einen freien Termin in deinem Kalender?« Ich hob eine Braue und legte den Kopf schief, woraufhin sie sich mit der Zunge über die Lippen fuhr.

Fuck, ich musste mich zusammenreißen.

»Heute Abend, wenn du in der Bar fertig bist? Wobei, eigentlich wollte ich bei Frankie übernachten.« Sie überlegte. »Morgen. Und Montag. Da hab ich noch nichts Großes vor bis auf Arbeiten.«

»Ich bin von Montag bis Mittwoch noch mal weg«, murmelte ich. »Da musst du leider auf mich verzichten.«

»Wo bist du denn? Wieder in New York?«

Ich nickte. »Mein Kumpel Andrew, der DJ von gestern, hat mich zu einem seiner Gigs eingeladen. Eine riesige Party, die echt der Hammer werden soll. Eigentlich wollte ich Ty nicht alleine lassen, aber er meinte, ich soll ruhig gehen, er hat alles im Griff.«

Tatums Miene veränderte sich. Sie schien nachzudenken, legte den Finger an ihre Lippe und tippte dagegen. Woran dachte sie? Was ging in ihrem Kopf vor?

»Du gehst nach New York«, sagte sie schließlich und spitzte die Lippen.

Ich nickte, dann begriff ich. »Ich meine, du … du kannst gerne mitkommen, wenn du magst. Aber es ist eine Party in einem Club. Da wird's sicher sehr viel lauter als in der Bar gestern.«

Sie spielte am Saum der Decke herum. »Ich würde trotzdem gerne mitkommen. Falls es mir zu viel wird, rufe ich mir ein Taxi und fahr zurück ins Hotel. Du kannst dann natürlich dort bleiben.«

Wärme floss durch meine Glieder. »In mein Apartment. Ich habe noch die Wohnung in Williamsburg, da übernachten wir.«

»Wow, ich bin gespannt, wie dein Leben in New York ausgesehen hat.«

»Tatum, du musst das nicht machen. Ich freue mich, wenn du mitkommst, aber nicht, dass es zu viel wird und es dir danach wieder schlechter geht.«

Sie seufzte. »Die Gefahr besteht natürlich. Aber ich hab das Gefühl, dass ich gerade echt ein paar Schritte in die richtige Richtung mache. Die Bar, dein ganzer Musikkrach, die Playlist … Ich bin im Flow. Und ich möchte ihn nicht unterbrechen. Und da du dabei bist, glaube ich, dass es mir noch mal ein bisschen leichter fallen könnte.«

Ich nahm ihre Hand und drückte sie. »Du weißt nicht, wie stolz ich auf dich bin. Wegen gestern, wegen der Musik, wegen allem. Wenn du es probieren und nach New York willst, bin ich da und stehe dir zur Seite. Jede Sekunde. Und falls du abbrechen willst, machen wir was anderes.«

Sie lächelte mich dankbar an, und im nächsten Augenblick fing mein Herz an, noch schneller gegen meinen Brustkorb zu klopfen. Mit einem Glitzern in den Augen gab sie mir einen Kuss, lehnte sich dann wieder zurück. »Danke. Ich glaube, dass das echt gut werden kann. Ich muss mich meinen Ängsten stellen, mich damit konfrontieren. Nur dann kann es besser werden. Und mit dir an meiner Seite weiß ich, dass ich es schaffen kann, mich zu überwinden.«

»Ich bin bei dir.« Ein Lächeln legte sich auf meine Lippen. »Außerdem könnten wir das ja auch mit einem kleinen Fototrip verbinden. Nimm deine Kamera mit, mach ein paar Bilder. Das könnte doch echt spaßig werden.«

»Gute Idee.« Ihr Gesicht hellte sich auf. »Das mache ich. Das machen *wir*. Und dann kann ich deine New Yorker Freunde kennenlernen und deine Wohnung sehen, und wir werden dort alleine sein. Ohne dass irgendjemand an die Tür klopft, während wir ungestört sein wollen.« Sie wackelte im Schneidersitz aufgeregt hin und her. »Das wird super. Ich freue mich riesig.«

»Ich freue mich auch«, entgegnete ich und grinste.

Ich war so unfassbar stolz auf ihre Entwicklung. Darauf, dass sie das alles angehen wollte. Möglicherweise war es auch für mich an der Zeit, mich meinen Dämonen zu stellen, bevor sie zurückkehrten. Wenn Tatum in meiner Nähe war, fiel es mir leichter, abzuschalten und mir nicht zu viele Gedanken zu machen, und das wirkte sich nach und nach auch ein wenig auf die Momente aus, in denen ich alleine war. Doch ich musste wachsam bleiben, denn irgendwann würden sie mich einholen. Irgendwann würde mich alles einholen und mir den Boden unter den Füßen wegziehen.

KAPITEL 23

TATUM

»Bist du fertig?«

»Warte, nur noch …« Ich fuhr mir durch die Haare, schüttelte meine frisch gemachten Wellen auf und inspizierte mich zufrieden im Bad-Spiegel. »Jetzt!«

Vor ein paar Stunden waren Dash und ich in New York angekommen und hatten uns direkt auf den Weg zu seinem Apartment in Williamsburg gemacht. Meine Eltern waren zwar alles andere als begeistert gewesen, aber ich hatte ihnen versprochen, regelmäßig Updates zu schicken, und außerdem hatte ich Dash als einen Freund vorgestellt. Er hatte sich recht gut geschlagen und direkt mit meiner Mom angefreundet, weshalb sie etwas entspannter gewesen waren. Und zudem konnten sie mich nicht mein restliches Leben lang vor solchen Situationen beschützen. Ich war einundzwanzig, keine zwölf, und konnte meine eigenen Entscheidungen treffen.

Da New York und Golden Oaks nur wenige Stunden voneinander entfernt lagen, waren wir mit seinem Jeep gefahren und somit dem öffentlichen Verkehr mit all seinem Lärm aus dem Weg gegangen. Es hatte mich schon genug Überwindung gekostet, mich überhaupt in die Großstadt zurück zu trauen. Dorthin, wo es damals passiert war. An den Ort, den ich Tag für Tag versuchte, aus meinem Kopf zu verbannen. Und doch war ich jetzt hier in der Hoffnung, die Konfrontation würde mir helfen. Ich war froh, dass Dash an meiner Seite war, und auch wenn ich darauf bestand, dass ich das unabhängig von ihm angehen wollte, gab er mir ein gutes Gefühl. Er unterstützte mich, und ich fühlte mich bei ihm sicher, was mir ungemein half.

Ich packte rasch meinen Schminkkram in das kleine Stoffmäppchen mit den grimmig guckenden Affen, das mir Frankie mal zum Geburtstag geschenkt hatte. Immer zog sie mich damit auf, dass ich wie einer der Affen aussah, wenn ich meine Gesichtszüge entspannte, doch mittlerweile waren ihre Bemerkungen weniger geworden, und es kam mir so vor, als ob Dash mir guttat. Ich lächelte mehr. Und wenn ich an ihn dachte, kribbelte mein ganzer Körper vor Freude, ihn bald wiederzusehen.

»Komme«, rief ich und verließ das Badezimmer, um durch das Schlafzimmer zurück in den Wohnbereich zu laufen.

Sein Apartment war eher minimalistisch eingerichtet, hatte aber dennoch alles, was man brauchte. Es war großzügig geschnitten, ohne ungemütlich zu wirken. Die Wände waren in hellem Grau und Weiß gestrichen, das Sofa stand in der Mitte des Raumes mit Blick auf eine riesige Leinwand, auf die ein Beamer gerichtet war. An den Seiten waren deckenhohe Metallregale angebracht, die bis zum Platzen mit Schallplatten gefüllt waren. Wie die Bibliothek, die ich mir seit meiner Kindheit wünschte, nur eben mit Musik. Daneben, in einer Nische, ein riesiger Schreibtisch mit verschiedenem technischem Equipment wie Kopfhörern, einem Mischpult, Monitoren und Tastaturen, die bunt leuchteten.

»Du siehst toll aus«, sagte Dash mit einem verschmitzten Lächeln auf den Lippen und kam zu mir herübergelaufen. »Während du dich fertig gemacht hast, hab ich ein bisschen aufgeräumt. Ging ja gar nicht, wie das hier aussah. Sorry noch mal, aber ich konnte schließlich nicht ahnen, dass, wenn ich das nächste Mal hierherkomme, meine neue Freu ... ähm ...« Er riss die Augen auf und kratzte sich am Kopf. Ich hätte schwören können, dass seine Wangen sich leicht röteten. »Na ja ... dass ich dich dabeihabe.«

Ich presste meine Lippen aufeinander, um nicht zu lachen. Der arme Kerl hatte sich wohl beinahe verplappert. Bezeichnete er mich insgeheim bereits als seine Freundin? Ich konnte nicht leugnen, dass ich in den letzten Tagen selbst schon daran gedacht hatte, aber wir befanden uns noch in der Kennenlernphase, und um das, was zwischen uns war, eine Beziehung zu nennen, war es definitiv zu früh. Oder?

»Kein Problem, wirklich. Bei mir sieht es manchmal auch echt chaotisch aus, also mach dir keinen Kopf.«

Er nickte. »Aber jetzt fühle ich mich auch schon echt viel wohler.«

Vorhin hatten hier überall noch leere Alkoholflaschen und Pizzakartons herumgelegen, irgendwelche Klamotten, und es hatte auch etwas gemüffelt. Ich hatte erst mal schlucken müssen, als ich in die Küche gekommen war und auf der Arbeitsfläche Reste von weißem Pulver gesehen hatte, von dem ich mir relativ sicher war, dass es sich dabei nicht um Puderzucker gehandelt hatte. Dash darauf angesprochen hatte ich aber nicht. Das hier war sein altes Leben, und er hatte mir ja bereits erzählt, dass er damit abschließen wollte. Jeder Mensch hatte eine Vergangenheit. Jeder versuchte, irgendwelche Dinge zu vergessen. Die einen versteckten es nur besser als die anderen.

»Kann ich mir vorstellen«, entgegnete ich. »Wie sieht's aus? Von mir aus können wir langsam los. Wo ist der Club denn?«

»Wenn du magst, können wir uns stattdessen einen entspannten Abend auf dem Sofa machen. Ich gucke mit dir jeden Film, den du willst.«

»Dash. Ich bin nicht nach New York gekommen, um in deinem Apartment zu versauern.«

Er lachte und fuhr sich über den Bart. »Willst du vielleicht ein paar Ohrenstöpsel? Oder meine Kopfhörer, die alle Geräusche etwas abdämpfen? Möglicherweise könnte dir das helfen.«

Ich schüttelte den Kopf. »Danke, aber so funktioniert das nicht. Dann bekomme ich ja gar nichts mehr mit, und das wäre vermutlich noch schlimmer.«

Er kam zu mir herüber und legte seine großen Hände an meine Hüften. Wärme lag in seinem Blick und ließ mein Herz schneller schlagen. »Okay, okay. Aber du weißt, dass du jederzeit einen Rückzieher machen kannst, oder?«

»Ja, ja, ja, ja! Also, los geht's, bevor ich es mir tatsächlich noch anders überlege.« Ich gab ihm einen flüchtigen Kuss und wand mich dann aus seinen Armen, um mir meine Umhängetasche von der Couch so schnappen und zur Tür zu laufen. Über meinen schwarzen Jumpsuit mit weitem Ausschnitt aus fließendem Stoff zog ich meinen beigen Mantel.

Dash hatte sich heute für eine schwarze Jeans mit Löchern an den Knien und ein gemustertes Hemd in Schwarz und Dunkelrot entschieden, das ihm so gut stand, dass mir fast das Wasser im Mund zusammenlief.

Wir verließen das Apartment und machten uns auf den Weg zur nächsten U-Bahn-Station. Der New Yorker Abendwind wehte um meine Ohren und ließ Autohupen, Gesprächsfetzen, Sirenen und Gelächter zu mir herüberschweben. Ich ballte meine Hände zu Fäusten, als mir zugleich Hitze und Kälte über den Rücken krochen.

Ich schaffe das. Ich bin hier auf der Straße in New York mit Dash und nicht dort. Ich bin hier. Mit Dash. Ich schaffe das. Es sind nur Erinnerungen. Es ist nicht die Gegenwart.

Langsam atmete ich ein und aus und beruhigte das Pochen in meiner Brust.

Dash warf mir einen besorgten Blick zu und griff nach meiner Hand. Umschloss sie warm mit seiner und drückte sanft zu. »Alles ist gut, Tatum.«

»Ich weiß.« Ich biss mir auf die Lippe und erinnerte mich daran, dass ich das hier wollte und mich für diese Konfrontation entschieden hatte, um einen Schritt weiter in Richtung Freiheit zu gehen. Und deshalb zog ich das jetzt auch durch, es gab kein Zurück. Es würde mir helfen. Ganz sicher.

Die Fahrt zum Club über ließ Dash meine Hand keine Sekunde los, wofür ich ihm wirklich dankbar war. Ich versuchte, Ruhe zu bewahren und mir immer wieder zu sagen, dass mir nichts passieren würde.

Als wir die Straße zum Club hinunterschlenderten, hörte ich bereits den Bass aus dem Gebäude dringen. Menschen liefen lachend den Bürgersteig entlang, reihten sich in die Schlange der Leute, die vor dem Club darauf warteten, hineingelassen zu werden.

»Kann's losgehen?«

»Ja«, entgegnete ich mit fester Stimme und nickte entschlossen.

Dash nahm wieder meine Hand, und wir liefen zusammen an der Schlange vorbei zum Türsteher.

»Müssen wir uns nicht anstellen?«

»Ne, ne. Andrew hat uns auf die Liste geschrieben, außerdem kennt mich der Typ an der Tür.« Lächelnd wandte er sich dem Türsteher zu und wechselte ein paar Worte mit ihm, woraufhin er uns eintreten ließ.

Ein schmaler Gang führte uns zu einer Treppe, die wir herunterliefen. Mit jedem Wimpernschlag wurde die Musik lauter. Mit jedem weiteren Schritt hörte ich noch deutlicher die Menschen, die zur Musik grölten. Mein Herzschlag beschleunigte sich.

Es ist nur Musik. Nur Musik. Nur Musik.

»Alles okay?« Dash drehte sich zu mir um und musterte mich besorgt, als wir kurz vor dem Club-Bereich stehen blieben. Jetzt war es nur noch eine dunkle Tür, die mich von der Menschenmenge und der lauten Geräuschkulisse trennte.

Mir wird nichts passieren. Es wird sich hier nicht wiederholen. Das wird es hoffentlich nie wieder. Ich bin sicher. Dash ist bei mir. Ich kann das. Mit ihm, aber auch ohne ihn.

»Ja, ich …«, fing ich an und drückte seine Hand.

»Sollen wir gehen?«

»Nein«, sagte ich schnell und schüttelte den Kopf. »Ich kriege das hin. Es ist nur … Ein Schritt nach dem anderen.« Unerwartet musste ich schmunzeln. »Wortwörtlich.«

Dashs Mundwinkel umspielte ein leichtes Lächeln, dann nickte er und presste seine Lippen auf meine Stirn. Ich schloss für einen kurzen Moment die Augen und genoss es, seine Lippen auf meiner Haut zu spüren. Als er sich von mir löste, legte er den Arm um meine Schultern und zog mich an seine Seite, dann näherten wir uns der schweren Tür und traten hindurch.

Niemals hatte ich gedacht, jemals wieder eine Tanzfläche zu betreten, auf der Dutzende Menschen aufgeregt hin und her sprangen. Niemals hatte ich angenommen, noch mal auf einer Party zur Musik eines DJs zu feiern. Und niemals war ich davon ausgegangen, dass ich das ohne Panikattacke durchstehen könnte.

Doch heute war es anders.

Der Bass wummerte durch meinen Körper, während wir uns einen Weg durch die tanzende Menge bahnten. Am Rand des riesigen Raumes befand sich eine bunt erleuchtete Bar, die locker fünf Meter lang war. Dahinter standen ein paar Leute, die wild Drinks mixten. Aus einem der Gläser kam gerade eine Stichflamme, doch der Barkeeper machte den Eindruck, als ob das geplant gewesen wäre. Hätte ich das ausprobiert, hätte ich mit Sicherheit meine Haare und danach den gesamten Club abgefackelt.

Dash nickte in Richtung des DJs, der auf einer Art Podest stand. Vor ihm war sein DJ-Pult neben seinem Laptop aufgebaut, er trug überdimensionale schwarze Kopfhörer und wippte zur Musik hin und her. Der hatte mit Sicherheit auch schon den ein oder anderen Drink intus.

Ich folgte Dash.

Auch wenn immer wieder Hitze in mir aufstieg und mein Puls sich beschleunigte, versuchte ich, ruhig zu bleiben. Ich war nur in einem Club in Midtown, in dem mir nichts passierte. Es war nur Musik. Nichts, wovor man Angst haben musste.

»Hey, Bro, was geht? Alles fresh?« Andrew schlug mit Dash ein und grinste breit. »Hammer, dass du da bist.«

»Klar. Ich freu mich auch. Dein Set knallt jetzt schon richtig rein, bin gespannt, was du heute noch so zu bieten hast.«

»Und das ist Tatum, ja? Wir haben uns bei der Eröffnung kurz gesehen, oder?«

Als ich nickte und mich vorstellte, umarmte er mich rasch, und der Geruch von Alkohol und Schweiß kitzelte in meiner Nase. Sein schwarzes Shirt war bereits feucht, ein paar dunkle Haarsträhnen klebten ihm an der Stirn.

»Wir reden später noch mal, oder? Kommt gern wieder vorbei, aber holt euch erst mal was zu trinken.« Dann wandte er sich seinem Mischpult zu und betätigte einige Knöpfe und Regler, bis der Song wechselte und Kendrick Lamar aus den Lautsprechern scholl.

Dash grinste bis über beide Ohren und nickte im Takt der Musik. Dann nahm er meine Hand und legte den Arm um mich, was mir sofort ein wenig Ruhe schenkte. Er schob mich zur Bar, und nachdem er einen der Barkeeper begrüßt hatte, warf er einen Blick in die Karte. Sein Bart kratzte an meiner Wange, als er sich zu meinem Ohr herunterbeugte. »Was willst du trinken, Babe?«

Ich überlegte. »Eine Piña Colada.«

»Alles klar.« Er hob die Hand, und als der rothaarige Barkeeper bei uns zum Stehen kam, gab er unsere Bestellung auf. »Eine Piña Colada und einen Whiskey Sour. Danke!«

Als die Beats drängender wurden und jemand in der Menge vor Freude grölte, zuckte ich zusammen. Meine Handflächen begannen zu schwitzen. Meine Kehle schnürte sich mit jedem weiteren Herzschlag noch mehr zu.

Alles ist gut, ich bin in einem Club. Kein Grund zur Panik. Dash ist bei mir. Ich spüre den Boden unter meinen Füßen, den Tresen unter meinen Fingern. Ich sehe Dashs Lächeln. Sein kleines Grinsen. Ich schaffe das. Ich tue es für mich. Für meine Zukunft und meine Karriere und Träume. Für ein normales Leben ohne Angst.

Ich blickte in Dashs Gesicht und konzentrierte mich auf ihn, auf alles, was ich an ihm wahrnahm.

Als er merkte, dass ich mit der Angst rang, die drohte, mich zu überrollen, weiteten sich seine Augen. »Tatum! Sollen wir gehen?«

Mit zu Fäusten geballten Händen schüttelte ich den Kopf. »Nein, ist schon in Ordnung.«

»Sicher? Aber du sagst, wenn was ist, ja? Und wenn du mir nicht alle paar Minuten bestätigst, dass du okay bist, schlepp ich dich hier raus! Im Notfall werf ich dich über meine Schulter. Ganz egal wie, ich werde dafür sorgen, dass es dir gut geht.«

Ich atmete tief ein und aus und gab ihm dann einen Kuss. Sofort flutete Wärme meine Mitte. Dieses Mal war es jedoch eine angenehme und nicht der Vorbote einer Angstattacke. »Danke, Dash. Und ja, mir geht's gut. Mehr oder weniger. Es ist vielleicht ein bisschen unangenehm, aber ich schaffe das.«

Kurze Zeit später schob der Barkeeper die Drinks über den Tresen.

»Auf dich und auf deinen Mut. Ich bin so stolz auf dich.«

Ich kicherte. »Und auf deine Playlist, die mir hilft, zurück zur Musik zu finden.«

Wir stießen an, standen noch etwas an der Bar herum, und Dash bekam das breite Grinsen gar nicht mehr aus dem Gesicht. Zwar vergewisserte er sich alle zehn Minuten, ob wirklich alles in Ordnung bei mir war, aber ich spürte, dass er hier voll in seinem Element war. Dass ihm die lauten Töne bis in die letzte Faser seines Körpers gingen und ihn mit neuer Energie füllten. Jedes Mal, wenn der Beat droppte und die Menge abging, wurde sein Strahlen ein wenig breiter.

Irgendwann gesellten wir uns zu Andrew auf das Podest und unterhielten uns ein wenig mit ihm. Mein Kopf schaltete allerdings nach ein paar Minuten ab, ich verstand kein Wort von diesem DJ-Slang. Stattdessen konzentrierte ich mich auf alles, was ich sah. Auf einzelne Menschen, die auf der Tanzfläche tanzten. Da waren zwei Mädels, etwas älter als ich, eins mit blauen Haaren und das andere mit hellblonden. Beide lachten und bewegten sich fließend zum RnB-Song, der den Raum erfüllte. Sie sahen aus, als ob sie das definitiv öfter machten. Hinter ihnen tanzten zwei Kerle, die im nächsten Moment den Körperkontakt mit ihnen suchten, und als sie mitmachten und sich auch noch küssten, war ich mir sicher, dass das ihre Freunde sein mussten.

Sofort kribbelte es in meinem Bauch, und ich sah zu Dash. Er unterhielt sich aufgeregt mit Andrew, zeigte auf das Mischpult und betätigte ein paar Regler, woraufhin der Song harmonisch in den nächsten überging. Seine Unterarme spannten sich an, und ich biss mir auf die Lippe. Shit, war der Kerl hot. Dieses charmante Lächeln, das an seinen Mundwinkeln zupfte, der Bart und die blauen Augen, die mir Sicherheit schenkten. Schon hob er den Kopf, als ob er gemerkt hätte, dass ich ihn anstarrte. Als sich unsere Blicke streiften, blendete ich alles aus. Die Menschen, die Musik, alles, was mir Angst machte. Ich fokussierte mich auf ihn und blieb im Hier und Jetzt. In diesem Augenblick, der so viel für mich und meine Zukunft bedeutete. Womöglich waren meine Träume in greifbare Nähe gerückt.

Wir verbrachten noch eine halbe Stunde im Club, wechselten zwischen Andrew, der Bar und dem Rand der Tanzfläche (mich ins Getümmel zu stürzen, traute ich mich dann doch noch nicht) hin und her, bis ich irgendwann spürte, wie mein Herz schneller raste und ich es nicht mehr schaffte, es zu beruhigen. Von allen Seiten rempelten mich Menschen an, und auch die Musik wirkte, als ob sie immer lauter wurde. Vielleicht bildete ich es mir nur ein, aber das spielte keine Rolle. Was vorhin noch ein mittleres Unwohlsein gewesen war, entwickelte sich zu starkem Unbehagen.

Ich fächelte mir mit der Handfläche Luft zu, blinzelte nervös. Mein Blick glitt ziellos über die Gesichter, bis er an Dashs hängen blieb. In seinen Augen stand Besorgnis. Und gleichzeitig so viel Zuneigung und Wärme, dass ich instinktiv wusste, dass ich ihm blind vertrauen konnte.

Er legte seine Hände auf meine Schultern und strich mit den Daumen in kreisenden Bewegungen über meine Haut. »Wollen wir lieber gehen?«

Ich nickte nur, für mehr reichte meine Kraft nicht.

Keine zwei Minuten später hatte er mich durch die Menschen hindurchmanövriert, und wir standen auf dem Bürgersteig.

Frische Luft, die die Hitze in mir löschte. Keine laute Musik mehr. Nur noch das bunte New York, das zwar auch nicht still war, doch nach dem Besuch im Club beinahe wie die ruhige Natur in Golden Oaks auf mich wirkte.

Mein Herzschlag beruhigte sich wieder etwas, dann schlang ich meine Arme um Dash und drückte ihn. Seine Hände wanderten über meinen Rücken, während er die Lippen auf meinen Scheitel presste.

»Besser?«

»Ja.«

»Komm, wir fahren rüber in mein Apartment. Ein bisschen Ruhe schadet dir jetzt nicht.«

»Ja, ist wohl besser«, krächzte ich.

»Das wird schon.« Er gab mir einen Kuss auf die Stirn, und sofort fühlte ich mich sicherer. Gut aufgehoben.

Auf dem Weg zu seinem Apartment zuckte ich zwar immer wieder zusammen, wenn ein plötzliches Geräusch ertönte, und ich achtete auf alles, was sich in mein Blickfeld schob, doch mir passierte nichts. Die Angst überschwemmte mich nicht. Das musste ich mir ins Gedächtnis rufen. Damals war nicht heute. Damals war es anders gewesen. Eine andere Situation, in der ich um mein Leben gebangt hatte. Ich befand mich im Hier und Jetzt, und ich wusste, dass es mir gut ging und mir nichts passierte. Ohne Dash wäre der Abend bestimmt nicht so verlaufen. Er hatte mir in den kleinen Momenten, in denen die Panik gedroht hatte, in mir aufzusteigen, Sicherheit geschenkt. Ich wusste, dass er aus tiefstem Herzen an mich glaubte, und ich tat es auch.

In seiner Wohnung angekommen, machten wir es uns auf dem riesigen dunkelgrauen Sofa bequem und ließen ganz leise meine Playlist laufen. Ich hüllte mich in eine flauschige Decke und lauschte den sanften Klängen.

»Wie geht's dir jetzt?«

Ich biss mir auf die Innenseite meiner Wange. »Gut. Gegen Ende war es ein bisschen viel, aber vielleicht klappt es beim nächsten Mal ja länger.«

»Übernimm dich nicht, okay? Mach nur das, wovon du weißt, dass es dir hilft. Nicht dass du dir zu viel zumutest und es dich nur zurückwirft.«

»Keine Sorge. Und übrigens …« Ich sah ihm tief in die Augen. »Danke für alles. Du hast es mir leichter gemacht, mit der Lautstärke umzugehen.«

In seinen Augen funkelte etwas, und ich spürte, wie die Luft zwischen uns dünner wurde. »Du hättest es auch ohne mich geschafft. Aber ich war gerne dabei, um dich zu unterstützen.«

»Danke.« Ich lächelte. »Ich freue mich auf morgen, wenn wir ein bisschen durch New York schlendern und Fotos machen.«

»Da habe ich sowieso noch was geplant.« Er verzog die Mundwinkel zu einem vielsagenden Schmunzeln. »Aber das siehst du dann morgen.«

»Fiesling.« Ich rollte mit den Augen. »Hey, Dash?«

»Yep?«

»Du vermisst dein altes Leben, oder?«

Entgeistert blickte er mich an und schüttelte den Kopf. »Wie kommst du darauf? Nein, ich bin happy.«

»Aber zumindest die Musik und das Auflegen? Du warst doch gerne DJ, oder nicht?«

Seine Kiefer mahlten. »Es war alles für mich.«

Gänsehaut kroch über meine nackte Haut. »Dann mach es wieder. Ich hab doch gesehen, wie du gestrahlt hast. Wie wohl du dich gefühlt hast.«

Er schüttelte den Kopf und fuhr sich durchs Haar. »Nein, damit bin ich durch.«

»Dash ...«

»Immer wenn ich ...« Er brach ab. Als sich unsere Blicke trafen, schenkte ich ihm ein aufmunterndes Lächeln. »Es ist nur echt hart. Diese ganze DJ-Sache ... Ich weiß nicht, ob ich das noch kann. Ich verbinde damit zu viel Schlimmes. Hätte ich mich damals mehr mit meinem Bruder befasst als mit meiner Karriere, wäre er jetzt unter Umständen noch da.«

Ich schluckte, dann sagte ich sanft: »Du darfst dir nicht die Schuld daran geben, Dash. Das hat doch gar nichts mit der Musik zu tun. Vielleicht ... Vielleicht tut es dir gut, wieder anzufangen und aufzulegen. Es ist deine Leidenschaft, die du nicht so einfach aufgeben darfst.«

»Aber ich mache mir viel zu große Vorwürfe. Es ist die Wurzel von allem Übel. Ich fühle mich ja schon schlecht, wenn ich nur daran denke, wieder aufzulegen.«

»Dann hast du schon öfter darüber nachgedacht?«

Traurigkeit zeichnete sich auf seiner Miene ab, und er nickte.

»Lass es dir noch mal durch den Kopf gehen, okay? Ich glaube, dass es dir guttun würde, deiner Leidenschaft nachzugehen. Du kannst ja mal an einem Abend im Golden Hour anfangen und schauen, wie du dich dabei fühlst.« Meine Stimme brach, als ich den Kummer in seinen Augen erkannte. »Dein Bruder würde bestimmt wollen, dass du tust, wofür du brennst, und dich nicht von Vorwürfen auffressen lässt. Lebe dein Leben, deine Leidenschaft. Tu mir den Gefallen. Probiere es zumindest aus.«

»Ich denke darüber nach. Mal sehen, vielleicht gebe ich dem Ganzen noch eine Chance. Aber … ich weiß echt nicht, ob ich mir damit einen Gefallen tue.«

»Du musst tun, was für dich richtig ist. Egal, wie du dich entscheidest, es ist okay. Und sei dir sicher, dass ich für dich da bin und dich unterstütze, so wie du mich unterstützt.«

KAPITEL 24

DASH

»Das Orange der Blätter kommt schon mal richtig gut raus«, murmelte Tatum, während sie das Display ihrer Kamera checkte.

Über ihre Schulter warf ich einen Blick auf die Fotos, die sie gerade erst gemacht hatte, und nickte anerkennend. »Die sind total schön. Mir gefällt das mit den drei verschiedenfarbigen Bäumen.«

»Ja, das mag ich auch. Wir sollten noch ein bisschen laufen, etwa zehn Minuten von hier ist eine Stelle, an der ich früher wahnsinnig gerne war.«

»Machen wir.«

Nachdem wir ausgeschlafen und gefrühstückt hatten, war klar gewesen, dass wir den restlichen Tag mit Fotografieren verbringen wollten, bevor es morgen zurück nach Golden Oaks gehen würde. Jetzt befanden wir uns mitten im Central Park, dem Touristen-Hotspot, den ich eigentlich immer gemieden hatte. Aber hey, wenn Tatum sich hier wohlfühlte und Bilder von dem Naturkram machen wollte, stand ich Gewehr bei Fuß.

Jedes Mal, wenn Tatum ihre Kamera in der Hand hielt, glitzerte etwas in ihren Augen, oft huschte sogar ein Lächeln über ihre Lippen. Am liebsten wollte ich sie jeden Tag so sehen. Ich hatte das Gefühl, dass sie alles vergessen konnte, wenn sie sich ihrer Leidenschaft widmete. Und manchmal, da beneidete ich sie ein wenig darum. Nicht, dass ich es ihr nicht gönnte, denn das tat ich von Herzen. Doch insgeheim wünschte ich mir, auch etwas zu haben, mithilfe dessen ich abschalten konnte. Tatum hatte einen Nerv getroffen, als sie mir gestern vorgeschlagen hatte, wieder Musik zu machen. Aufzulegen war immer mein Ding gewesen. Auch wenn es mich jedes Mal daran erinnert hatte, dass mir meine Karriere wichtiger als mein Bruder gewesen war, hatte mir die Musik andererseits geholfen, abzuschalten und auf andere Gedanken zu kommen. Weg von Marcus. Weg von den Vorwürfen. Denn jedes Mal, wenn ich die Musik aufdrehte, leerte sich mein Kopf. Und jedes Mal, wenn ich sie abschaltete, füllte er sich erneut mit dem ganzen Scheiß. Ein Teufelskreis, den ich durchbrechen musste, um wieder zurück zu mir zu finden.

Als ich Tatum beobachtete, wie sie ein Bild nach dem anderen machte und freudig durch den Sucher in ihrer Kamera linste, das Display checkte und Einstellungen änderte, wurde mir klar, dass ich etwas ändern musste. Ich wusste vielleicht nicht, wie. Aber ich wusste, dass es so nicht weitergehen konnte.

»Wie läuft's? Zufrieden?«

»Ja und nein. Die Sonne bricht zwar durch die Äste, aber irgendwie kann ich den Lens-Flare nicht so richtig einfangen.« Sie hob die Kamera, hielt still – mehrere Sekunden vergingen –, dann drückte sie ab.

Rasch schaute sie wieder aufs Display und lächelte. »Yep, jetzt hab ich's.«

Wir liefen den geteerten Weg unter einer dieser gotischen Brücken hindurch, während uns ein paar Leute auf Fahrrädern entgegenkamen. Ein paar andere unterhielten sich, als sie uns passierten.

Plötzlich ertönte ein lauter Schrei.

Tatum zuckte zusammen und riss die Augen auf. Ihr Brustkorb hob und senkte sich hektisch.

Beruhigend legte ich ihr eine Hand auf die Schulter. »Hey, alles gut«, flüsterte ich.

Sie blinzelte ein paarmal und suchte dann meinen Blick. Gerade hatte ich darin noch Angst und Überraschung ausmachen können, doch mit jedem Wimpernschlag wich beides ein wenig mehr. »Ja, ich hab mich nur ... erschreckt.« Sie schüttelte den Kopf, als ob sie sich losmachen wollte von ihrer Angst, dann lächelte sie leicht.

Langsam liefen wir weiter.

»Ist es eine große Herausforderung, hier zu sein? In New York?«

»Ja, aber keine so große, wie ich dachte«, sagte sie und zuckte mit den Schultern. »Ich hatte befürchtet, dass ich dauernd Panik bekommen würde, aber es klappt eigentlich ganz gut. Zumindest solange ich nicht länger als ein, zwei Stunden auf einer Party bin und mich von unerwarteten lauten Geräuschen fernhalte.«

»Dann sind es also eher diese überraschenden Momente als die Lautstärke an sich?«

Sie überlegte. »Eine Mischung aus beidem. Wenn die Geräusche plötzlich kommen und außerdem laut sind, dann ist es am schlimmsten.«

»Mist. Und genau die kann man nicht beeinflussen.«

»Ja, das stimmt. Aber ...« Sie warf mir einen Blick zu. »Keine Ahnung, aber irgendwie ist es echt nicht schlecht, dich bei mir zu haben.« Sie sah wieder weg, und ich musste schmunzeln.

»Irgendwie? Nicht schlecht? So viel Nettigkeit habe ich doch nicht verdient, Tatum.«

»Sei bloß still«, raunzte sie mich an. »Sonst muss ich üblere Geschütze auffahren und dir die Ohren langziehen.«

Ich lachte und legte einen Arm um ihre Schultern. »Du kannst mit mir machen, was du willst, solange es dir hilft.«

Ein Grinsen zupfte an ihren Mundwinkeln. »Gut, werde ich mir merken.« Dann wurden ihre Züge wieder weicher. »Ist aber wirklich so. Ich fühle mich bei dir sicher.«

Wärme stieg in mir auf, und ich gab ihr einen Kuss auf die Schläfe. »Freut mich zu hören. Ich find's auch schön, wenn du bei mir bist.«

»Trifft sich dann ja echt ganz gut«, sagte sie lachend und schlang ihren Arm um meine Mitte. »Was steht als Nächstes auf dem Plan? Wo ist dieser geheimnisvolle Ort, von dem du eben gesprochen hast.«

»Lass dich überraschen. Das könnten wir aber auch auf später verschieben, falls du noch was anderes geplant hast. Willst du noch irgendwohin? Irgendjemand sehen? Freunde von früher?«

Tatum versteifte sich. »Ne.«

Mit zusammengekniffenen Augenbrauen musterte ich sie. »Hast du keinen Kontakt mehr mit Leuten von damals?«

Ein leises Seufzen verließ ihre Lippen. »Als ich nach

Golden Oaks gezogen bin, wollte ich alles hinter mir lassen. Vergessen. Was ja auch ganz gut geklappt hat. Mehr oder weniger zumindest.« Sie rang sich ein Lächeln ab. »Egal, lass uns nicht darüber sprechen und lieber die Zeit genießen.«

Ich brummte zustimmend, fragte mich aber trotzdem, was sie durchgemacht hatte. Egal, wie lange ich darüber grübelte, ich kam nicht darauf. Ich wollte es wissen, um ihr besser helfen zu können, aber solange sie es mir nicht von sich aus erzählte, wollte ich nicht nachbohren und alte Wunden aufreißen. Je nachdem, wie schlimm es war, konnte ich ja nicht mal sicher sein, ihr die Stütze sein zu können, die ich für sie sein wollte.

Einige Gehminuten später verließen wir den Central Park und überquerten die Straße. Ich wusste genau, wohin ich Tatum führte, aber so verwirrt, wie sie dreinblickte, hatte sie keine Ahnung. »Hier lang«, sagte ich und bog in eine Straße ein, in der ich einen großzügigen Eingang ansteuerte. Die helle Außenfassade des dazugehörigen Gebäudes glich so ziemlich jeder zweiten hier, jedoch mit dem feinen Unterschied, dass nicht über allen Türen eine blaue Fahne mit der Aufschrift »NYU« im Wind flatterte.

Ihre Augen weiteten sich. »Was machen wir hier?«

»Ich weiß nicht, sag du's mir.« Schmunzelnd drückte ich die breite Glastür auf, die uns in die Lobby der New York University führte. Oder genauer gesagt in eines der Gebäude. Da es keinen richtigen Campus gab, sondern sämtliche Fakultäten im Umfeld des Central Parks verteilt lagen, hatte ich mich spontan für eines entschieden, das so aussah, als wäre es gut besucht.

Eine Gruppe von Mädels und Jungs in unserem Alter kam uns entgegen, sie trugen Rucksäcke, Bücherstapel und Ordner und unterhielten sich auf dem Weg nach draußen. In den Sesseln im Eingangsbereich saßen weitere Leute, die lernten und zum Teil so aussahen, als ob sie jede Sekunde verzweifelten. Laute Stimmen hallten aus den Gängen.

»Ist das okay? Wenn es dir zu viel wird, sag es einfach, ja?«

Sie nickte perplex. »Ähm, ja, ich weiß zwar nicht, was wir hier machen, aber … momentan passt es noch.« Ihre Stimme zitterte ein wenig, weshalb ich sie rasch an mich zog. Hoffentlich half ihr das.

Wir liefen ein paar Stufen in den nächsten Stock hinauf und passierten weitere Studierende, schlenderten den lichtdurchfluteten Gang entlang, bis ich sah, wie zwei Typen einen Raum rechts von uns betraten. Die Tür fiel hinter ihnen ins Schloss. Ich überlegte nicht lange und zog sie wieder auf.

»Nach Ihnen, Madame«, flüsterte ich und hielt Tatum die Tür auf.

»Wir können da doch nicht einfach rein; wir sind keine Studierenden.«

»Pff, hätten sie einen Türsteher, hätte der schon lange unsere Ausweise gecheckt und uns rausgeworfen.«

»Das ist doch kein Club, Dash.« Sie rollte gespielt mit den Augen. »Bestimmt ist das verboten. Lass uns wieder …«

»Nichts da, rein mit dir.« Ich gab ihr einen kleinen Stups, und sie kapitulierte.

Rasch folgte ich ihr und deutete mit dem Kinn auf die hinterste Reihe.

Wir befanden uns in einem Vorlesungssaal. Vorne erzählte ein Prof etwas über irgendwelche chemischen Reaktionen. Als wir unsere Sitze herunterklappten, quietschten die Scharniere, doch nur vereinzelt drehten sich ein paar Köpfe in unsere Richtung.

»Dash? Wir sitzen in irgendeiner Chemie-Veranstaltung. Ich kann dir gerne die Geschichte erzählen, als ich in der Highschool im Chemie-Unterricht mal fast meinen Lehrer in die Luft gejagt habe. Das hier ist kein Ort, an dem ich sein sollte.« Sie lachte leise.

»Ich dachte, dass es vielleicht eine gute Idee ist, mal ein bisschen Uni-Luft zu schnuppern.«

»Also ich schnuppere nur Schwefel und irgendwelchen Rauch, der da aus dem Reagenzglas kommt.«

»Tatum, ein bisschen mehr Einsatz, ja?« Ich grinste und schüttelte den Kopf. »Lieber wäre mir eine Fotografie-Vorlesung gewesen, aber hey, man muss nehmen, was man kriegen kann.« Ich ließ den Blick durch die Reihen schweifen und lehnte mich ein Stück zu ihr herüber. »Schau mal, überall Leute in unserem Alter, die hier studieren und lernen und ein hoffentlich cooles Leben vor sich haben. Wenn sie sich nicht zuvor mit irgendwelchen chemischen Substanzen in die Luft jagen.«

Tatum tat es mir gleich und sah sich um. Ihre Züge wurden nachdenklich, fast schon wehmütig. Ich beobachtete jede Regung in ihrem Gesicht. Das vorsichtige Lächeln und wie sie sich danach unmerklich auf die Lippe biss. Sie seufzte leise. Dann umspielte ein Schmunzeln ihre Mundwinkel, bis sie ihren Blick zu mir gleiten ließ.

»Dash, ich weiß, was du hier tust.«

»Ach ja?«, gab ich gespielt überrascht zurück.

»Du willst mir die Uni schmackhaft machen und mich dazu kriegen, dass ich Fotografie studiere.«

»Und, klappt es?«

Nachdenklich wiegte sie den Kopf hin und her. »Kann ich noch nicht sagen. Es ist kein Geheimnis, dass ich gerne studieren würde, Dash. Ich möchte ja auch, dass alles besser wird. Aber erstens ist das hier die verdammte NYU. Es ist schwer, aufgenommen zu werden, und außerdem fehlt mir das Geld. Ich will meine Eltern nicht in den finanziellen Ruin treiben.« Sie zuckte mit den Schultern. »Und zweitens: Nur weil ich in diesem Moment mit dir in einer Vorlesung sitze, heißt das nicht, dass ich dazu bereit bin, das komplette Studierendenleben auf mich zu nehmen.«

»Deine Eltern würden sich bestimmt freuen, wenn du deinen Träumen folgst. Und eigentlich meintest du ja auch, dass du das machen willst. Oder hast du deine Meinung wieder geändert?«

»Nein, natürlich nicht. Aber während wir hier sitzen, habe ich …« Sie hielt inne, warf mir einen Seitenblick zu und schüttelte dann den Kopf. »Ich habe einfach dauernd Angst, dass es gleich wieder laut wird, weil irgendwas passiert. Was, wenn ich in einer Vorlesung sitze und plötzlich der Feueralarm losgeht oder jemand mit den Türen knallt oder so? Was, wenn ich dann eine Panikattacke bekomme?«

»Ich sag ja auch nicht, dass du dich sofort einschreiben sollst. Aber möglicherweise klappt es zum nächsten Herbst. Du könntest auch an der Golden Oaks University studieren und bei deinen Eltern wohnen. Die Gebühren werden dort nicht so hoch sein wie hier.«

»Glaubst du nicht, dass ich selbst schon sehr häufig darüber nachgedacht habe?«, flüsterte sie traurig. »Aber es ist nicht so einfach, wie du vielleicht denkst.«

»Ich denke überhaupt nicht, dass es einfach ist, Tatum. Keineswegs. Aber lass das alles hier mal auf dich wirken, okay? Wir können gleich weiter darüber reden, wenn wir draußen sind. Hör dem Prof zu, beobachte die Menschen, genieß dieses Uni-Gefühl, ja? Tu mir den Gefallen.«

Sie nickte und blickte wieder nach vorne, während ich mich zurücklehnte und darauf hoffte, dass sie es irgendwann schaffen würde. Ob mit oder ohne meine Hilfe, Hauptsache, sie konnte eines Tages tun, wofür ihr Herz schlug, ohne sich Gedanken über mögliche Panikattacken zu machen.

Eine halbe Stunde später spazierten wir durch die New Yorker Straßen in Richtung U-Bahn. Immer wenn ein lautes Geräusch aus dem Nichts ertönte, versteifte sich Tatum für einen kurzen Augenblick, beruhigte sich aber jedes Mal schnell wieder.

»Und, wie denkst du über die ganze Uni-Sache?«

Sie gab keinen Ton von sich, starrte ins Leere.

»Hast du schon mal mit einem Profi gesprochen?«

Hoffentlich trete ich ihr damit nicht zu nahe.

»Einem Profi?«

Ich zuckte mit den Schultern, während wir um die nächste Ecke bogen. »Einem Therapeuten oder so.«

Abrupt blieb sie stehen und verengte die Augen. »Bevor du mir irgendwelche schlauen Ratschläge gibst, solltest du dir vielleicht mal an die eigene Nase fassen, Adams.«

Autsch.

Verteidigend hob ich die Hände. »Hey, ich meine es nur gut, weil ich mir Sorgen um dich mache.«

»Nett von dir, danke, aber kein Bedarf.«

»Ich will dir nur helfen; und ich glaube, dass es womöglich nicht schaden würde, mit jemandem über alles zu sprechen.«

»Lass das mal mein Problem sein«, gab sie kühl zurück und lief an mir vorbei.

Ich stöhnte auf und folgte ihr, die Hände in den Taschen meiner Jacke. »Wie gesagt, ich wollte dich damit nicht angreifen oder so, sondern nur helfen. Tut mir leid, wenn das missverständlich war.«

»Ja, lass das mein Problem sein und krieg lieber erst mal deinen eigenen Kram auf die Reihe, bevor du mir irgendwelche tollen Tipps gibst.«

»Na schön. Dann eben nicht.«

Was war mit ihr los? Ich hatte ihr nur helfen wollen, und sie pampte mich an. Verdammt, sie war viel zu stolz, um Hilfe anzunehmen. Diese Frau brachte mich noch um den Verstand. Ob sie das beabsichtigte oder nicht, stand in den Sternen.

KAPITEL 25

TATUM

»Viel zu kalt«, murmelte ich und schloss die Haustür auf.

Sherlock sprang direkt hinein und galoppierte durch den Flur, von wo ein leckerer Zimtduft zu uns herüberschwebte. Ich schnaubte belustigt, dann schälte ich mich aus der Jacke, hängte sie gemeinsam mit Sherlocks Leine an der Garderobe auf und folgte ihm in die Küche.

Meine Mom stand an der Spüle und wusch ein paar Töpfe ab, während im Ofen ein Blech Zimtschnecken den himmlischen Duft verströmte.

»Hey, Mom.« Ich lief um die Kücheninsel herum und drückte sie kurz. »Ich hoffe, das ist Frankies Rezept.« Mit einem Nicken in Richtung Ofen signalisierte ich, dass ich die Zimtschnecken meinte.

»Klar. Keines ist so gut wie das von Frankie. Die müssten bald fertig sein, vielleicht noch fünf Minuten.«

»Perfekt, dann hol ich meinen Laptop runter und setz mich zum Bilder-Bearbeiten an den Küchentisch.«

»Mach das.« Damit widmete sie sich wieder dem schmutzigen Geschirr.

Unwillkürlich machte sich in meinem Brustkorb eine gewisse Schwere breit. Wir hatten momentan nur Dash und zwei weitere Personen als Gäste; zu Thanksgiving in wenigen Tagen blieb uns nur Dash, weitere Reservierungen hatten wir nicht. Und auch der wollte sich in den nächsten Wochen eine Wohnung suchen.

Ich lief hoch in mein Zimmer, holte meinen Laptop herunter und setzte mich zurück in die Küche an den Holztisch, der seinen Platz am Fenster hatte. Draußen fegte der Wind das Laub durch unseren Garten. Beim Anblick des tristen Wetters schüttelte es mich. Die Stunde mit Sherlock in der Kälte hatte mir gereicht. Wie schon so oft hatte ich den Spaziergang mit ihm mit einer Fotosession verbunden, weshalb ich es mir jetzt mit einer heißen Schokolade, einer ofenfrischen Zimtschnecke und einer Wolldecke auf der gepolsterten Sitzbank bequem machte und die Bilder durchsah.

Ich klickte mich durch die Fotos vom Fluss und den Wäldern, markierte die guten und zog sie in mein Bearbeitungsprogramm, um die Farbe und das Licht anzupassen. Schon vor Jahren hatte ich mir das alles selbst beigebracht, vieles auch durch Videotutorials aus dem Internet. Ich spielte an den verschiedenen Reglern herum und verpasste dem Bild mit einem meiner selbst kreierten Farbfilter einen wärmeren Look.

Währenddessen hatte ich im Hintergrund Dashs Playlist laufen. Ich bearbeitete die Fotos noch ein wenig, bis ich fertig war, dann verschob ich sie in einen anderen Ordner auf meinem Laptop. Direkt daneben befand sich noch ein weiterer, der meine Aufmerksamkeit auf sich zog. Rasch klickte ich ihn an und scrollte durch die Bilder, die Dash und ich in New York gemacht hatten. Bilder von uns zusammen im Central Park, in seiner Wohnung, er beim Plattendurchsehen in einem Shop und viele mehr vom Park oder von Gebäuden. In mir begann etwas zu flattern. Die Zeit mit ihm war schön gewesen. Auch wenn ich mich in manchen Momenten wirklich hatte zusammenreißen müssen, um meine Angst in den Griff zu bekommen, hatte ich die Tage genossen. Im Club war ich sogar regelrecht über mich hinausgewachsen. Das gab mir Zuversicht. Hoffnung. Dass es mit jedem Tag besser werden würde. Bis hin zu der kurzen Exkursion in die NYU. Allein, wenn ich daran dachte, verknotete sich mein Magen, und zur selben Zeit pochte mein Herz vor Aufregung schneller. Die letzten Jahre hatte ich den Traum eines Studiums komplett beiseitegeschoben, aber jetzt war er in greifbare Nähe gerückt. Ich hatte zwar immer noch eine Scheißangst, aber möglicherweise hatte Dash mir damit den nötigen Schubs verpasst. Ja, er hatte mich überrumpelt. Aber vielleicht hatte ich genau diesen Überrumpelungsmoment gebraucht.

Ich lief zur Arbeitsfläche und stibitzte mir eine weitere der noch warmen Zimtschnecken, mit der ich mich zurück vor meinen Computer setzte.

Nach dem Kommentar mit der Therapie war ich etwas bissig gewesen, das war mir klar, aber … so schlecht ging es mir nun auch wieder nicht. Ich wusste, dass andere, die das Gleiche erlebt hatten wie ich, in Therapie waren. Ich brauchte das nicht. Ich bekam das selbst in den Griff.

Glücklicherweise hatte Dash das Thema schnell fallen lassen, wir hatten über andere Dinge geredet und den Rest des Tages in seiner Wohnung verbracht. Die meiste

Zeit in seinem Bett. Meine Mundwinkel zuckten nach oben. Ich mochte ihn wirklich gerne. Deshalb freute ich mich auch schon auf heute Abend und vor allem auf morgen, den letzten Tag des Herbstfestes. Dash und ich wollten uns auf einem der Hügel einen ruhigen Platz suchen. Ein kitschiges Picknick unterm Sternenhimmel. Ich schnaubte. Wer hätte gedacht, dass ich jemals für so was zu haben wäre? Aber als Dash es vorgeschlagen hatte, war ich aus dem Grinsen nicht mehr herausgekommen. Und hey, wer sagte schon zu einem tollen Typen, Snacks und herbstlicher Stimmung nein? Ich jedenfalls nicht!

Nach einer weiteren Stunde, in der ich einen Blog-Artikel fertiggestellt und mir einen Plan gemacht hatte, welche Fotospots ich als Nächstes ausprobieren wollte, packte ich mein Zeug zusammen und machte mich auf den Weg zu meinem Lunch-Date mit Frankie.

Im Blossom Roast suchten wir uns einen Tisch in einer der Sitznischen. Es gab kaum einen Platz im ganzen Café, der nicht von Blumen oder Grünpflanzen geziert wurde. Das Farbkonzept setzte sich aus Dunkelgrün und Rosa mit ein paar dunkelroten Akzenten zusammen. Ein weißer Tresen stand hinten in der Mitte des Raumes, und überall waren kleine Tische aus hellem Holz mit passenden Stühlen verteilt. Es roch nach leckeren Snacks, Kaffee und Blumen. Eine Mischung, die etwas Beruhigendes hatte. Jetzt, ein wenig nach der typischen Lunch-Zeit, war es nicht besonders voll; nur hier und da ein paar Leute, die ein Buch lasen oder an ihrem Laptop arbeiteten.

Frankie bestellte sich ein Panini mit Schinken und

Käse, ich entschied mich für einen Caesar Salad. Während wir warteten, nippten wir an unseren Getränken.

»Wie war dein Tag bisher? Stressig?«

Frankie schüttelte den Kopf. »Ne, heute Vormittag war es relativ entspannt. Nur Barry, der alle Croissants leer gekauft hat und dann noch mehr wollte, weil irgendjemand aus seinem Laden Geburtstag feiert, hat gemeckert. «

»Gibt es eigentlich Kuchen aus Croissants? Wenn nicht, solltest du dir mal überlegen, einen zu erfinden, Franks. Ein ganzer Kuchen, der aus einem riesigen Croissant besteht.« Meine Augen weiteten sich, als ich mir ausmalte, wie der schmecken würde.

»Das wäre ein echter Game-Changer.« Sie lachte. »Sollte ich mal ausprobieren.«

»Falls du eine Testesserin brauchst, weißt du, wo du mich findest.«

»Mhm, ist mir klar, dass du direkt am Start wärst.«

»Croissants und ich – die große Liebe.«

»Klar, die hattest du schon in der Highschool immer in den Pausen dabei.« Sie grinste. »Was sagt deine Kamera dazu? Ist sie eingeschnappt?«

»Wir haben uns lange darüber unterhalten – sie kann damit leben, dass mein Herz für französische Croissants von Mademoiselle Frankie schlägt.«

Die Bedienung kam und brachte unser Essen. Nach dem Croissant-Gespräch knurrte mein Magen noch lauter als vorher, also schob ich mir direkt eine Gabel voll in den Mund.

»Du musst mir unbedingt die Fotos aus New York zeigen. Bei meinem letzten Besuch war ich noch ein

Kind.« Frankie senkte den Blick, und ich spürte, dass sie an damals dachte. Als ihre Mom noch gelebt hatte. Dann setzte sie schnell ein Lächeln auf. »Egal, ich muss auf jeden Fall auch mal wieder hin.«

»Wir können ja irgendwann gemeinsam einen kleinen Trip dorthin unternehmen.«

Frankie schnaubte. »Wir zwei? Das kann nur schiefgehen. Was machen wir denn, wenn es einen Stromausfall gibt und zugleich irgendwelche Sirenen angehen?«

Ich lachte auf, doch tief in meinem Inneren war mir nicht zum Lachen zumute. Nichts an Frankies Bemerkung war tatsächlich witzig, doch manchmal rissen wir trotzdem unsere Witze, weil das alles einfach viel zu absurd war, wenn man darüber nachdachte.

»Tja, dann haben wir wohl ein gewaltiges Problem«, entgegnete ich und zuckte die Schultern. »Wir haben ja alle Zeit der Welt. Bis dahin haben wir das vielleicht in den Griff bekommen.«

»Möglich.« Frankie verzog einen ihrer Mundwinkel zu einem schrägen Lächeln. »Du hast ja schon mal einen Schritt, oder eher viele Schritte, in die richtige Richtung gemacht. Bin echt stolz auf dich, Girl.«

»Danke.« Ich lächelte sie an, und kurz darauf wandte ich den Blick ab. »Dash hat mich in einen der Hörsäle der NYU entführt ...«

»Was? Das hast du gestern gar nicht erzählt.«

»Ich weiß, ich musste das erst verdauen. Aber es war cool. Angsteinflößend, doch schön. Ich konnte mir genau vorstellen, wie ich da in einer Vorlesung sitze und mir Notizen mache, für Klausuren lerne oder Fotos für irgendwelche Abgaben mache.«

»Das hört sich toll an, Tatum. Mach das.« Sie biss ein Stück ihres Paninis ab.

»Vielleicht zum nächsten Herbst.«

Unsere Blicke trafen sich, und ich konnte in ihren grünen Augen einen Hauch Wehmut erkennen. »Die NYU also?«

Rasch schüttelte ich den Kopf. »Viel zu teuer. Und viel zu weit von dir entfernt. Aber die Golden Oaks University vielleicht. Ich muss mal mit meinen Eltern sprechen.«

»Mach die Entscheidung bitte nicht von mir abhängig. Ich bin auch irgendwie klargekommen, als du noch nicht hier gelebt hast.«

Damit hatte Frankie recht. Ihre Ängste plagten sie schon weitaus länger als mich meine. Aber wofür war ich ihre beste Freundin, wenn ich sie wie ihr Vater einfach im Stich ließ.

»Aber wir wissen beide, dass uns das Leben sehr viel leichter fällt, wenn wir zusammen sind. Ich lass dich nicht hängen«, sagte ich mit Nachdruck und meinte es auch so.

Sie spannte den Kiefer an und nickte. »In Ordnung.«

»Und wer weiß, es kann ja auch sein, dass wir das alles noch in den Griff bekommen.« Ich lächelte sie aufmunternd an. »Mir reicht es jedenfalls. Ich hab keine Lust mehr, die Angst gewinnen zu lassen. Stattdessen sage ich ihr den Kampf an. Und das solltest du auch.«

Sie nickte wieder und biss von ihrem Panini ab. Ich kannte sie mittlerweile gut genug, um zu wissen, dass sie noch nicht bereit war und auch nicht darüber sprechen wollte.

Doch wenn ich es schaffen konnte, konnte sie es auch. Auch wenn Frankie noch nicht so richtig wusste, wohin ihre Reise gehen sollte, was sie im Leben erreichen wollte, war ich mir sicher, dass sie es ganz bald erkennen würde. Sie bekam das hin. So wie ich es hinbekam. Schritt für Schritt und jeden Tag ein bisschen mehr. Bis wir alles hinter uns lassen konnten.

KAPITEL 26

DASH

»Ich mach mich dann mal auf den Weg, falls ihr mich wirklich nicht mehr braucht.« Ich zog mir rasch meine Lederjacke über und klappte den Laptop zu.

An den Tischen in der Bar saßen heute Abend nur wenige Leute, während aus den Lautsprechern eine meiner Playlists tönte.

»Alles gut, heute ist ja, wegen des Abschlussfests, nicht so viel los«, entgegnete Tyler und lehnte sich gegen den Tresen. »Viel Spaß mit Tatum.«

Ich grinste. »Danke. Ich grüß sie von dir.«

»Die soll sich mal lieber bei mir bedanken, dass ich dich früher gehen lasse.«

»Sie ist dir unendlich dankbar«, sagte ich und zwinkerte ihm zu. »Sorry, dass du heute länger bleiben musst.«

Normalerweise war es Tyler, der früher ging, und ich schloss die Bar ab. Manchmal auch Fiona oder Abby.

»Kein Thema. Ich hab meine Pläne nach hinten verschieben können.« Er wandte den Blick ab und spielte an seiner Armbanduhr herum.

Mit dem Laptop unterm Arm kam ich zu ihm herübergelaufen. »Wann verrätst du mir eigentlich, was du nachts so treibst, Mann?«

»Kümmere du dich lieber um deine Freundin, wir reden ein andermal darüber.«

»Okay, okay. Aber du weißt, dass ich ganz schön nervig sein kann, wenn ich neugierig werde.« Ich schlug mit ihm ein, und er musste schmunzeln.

»Schon gut. Viel Spaß bei eurem romantischen Date.«

»Danke, bis morgen.« Dann winkte ich Fiona zu. »Bye, Fiona, wir sehen uns morgen.«

»Bis dann«, rief sie mir zu, während sie über die Arbeitsfläche wischte.

Ich verabschiedete mich mit einem Nicken von ein paar Gästen, dann verließ ich die Bar und lief in Richtung meines Jeeps.

Mein Grinsen war wie festgetackert, ich bekam es gar nicht mehr aus meinem Gesicht, wenn ich an Tatum dachte. Und genau deshalb machte ich mich jetzt schleunigst auf den Weg zurück ins B&B, um sie abzuholen. Ich schaltete meine Musik an, drehte sie allerdings etwas leiser, dann startete ich den Motor.

Es war bereits kurz nach sieben, auf den Straßen wuselten Leute hin und her, die auf dem Weg zum Herbstabschlussfest waren. An das Kleinstadtleben musste ich mich erst gewöhnen. Von Fiona hatte ich erfahren, dass das Fest cool sein sollte. Viele Stände mit Getränken und Essen und kleine Showeinlagen auf einer Bühne, die in der Stadtmitte aufgebaut werden sollte. Ich lebte jetzt hier, also war es an der Zeit, mich vollends mit diesem Leben auseinanderzusetzen.

Einige Minuten später marschierte ich die Treppe zur Veranda hinauf und hinein ins Haus. Mit klopfendem Herzen hielt ich Ausschau nach Tatum und fand sie schließlich im Aufenthaltsraum für die Gäste, wo sie gerade ein paar Bücher in die hohen Regale schob. Die kurzen Haare trug sie etwas unordentlich gewellt, als ob sie gerade aufgestanden wäre. Ihre Lippen hatte sie mit diesem dunkelbraunen Lippenstift geschminkt, den ich so gerne an ihr mochte. Ich ließ den Blick über ihre Kurven und das Outfit wandern, das sie perfekt zur Geltung brachte. Sie trug einen cremefarbenen Strickpulli zu einer hellblauen Jeans, was ihr phänomenal stand, aber nichts an der Tatsache änderte, dass ich ihr die Sachen, wenn wir alleine waren, so schnell es ging, vom Körper reißen würde.

»Du siehst toll aus«, flüsterte ich, bevor ich sie küsste.

In ihren Augen flackerte etwas auf. »Danke.« Sie musterte mich von oben bis unten. »Du auch.« Dann legte sie ihre Lippen noch mal auf meine und verschränkte ihre Arme in meinem Nacken.

Ich löste mich sanft von ihr. »Wollen wir los? Ich würde zwar gerne hiermit weitermachen, aber als waschechte Golden-Oaks-Einwohner dürfen wir dieses Herbstspektakel auf keinen Fall verpassen.«

»Machst du dich etwa über mich lustig?«

»Würde ich niemals wagen. Ich wurde geboren, um mir kleine Kinder in Pilzkostümen anzuschauen, die über eine Bühne watscheln und dabei so euphorisch aussehen, als säßen sie lieber vor ihrer Spielekonsole, um zu zocken.«

Sie boxte mir leicht in die Magengrube. »Maiskolben, keine Pilze! Und okay, die Kinder sind meist ein bisschen unmotiviert, das gebe ich zu. Aber … das ist auch mein erstes richtiges Herbstabschlussfest, und ich freue mich, dass wir es zusammen verbringen.«

»Ich mich doch auch«, gab ich zurück und musste schmunzeln.

»Komm«, sagte sie, hob ihre Tasche vom Sofa, und ich schnappte mir den Stapel Decken, der daneben lag.

»Wie viele sind das?« Ich zählte einmal durch. »Vier? Wie jetzt, ein Doppel-Date mit deinen Eltern?«

»Klappe halten, Großstadt-Boy. Wir wollen doch nicht, dass uns kalt wird. Später wirst du mir noch danken.« Eine ihrer Augenbrauen zuckte herausfordernd nach oben.

»Also frieren werden wir aller Wahrscheinlichkeit nach nicht.«

»Wenn *ich* alle Decken an mich reiße, wirst *du* das schon.«

Mit einem Schnauben folgte ich ihr nach draußen.

Da der Platz, zu dem wir wollten, nur ein paar Gehminuten entfernt lag, liefen wir zu Fuß hin. Vorbei an den kleinen Geschäften und bunten Wohnhäusern, die zum Teil herbstlich geschmückt waren; andere schrien mit ihrer leuchtenden Dekoration bereits nach Weihnachten.

»Die fangen ja früh an. Bekommen die keine Strafe, wenn sie bereits Mitte November für die Adventszeit schmücken? Ich meine, der Herbst in Golden Oaks endet ja offiziell erst heute.«

»Bisher wurde nur Mr. Griffin eingelocht. Als aber herauskam, dass er der Weihnachtsmann ist, der in der Stadtmitte Fotos mit den Kids macht, kamen ihm seine Elfen zu Hilfe und holten ihn wieder raus.«

Mir klappte der Kiefer herunter. Ich starrte sie entgeistert an. »Was zur Weihnachtshölle?«

»Was zum Nordpol?« Sie zuckte mit den Schultern und presste ihre Lippen aufeinander, offensichtlich um nicht laut loszuprusten.

Schon von Weitem konnte ich die Stände sehen, die in der Stadtmitte aufgebaut waren. Je näher wir kamen, desto lauter wurden die Stimmen und die Musik. Mein Blick huschte zu Tatum. Sie wirkte zwar angespannt, aber nicht ängstlich. Unwillkürlich schaute sie zu mir, und mir fiel auf, wie ihre Anspannung teilweise von ihr abfiel.

Wir holten uns an einem Imbiss noch etwas zu trinken und Popcorn, dann lotste sie mich etwa hundert Meter einen rasenbewachsenen Hügel hinauf. Von hier aus hatten wir einen so großen Abstand zum Fest, dass wir uns ungestört unterhalten konnten, aber trotzdem noch mitbekamen, was unten vor sich ging. Vereinzelt waren Musikfetzen zu hören.

Tatum stellte ihre Tasche ab und ließ sich auf die Decke sinken, die ich ausgebreitet hatte, dann schnappte sie sich eine zweite und zog sie über ihre Beine. Ich setzte mich neben sie und schlüpfte ebenfalls darunter, eine Hand hinter ihrem Rücken abgestützt. Unten fand gerade die Auslosung einer Tombola statt, für die man die letzten Wochen über Lose hatte kaufen können.

»Hier«, sagte Tatum und reichte mir eine der Tassen mit Punsch.

Sofort wärmte er meine Hände. Ich nahm einen Schluck. »Schmeckt unerwartet gut.«

Tatum probierte ebenfalls und nickte zustimmend. »Was heißt hier unerwartet?«

»Na ja, ich kann an einer Hand abzählen, wie oft ich leckeren Punsch getrunken habe.«

»Willkommen in Golden Oaks«, gab sie kichernd zurück, und mir wurde warm ums Herz.

»Weniger Whiskey, mehr Früchtepunsch. Ich sehe schon, da muss ich mich wohl etwas anpassen.« Lachend hob ich mir erneut die Tasse an die Lippen und ließ die süße Flüssigkeit, die nach Apfel und Beeren schmeckte, meine Kehle hinunterrinnen.

»Vermisst du New York? Jetzt, da wir da waren, kann es ja sein, dass du doch wieder zurückziehen willst.«

»Quatsch«, erwiderte ich kopfschüttelnd. »Ich bleibe hier. Ich meine, klar, ab und zu vermisse ich es ein bisschen. Aber eher meine Mom.«

Sie musterte mich mit schief gelegtem Kopf. »Und deinen Dad?«

Ich sog scharf die Luft ein. Ein Thema, das ich normalerweise mied. Aber irgendwann würde es sowieso zur Sprache kommen. »Nein, den nicht.« Mein Blick huschte zu ihr, und ich erkannte Neugier, aber auch Mitgefühl in ihren Augen. Ich wusste, dass ich ihr vertrauen konnte, also versuchte ich, mich fallen zu lassen. »Die Sache mit meinem Dad ist etwas komplizierter. Er hat mich und meine Mom verlassen, als ich vier war. Kurze Zeit später kam dann mein ...«, ich schluckte, »mein Halbbruder zur Welt.« Ich trommelte mit den Fingern gegen die Tasse, während ich spürte, wie Kälte in mir aufstieg. Da war sie wieder – die Angst, dass alles hochkam. »Mein Dad hat uns damals im Stich gelassen. Er hatte eine Affäre, die beiden sind nach wie vor verheiratet. Schwer verliebt und unzertrennlich.«

»Das tut mir echt leid, Dash.« Sie legte mir ihre kleine Hand auf den Oberschenkel und musterte mich aufmerksam.

»Schon okay. Unser Verhältnis war in Ordnung. Beziehungsweise es hat irgendwie existiert, ohne dass wir uns an die Gurgel gegangen sind; auch wenn ich ihm nie verziehen habe, dass er uns verlassen hat. Aber nachdem das mit meinem Bruder passiert ist, sehe ich keinen wirklichen Grund mehr, meinen Dad zu besuchen.«

»Dann hast du ihn schon lange nicht mehr gesehen?«

»Ab und zu gucke ich noch bei ihm vorbei, an Geburts- oder Feiertagen. Oder wenn er versucht, die Dinge von früher wiedergutzumachen.« Ich schnaubte. »Das wird er in diesem Leben aber nicht mehr schaffen. Ich will ihn und seine Frau Bridget eigentlich gar nicht mehr sehen, weil ich die beiden zu sehr mit dem verbinde, was passiert ist.«

Stille kehrte ein, dann räusperte sie sich. »Und zu deinem Bruder hattest du ein besseres Verhältnis?«

Ich biss meine Kiefer aufeinander, schloss die Augen und atmete durch.

Ich habe sie nicht verdient. Wenn ich ihr die Wahrheit sage, verlässt sie mich – falls ich sie zuvor nicht sowieso schon hängen lasse, so wie ich Marcus hängen gelassen habe.

»Wow, puh, ich …« Mein Herz hämmerte gegen meine Rippen. Ich spannte jeden Muskel zum Zerreißen an. »Ähm, ich …« Ich versuchte dagegen zu arbeiten. Ich versuchte alles, um die Gedanken fortzuschieben. Raus aus meinem Kopf, aus meinem Sinn. »Es fällt mir schwer, darüber zu sprechen.« Ich konzentrierte mich auf die Countrymusik, die den Hügel hinaufhallte. Auf alles, nur nicht auf das, was sich immer wieder in meine Gedanken schob.

»Du darfst es rauslassen, Dash. Du bist traurig. Es ist

okay, nicht okay zu sein. Es ist okay zu weinen. Und es ist okay, das zu zeigen. Versteck dich nicht. Friss es nicht in dich hinein, denn das macht alles nur so viel schlimmer. Irgendwann läuft das Fass nämlich über, und dann trifft es dich härter als je zuvor.«

Ich stöhnte auf und schüttelte den Kopf. »Du weißt nicht, wie sehr es mir wehtut, nur eine Sekunde daran zu denken.«

Mit geschlossenen Augen spürte ich, wie Tatum näher rückte und die Arme um mich schlang. »Es ist okay. So viele sagen immer, dass man nicht weinen soll, dabei ist das unglaublich wichtig. Nur dadurch kann man loslassen und Dinge verarbeiten.«

Ich erinnerte mich an den Abend in meinem Auto, als ich zum ersten Mal seit Jahren geweint hatte. Daran, dass es etwas Befreiendes gehabt hatte. Ich hatte all das immer verdrängt, weil ich es für einfacher gehalten hatte. Diese Gefühle zuzulassen bedeutete, den Schmerz zu spüren. Das hatte ich nicht gewollt. Stattdessen hatte ich mir etwas vorgemacht. Mich kaputtgemacht.

Heimlich, still und leise brannte es hinter meinen Lidern. Im nächsten Augenblick ließ ich los. Ließ geschehen, wozu Tatum mich ermutigt hatte. Fühlte, wie der Schmerz meinen Körper in Beschlag nahm. Und dann verschwamm die Umgebung vor meinen Augen. Heiß liefen mir die Tränen die Wangen hinunter, während ich ansonsten vollkommen still dasaß. Meine Arme um Tatum gelegt, die mir unaufhörlich über den Rücken strich.

»Es ist okay«, flüsterte sie, und ich glaubte ihr.

Irgendwann fühlte ich mich so leer, dass nichts mehr

aus mir herauskam. Ich wischte mir die Tränenreste vom Gesicht, und Tatum reichte mir ein Taschentuch, damit ich mir die Nase putzen konnte.

»Besser?«, fragte sie mit einem Lächeln auf den Lippen.

Ich nickte und nahm einen Schluck Punsch, der mittlerweile kalt geworden war. »Ja.«

»Ich bin stolz auf dich.«

»Weil ich gefühlt jedes zweite Mal, wenn wir zusammen sind, in Tränen ausbreche?« Mir entfuhr ein belustigtes Schnauben.

Sie rollte mit den Augen, doch ich sah, wie sie schmunzeln musste. »Weil du es zulässt und nicht mehr unterdrückst.«

»Wozu du einen großen Teil beiträgst.«

»Ich bring dich gerne zum Weinen.« Sie lachte leise und steckte mich damit an.

Es tat gut, sie bei mir zu haben. Immer wenn ich sie ansah, konnte ich mir das Lächeln nicht verkneifen. War das dieses Verliebtsein, von dem alle sprachen?

»Und ich hoffe, dass ich dich niemals zum Weinen bringen werde«, gab ich zurück und strich ihr eine Strähne hinters Ohr.

»Dazu wird es nur kommen, wenn du dir deinen Bart abrasierst.«

»Was?«

»Na ja …« Sie musterte mein Gesicht. »Ich glaube, dass du ein ziemliches Babyface hättest, wenn du ihn abrasierst. Muss nicht sein. Ich meine, klar, mach es, wenn du es nicht lassen kannst. Aber dann muss ich weinen.«

Ein Lachen brach aus mir heraus, und Tatum konnte sich nun auch nicht mehr zurückhalten. Es tat wirklich gut, von ihr aufgeheitert zu werden. Die Kälte in meinen Gliedern schwand und machte Platz für unbändige Wärme.

»Tja, dann weiß ich schon, was ich gleich morgen mache.« Ich hob die Brauen.

»Als ob ich das ernst gemeint habe.« Sie kicherte, wandte den Blick ab und fügte dann noch ganz leise hinzu: »Hab ich sehr wohl.«

»Was? Tatum!«

»Nichts, nichts. Du hast nichts gehört.« Ihr Grinsen wurde breiter, und sie schenkte mir zur Abwechslung einen engelsgleichen Blick.

»Du bist so ein Frechdachs.«

»Frechdachs? Auch so ein Wort, das viel mehr Verwendung finden sollte. Gefällt mir. Tatum, der Frechdachs.«

Ich lachte. »Gibt nichts, was besser zu dir passt.«

»Lass es dir tätowieren, würde sicher gut mit den ganzen Schriftzügen und Motiven auf deinem Körper harmonieren. So richtig badass.«

»Mhm«, murmelte ich. »Und im Anschluss …«

Weiter kam ich nicht, denn in der nächsten Sekunde kreischten Feuerwerkskörper über den Himmel und durchbrachen die Stille auf dem Hügel. Bunte Farben explodierten in der dunklen Nacht. Es knallte und knallte und knallte.

Oh fuck.

Ich riss den Kopf zu Tatum herum, um zu checken, ob es ihr gut ging.

Ihre Augen weiteten sich von Sekunde zu Sekunde. Panik stand ihr ins Gesicht geschrieben, ihr Kiefer klappte herunter. Sie atmete viel zu schnell. Ihr Blick wanderte aufgebracht hin und her, während sie ihre Hände in die Decke krallte.

Mir wurde eiskalt. Im Bruchteil eines Moments umfasste ich ihre Wangen und zwang sie, mir in die Augen zu schauen. »Alles gut, Tatum. Das ist nur Feuerwerk. Keine Angst. Konzentrier dich auf mich. Ganz ruhig atmen. Ganz ruhig.« Ich atmete tief und langsam ein und aus. Immer und immer wieder und hoffte, dass sie sich mir anpasste.

Doch das tat sie nicht.

»Tatum! Konzentrier dich auf alles, was du siehst und spürst.« Verzweiflung drang aus meiner Stimme. Verdammt, ich musste ihr helfen.

Im Hintergrund heulten erneut Feuerwerkskörper auf. Und wieder. Und wieder.

Sie wurde immer panischer, bekam ihre hektische Atmung nicht in den Griff, also zog ich sie in meine Arme. So nah an mich, dass ich hoffte, sie würde nichts mehr hören.

Vergeblich. Sie zitterte am ganzen Körper.

Ich musste etwas tun. Irgendwas. Keine Ahnung, wie lange die noch herumböllerten, aber bis dahin konnte ich nicht hier warten und nichts tun.

Ich überlegte nicht lang, zog Tatum auf die Beine und schlang einen Arm um ihre Seite, um sie zu stützen. Dann versuchte ich sie auf dem schnellsten Weg von hier wegzubringen.

KAPITEL 27

TATUM

Knalle. Schüsse. Einer nach dem anderen. Sie dröhnten mir in den Ohren, bis ich glaubte, mein Trommelfell müsste platzen. Mir blieb die Luft weg. Hitze überrollte mich. Verzweifelt versuchte ich, mich auf das zu konzentrieren, was ich sah und spürte.

Der Boden unter meinen Füßen. Dash. Sein Arm um meine Seite. Mein Gesicht an seiner Jacke. Meine Hand an seinem Pulli.

Wir machten Schritte. Immer schneller torkelte ich über das Gras und klammerte mich an Dash fest. Meine Knie waren weich wie Pudding. Ich versuchte, alles auszublenden, doch unaufhörlich hörte ich dieses Geknalle. Erinnerungsfetzen schoben sich vor mein inneres Auge.

Ich muss mich verstecken. Weg von hier. Die dunkelblaue Regenjacke. Blut. So viel Blut.

Meine Kehle schnürte sich immer mehr zu, und ich schnappte nach Luft, riss die Augen auf.

»Tatum, alles wird gut, atme langsam«, hörte ich dumpf eine Stimme an meinem Ohr, die zu Dash gehören musste.

Ich bekam nichts mehr mit, fühlte mich wie unter Strom

und ließ mich mitziehen. Alles, was ich wollte, war, dass es aufhörte. Ich wünschte mir, nichts mehr hören und nichts mehr fühlen zu müssen. Mich an nichts mehr zu erinnern, was einst gewesen war. Doch mit jedem weiteren Knall und jedem weiteren Kreischen flackerten Bilder auf, die ich zu verdrängen versuchte. Ich kniff die Augen zusammen und wollte langsamer atmen.

So viel Blut. Schreie.

Das ist nicht real. Das ist nicht real. Das ist nicht real.

Immer größere Pausen entstanden zwischen den Knallen, bis sie nach und nach abebbten und nichts als ein Rauschen in meinen Ohren blieb. Mein Herz trommelte gegen meine Rippen, und ganz langsam beruhigte sich meine Atmung.

Meine Finger fest in Dashs Jacke geklammert, den Kopf an seiner Brust, traute ich mich nicht, die Augen zu öffnen.

Was, wenn es doch real ist?

Ich spürte heiße Tränen über meine Wangen laufen, Schweißtropfen an meinen Schläfen und eine Hand, die mir sanft über den Hinterkopf strich.

»Tatum.« Ein Flüstern. »Es ist vorbei, alles ist gut. Du brauchst keine Angst mehr zu haben. Das Feuerwerk hat aufgehört.«

Meine Glieder fühlten sich schwerer an als all die Erinnerungen, die ich mit mir herumtrug. Ich konnte mich nicht bewegen, war wie erstarrt. Ein Zittern durchfuhr meinen Körper. Im nächsten Moment spürte ich, wie wir uns setzten.

Plötzlich legte Dash einen Finger unter mein Kinn und schob es ein Stück nach oben.

Ich verkrampfte mich, schlug die Augen auf, um im nächsten Moment seinem Blick zu begegnen.

»Alles ist in Ordnung. Das war nur ein beschissenes Feuerwerk, aber sie haben aufgehört.« Er musterte mich besorgt, die Brauen zusammengezogen und die Lippen aufeinandergepresst.

Ich atmete tief ein und aus und lehnte meinen Kopf wieder an seine Brust, hoffte, dass seine Wärme meinen Herzschlag beruhigen würde.

»Es …«, krächzte ich und brach ab.

Unwillkürlich schlang er die Arme um mich und drückte mich behutsam an sich. Sein Herz pochte gegen meine Fingerspitzen. Ich konzentrierte mich voll und ganz darauf.

Bumm-bumm. Bumm-bumm. Bumm-bumm.

Nach und nach kehrte Ruhe in mir ein. Ich hob den Kopf ein Stück von seiner Brust, und er lockerte die Arme. Ich sah mich um, versuchte mich zu orientieren. Dash hatte mich von der Wiese weggebracht. Wir saßen in irgendeiner abgelegenen Querstraße auf einer Bank unter einem der vielen Bäume, die teilweise ihr Laub abgeworfen hatten. Keine Menschenseele weit und breit. Nur Dash und ich und die durchdringende Dunkelheit, die uns umgab. Die mein Herz umgab.

Wieder traten Tränen in meine Augen und liefen mir die Wangen hinab.

»Shit«, fluchte ich leise und schälte mich aus seiner Umarmung, um mein Gesicht in die Hände stützen zu können. Alles an mir zitterte, doch ich hatte das Schlimmste überstanden.

Dash atmete tief aus. Im nächsten Moment hörte ich

etwas rascheln, dann spürte ich, wie er seine Jacke um meine Schultern legte. Ich drehte den Kopf auf die Seite, um ihn verschwommen anzuschauen. »D-Danke.«

»Ich will nur, dass es dir gut geht«, flüsterte er, und ein Mundwinkel hob sich. Dabei erkannte ich deutlich die Sorge in seinen blauen Augen. »Dir geht es doch besser, oder?«

Ich nickte und zog die Jacke enger um mich. Mittlerweile hatte mein Körper wieder eine nahezu normale Temperatur angenommen, das Adrenalin und damit auch die Hitze hatten sich zurückgezogen und machten Platz für die herbstliche Kälte.

»Hey?« Er legte eine Hand auf meinen Rücken. »Ich weiß, ich bin der Letzte, der erwarten kann, dass andere darüber sprechen, was sie belastet, aber …« Er seufzte. »Anscheinend gibt es da etwas, das dir passiert ist und dich immer wieder zurückwirft, Tatum. Ich würde so gerne erfahren, was es ist. Was jagt dir so eine Angst ein?«

Shit. Er wollte es wissen. Mir war klar gewesen, dass er irgendwann danach fragen würde; und nach der Attacke gerade war es kein Wunder, dass er es nun tatsächlich tat.

»Es fällt mir sehr schwer, über diese Sache zu sprechen. Nicht weil ich es geheim halten will, sondern weil es … weil ich weiß, wie es mir geht, wenn ich zu lange daran denke und alles hochkommt. Ich … Ähm … Die letzten vier Jahre habe ich es immer verdrängt, nur selten mal mit meinen Eltern oder Frankie darüber gesprochen.« Ich spielte an meinem silbernen Armband herum und überlegte hin und her. Sollte ich es ihm erzählen oder lieber das Thema wechseln?

»Das kann ich voll und ganz verstehen. Und trotzdem bitte ich dich noch ein einziges Mal darum. Lass mich rein, Tatum. Ich möchte dich kennenlernen, alles an dir. Alles, was dich zu der Person gemacht hat, die du heute bist. Egal wie abgefuckt es ist, denn für mich bist und bleibst du die Frau, die ich will. Lass mich derjenige sein, der hinter deine Mauern blicken darf.« Seine Stimme war weicher geworden. »Wie gesagt, ich frage dich dieses eine Mal. Wenn du jetzt Nein sagst, akzeptiere ich das, wir gehen nach Hause und machen uns noch einen schönen Abend. Ich werde dich nicht mehr darauf ansprechen, bis du es mir von allein erzählen möchtest.«

Ich versuchte, den Kloß in meiner Kehle herunterzuschlucken. Tausend Worte, die aus mir herausbrechen wollten, und doch war da nur Stille. Genau die Stille, die mir die letzten Jahre so viel Sicherheit geschenkt hatte.

Als ich weiterhin nichts sagte, sah ich aus dem Augenwinkel, wie Dash nickte und sich ein Stück aufrichtete.

Mein Herz raste. »Ich dachte, dass es ein Tag wird wie jeder andere.«

Er hielt inne, bewegte sich nicht. Starrte mich nur eindringlich an.

»Zu Hause hatte ich mir noch … kurz ein paar Cornflakes zum Frühstück gemacht. Doch weil ich spät dran war und den Bus nicht verpassen wollte, hab ich sie stehen lassen. Und dann hat sich Mom aufgeregt, dass das Verschwendung sei.« Ich holte Luft. »Ich dachte einfach, dass es ein ganz normaler Tag ist, an dem ich mich mit ihr streite, in die Schule gehe und danach in der Mall abhänge. Zeit mit meinen Freunden verbringe …« Ich verstummte, spürte die Gänsehaut, die sich auf meinem Körper ausbreitete.

Meine Freunde, die es wenige Stunden später nicht mehr gab.

Ich schnappte nach Luft, während mir vor lauter Tränen die Sicht verschwamm. Schnell räusperte ich mich und fuhr mir übers Gesicht. »Ich bin dann … ähm … zur Schule gefahren. In der ersten Stunde hatten wir Englisch, haben über irgendwelche Gedichte gesprochen, aber ich hab nicht so richtig aufgepasst, weil ich noch müde war. Und irgendwann, es war in der … in der Freistunde danach, da saß ich in der Cafeteria. Viele verbrachten ihre Pausen dort …« Mir entfuhr ein Schluchzen.

Wäre ich damals doch nur rausgegangen …

Dash rührte sich noch immer nicht, vollkommen reglos betrachtete er mich. Wahrscheinlich aus Angst, ich würde aufhören zu sprechen, wenn er sich auch nur zu ruckartig aufsetzte.

»Wir saßen auf diesen hässlichen orangenen Cafeteria-Stühlen, Annie, Isaac und ich. Und an den anderen Tischen noch viele weitere Schülerinnen und Schüler. Wir haben uns über die bevorstehende Mathestunde unterhalten, und dann, plötzlich …« Ich ballte meine Hände zu Fäusten und versuchte, ruhig zu atmen. Alles drehte sich. Mein Körper angespannt bis in die letzte Faser wandte ich mich langsam zur Seite, um Dash in die Augen sehen zu können. »Plötzlich hörten wir zwei Schüsse.«

Seine Augen weiteten sich, während sein Kiefer herunterklappte. Von einer Sekunde auf die andere wurde er kreidebleich.

Ich schluckte hart. »Wir dachten, dass es nur ein Scherz sei oder im Chemielabor irgendwas explodiert war. Wir haben an alles Mögliche gedacht, was harmlos war. Bis ein weiterer Schuss fiel. Und noch einer.«

Allein der Gedanke daran ließ sämtliches Gefühl aus meinen Gliedern entweichen. Ich fühlte mich taub, zugleich spürte ich die heißen Tränen, die meine Wange hinabrannen und auf meine Finger tropften. »Und kurz darauf ertönte Feueralarm.« Wenn ich an den Tag zurückdachte, hörte ich ihn heute noch schrill in meinen Ohren. »Auf den Fluren draußen kreischten Leute. Ich hatte sofort ein mulmiges Gefühl, war mir aber trotzdem nicht sicher, was genau gerade abging. Ich meine ... von so was hört man im Fernsehen, in den Nachrichten, aber es passiert einem doch nicht selbst. Ich habe das immer für unmöglich gehalten.« Schwere legte sich wie ein dunkler Mantel um mein Herz. Ich schüttelte den Kopf und biss mir auf die Lippe, um anderen Schmerz zu fühlen. Nach ein paar Wimpernschlägen räusperte ich mich. »Isaac ist aufgestanden und wollte zur Tür; Annie und ich haben uns nur angeschaut, und in dem Moment wusste ich, dass es nicht nur eine Übung ist. Dass wir womöglich den Vormittag nicht überleben.« Meine Stimme brach, doch ich wollte stark bleiben. »Das Geschrei im Flur wurde immer lauter und lauter und lauter und wieder fielen Schüsse. Es kam mir damals wie eine Ewigkeit vor, doch letztendlich vergingen nur wenige Sekunden, bis die Tür zur Cafeteria aufgerissen wurde.«

Dash spannte merklich den Kiefer an. Rasch sah ich wieder weg. Ich hasste es, wenn ich davon erzählte und in den Gesichtern der Menschen diesen Berg an Mitleid erkannte. Ich wollte nicht bemitleidet werden.

»Und was passierte dann?«

Ich stöhnte leise. Jetzt kam der härteste Teil. Der Teil, der mir noch heute Albträume bereitete. Der mich nicht losließ.

»Er kam rein. Es war ein Typ aus einer anderen Klasse, den ich ab und zu auf dem Gang gesehen hatte. Er trug eine dunkelblaue Regenjacke, und er … er hatte eine … Schusswaffe in der Hand, mit der er auf uns … zielte.« Schauer krochen mir die Wirbelsäule hinauf. »Dash, ich habe das bisher nur meiner Familie und Frankie erzählt. Ich weiß nicht, ob …« Ich brach ab und starrte auf meine Schuhe. Dann spürte ich, wie Dash seine Hand auf mein Bein legte. Als ich zu ihm sah, spannte er sich an.

»Ich kann mir nicht vorstellen, wie es sein muss, so was mitzuerleben«, flüsterte er und schüttelte den Kopf.

»Es war der schlimmste Tag meines Lebens.« Für einen kurzen Moment hielt ich inne und sortierte meine Gedanken. Dann fasste ich mir ein Herz und erzählte weiter. Dash sollte mich kennenlernen, all meine Seiten. Er sollte über das Bescheid wissen, was ich erlebt hatte. »Der Typ hat auf uns gezielt. Abwechselnd von einem Schüler zum nächsten. Die anderen im Raum schrien und versteckten sich unter den Tischen oder hinter den Schränken. Ich konnte nicht mehr klar denken, spürte nur noch, wie Annie mich an der Hand packte und unter den Tisch zerrte. Isaac versuchte, ihn zu besänftigen. Er sagte, dass alles gut werden würde, wenn er sich jetzt stellen würde. Aber der Typ glaubte es nicht. ›Dafür habe ich schon zu viele auf dem Gewissen‹, hat er gesagt und ist durch den Raum gehetzt. Dann hat er irgendwann auf mich gezielt … und … und … Er stand direkt vor mir, und ich …

ich hatte mein Handy in der Hand, weil ich … meine Mom anrufen wollte. Unser letztes Gespräch sollte kein Streit über … über Cornflakes gewesen sein.« Mein Herz klopfte inzwischen rasend schnell, und ich krallte die Fingernägel in meine Oberschenkel. Mir war heiß, zugleich überkam mich eine Eiseskälte. »Wir … Ich war wie festgefroren und bewegte mich nicht mehr. Ich dachte echt, dass es das jetzt war. Dass er mich gleich erschießt, weil ich das Handy in der Hand halte. Ich wollte doch nur, dass es aufhört und wir alle am Leben bleiben. Isaac tauchte dann in meinem Blickfeld auf und versuchte, mir … Er … Ich …« Mir drehte sich der Magen um, wenn ich diesen Moment Revue passieren ließ. Ich starrte in die dunkle Leere vor mir. »Er wollte mir doch nur helfen.«

»Fuck«, fluchte Dash leise.

Meine Stimme zitterte. »Der Kerl hat mir das Handy aus der Hand getreten. Isaac hat versucht, auf ihn einzureden und von mir abzulenken, aber im nächsten Moment wandte er sich zu ihm um und … er … er hat auf ihn geschossen.« Ich keuchte auf und wischte mir übers Gesicht. »Da war so viel Blut. Überall. Isaac lag auf dem Boden in seinem … Ich …«

Alles drehte sich. Alles kam hoch. Alles, was ich nicht mehr fühlen wollte und wahrscheinlich doch fühlen musste, um darüber hinwegzukommen. Um damit abzuschließen. Vollends.

»Tatum, ich …«

Ich winkte ab und schnappte nach Luft. »Und dann hat er weiter herumgeschossen und nicht aufgehört. Ich hatte solche Panik, so riesige Angst, dass es gleich aus ist. Und dann …« Ich schniefte. »Er hat noch andere Leute getroffen. Ich hab überall Blut gesehen. Neben mir hat sich ein Mädchen in eine Blutlache gelegt und tot gestellt. Ich habe gesehen, wie sie zittert.«

Erneut stieg Übelkeit in mir auf, während in mir Leere herrschte. Ich fühlte mich leer. War leer. Tränenleer. Ich blickte auf und fuhr mir durch die Haare und übers Gesicht. Meine Finger waren kalt wie der Wind, der uns um die Nase fegte. Anspannung bis in den kleinsten Muskel meines Körpers. Aber auch wenn es wehtat, darüber zu sprechen, und es sich anfühlte, als ob mir jemand mit einer Waffe ins Herz schoss, war ich mir sicher, das Richtige zu tun. Dash musste es erfahren. Und ich machte hiermit einen großen Schritt. Beim letzten Mal, als ich mit Frankie darüber geredet hatte, hatte mich eine Panikattacke überrollt. Aber hier und jetzt konnte ich davon erzählen, ohne die Angst zu fürchten.

»Dann ist er wieder in den Flur gerannt, und eine Weile später wurde es auch draußen still auf den Gängen, weil sich alle versteckt hatten. Dash, ich hab dem Killer in die Augen gesehen.« Meine Stimme brach. Ich schluchzte wieder auf und schlug mir die Hand vor den Mund. »Er hat meine ... meine Freunde erschossen und noch elf weitere Lehrkräfte und Schüler.«

»Annie?«, flüsterte er.

Als ich den Kopf schüttelte, stöhnte er auf und fuhr sich durchs Haar. Dann legte er mir einen Arm um die Schultern und zog mich an seinen Körper.

Ich vergrub mein Gesicht an seinem Hals und war froh, den vertrauten Duft nach herbem Holz einzuatmen. Mein Magen verknotete sich, als ich weiter darüber nachdachte, was an dem Tag passiert war.

»Es gab … Es gab einen Moment, da konnte ich den kleinen Luftzug spüren, als eine Kugel an mir vorbeischoss. Beinahe hätte er mich getroffen, es war so unfassbar knapp. Dieses Gefühl, das werde ich niemals vergessen. Überall hat es metallisch gerochen, nach Blut und nach … Angstschweiß. So viele haben geweint und geschluchzt. Ich habe gehört, wie Menschen starben, ich hab es gesehen und ihnen in die Augen geschaut. Ich …« Ich schüttelte den Kopf und klammerte mich an ihn. Innerlich zerriss ich mit jedem Wort ein Stückchen mehr. So viel Schmerz, der in mir geruht hatte, auf Stand-by geschaltet gewesen war, und der sich nun, als ich darüber sprach, zurück an die Oberfläche kämpfte.

»Ab da kann ich mich nur noch an Bruchteile erinnern. An weitere Schüsse und Annie auf dem Boden. Geschrei. Und der … der … der Typ sprach die ganze Zeit davon, dass wir selbst schuld daran wären, dabei kannte ich ihn nicht mal wirklich. Annie und Isaac und die anderen auch nicht, aber trotzdem hat er auf sie geschossen. Trotzdem mussten sie … sterben, nur weil er ein kranker Psycho war.« Schniefend schüttelte ich den Kopf und schloss die Augen. Wollte, dass es aufhörte. Der Schmerz. Meine Zerrissenheit. Alles.

»Was ist dann … Wie kamst du lebend raus? Was ist passiert?« Dashs Körper war bis in die letzte Faser angespannt, trotzdem strich er mir behutsam über den Rücken.

»Wir haben uns nicht raus getraut, weil auf dem Flur irgendwann erneut Schüsse zu hören waren. Die Fenster waren auch verschlossen. Als es dann wieder ruhiger wurde … mir kam es vor wie fünf Tage, dabei war gerade mal eine Stunde vergangen, bis ich Schritte hörte und ein SWAT-Team uns rettete.« Wieder blickte ich starr ins Dunkel der Straße und atmete tief ein und aus, um Ruhe zu bewahren. »Ich habe das zu dem Zeitpunkt nicht realisiert, ich glaube manchmal, dass ich es bis heute nicht wirklich getan habe. Meine Mom und mein Dad haben mich draußen so fest gedrückt, dass ich fast keine Luft mehr bekommen habe, aber alles hat sich so unwirklich angefühlt … Wie in Trance bin ich mit ihnen nach Hause und dann … nach sechs Tagen hat es klick gemacht.«

»Erst dann hast du es gecheckt?«

Ich nickte, spürte seinen Atem an meiner Stirn, als er mich an sich zog. Sein Bart kratzte an meiner Haut. »Da ist alles über mich eingebrochen, und ich habe es zum ersten Mal verstanden. Meine erste Panikattacke. Gefolgt von vielen weiteren, bis wir schließlich herausfanden, dass es jedes Mal an lauten Geräuschen lag, die mich an die Schüsse und das Gekreische, die ganze Situation aus der Schule erinnerten.«

»Shit, Tatum …« Er hielt inne. »Wie alt warst du?«

»Siebzehn«, murmelte ich in seinen Pulli. »Das ist jetzt vier Jahre her. Danach bin ich nicht mehr zur Schule gegangen, und kurz darauf sind wir hierhergezogen.«

»So was zu erleben … das muss das Schlimmste sein. Es tut mir so unfassbar leid.« Aus seiner Stimme drang Mitgefühl, aber auch Anspannung.

Ich wusste, dass es für Außenstehende schwer war, damit umzugehen. Oft waren sie überfordert, wussten nicht, wie sie reagieren, was sie sagen sollten. Ich strich über Dashs Brust, um ihm zu signalisieren, dass das, was er gesagt hatte, für mich in Ordnung war. »Danke. Es war … krass, ja. Aber immerhin ist mir nichts passiert.«

»Ja, zum Glück.« Er seufzte. »Und in Therapie warst du trotzdem nie?«

Ich schüttelte ruckartig den Kopf. »Ne, es wurde mir zwar von der Schule angeboten, aber ... Mir ging es ja gut. Ich hab das nicht gebraucht. Die anderen, die verletzt wurden, die haben das wahrgenommen. Aber ...« Ich zuckte mit den Schultern. »Ich wurde nicht verletzt, mir ging es gut. Ich hatte kein Recht darauf.«

»Wer hat das gesagt?«

»Ich.«

Dash nickte, doch ich spürte, dass ihm Tausende ungesagte Worte auf der Zunge lagen. Bevor er noch weiter über dieses leidige Thema sprechen konnte, löste ich mich rasch von ihm und tauschte einen kurzen tränenverhangenen Blick mit ihm. »Jetzt weißt du es.«

Er verzog schmerzerfüllt das Gesicht. »Tatum, ich habe echt keine Ahnung, was ich sagen soll. Es tut mir so leid.«

»Schon okay«, wisperte ich und setzte ein gequältes Lächeln auf. »Die Raketen vom Feuerwerk haben mich an die Schüsse erinnert. Alles kam hoch. Und jetzt sitz ich hier vor dir und schütte dir mein Herz aus. Dabei wollte ich doch die coole Tatum sein«, versuchte ich, die ganze Situation zu überspielen, doch Dash nahm nur meine kalten Hände in seine warmen, umschloss sie und blickte mir tief in die Augen. Er war immer noch ganz blass um die Nase.

»Du musst mir nichts vorspielen. Ich finde es ...« Er hielt inne, während sein Blick zwischen meinen Augen hin und her sprang. »Danke, dass du mir davon erzählt hast. Jetzt weiß ich, was in dir vorgeht und woran das alles liegt. Und glaub mir, ich würde es so gerne ungeschehen machen.« Seine Kiefer mahlten, und in seinen Augen meinte ich, ein Glitzern auszumachen.

»Das kannst du aber nicht. Das kann niemand von uns, deshalb habe ich gelernt, damit zu leben. Und manchmal funktioniert es eben besser und manchmal schlechter. Aber letztendlich ist das Wichtigste, dass ich überlebt habe. Daran muss ich mich selbst immer wieder erinnern. Es tut zwar weh, aber gehört Schmerz nicht zum Leben dazu? Weil wir nur dann die unbeschwerten Momente wertschätzen können.«

Dash nickte, und seine Augen füllten sich mit Mitgefühl und Verständnis. Dann zog er mich an sich, küsste mich und ließ mich nicht mehr los. Als ob sein Leben davon abhinge. Von dieser Umarmung. Von uns.

KAPITEL 28

DASH

»Noch zwei Bier!« Der Kerl mit dem Basecap am Tisch hinten rechts signalisierte mir mit einer Handbewegung, dass er für sich und seine Freundin Nachschub ordern wollte.

Ich nickte und lief rüber zu Fiona, die bereits dabei war, noch weitere Getränke für ein paar Gäste zu mixen. Da es erst kurz nach fünf war, wurden weniger Cocktails und dafür mehr unserer selbst gemachten Eistees bestellt. Mein Favorit war Blaubeere, während Tyler und viele der Gäste Zitrone bevorzugten. In der ganzen Bar saßen an den Tischen verteilt ein paar Leute. Es war nicht allzu voll, aber in der letzten halben Stunde waren alle paar Minuten neue Leute gekommen, die ihren Feierabend bei uns ausklingen lassen wollten. Im Hintergrund lief eine Playlist mit entspannten RnB-Tracks, die ich vor einigen Tagen angelegt hatte. Später, gegen Abend, würde noch eine ehemalige Kommilitonin von Tyler die Bühne gesanglich einweihen. Bisher hatten nur DJs aufgelegt, aber gerade unter der Woche war die Stimmung eher entspannt, da konnte so ein Auftritt noch ein paar mehr Leute anlocken.

»Zwei Bier für Basecap«, rief ich Fiona zu, und sie nickte. »Oder warte, ich kann das auch schnell machen.« Ich lief hinter den Tresen, schnappte mir zwei Gläser und hielt sie unter die Zapfmaschine, um sie zu befüllen. Dann brachte ich sie zum Tisch und kehrte zu Fiona zurück.

»Ich hätte mich auch darum gekümmert.« Sie zog ihre tiefschwarzen Augenbrauen zusammen und warf mir einen besorgten Blick zu, während ich mich hinter dem Tresen an die Arbeitsfläche lehnte und die Hände neben mir abstützte.

»Schon okay, kann ich dir noch was abnehmen?«

»Du hast doch heute frei, was machst du überhaupt hier?«

»Darf ich meine Zeit etwa nicht damit verbringen, dir Komplimente zu deinen Mix-Skills zu machen?« Ich setzte mein charmantestes Lächeln auf und entlockte ihr damit ein amüsiertes Schnauben.

»Also bisher habe ich noch kein Kompliment gehört«, entgegnete sie.

»Hey, ich sage dir laufend, wie lecker alles schmeckt«, mischte sich Tyler ein, der in diesem Moment aus der Küche kam. Er legte Fiona locker einen Arm über die Schulter. »Du bist die beste Barkeeperin, die diese Bar jemals gesehen hat und sehen wird.«

»Deine Drinks sind Gedichte des Himmels«, fügte ich hinzu.

»Wenn ich ein Drink wäre, dann würde ich von dir gemixt werden wollen.«

»Ich benenne mein Erstgeborenes nach deinem Lieblingscocktail.«

Es war Fiona anzusehen, dass sie sich krampfhaft ein Lachen verkniff. »Also erstens«, entgegnete sie an Tyler gerichtet, »würde ich dich in einen Entsafter stecken. Da stellt sich die Frage, ob du wirklich so enden willst.« Dann wandte sie sich mir zu. »Und nun zu dir, DJ-Boy, viel Spaß, wenn du Tatum erklären musst, dass euer erstes Kind White Russian heißen wird.«

Tyler verfiel in ein Lachen und hob den Arm von Fionas Schulter, die sich zufrieden grinsend zurück an die Arbeit machte.

In meinem Bauch zog sich etwas zusammen. Ich setzte rasch ein Lächeln auf. »Die wird das sicher super finden. Immerhin heißt ihr Hund Sherlock Marshmallow Gary Pablo Escobark Sullivan.«

»Stimmt. Wahrscheinlich hat sie selbst schon so eine Idee in petto.«

Ich nickte und schnappte mir einen Lappen, um über den Tresen zu wischen. Klar, das war nur ein Scherz gewesen, aber doch musste ich daran denken, wie es wäre, eine Zukunft mit Tatum zu haben. Mich überkam eine wohlige Wärme, die allerdings in der nächsten Sekunde von einem unguten Gefühl in meiner Magengegend abgelöst wurde. Ich schüttelte den Kopf. Ihr Geständnis hatte mich vollkommen aus der Bahn geworfen …

Nein. Ich darf jetzt nicht daran denken. Das macht es nicht besser.

»Jedenfalls sind wir sehr froh, dich zu haben«, beendete Tyler das Thema und drückte Fionas Schultern, bevor er rüber zum Regal ging und sich ein Glas holte, um es mit Wasser zu füllen. »Was steht bei dir noch auf dem Plan?«

Ich überlegte kurz. »Ich muss ein paar DJs und Bands anrufen und mit denen die Auftritte besprechen, die in den nächsten Monaten anstehen. Und dann wollte ich mir weitere Abendkonzepte überlegen und die in den kommenden Tagen mit dir abklären. So in zwei Stunden kommt Sabrina, die Sängerin für heute Abend, der helfe ich dann noch, damit alles rundläuft und …«

»Bro?« Tyler zog eine seiner dunklen Brauen nach oben. »Der Tag hat nur vierundzwanzig Stunden. Und die meisten davon sind schon verstrichen. Eigentlich hättest du sogar frei. Und zudem hast du eine Freundin, die vermutlich gerade auf dich wartet.«

»Hab ich auch gesagt«, flötete Fiona und machte sich an die Zubereitung eines Getränks, das ein Mädel soeben geordert hatte.

»Die viele Arbeit kommt doch nur der Bar zugute.«

»Netter Versuch.« Ty nahm einen Schluck. »Und jetzt die Wahrheit.«

»Das ist die Wahrheit.«

Mit schief gelegtem Kopf kam er ein Stück näher und flüsterte: »Du weißt genauso gut wie ich, dass du eine der Personen bist, die sich in die Arbeit stürzt, wenn es ihr nicht gut geht. Tatum ahnt davon vielleicht nichts, aber ich tu es. Also, was ist los?«

Ich blies meine Wangen auf und atmete aus, während ich den Blick abwandte. Mir fehlten die Worte für das, was in mir vorging. Ich wollte Ty nicht anlügen, jedoch brachte ich es nicht übers Herz, ihm von Tatum und der ganzen Geschichte zu erzählen. »Hör zu«, fing ich an und fuhr mir mit der Hand über den Nacken. »Es gibt einfach ein paar Dinge, die ich etwas verdauen muss, bis ich darüber sprechen kann.« *Oder mich überhaupt traue, darüber nachzudenken.* »Tatum hat mir von dieser Sache aus ihrer Vergangenheit erzählt, und ich weiß noch nicht so richtig, wie ich damit umgehen soll.« Das war nicht gelogen. Nicht die ganze Wahrheit, aber zumindest die Hälfte davon.

»Okay.« Er musterte mich besorgt. »Wie schlimm ist es denn?«

»Du willst es nicht wissen, glaub mir.« Kälte kroch durch meine Glieder und erfasste mein Herz.

»Hört sich übel an. Aber was auch immer es ist, ihr bekommt das schon hin. Du stehst doch auf sie, Mann. Und sie steht auf dich. Reiß dich zusammen, und sei für sie da, wenn sie dich braucht.«

Ich nickte. »Ich weiß nur nicht, ob ich das kann. Ob ich der Eine für sie sein kann.«

»Wenn du es wirklich willst und sie es auch will, dann kannst du derjenige für sie sein.«

»Es ist nicht immer so einfach, Mann.«

Seine braunen Locken fielen ihm wirr in die Stirn, als er den Kopf schüttelte. In seinem Blick lag etwas Schmerzhaftes. »Manchmal ist es einfacher, als man vielleicht denkt. Also bau keinen Mist, okay?«

Ich ahnte, worauf er hinauswollte. Immerhin kannte ich Ty schon viele Jahre und wusste, was er hinter sich hatte. »Okay.«

»Friss es nicht zu sehr in dich hinein. Und sag Bescheid, wenn du mich brauchst.«

»Klar. Danke.« Ich nickte und zog einen Mundwinkel nach oben.

»Nicht dafür.« Er warf einen Blick durch die Scheibe nach draußen in die Dämmerung. »Na, dann kann ich ja schon früher abhauen, oder?«

»Yep. Fiona und ich haben den Laden im Griff.«

»Super. Sag Sabrina liebe Grüße und dass ich beim nächsten Auftritt dabei bin.«

»Mach ich. Schade, dass du nicht bleiben kannst.« Ich hielt inne und legte den Kopf schief. »Was machst du jetzt eigentlich?«

»Ich …«, fing er an, brach dann ab und schaute nach draußen und wieder zu mir. »Ich bin später noch verabredet.«

»Ach?« Meine Brauen schnellten nach oben. »Kenn ich sie?«

Lachend holte er seine Jacke aus dem Büro, das hinter der Küche lag, und kam wieder herübergeschlendert. »Schönen Abend, Dash.«

»Hey, Mann!« Empört, dass ich keine richtige Antwort bekommen hatte, stemmte ich meine Hände in die Seiten. »Das kannst du nicht machen. Erzähl mir von ihr.«

»Bis morgen.« Das waren seine letzten Worte, bevor er grinsend durch die Tür nach draußen trat und die Bar verließ.

Kopfschüttelnd wandte ich mich Fiona zu. »Hast du 'ne Ahnung?«

»Nein, aber ist ja nichts Neues, dass sich Tyler verzieht, sobald es dunkel wird. Man könnte meinen, er ist ein Vampir, der die Nacht durchmacht und erst in den frühen Morgenstunden schlafen geht.«

Die letzten Wochen hatte ich viel Zeit mit Tyler verbracht und jetzt, da Fiona es erwähnte, fiel mir auf, dass sie nicht ganz unrecht hatte. Er kam immer erst gegen Mittag in die Bar, und abends haute er ab, wenn es dunkel wurde.

»Ich hatte keine Ahnung, dass er erst morgens schlafen geht.«

»Ich hab ihm schon oft gesagt, dass das ungesund ist. Ich weiß nicht, was der treibt … Oder lass es mich so sagen: Ich will es gar nicht wissen.« Sie grinste und hob die Augenbrauen.

Wenn Ty eine Freundin hatte, würde er mir doch davon erzählen, oder nicht? Zu seiner Verteidigung musste ich gestehen, dass ich auch einiges für mich behielt. Aber wen konnte er kennengelernt haben? Kannte ich sie? Oder war es eine ganz andere Sache, mit der er seine Nächte verbrachte?

»Ich geh der Sache mal auf den Grund«, murmelte ich und schenkte mir ein Glas Eistee ein. Damit setzte ich mich an den Tresen und zog mein Handy aus der Hosentasche, um den ersten DJ anzurufen. Ich scrollte durch die Benachrichtigungen auf meinem Display und stieß auf einige Nachrichten von Tatum. Sofort drehte sich mir der Magen um. Ich öffnete unseren Chat.

Wollen wir später was essen? :)

Ich wäre für Burger, im Diner gibt's echt leckere.

Dash? Hunger!

Schuldgefühle machten sich in mir breit. Shit, ich hatte den ganzen Tag versucht, die Geschichte zu verdrängen.

Das, was sie mir erzählt hatte, über den Tag, der alles verändert hatte. Mir wurde zugleich heiß und kalt. Rasch tippte ich eine Antwort.

Sorry, Babe. Hab super viel zu tun in der Bar. Lass das auf morgen verschieben, okay?

Sie kam online, tippte etwas, brach ab und tippte wieder von Neuem los. Dann stoppte sie erneut, und im nächsten Augenblick erschien ihr Foto auf dem Display und zeigte einen eingehenden Anruf.

Ich atmete durch und hob ab. »Hey.«

»Hi«, erwiderte sie.

»Alles klar bei dir?«

»Yep. Und bei dir?«

»Ja, auch. Hier ist nur echt viel los, und ich hänge eh schon hinterher.« Ich musste Zeit schinden. Zeit, die ich brauchte, um mir darüber klar zu werden, wie ich weitermachen wollte.

»Gestern meintest du noch, dass heute dein freier Tag ist und du erst abends in die Bar musst, weil nicht so viel zu tun ist.«

Was hatten denn alle mit meinem verdammten freien Tag?

»Ja, den habe ich theoretisch auch, aber mir kamen ein paar neue Ideen, ich muss mit einigen Acts telefonieren, und gleich kommt noch die Sängerin. Tut mir leid, wirklich.« Mir wurde ganz übel. Ich sagte zwar die Wahrheit, doch irgendwie fühlte es sich wie eine Lüge an.

»Hmm«, brummte sie in den Hörer. »Sicher, dass alles okay ist? Du warst heute Morgen so schnell weg.«

Ich nickte, bis mir bewusst wurde, dass sie mich gar nicht sehen konnte. »Ähm, ja, wirklich. Alles gut. Ich muss jetzt aber wieder an die Arbeit. Morgen steht, ja?«

»Gerne. Morgen Mittag dann? Lunch?«

»Ich hol dich um eins ab, und wir essen was im Diner.«

»Gut. Dann gehe ich heute rüber zu Frankie. Viel Spaß später.« In ihrer Stimme klangen tausend unausgesprochene Fragen mit, die ich ihr zu gerne beantworten wollte, es aber schlicht und einfach noch nicht konnte. Doch morgen würde ich es tun. Bis morgen wusste ich, wie ich mit ihrer – mit *unserer* – Situation umgehen würde.

Ich habe sie nicht verdient. Ich muss ehrlich zu mir selbst sein. Sie braucht jemanden, der für sie da sein kann. Und das werde ich niemals schaffen.

Ich schüttelte den Kopf. »Danke. Yep, yep. Okay, alles klar. Dann sag Frankie liebe Grüße. Ich freu mich auf morgen.«

»Bis morgen«, sagte sie leise und legte auf.

Mit hetzendem Herzen lehnte ich mich gegen das Rückenteil des Barhockers und atmete tief ein und aus. Konzentrierte mich auf den Beat, der sanft aus den Lautsprechern drang. So leise er auch war, er half mir, nicht komplett die Kontrolle zu verlieren und in ein tiefes Loch zu stürzen.

Zwar hatte ich Tatum nicht angelogen – ich hatte immerhin wirklich viel zu tun –, andererseits war ich selbst schuld daran, wenn ich mir so viel aufhalste, um auf andere Gedanken zu kommen. Aber ich brauchte das. Noch bekam ich in Tatums Gegenwart nicht die richtigen Worte heraus. Das, was ich ihr eigentlich sagen wollte. Alles in mir sträubte sich, auch wenn mir bewusst war, dass es falsch war. Ich wollte sie mehr als alles andere, doch tief in mir drin wusste ich, dass wir etwas füreinander empfanden, das vielleicht nicht ausreichte. Manchmal funkte das Leben dazwischen. Manchmal waren zwei Menschen eben doch nicht füreinander gemacht, auch wenn sie es sich noch so sehr wünschten und daran glaubten. Ich würde niemals die Person für sie sein können, die sie in ihrem Leben brauchte. Ein Fels in der Brandung, der ihr den Halt gab, den sie verdiente.

Minuten vergingen, in denen ich nur vor mich hin starrte.

Und doch will ich es für sie sein. Mit jeder Faser meines Körpers.

Morgen würde ich ihr genau das sagen. Alles. Ich würde ihr erzählen, was in mir vorging und mit was ich zu kämpfen hatte. Und wenn wir tatsächlich füreinander bestimmt waren, würde es hinhauen. Ich schaffte das. Wir schafften das. Bis dahin musste ich mich zusammenreißen und hoffen, dass ich nicht die Kontrolle verlor und die Stimme in meinem Kopf nicht lauter wurde. Die Stimme, die mir beharrlich zuflüsterte, dass ich ihr niemals gerecht werden würde.

KAPITEL 29

TATUM

Noch bevor die Sonne aufgegangen war, hatte ich mich auf den Weg zur Bäckerei gemacht, um bei Frankie Gebäck fürs Frühstück zu holen. An manchen Tagen kümmerten sich Dad oder Mom darum und an anderen ich. Da ich heute sowieso als eine der Ersten wach geworden war, hatte ich mich rasch fertig gemacht und auf den Weg zu Frankie begeben. Die kühle Novemberluft wehte mir um die Nase, als ich die Hauptstraße entlanglief, einige Minuten später Sherlock anband und die Tür zum Le Petit Pain öffnete. Von drinnen schlug mir der köstliche Duft nach Tartes, Baguettes und Croissants entgegen, während die Wärme meine Glieder auftaute.

Frankie platzierte gerade ein paar Éclairs und Tartelettes in der Ablage hinter der Scheibe. Ihre roten Locken hatte sie zu einem Pferdeschwanz gebunden. Sie sah etwas müde aus, was aber vermutlich daran lag, dass ich gestern bis spät abends bei ihr gewesen war. Nachdem Dash mir abgesagt hatte, war Ablenkung bitter nötig gewesen. Statt mir den Kopf weiter über den Kerl zu zerbrechen, hatte ich mit Frankie ein paar Episoden *Friends* geschaut. Doch heute Nacht war es mir geradezu unmöglich gewesen, ein Auge zuzumachen.

»Guten Morgen, du siehst frisch wie eine Zitrone aus«, rief Frankie mir über die Theke zu und grinste mich an.

Okay, man sah es mir wohl an.

»Was ist das denn für ein Vergleich? Frisch wie eine Zitrone? Sind die nicht … sauer?« Ich seufzte und fuhr mir übers Gesicht. »Und guten Morgen.«

»Aber wenn du sie frisch gepflückt bei Brian im Supermarkt kaufst, dann sind sie … na ja … frisch. Also so, wie du gerade absolut nicht wirkst.« Sie lachte und packte die Bestellung zusammen, die Mom und Dad gestern Abend aufgegeben hatten.

»Als ob du besser aussiehst«, murmelte ich und streckte ihr die Zunge raus.

»Find ich super, dass wir uns unsere Liebe bekunden, indem wir einander sagen, wie beschissen wir aussehen.«

Ich schnaubte. »Sonst macht das ja keiner.«

Sie legte zwei Papiertüten mit Baguettes, Croissants und Schokoladenbrötchen auf die Theke. »Hat sich der Held noch mal gemeldet?«

Kopfschüttelnd reichte ich ihr ein paar Scheine. »Nein, natürlich nicht. Ich weiß nicht, was bei ihm los ist, aber wir sehen uns ja später zum Lunch. Da frag ich ihn mal, warum er mir die letzten Tage aus dem Weg gegangen ist. Mal sehen, vielleicht hat es was mit *der Sache* zu tun, die ich ihm erzählt habe, du weißt schon …«

Frankie biss sich auf die Lippe und nickte. Direkt nach unserem Date hatte ich ihr von allem erzählt.

Ein mulmiges Gefühl machte sich in meiner Magengegend breit. Ich erzählte den Menschen mit Absicht nicht, was mir passiert war, weil ich immer Angst hatte, dass sie mit dieser Information überfordert sein würden. Es war eine heftige Geschichte, das war mir bewusst. »Vielleicht ist es einfach zu viel für Dash. Das alles. Vielleicht bin *ich* ihm zu viel mit meinem Ballast.«

»Wenn das wirklich so ist, zieh ich ihm die Ohren lang.«

Mir war außerdem der Gedanke gekommen, dass er jetzt einen Rückzieher machte, weil er den Tod seines Bruders möglicherweise noch nicht verarbeitet hatte und meine Geschichte ihn daran erinnerte, dass er auch jemanden verloren hatte. Bei ihm war es allerdings anders gewesen, sein Bruder hatte sich selbst das Leben genommen. Wenn ich nur daran dachte, breitete sich auf meinem ganzen Körper Gänsehaut aus. Wie schlimm musste das für ihn gewesen sein. Möglicherweise überforderte ihn mein Geständnis, weil es Dinge in ihm heraufbeschwor, die er verdrängte. Ich hatte Freunde verloren und noch mehr Menschen sterben sehen. Vielleicht brachte er das mit seinen Erinnerungen in Verbindung und benötigte deshalb gerade etwas Abstand. Aber wenn dem so war, dann konnte er es mir doch sagen.

»Sprich später mit ihm und frag ihn. Und wenn was ist, sag mir nur, wie viele Baguettes ich brauche, um ihn zu vermöbeln.«

»Danke, Franks.« Ich lächelte schwach. »Wie sieht dein Tag so aus?«

»Nur arbeiten. Also alles wie immer. Und bei dir?«

»Mom und Dad sind unterwegs, um nach ein paar Möbeln und Pflanzen zu schauen. Gestern sind zwei neue Gäste angekommen. Also muss ich mich heute erst mal ums B&B kümmern. Dann Lunch mit Dash und vielleicht noch ein paar Fotos machen. Wir sehen uns irgendwann später, ja?«

»Alles klar.« Sie lächelte mich breit an. »Bis nachher. Sag Sherlock einen Gruß.«

»Mach ich«, rief ich ihr noch über die Schulter zu, als ich durch die Tür nach draußen trat.

Den ganzen Nachhauseweg über musste ich mich dagegen wehren, an Dash zu denken. Ich wollte nicht zu viel grübeln und womöglich noch irgendetwas in sein Verhalten hineininterpretieren, das gar nicht der Wahrheit entsprach. Er hatte einfach nur viel zu tun. Daran lag es.

Zu Hause angekommen baute ich das Frühstücksbuffet für die Gäste auf und machte im Wohnzimmer ein bisschen Ordnung.

Die beiden Neuen trudelten ein. Das Pärchen Mitte sechzig war auf der Durchreise und hatte sich für einige Tage ein Zimmer bei uns gebucht. Danach würde es weiter Richtung Norden gehen.

Haushaltsarbeit war für mich ganz normal. Meist kümmerten sich meine Eltern um das Essen und die Zimmer, aber wenn sie nicht da waren oder ich sowieso arbeitete und etwas anfiel, gehörte das zu meinem Job. Mom und Dad zu helfen, hatte meinem Leben in den letzten Jahren einen Sinn gegeben, aber mittlerweile merkte ich, dass ich das hier nicht für immer machen wollte. Vor meinem inneren Auge flackerten Bilder von der Uni und New York auf, von all den Dingen, die ich mir wünschte. Wie ich über einen Campus lief, die Kamera in der Hand und Bücher unter dem Arm, allzeit bereit, den Auslöser zu betätigen. Wie ich nach Asien reiste und dort Fotos machte und mich daran erinnerte, was mir meine Leidenschaft bedeutete.

»So ein leckeres Frühstück, danke! Wo geht es denn zum Antiquitätenladen?«, riss mich eine Stimme aus meinen Tagträumen.

Ich blinzelte ein paarmal, um mich von Asien zurück nach Golden Oaks zu transportieren, und blickte ins Gesicht der Frau, die gestern mit ihrem Mann eingecheckt hatte. »Sehr gerne! Ähm, die Straße runter und dann die … zweite rechts. Immer den Lichterketten folgen, die führen Sie Richtung Stadtmitte, und dann sehen Sie den Laden schon.«

»Super, vielen Dank. Wir wollen nach Lampen schauen, die zu den Sesseln in unserem Wohnzimmer passen«, erwiderte sie und lächelte freundlich.

»Da gibt es wirklich hübsche Stücke. Ich hoffe, Sie werden fündig. Ansonsten gibt es einen Ort weiter auch noch einen tollen Laden.«

»Vielen Dank. Dann bis später.«

»Schönen Tag!« Ich winkte ihnen nach.

Stille.

Außer mir schien niemand hier zu sein, Dash hatte die Chestnut Flower Lodge in der Zeit verlassen, als ich bei Frankie gewesen war. Das hatte er mir zumindest geschrieben.

Guten Morgen, Babe.
Ich musste schon früh zur Bar, um aufzuräumen.
Wir sehen uns mittags, hab einen schönen Tag!

Keine Ahnung, ob er mir nur wieder aus dem Weg hatte gehen wollen oder ob es die Wahrheit war. Ich würde es hoffentlich später erfahren. Statt mir weiter darüber den Kopf zu zerbrechen, widmete ich mich erst dem schmutzigen Geschirr in der Küche und machte mich anschließend an die beiden Gästezimmer. Zuerst machte ich bei dem älteren Ehepaar das Bett, räumte etwas auf und entsorgte den Müll, dann ging ich zu Dash rüber. Vergangene Woche war ich schon mal in seinem Zimmer gewesen, und auch dieses Mal war es irgendwie seltsam, hier zu sein – so ganz ohne ihn. Ruhig. Das komplette Gegenteil dazu, wenn Dash da war.

Ich lüftete einmal gut durch, dann schüttelte ich das Bett auf und legte ein paar seiner Klamotten, die daneben auf dem Boden vor sich hin vegetierten, zurück auf den Sessel. Überall roch es nach ihm, nach seinem maskulinen Duft, und ich ertappte mich dabei, wie ich ihn vermisste. Dabei war es wirklich nicht lange her, dass wir uns gesehen hatten.

Es fühlte sich immer noch unwirklich an, dass er es wusste. Dass er nun mein Innerstes kannte und ich mich ihm anvertraut hatte. Fast vier Jahre hatte ich kaum darüber gesprochen. Es hatte gutgetan, sich alles von der Seele zu reden und mein Schutzschild etwas herunterzulassen. Es hatte mir ein bisschen geholfen, es noch ein weiteres Stück verarbeiten zu können. Darüber zu sprechen, machte es real. Es nicht nur anzudeuten und diesen Gesprächen nicht mehr aus dem Weg zu gehen, machte es real. Und alles, was real war, war es wert, es bis in die letzte Faser meines Körpers zu fühlen. Selbst wenn es wehtat. Es musste sein, um damit leben zu können. Mit allem komplett abzuschließen, das war vermutlich niemals möglich, aber es anzunehmen und sich nicht davon unterkriegen zu lassen, schien auf einmal denkbar. Egal, was dort draußen auf mich wartete, ich war stärker geworden. Jeden Tag ein bisschen mehr.

Ich schob seinen Stuhl an den Schreibtisch, rückte die Tasche zurecht, die umgefallen war und nun offen stand. Auf dem Boden neben dem Stuhl lagen ein paar Papiere, die aus ihr herausgefallen sein mussten. Ich zog die Brauen zusammen und erkannte ganz oben den Streifen aus dem Fotoautomaten mit den Aufnahmen von Dash und mir. Ich konnte mich noch genau daran erinnern, wie ich ihm gesagt hatte, dass ich seine Spielchen nicht mehr mitspielen wollte, und so sah ich auf den Fotos auch aus. Grinsend hob ich den Stapel Papiere vom Boden auf und musterte den Fotostreifen. Man konnte meinem Gesicht voll und ganz entnehmen, dass ich an dem Abend total genervt gewesen war.

Gerade als ich den Papierstapel auf den Schreibtisch legen wollte, fiel mein Blick auf etwas anderes, und mir wurde heiß. Ich hörte nur noch, wie mir das Blut in den Ohren rauschte. Wie mein Herzschlag sich beschleunigte. Alles drehte sich.

»Was …«

Hinter dem Streifen von uns blitzte ein weiteres Foto auf. Mit zitternden Händen zog ich es hervor, während sich mein Kopf auf einer Achterbahnfahrt befand.

Nein. Nein. Nein. Nein. Nein. Nein. Nein.

Mit der freien Hand stützte ich mich am Schreibtisch ab, als meine Knie drohten, unter mir nachzugeben. In mir zog sich alles zusammen.

Wie ist das möglich?

Meine Hände zitterten immer stärker, als ich das Foto noch eingehender musterte. Es waren zwei Menschen darauf zu sehen. Dash. Einige Jahre jünger. Und daneben ein zweiter Junge. Sie hatten die Arme um die Schultern des jeweils anderen gelegt und grinsten in die Kamera. Nichts Besonderes, bis auf die Tatsache, dass ich das Gesicht des anderen Jungen unter Tausenden, unter Millionen wiedererkannt hätte. Immer und immer wieder. Es hatte sich in meine Erinnerungen gebrannt und dort Narben hinterlassen, die schlimmer schmerzten als frische Wunden. Ich konnte mich viel zu gut an dieses eine Gesicht erinnern, mit den blauen Augen, der knolligen Nase, den tiefliegenden Augenbrauen. Ich hatte es direkt vor mir gesehen.

An dem Tag, an dem sich mein Leben von einer Sekunde auf die nächste für immer verändert hatte.

An dem Tag, den ich vergessen wollte.

Es war der Junge, der bewaffnet meine Schule gestürmt und dreizehn Menschen getötet hatte.

Mir drehte sich der Magen um, ich war kurz davor, mich zu übergeben.

Wieso kannte Dash ihn? Warum hatte er verdammt noch mal seinen Scheißarm um einen Mörder gelegt? Einen Menschen, der meine Freunde getötet hatte?

Mir wurde abwechselnd eiskalt und glühend heiß. Ich konnte mir nicht erklären, warum die beiden auf einem Foto …

Nein. Nein. Nein. Nein. Nein. Nein. Nein.

Mein Blick huschte zum zusammengefalteten Stück Papier, das hinter dem Foto klemmte. Ich faltete es auseinander. Es sah aus wie ein Brief, der noch nicht allzu oft gelesen worden war. Meine Atmung ging immer schneller und schneller, während ich die erste Zeile las.

Dash,

Nein. Es war falsch. Auch wenn ich wissen wollte, was all das zu bedeuten hatte, durfte ich nicht in seinen Sachen schnüffeln.

Mit tauben Händen faltete ich den Brief wieder zusammen.

»Tatum?«

Mein Herz setzte für einen Schlag aus, dann blickte ich zur Tür.

Dash sah erst mich an, dann die Fotos in meiner Hand. Seine Augen weiteten sich, als er auf mich zukam.

»Tatum, nein … Ich … Wo hast du die gefunden?«

Ich fühlte mich kraftlos, und zugleich drohte alles in mir zu zerspringen. »Lagen neben deinem Stuhl«, flüsterte ich mit heiserer Stimme und ließ den Blick nicht von ihm. »Wer? Was? Warum …«

»Lass es mich dir erklären.« Sanft legte er seine Hände an meine Schultern. In seinen Augen war so viel Panik zu erkennen. Angst und Verzweiflung und Trauer.

Bis es klick machte.

»Dein Bruder.«

Dash starrte mich an, sekundenlang. Dann zeichnete sich so unfassbar viel Schmerz auf seinem Gesicht ab, dass ich nicht wusste, wie ich reagieren sollte, als er schließlich nickte. »Ja … Marcus. Ich … Ich wollte es dir sagen. Heute.«

Erneut stieg Übelkeit in mir auf. Die Fotos und der Brief glitten mir aus den Fingern. Ich wusste nicht mehr, wo oben und unten war. Alles drehte sich, während sich meine Kehle zuschnürte. Hektisch versuchte ich, Luft zu bekommen, zerrte am Kragen meiner Bluse, doch das half nicht.

Marcus. Der Junge mit der blauen Regenjacke. Der Junge, der in der Schule um sich geschossen und schrecklich viele Menschen getötet hatte.

Er war Dashs Bruder.

Er hatte sich das Leben genommen. Genau wie der Kerl aus der Schule es nach dem Attentat getan hatte.

Er war ein und dieselbe Person. Marcus. Dashs Bruder.

Es fühlte sich an, als ob mir der Boden unter den Füßen weggerissen würde. Als ob ich fiele und fiele und fiele. In ein schwarzes Loch, ohne die leiseste Hoffnung, aufgefangen zu werden. Meine Atmung ging immer hektischer. Hitze kroch mir den Hals hinauf. Meine zitternden Hände dagegen waren eiskalt.

»Tatum, lass es mich erklären, bitte …«, flehte Dash und nahm meine Hände in seine.

Ich entriss sie ihm, stützte mich am Tisch ab. Blendete aus, was er sagte. Es war nur noch ein Piepsen in meinen Ohren zu hören. Seine Lippen bewegten sich, aber ich nahm nichts davon wahr.

Ich muss raus hier. Jetzt.

»Bitte bleib und …«

In der nächsten Sekunde stürzte ich an ihm vorbei, hielt mich an allem fest, was mir in die Quere kam, um nicht zusammenzubrechen. Ich erreichte die Tür, hörte noch, wie Dash meinen Namen rief. Und dann rannte ich. Und rannte. Und rannte. So schnell ich konnte, so schnell mich meine Beine trugen. So weit wie möglich weg von dem Kerl, der dafür verantwortlich war, dass mein Leben erneut drohte, in sich zusammenzubrechen.

KAPITEL 30

DASH

Fuck. Fuck. Fuck.

Ich riss mich zusammen und rannte ihr hinterher, die Treppe hinunter und nach draußen. Ich hatte Angst, dass sie die Stufen herunterfiel, so schnell wollte sie Abstand zwischen uns bringen.

»Tatum!« Adrenalin flutete meine Adern. »Bitte, bleib stehen. Lass es mich erklären.«

Sie rannte weiter. Vermutlich stand sie unter Schock. Oder sie wollte nichts mehr von mir wissen. Was es auch war, ich musste etwas tun. *Irgendwas.*

»Tut mir leid, dass ich nichts gesagt habe ... Bitte, warte!«

Und dann blieb sie stehen. Die Augen groß wie Scheinwerfer. »Lass mich in Ruhe! Ich will kein Wort hören.« So kalt ihr Blick war, so schnell hatte sie sich wieder umgedreht und rannte davon.

Ich habe alles ruiniert. Alles, was wir hatten.

Ich wollte wissen, was in ihr vorging. Ich hätte es nicht vor mir herschieben, sondern direkt mit ihr reden sollen, verdammt. Das war der Plan für die Mittagspause gewesen. Shit, ich war echt ein Volltrottel. Wer wusste, ob ich die Situation noch retten konnte? Denn jetzt stand ich hier in der fiesen Kälte und konnte nichts anderes tun, als dem Mädchen nachzusehen, dass sich Schritt für Schritt immer weiter von mir entfernte.

Mit klopfendem Herzen fuhr ich mir übers Gesicht und ließ mich auf die oberste Stufe der Verandatreppe sinken. Und auf einmal traf mich die Erkenntnis wie ein Blitz: Es war zu spät. Ich war zu spät. Tatum hatte das Foto von Marcus und mir gesehen. Hatte sie auch den Brief gelesen? Vermutlich nicht, sonst hätte sie bereits gewusst, dass er mein Halbbruder gewesen war, bevor ich das Zimmer betreten hatte. In mir zog sich alles zusammen. Wie eine Faust, die sich um meinen Oberkörper schlang und zudrückte. So fest, dass mir keine Luft zum Atmen mehr blieb.

Auch ich hatte all das verdrängt und gehofft, es vergessen zu können. Das, was Marcus getan hatte. Doch als Tatum ihre Sichtweise geschildert hatte, war alles in mir hochgekommen. So wie jetzt.

Ich bin schuld und war es immer. Alles ist meine Schuld.

»Nein«, knurrte ich und sprang auf.

Ich musste sie finden und mit ihr sprechen. Ihr alles erklären.

Im Bruchteil einer Sekunde saß ich in meinem Auto und fuhr durch die Straßen von Golden Oaks. Hektisch sah ich von links nach rechts, um Tatum nicht zu verpassen. Vermutlich war sie bei Frankie zu Hause oder in der Bäckerei. Vielleicht auch draußen beim See oder im Wald.

Ich verdiene sie nicht. Niemals kann ich für sie der sein, der sie auffängt, wenn sie fällt.

Ich drehte mit Karacho die Musik auf, bis ich nur noch die Beats und Instrumente, die Lyrics von Pop Smoke hörte und alles andere aus meinem Kopf schieben konnte. Nicht jetzt. Nicht hier. Nicht heute.

Wieder fuhr ich mir mit der Hand übers Gesicht und biss die Zähne zusammen. So durfte das zwischen uns nicht enden. Ich konnte sie nicht verlieren. Zuerst würde ich zu Frankie in die Bäckerei fahren.

Meine Reifen quietschten, als ich auf den Parkplatz vor dem Le Petit Pain hielt und den Motor abstellte. Nicht mal fünf Sekunden später stand ich außer Atem im Laden und sah mich gehetzt um.

Tatum. Tatum. Tatum. Tatum.

Keine Spur von ihr. Dasselbe galt für Frankie. Hinter der Theke stand ein älterer Kerl mit Schnurrbart, der ein paar Leute bediente.

»Ist Frankie hier?«

Er sah mich nicht mal an, rief nur »Francine. Kundschaft für dich!« in Richtung Backstube. Die Sekunden, bis Frankie auftauchte, erschienen mir wie Tage.

»Hast du Tatum gesehen?«, überfiel ich sie.

Sie durchbohrte mich mit düsterem Blick und verschränkte die Arme vor der Brust. »Vergiss es, sie will nicht mit dir reden.«

»Ist sie da?« Ich versuchte, an ihr vorbei nach hinten in die Backstube zu sehen, doch sie baute sich mit ihren knapp ein Meter sechzig vor mir auf und schüttelte den Kopf.

»Du hast sie angelogen und diese ganze Geschichte vor ihr verheimlicht. Glaubst du ernsthaft, sie will mit dir

346

sprechen, nachdem sie eine so krasse Panikattacke hatte?«
Sie lachte bitter auf. »Kannst du vergessen.«

Alle Wärme wich aus meinem Körper. »Sie hatte eine
Attacke? Wie … Wie geht es ihr? Kann ich was tun?«

»Du kannst was tun, indem du verschwindest. Aber
pronto.«

»Frankie, komm schon.«

Sie trat einen Schritt auf mich zu und funkelte mich an.
»Ich rate dir, sofort abzuhauen, sonst kann ich nicht dafür
garantieren, dass ich nicht direkt nach hinten hechte, mir
zwei Baguettes vom Vortag schnappe – und glaub mir,
wenn die nicht richtig eingepackt wurden, sind sie stein-
hart – und dich damit verdresche.« Es klang wie ein Witz,
doch ihrem wütenden Gesichtsausdruck konnte ich entnehmen, dass sie es todernst meinte.

Ich stöhnte auf und fuhr mir durch die Haare in den
Nacken, dann blickte ich sie an. »Richte ihr einfach aus,
dass ich mit ihr sprechen und alles erklären will. Und dass
es mir unfassbar leidtut.«

Schnaubend drehte sie sich um und verzog sich nach
hinten, wo sich vermutlich Tatum befand.

Fuck. Was soll ich nur tun?

Schweren Herzens wandte ich mich um und verließ
den Laden, stieg in meinen Wagen und drehte die Musik
auf. Ich musste mich erst mal beruhigen, bevor ich weitere Versuche startete, auf Tatum zuzugehen. Mein ganzer Körper funktionierte nur auf Sparflamme und fühlte
sich taub an. Ich hatte noch nicht realisiert, dass das alles
in den vergangenen Tagen wirklich passiert war. Dass sie
damals bei … Ich musste hart schlucken und lehnte meinen Kopf gegen das Lenkrad.

Verdammte Scheiße.

Sie würde mir niemals verzeihen. Und wenn doch, dann konnte sie mir vermutlich nie wieder in die Augen sehen, weil sie darin jedes Mal meinen Bruder erkannte.

Abends startete ich noch einen Versuch, doch Tatum wollte nicht mit mir sprechen.

Am darauffolgenden Tag blockte sie ebenfalls ab.

Genau wie am Mittwoch.

Wer konnte es ihr verübeln?

Also stürzte ich mich in die Arbeit in der Bar und versuchte, mich damit abzulenken. Doch der Schmerz in meinen Gliedern, in meinem ganzen Körper und vor allem in meinem Herzen ließ keinen Zweifel daran, dass es mir niemals glücken würde abzuschalten, bevor ich nicht mit ihr gesprochen hatte.

Aber sie blockte jedes Mal ab, setzte ihren kältesten Blick auf und ließ mich stehen. Dabei wusste ich genau, dass sich dahinter mehr verbarg als Hass. Tatum hatte wieder ihre Maske aufgesetzt, ihre Fassade errichtet und wollte nicht, dass ich erfuhr, wie es ihr wirklich ging.

Den heutigen Vormittag hatte ich größtenteils in der Bar verbracht; gegen Mittag saß ich an der Theke und ordnete ein paar Playlists auf meinem Laptop, während Tyler den Getränkebestand durchging. Im Hintergrund lief ein Song von Nicki Minaj. Dann hörte ich plötzlich, wie sich die Tür öffnete.

»Hey, Ty, ich hoffe, es ist in Ordnung, wenn ich ...« Die Stimme brach abrupt ab, als ich mich umdrehte.

»Hey, Frankie, es ist kein Problem, dass Dash auch hier ist, oder?«, rief Tyler ihr zu und grinste frech.

Ich hatte ihn mittlerweile über die Ereignisse der letzten Tage aufgeklärt, sodass er Bescheid wusste. Natürlich war er anfangs auch geschockt gewesen, doch er wollte alles daransetzen, mir zu helfen. Dass seine Hilfe darin bestand, Frankie unter Vorspiegelung falscher Tatsachen hierher zu locken, hatte er mir allerdings nicht erzählt.

»Ich dachte, wir essen nur zu zweit.« Mit zwei Pappschachteln vom chinesischen Imbiss am Marktplatz blieb sie neben mir stehen und stellte sie auf der Theke ab, ohne mich noch einmal anzusehen.

»Komm schon, Franks. So übel ist er nicht.« Mit einem verschmitzten Lächeln trat Ty auf Frankie zu und hob bettelnd die Brauen.

Aus dem Augenwinkel nahm ich wahr, wie sie von einem Bein aufs andere trat und ihn anblinzelte. Dann seufzte sie irgendwann und schaute skeptisch zu mir. »Von mir aus. Aber von meinen Frühlingsrollen bekommst du keine einzige.«

»Schon okay, er kann welche von mir haben«, entgegnete Tyler und zwinkerte mir zu.

Ich atmete erleichtert aus – nicht wegen der Frühlingsrollen, sondern weil sich womöglich die Chance auftat, über Frankie an Tatum heranzukommen. Das war vielleicht nicht die feine englische Art ... aber hey, ich war immerhin auch kein Brite. Im Spiel und in der Liebe kämpfte man mit allen Mitteln, und wenn ich Tatum nicht vollends verlieren wollte, musste ich zusehen, dass ich Frankie für mich gewann.

Rasch klappte ich den Computer vor mir zu und holte mir mein Sandwich aus dem Rucksack. Frankie öffnete währenddessen die beiden Pappschachteln, aus denen der leckere Duft von gebratenem Reis und Gemüse aufstieg. Tyler schnappte sich einen der Kartons und fing an, mit Essstäbchen den Reis in seinen Mund zu schaufeln.

»Sorry, ich habe Hunger«, murmelte er mit vollem Mund, als er bemerkte, dass wir ihn anstarrten.

Frankie lachte auf. »Wie läuft es denn so? Alles gut bei dir?«

»Klar. Jetzt mit dem Essen sowieso.« Tylers Blick war auf seinen Reis geheftet, während Frankie ihn beobachtete. »Und was gibt's bei dir Neues?«

»Hmm, lass mich überlegen«, entgegnete sie, schob sich eine Frühlingsrolle in den Mund und kaute. »Mein Dad ist unterwegs. In der Bäckerei gab es vorhin Stress mit ein paar Lieferanten, aber sonst geht's mir wie immer gut.«

»Dann verbringst du Thanksgiving morgen wahrscheinlich bei Tatum, oder?«

»Yep. Schaust du noch vorbei, oder bist du den Tag über bei deiner Familie?«

»Bin den ganzen Tag bei meinen Eltern, und abends gehe ich …« Er hielt inne. »Ne, ich glaub, ich schaff es nicht mehr.«

Frankie musterte ihn misstrauisch und legte den Kopf schief, doch bevor sie nachhaken konnte, wandte sich Tyler mir zu. »Fährst du zu deiner Mom?«

»Ja, ich bin aber Montag wieder da.«

»Klingt gut.« Tyler warf erst mir, dann Frankie einen Blick zu. »Hey, Franks?«

»Hm?«

»Wie geht's Tatum so?«

Mein Herzschlag beschleunigte sich. Aufmerksam spitzte ich die Ohren.

»Super. Richtig gut. Ging ihr nie besser.«

»Und jetzt die Wahrheit?«, schaltete ich mich ein und kassierte dafür einen tödlichen Blick von ihr.

Ich hob verteidigend die Hände. »Ich weiß, dass ich momentan der Staatsfeind Nummer eins bin und ihr mich hasst, aber ...«

»Ich hasse dich nicht, Adams. Eigentlich habe ich dich für einen coolen Kerl gehalten, der Tatum guttut. Aber wer meiner Freundin wehtut, dem breche ich alle Knochen. Sei froh, dass ich das noch nicht getan habe. Das liegt nur daran, dass Ty dann noch mehr Arbeit mit der Bar hätte.« Vollkommen ruhig widmete sie sich wieder ihrem Reis.

Ich nickte. »Das verstehe ich. Aber es tut mir so wahnsinnig leid, und ich würde gerne mit Tatum über alles reden. Wie geht es ihr denn wirklich?«

»Na, wie soll es ihr schon gehen, nachdem sie herausgefunden hat, dass du ihr verschwiegen hast, dass dein Bruder der Amokläufer an ihrer Schule war? Was denkst du, was das mit ihr macht, Dash? Hmm? Glaubst du, sie tänzelt fröhlich durch die Straßen und singt *High-School-Musical*-Songs?«

Ich presste die Lippen aufeinander, als ich einen Stich in meiner Brust spürte. »Sorry, dumme Frage. Sag mir, was ich tun kann, damit es ihr besser geht. Egal was.«

»Du kannst nichts tun. Abgesehen davon, dass du es ihr schon viel früher hättest sagen müssen, ist das echt hart für sie.« Sie seufzte. »Tatum ist der stärkste Mensch, den ich kenne. Aber irgendwann hat auch sie ihr Limit erreicht.«

Fuck.

Ich sah zu Boden und schüttelte den Kopf, während ein Gefühl der unbändigen Schuld in mir aufstieg. »Ich weiß ja selbst, dass es falsch war, es ihr nicht gleich zu sagen. Aber ich habe es in dem Moment einfach nicht über die Lippen gebracht. Ich wollte es ihr eigentlich bei unserem Lunch-Date erzählen, doch vorher hat sie das Foto gefunden, und alles ist den Bach runtergegangen.«

»Es tut ihm echt leid«, stimmte mir Tyler zu. »Das siehst du doch, oder, Franks?«

Sie nickte zögerlich.

»Und Tatum geht es auch nicht gut mit der Situation. Findest du nicht, dass die beiden mal reden sollten?«

»Schlecht wäre es nicht, nein.« Schulterzuckend hielt sie seinen Blick fest.

»Siehst du!« Tyler schlug auf die Theke und guckte von Frankie zu mir und wieder zu ihr.

Ich holte tief Luft. »Ich weiß, dass sie noch Zeit braucht, aber vielleicht kannst du wenigstens ein gutes Wort für mich einlegen?«

»Keine Ahnung, muss ich mir noch überlegen«, murmelte sie und biss in ihre Frühlingsrolle.

»Es wäre mir wahnsinnig wichtig. Die ganze Sache ist auch an mir nicht vorbeigegangen, ohne Schaden anzurichten. Ich vermisse sie. Und alles, was ich will, ist, dass es ihr gut geht. Natürlich hoffe ich, dass sie mir noch eine Chance gibt, aber sie hat oberste Priorität. Ich kann nachts nicht schlafen, weil sie nur ein paar Türen weiter liegt und ich nicht weiß, was ich machen soll, damit alles wieder gut wird.« Meine Stimme brach.

Verdammte Scheiße.

Frankies Blick wurde weicher, und sie legte die Essstäbchen auf dem Tresen ab, vielleicht als stummes Zeichen, dass sie zumindest bereit war, mir weiter zuzuhören.

»Vielleicht haben wir keine Zukunft. Möglicherweise kann sie mich nicht mal mehr ansehen, weil sie dann jedes Mal an damals denken muss, aber ich will es zumindest versuchen. Ich kann das nicht so stehen lassen und abhaken, wenn es noch einen Funken Hoffnung für uns gibt.« Flehend sah ich Frankie an, die sich nachdenklich auf die Lippe biss.

Nach einigen Sekunden flüsterte sie schließlich: »Den gibt es, denke ich.«

Mir fiel ein Felsbrocken von der Brust, so schwer wie alles Leid der letzten Jahre. Es gab Hoffnung. Ich hatte nicht daran zu glauben gewagt, aber wenn Frankie das sagte, musste es so sein. »Niemand hat eine solche Verbindung zu Tatum wie du. Wenn es eine Person schafft, dass sie mir noch eine Chance gibt oder zumindest mit mir redet, dann bist du das, Frankie.«

»Gib dir einen Ruck, Franks.« Tyler lächelte sie aufmunternd an.

Sie schnappte sich wieder ihre Stäbchen und schaufelte sich erneut Reis in den Mund, nutzte die Zeit, um über unsere Worte nachzudenken. Nach einigen Momenten erwiderte sie schließlich: »Mal sehen, aber ich kann nichts versprechen.«

»Das reicht mir völlig!« Euphorie klang aus meiner Stimme, mein Herz raste. »Danke. Wirklich.«

»Bedank dich nicht zu früh – du weißt nicht, was ich ihr sagen werde.«

KAPITEL 31

TATUM

»Schwesterchen! Lange nicht gesehen.« Quinn fiel mir strahlend um den Hals.

Ich erwiderte ihre Umarmung. »Wie geht's dir? Was macht das Erwachsenenleben?«

Sherlock sprang neben uns auf und ab und wedelte mit dem Schwanz, bis er Quinn endlich dazu gebracht hatte, ihm eine Streicheleinheit zu verpassen.

»Dich habe ich sowieso am meisten vermisst«, sagte sie an ihn gewandt, bevor sie wieder mich ansah und laut schnaubte. »Frag nicht. Stress, anstrengende Menschen, die jeden Tag was von dir wollen, und viel zu hohe Ausgaben für den Lieferservice. Aber ich liebe es.« Grinsend schnappte sie sich ihren Koffer und zog ihn hinter sich her.

Ihr braunes Haar, das fast so dunkel war wie meins, reichte ihr in Wellen bis zur Taille, doch heute hatte sie es zu einem Zopf geflochten. Wir sahen uns wirklich ähnlich – bis auf die Tatsache, dass sie eigentlich immer strahlte. Was ich … weniger tat. Auch wenn wir regelmäßig telefonierten und Nachrichten schrieben, war es tausendmal besser, sie endlich wieder für ein paar Tage zu Hause zu haben.

»Dann freust du dich bestimmt auf Moms leckeres Thanksgiving-Essen.«

»Aber hallo!«

In der Küche begrüßte Quinn Dad und Mom, die den Truthahn für heute Abend vorbereiteten. Sie erzählte kurz vom Flug, während sie Sherlock streichelte und sich mehr auf ihn als auf uns konzentrierte. Aber wer konnte es ihr verübeln, mir ging es schließlich ähnlich mit ihm.

»Komm, ich zeig dir, welches Zimmer wir exklusiv für dich reserviert haben«, sagte ich, schnappte mir den Schlüssel vom Haken an der Wand und ihren Koffer, rollte ihn hinter mir her zur Treppe und erklomm die Stufen nach oben.

Quinn folgte mir. »Sind gerade viele Gäste da?«

»Nicht wirklich. Nur ein Kerl, Dash, der hat ein Zimmer auf unbestimmte Zeit, aber über die Feiertage ist er bei seiner Mom.«

Ein ungutes Gefühl breitete sich in meiner Magengegend aus, und ich musste mir auf die Innenseite meiner Wange beißen, um nicht wieder in Tränen auszubrechen. Das hatte ich die letzten Tage viel zu oft getan. Irgendwann reichte es auch mal, besonders, weil ich Quinn und meine Eltern nicht wissen lassen wollte, wer Dash war und wie es momentan wirklich in mir aussah. Sie würden sich nur Sorgen machen, was die letzten Jahre sowieso viel zu oft der Fall gewesen war. Ich wollte ihnen über Thanksgiving nicht noch mehr aufbürden als ohnehin schon.

»Dash. Ah ja, den hattest du in einer deiner Nachrichten mal erwähnt. Gibt's da was Neues?«

Ich presste meine Lippen aufeinander, um mir nicht anmerken zu lassen, was die pure Erwähnung seines Namens mit mir machte. Mein Herz klopfte wie wild, während ich tiefen Schmerz spürte, der sich schlagartig in mir ausbreitete.

Schnell lief ich den Flur voraus zu dem Zimmer, das wir für Quinn vorbereitet hatten. »Nein, nichts.«

Mauern, Mauern, Mauern. Nichts als Mauern.

»Schade, beim letzten Mal klang es so, als ob er ein cooler Kerl ist.«

»So kann man sich täuschen«, murmelte ich und schloss die Tür auf.

Wir traten ein, und ich stellte ihren Koffer neben der Kommode ab, die rechts an der Wand stand.

»Wow, sind die neuen Fotos hier von dir?« Quinn wies mit dem Kinn auf ein paar der Bilder, die ich draußen am See und auf den Feldern gemacht hatte.

Ich nickte, froh um den Themenwechsel. »Ja. Ich hab ein bisschen mit der Belichtungszeit herumgespielt, und bei den anderen hab ich so ein Prisma verwendet.«

»Die sind sagenhaft, Tatum. Wieso haben sich deine Skills so krass weiterentwickelt? Gerade eben hast du doch noch mit der Digitalkamera Fotos geschossen, die wir zum Entwickeln wegbringen mussten, und jetzt haust du so schöne Sachen raus.«

»Übertreib mal nicht. Klar, ich mag sie auch, aber ist nichts Wildes.«

»Nichts Wildes.« Sie schüttelte den Kopf. »Also wenn du mich fragst, ist es echt Verschwendung, in diesem Kaff

zu leben und dein Talent nicht in die Welt zu tragen.«
Mit hochgezogenen Augenbrauen wandte sie den Blick ab
und zuckte mit den Schultern. »Aber was weiß ich schon.«

Ich seufzte und ließ mich aufs Bett fallen. »Du hast
recht.«

»Hab ich?« Verdutzt drehte sie sich zu mir um und kam
herübergelaufen, um sich neben mich zu setzen. Sie musterte mich, und auf ihrem Gesicht zeichnete sich Neugier
und Skepsis, zugleich aber auch Mitgefühl ab. Immerhin
wusste sie genauso gut wie Mom und Dad und Frankie ...
und Dash ... was damals passiert war.

»Schon.« Ich überlegte. »Ich mag Golden Oaks. Ich
liebe es hier. Aber ich weiß auch, dass es nicht der Ort ist,
an dem ich für immer bleiben will. Fotografieren macht
mir unglaublich viel Spaß, es ist das, was ich mit meinem Leben machen möchte. Und, na ja, ich war in New
York ...«

»Was?! Wann? Mit wem?«

Ich winkte ab, weil ich nicht über die Details sprechen
wollte. Das würde mir nur erneut ein Messer ins Herz
rammen. »Spielt keine Rolle. Was viel wichtiger ist, ist,
dass ich gemerkt habe, dass ich an die Uni will. Vielleicht
nicht mal in New York, sondern eher hier in Golden
Oaks. Aber letztendlich muss alles darauf hinauslaufen,
dass ich irgendwann bereit bin, diese Stadt zu verlassen,
um die Welt zu sehen.«

»Na endlich. Ich wollte dir immer die Zeit lassen, die
du brauchst, Tatum. Na ja, ein bisschen hab ich dich ja
schon gepusht, gebracht hat es bisher allerdings nichts.
Ganz ehrlich: Das ist die wahrscheinlich beste Erkenntnis, zu der du je gekommen bist.«

Ich lachte auf. »Dafür muss ich aber noch einiges tun. Auch wenn mir diese Lautstärke-Sache leichter fällt, weil ich mich absichtlich damit konfrontiert habe, bin ich noch lange nicht so weit.«

»Allein, dass du es willst, ist schon ein riesiger Schritt in die richtige Richtung. Wirklich. Ich bin stolz auf dich. Und *wenn* du dann so weit bist, wird man überall im *National Geographic* deine Fotografien sehen können. Das weiß ich.«

Ich atmete tief durch und drückte sie. »Danke. Ich arbeite daran. Bei einigen Menschen dauert es eben ein wenig länger, bis Träume sich erfüllen. Aber das heißt nicht, dass nie was daraus wird. Manchmal gibt es Startschwierigkeiten.«

»Und wenn du die überwunden hast, fliegst du höher als jemals zuvor.«

Ein Lächeln zupfte an meinen Mundwinkeln. »Gut möglich.«

Wir lagen noch eine Weile auf ihrem Bett und unterhielten uns über Chicago und ihren Job. Über das Erwachsenwerden. Bis es sanft an der Tür klopfte und Frankie ihren roten Lockenkopf durch den Spalt steckte. »Hey, ihr beiden, eure Mom sagt, das Essen ist fertig und ihr sollt so langsam mal runterkommen. Wegen mir könnt ihr ruhig hier oben bleiben, da bleibt mehr Truthahn für mich.« Sie grinste und lief dann auf uns zu, um erst Quinn und anschließend mich zu drücken.

»Ich hab Hunger«, verkündete ich.

»Den hast du immer.« Frankie kicherte, und gemeinsam machten wir uns auf den Weg nach unten.

Mom und Dad hatten das Essen bereits auf dem Küchentisch aufgebaut. Jeder nahm sich einen Teller und schaufelte sich Truthahn mit leckerer Füllung, Süßkartoffeln und Salat darauf, bevor wir uns zusammen an den Esstisch setzten.

Mein Blick glitt zu den Fotografien an der Wand. Nachdem mir die anderen heruntergefallen waren und ich mich geschnitten hatte, war ich in den letzten Tagen dazu gekommen, neue aufzuhängen. Dieses Mal jedoch ohne Dash. Der Schmerz darüber, dass er nicht hier war, durchzuckte meinen Körper und tat fast so weh wie die Tatsache, dass er mich belogen hatte.

Ich konnte nicht mit ihm zusammen sein. Es würde niemals funktionieren. Wenn ich ihn nur sah, drehte sich mir der Magen um. Trotzdem bekam ich ihn nicht aus dem Kopf. Er hatte sich dort eingenistet, und es war unmöglich, nicht an ihn zu denken. Selbst wenn ich mich ablenkte, schweiften meine Gedanken irgendwann wieder zu ihm ab. Und jedes Mal, jedes einzelne Mal, spürte ich den Schmerz in all meinen Gliedern, doch am stärksten in meinem Herzen. Rasch atmete ich durch und konzentrierte mich auf den Abend mit der Familie (Frankie gehörte für mich fest dazu), versuchte, noch mehr Abstand zu Dash zu gewinnen und ihn aus meinem Kopf auszusperren. Das funktionierte mal besser, mal schlechter.

Frankie blieb das ganze Wochenende über bei uns, wir machten uns ein paar schöne Tage, die mich zumindest ein wenig ablenken konnten. Es gab immer wieder Momente, in denen mir nur noch nach Heulen zumute war und ich mich in meinem Bett verstecken und Dashs Playlist hören wollte, die er für mich zusammengestellt hatte. Glücklicherweise sorgte Frankie aber jedes Mal dafür, dass es mir kurz darauf besser ging. Ich war froh, dass wir uns hatten und sie mich immer zum Lachen bringen konnte, auch wenn mir absolut nicht danach zumute war.

»Tatum«, sagte sie am Sonntagabend schließlich, als ich in einem Fotografiebuch blätternd auf dem Boden vor meinem Schreibtisch saß. Sie hatte durch ihr Handy gescrollt, legte es nun jedoch beiseite und warf mir vom Bett aus einen ernsten Blick zu.

»Frankie.«

»Wie geht's dir?«

Ich stöhnte auf und legte das Buch aufgeschlagen neben mir ab. »Du weißt, wie es mir geht.«

»Es ist also noch nicht besser geworden.«

»Nein«, sagte ich leise und lehnte den Kopf gegen den Unterschrank meines Schreibtischs, schaute hinauf an die Decke. »Ich glaube nicht, dass das noch mal was wird. Ich weiß nicht mal, ob ich ihm in die Augen sehen könnte.«

»Du könntest es aber zumindest mal probieren.«

»Was? Ihm in die Augen sehen?«

»Tatum«, entgegnete sie und legte den Kopf schief. »Vielleicht wäre es eine gute Idee, mit ihm zu reden.«

»Was soll er mir denn sagen? Ich meine … die Fakten liegen auf dem Tisch. Er ist der Bruder von …«

»Ja.« Sanft lag ihr Blick auf mir, und ich wusste, dass sie mich verstand.

»Allein der Gedanke an ihn bereitet mir Übelkeit. Und Kopfschmerzen.«

»Aber so kann es nicht weitergehen. Erstens werdet ihr euch sowieso irgendwann über den Weg laufen, und zweitens tut es dir nicht gut, wenn du alles in dich hineinfrisst, statt darüber zu sprechen.«

»Ich rede doch mit dir«, scherzte ich, worauf sie mit den Augen rollte.

»Wirklich, Tatum. Ich bin mir sicher, dass es ihm leidtut. Alles.«

Ich fixierte sie mit schmalen Augen. »Hast du mit ihm gesprochen?«

»Nur kurz, am Mittwoch, als ich mit Ty gegessen habe.«

Mein Herz machte einen Satz. »Und wie geht es ihm?«

»Beschissen. Also so wie dir. Ihr solltet wirklich mal reden.«

»Aber ... er hat mich angelogen. Er hat mir verheimlicht, was er wusste.«

»Tatum, jetzt mal ganz ehrlich: Wärst du an seiner Stelle gleich mit der Wahrheit rausgeplatzt? Denkst du wirklich, dass du das gemacht hättest? Ich glaube das nämlich nicht. Wenn du mal in dich hineinhörst, wirst du merken, dass es das ist, was fast jeder Mensch getan hätte. Als ob er dich gleich mit so einem Geständnis aus den Latschen hauen will, nachdem du ihm deine Geschichte erzählt hast. Und danach musste er vermutlich selbst erst mal verarbeiten, was passiert ist. Du hättest es auch vor dir hergeschoben.«

Mit kalten Fingern fuhr ich mir über meine Oberschenkel. Frankie hatte recht. Wahrscheinlich hätte ich erst mal eine Nacht darüber schlafen ... oder mir den Kopf zerbrechen müssen. Und dennoch war da in mir eine Sperre, die mich daran hinderte, ihm eine Chance zu geben. Er war sein Bruder. Das würde ich niemals vergessen oder darüber hinwegsehen können.

»Vielleicht hätte ich auch nichts gesagt«, entgegnete ich und spürte, wie Tränen in mir aufstiegen. Hitze flutete meine Wangen. »Aber das ändert nichts daran, wer er ist.«

»Das kann er nicht ändern. Und mal unter uns, Tatum. Du bist meine beste Freundin, wobei wir beide wissen, dass dieser Begriff nicht im Ansatz an das rankommt, was wir haben.« Sie warf mir einen weichen und doch vielsagenden Blick zu, und ich erwiderte ihn mit einem schwachen Lächeln. »Und ich kann nicht zusehen, wie du entweder so tust, als ob nichts ist, während dich die ganze Sache innerlich zerfrisst, oder dir der Schmerz ins Gesicht geschrieben steht. So geht es echt nicht weiter. Du darfst dich nicht so quälen.«

»Ich werde darüber hinwegkommen.« Irgendwann. Und wenn es Monate oder gar Jahre dauern würde. Kein Kerl der Welt war es wert, ihm ein Leben lang nachzutrauern.

»Du weißt aber schon, dass er …« Sie hielt inne. »Dass er nicht Marcus ist.«

Gänsehaut kroch über meine kalte Haut. Ich fuhr mir durch die Haare und starrte wieder an die Decke. »Das ist mir bewusst, Frankie.«

Leise und vorsichtig fuhr sie fort, wählte jedes Wort mit Bedacht. »Dash hat nichts mit all dem zu tun, was sein Bruder getan hat. Die beiden sind vielleicht verwandt, aber er ist nicht dafür verantwortlich.«

»Aber …«

»Nein, Tatum, kein Aber.« Sie kam zu mir rüber, um sich neben mich auf den Boden zu setzen und einen Arm um mich zu schlingen. Sofort legte ich meinen Kopf an ihre Schulter. »Sie sind zwei verschiedene Menschen. Dass sein Bruder etwas wirklich Schlimmes getan hat, bedeutet nicht, dass Dash was dafür kann, okay? Er ist auch nur ein Typ, der versucht, sein Leben auf die Reihe zu kriegen und irgendwie weiterzumachen. Ich bin mir sicher, dass ihn die ganze Geschichte ziemlich belastet.«

Ich zuckte mit den Schultern und wischte mir eine Träne von der Wange. »Kann schon sein.«

»Vielleicht gibst du ihm noch mal eine Chance und lässt ihn alles loswerden, was er dir zu sagen hat. Er vermisst dich. Du vermisst ihn. Rede mit ihm oder lass ihn reden, hör ihm zu und lass dann dein Herz und deinen Bauch entscheiden, was du machen wirst.« Als ich nichts sagte, nur vor mich hin grummelte, fügte sie noch hinzu: »Okay? Versprichst du mir das?«

»Von mir aus. Auch wenn ich nicht weiß, was das bringen soll. Aber … in Ordnung. Ich tu's für meinen Seelenfrieden und für dich. Ich hoffe, das ist dir bewusst.«

Ein Strahlen legte sich auf ihr Gesicht. »Aber so was von.«

KAPITEL 32

DASH

Laute Beats dröhnten mir die Ohren weg. Meine Kopfhörer hatte ich schon seit Stunden nicht mehr abgenommen, weil ich nicht ertragen konnte, was in der Stille auf mich lauerte. Immer lauter und lauter.

Meine Finger trommelten wie ferngesteuert gegen mein Bein, während ich mit der anderen Hand über das Touchpad meines Laptops sauste und E-Mails beantwortete. Immer noch bekam ich jeden Tag mehrere Anfragen für DJ-Gigs in großen Clubs und für einige kleinere Festivals. Mal sehen, wann das aufhören würde. Doch ich vermisste es, und nach unserem Aufenthalt in New York war mir der Gedanke gekommen, es wieder zu versuchen. Zumindest im Golden Hour.

Ich lachte bitter auf und schüttelte den Kopf.

Das würde niemals was werden.

Aus dem Augenwinkel nahm ich wahr, wie jemand die Tür öffnete und eintrat. Rasch schob ich mir die Kopfhörer von den Ohren und wünschte mir im nächsten Moment, ich hätte sie aufgelassen. Ich wollte nicht reden.

»Hey, Ty.«

Über seinem dunkelgrünen Hoodie trug er eine gefütterte Jeansjacke, seine dunklen Locken fielen ihm wirr in die Stirn. Er schlenderte zu mir herüber und grinste mich an. »Alles klar? Wie war Thanksgiving?«

»Gut. Meiner Mom geht's super, ich soll dir Grüße ausrichten. Das Essen war wie immer der Hammer. Und bei dir?«

»Danke, sag ihr das nächste Mal auch welche. Bei uns war es auch cool. Entspannt. Mein Onkel musste natürlich wieder übertreiben und hat sich volllaufen lassen, aber gehört das nicht zu fast jeder Familienfeier?«

Meine Mundwinkel zuckten nach oben, bevor sie herunterfielen und ich den Blick abwandte. Meine Familienfeiern bestanden aus Mom und mir. Viel mehr Familie hatte ich nicht – oder *wollte* ich nicht. »Super, wenn's schön war. Ich hab die letzten Tage übrigens ein paar DJs angeschrieben, die sich teilweise schon zurückgemeldet haben.«

»Du hast über Thanksgiving gearbeitet?« Er starrte mich entgeistert an, dann kratzte er sich am Nacken und lief zur Theke rüber, um seine Jacke dort zu deponieren. »Mann, du solltest echt lernen abzuschalten.« Er deutete auf die Kopfhörer, die mir um den Hals hingen und aus denen immer noch laute Musik scholl. »Damit meine ich auch die Musik. Das ist sogar mir viel zu laut, und ich stehe hier drüben.«

»Das ist doch nichts«, sagte ich und versuchte mich an einem Grinsen, um alles zu überspielen, was drohte, die eisige Oberfläche zu durchbrechen.

»Dash. Ich weiß, dass es dir nicht gut geht, also tu

nicht so, als ob. Und außerdem müsstest du doch erst heute Abend kommen, wenn ich losmuss. Also, geh nach Hause.«

»Quatsch.« Ich schüttelte den Kopf. »Ich kann eh nichts daran ändern. Da stürze ich mich lieber in die Arbeit.«

»Okay. Wenn du reden willst, sag Bescheid.«

»Danke. Ich mach mich jetzt mal an die Buchungen.« Dann wandte ich mich wieder meinem Laptop zu und setzte die Kopfhörer auf, um auch die letzte Erinnerung wegzuwischen.

So saß ich die nächsten Stunden an der Bar, bis irgendwann gegen Nachmittag das Display meines Handys aufleuchtete und eine Nachricht anzeigte.

Von Tatum.

Ein aufgeregtes Kribbeln setzte in meinem Magen ein, und ich öffnete hektisch unseren Chat.

Können wir uns sehen?

Mein Herz raste, während ich eine Antwort tippte.

Natürlich. Jetzt gleich?

Ich atmete tief durch. Endlich war sie bereit, mit mir zu reden, mich zu sehen. Ich hatte genug Zeit gehabt, mir zu überlegen, was ich sagen wollte. Ich war so weit.

Sofort kam sie wieder online.

Yep. Wir treffen uns bei mir im Zimmer. Bis gleich.

Bis gleich.

Ohne lange zu überlegen, packte ich mein Zeug zusammen. Sie gab mir eine Chance, alles zu erklären und mit ihr über die Situation zu reden. Auch wenn mir mein Herz bis zum Hals schlug, musste ich Ruhe bewahren und versuchen, das Richtige zu sagen. Doch was war schon das *Richtige?*

»Hey, Ty? Ich … Tatum hat mir geschrieben. Wir treffen uns jetzt.« Mein Blick huschte zur Uhr. Es war bereits vier, und Ty wollte eigentlich um 18 Uhr abhauen.

Fuck.

»Klar, mach dir keinen Stress. Ich kann heute Abend für dich einspringen.«

»Warst du nicht verabredet? Sicher?«

»Kriegen wir hin. Hauptsache, ihr beiden klärt das.« Dann nickte er mir noch mal zu. »Viel Erfolg, Bro.«

»Danke, Ty, du hast was gut bei mir. Wir sehen uns morgen.« Mit diesen Worten sprintete ich aus der Bar hinaus zu meinem Auto und fuhr, so schnell ich nur konnte, zur Chestnut Flower Lodge.

Nur wenige Minuten später stand ich außer Atem vor Tatums Tür und versuchte, meinen Puls unter Kontrolle zu bringen. Dann hob ich meine Hand und klopfte vorsichtig an.

Erst hörte ich nichts, dann Schritte, die näher kamen, und im nächsten Moment öffnete Tatum die Tür.

»Hi«, sagte sie, und trotz der Traurigkeit in ihren Augen sah sie so schön aus wie immer. Ihr Haar steckte in einem verwuschelten Dutt, und da ein paar Strähnen zu kurz dafür waren, schauten sie im Nacken heraus. Sie hatte einen übergroßen dunkelroten Strickpulli an, der ihr bis zur Mitte der Oberschenkel reichte.

Alles, was ich wollte, war, sie zu küssen.

Alles, was ich tat, war, meine Mundwinkel zu einem vorsichtigen Lächeln zu verziehen.

»Hey.« Ich fuhr mir mit der Hand durchs Haar und warf einen Blick ins Zimmer. »Darf ich reinkommen?«

Tatum nickte und machte einen Schritt zur Seite, dass ich eintreten konnte.

Es sah aus wie immer, auf dem Schreibtisch stapelten sich etliche Fotos und Notizbücher, Blätter und Bücher. Ihr Laptop war aufgeklappt, und ich erkannte, dass ein Bildbearbeitungsprogramm darauf geöffnet war.

»Danke, dass du gekommen bist.«

Ich zog meine Jacke aus, hängte sie über die Lehne des Stuhls und drehte mich zu ihr um. Sie so zu sehen, mit Tränen in den Augen, die drohten, jede Sekunde überzulaufen, versetzte mir einen tiefen Stich ins Herz. Zu gerne wollte ich sie berühren, sie an mich drücken und küssen und wissen, dass alles gut werden würde. Doch so funktionierte das nicht.

Ich widerstand dem Drang, meine Hand zu heben und sie ihr an die Wange zu legen, biss die Kiefer aufeinander und schluckte hart. »Danke, dass du mit mir redest. Es gibt so vieles, was ich dir sagen will.« Ich fuhr mir übers Gesicht und machte ein paar Schritte auf sie zu, doch sie wich nach hinten.

»Dash, ich … Warte. Nur reden.«

»Nur reden.« Ich atmete tief durch und nickte. »Was kann ich tun, damit es dir besser geht?«

Langsam lief sie zum Bett herüber und ließ sich auf die Matratze sinken, schlang ihre Arme um die Knie und bedeutete mir mit einem Nicken, mich zu ihr zu setzen. Mit etwas Abstand – ich wollte nicht, dass sie sich unwohl fühlte – kam ich ihrer Aufforderung nach.

»Ich will … alles wissen. Erzähl mir von … deinem Bruder.« Sie ballte ihre Hände zu Fäusten, lockerte sie jedoch sofort wieder. »Erzähl mir von allem. Ich glaube, ich brauche das. Und falls wir noch eine Chance haben, dann ist das die einzige Möglichkeit. Aber ich kann dir echt nichts versprechen. Erzähl es mir.«

»Auch wenn es wehtun wird?«

»Gerade dann. Die letzten Tage war ich wie betäubt. Ich will mich so nicht mehr fühlen, Dash. Ich will alles fühlen. Und wenn es noch so verdammt wehtut.« Sie blinzelte ein paarmal und wackelte nervös mit den Füßen.

Einatmen. Ausatmen.

Zwar hatte ich mir überlegt, was ich ihr sagen würde, ich hatte mir alles fein säuberlich im Kopf zurechtgelegt. Doch jetzt, da ich hier saß, sie nicht berühren durfte und trotzdem bis tief in sie hineinblickte, warf ich alles über den Haufen.

»Meine größte Angst war es schon immer«, fing ich an und hielt ihren Blick fest, »jemandem zu begegnen, der wegen Marcus einen Menschen verloren hat, den er liebt. Damals, als es noch frisch war, ist mir das zweimal passiert, und jedes Mal habe ich mich wie ein Stück Dreck gefühlt. Ich kann dir zwar Tausende Male sagen, wie leid es mir tut, aber das ändert nichts daran, dass du das erlebt und deine Freunde verloren hast.«

Eine einzelne Träne lief ihre Wange hinunter, sonst zeigte ihr Gesicht keinerlei Regung.

»Marcus war mein kleiner Bruder.« Wenn ich nur daran dachte, tat mein ganzer Körper weh. Ich wollte mich in eine Ecke kauern und alles herauslassen, was sich in den Jahren aufgestaut hatte. Das Gefühl von Zerrissenheit. »Ich habe ihn geliebt, weißt du? Das ist vielleicht schwer zu glauben, nachdem er das getan hat, aber er war trotzdem mein Bruder. Wir haben uns oft getroffen, ich habe ihn aufwachsen und zu einem Teenager werden sehen. Und dann habe ich irgendwann nichts mehr gesehen … Weil ich immer weniger Zeit mit ihm verbracht habe. Das kann ich mir bis heute nicht verzeihen. Dass ich ihn vernachlässigt habe, obwohl wir Brüder waren. Obwohl ich meinen Vater für das gehasst habe, was er mir und meiner Mom angetan hat, habe ich Marcus geliebt. Und das tue ich heute noch.« Mein Puls rauschte mir in den Ohren, während ich um Worte rang. »Auch ich habe an diesem Tag jemanden verloren. Meinen kleinen Bruder. Doch weil er all diese Menschen getötet hat, fällt es mir …« Ich schloss für einen Moment die Augen, weil mich eine Welle der Trauer überrollte. Dann schlug ich sie auf und sah in ein schmerzverzerrtes Gesicht. »Es fällt mir so unglaublich schwer, ihn zu vermissen. Wie kann ich jemanden vermissen oder sogar lieben, der etwas so Schreckliches getan hat? Darf ich das überhaupt? Müsste ich ihn nicht hassen?«

Wieder kullerten Tränen über Tatums Wangen. Ich wollte sie wegwischen, doch ich senkte sofort die Hand, als sie leicht den Kopf schüttelte. »Ich kann dir nicht sagen, was du darfst und was nicht.«

»Ich weiß. Niemand kann das. Niemand konnte mir jemals sagen, was ich fühlen darf und was nicht oder was richtig und was falsch ist. Wie ich mich verhalten soll.«

»Er hat sich am Ende das Leben genommen.«

Schmerz stach fest in mein Herz und ließ keinen Fetzen der Freude übrig. »Ja. Er … Kurz nachdem die Polizei das Gebäude gestürmt hat, hat er sich erschossen.« Ein Schauer wanderte über meinen Rücken und meine Arme. »Am Abend davor haben wir uns das letzte Mal unterhalten. Wir haben über irgendwelche Ergebnisse der NBA geredet und gelacht. Es war ein Telefonat wie jedes andere. Ich hätte niemals gedacht, dass er so etwas tun könnte, dass er zu so was in der Lage wäre und dass er diesen ganzen Schmerz mit sich herumtrug. Dass ich nichts gemerkt habe, ist mir bis heute unbegreiflich. Ich kann gerade selbst nicht glauben, dass ich darüber spreche. Das habe ich noch nie getan. In all den Jahren kein einziges Mal.«

»Ich weiß, wie das ist«, flüsterte sie.

»Das alles kam nicht von heute auf morgen. Es war nicht so, dass er aufgewacht ist und sich plötzlich dafür entschieden hat. Es muss sich über Jahre hinweg in ihm aufgestaut haben, und niemand von uns hat was gemerkt. Niemand.«

»Ich glaube, dass man so was in den wenigsten Fällen im Voraus mitbekommt. Du darfst dir dafür nicht die Schuld geben.«

Ich schüttelte den Kopf. »Weißt du, wie oft mir die Frage gestellt wurde, wie ich es nicht merken konnte? Wie oft mich Menschen einen schlechten Bruder genannt und mir gesagt haben, dass ich versagt habe? Und jedes einzelne Mal fühlt es sich an, als würde mir das Herz herausgerissen. Damals habe ich mich wochenlang nicht getraut, die Zeitungen aufzuschlagen oder Nachrichten anzuschalten, weil über meine Familie berichtet und mein kleiner Bruder, der mein Ein und Alles war, als Monster bezeichnet wurde. Ich hab es nicht kommen sehen.« Hitze stieg mir in die Wangen, während ich einen Punkt am Boden fixierte. »Seinen Brief hast du …«

»Nein, den hätte ich niemals lesen können. Er geht mich nichts an; das wollte ich dir nicht antun.«

»Möchtest du ihn lesen?«

Ihre Augen weiteten sich. »Du musst mir das nicht anbieten, das ist viel zu persönlich.«

»Ich möchte es aber.« Ich hielt inne. »Also wenn du es willst und es dir nicht zu viel ist.«

Blässe umspielte ihre Nase, als sie sich auf die Lippe biss und nach einer Weile nickte. »Okay.«

Mein Herz raste. Niemand außer mir hatte ihn je gelesen.

Rasch lief ich rüber in mein Zimmer, holte den Brief und war im nächsten Moment wieder bei Tatum, setzte mich neben sie. Unsere Knie berührten sich. Auch wenn ich so langsam die Hoffnung verlor, gab mir diese hauchzarte Berührung Kraft. Genug Kraft, mich dem zu stellen, was hier drinstand.

»Ehrlich gesagt habe ich ihn bisher nur zweimal gelesen«, sagte ich und faltete ihn mit zitternden Händen auf. Unsere Blicke begegneten sich. »Ich hab ihn damals in ein Notizbuch gelegt und weggepackt, aber als ich vor ein paar Wochen aufgeräumt habe, ist er mir wieder in die Hände gefallen. Das war auch der Auslöser dafür, dass ich mit meinem alten Leben abschließen wollte. Der Grund dafür, dass ich nicht mehr auflegen wollte und hierhergezogen bin. Mit dem Lesen ist alles wieder hochgekommen, was ich die Jahre zuvor verdrängt hatte. Allein seine Handschrift zu sehen, ist fast zu viel für mich.«

»Wir können ihn zusammen lesen. Falls dir das hilft.«
Sie rückte ein Stück näher und legte eine Hand auf meinen Oberschenkel. Mit der anderen nahm sie mir zitternd
den Brief ab und hielt ihn so vor uns, dass wir ihn gemeinsam lesen konnten.

Dash,

es tut mir leid. Das hier tut mir so schrecklich leid.
Ich wünschte, du müsstest diesen Brief niemals
lesen. Es tut mir leid, dass du es jetzt doch tust.
Ich habe es dir nie erzählt, weil ich nicht wollte,
dass du dich für mich schämst. Ich wollte, dass du
auf deinen kleinen Bruder stolz bist. Es tut mir leid,
dass du es jetzt niemals sein wirst.
Du fragst dich wahrscheinlich, warum. Warum
ich es getan habe. Warum ich nichts gesagt
habe. Warum es dazu kommen musste.
Ich kann nicht mehr, Dash. Das ist die Wahrheit.
Mein Leben ist ein schwarzes Loch, das mich jeden
Tag aufs Neue verschluckt. Ich kann nicht entkom-
men. Das konnte ich nie. Jeder Tag ist ein Kampf,
wenn du in die Schule gehst und von niemandem
beachtet wirst. Niemand schert sich um dich, du
bist allen egal. Du könntest tot sein, und keinem
würde auffallen, dass du nicht mehr da bist.
Aber es ist nicht immer so. Manchmal beach-
ten sie mich – nur dass das noch schlimmer ist.
Denn dann beschimpfen und schlagen sie mich.
Der gebrochene Arm kam nicht von einem
Skate-Unfall, sondern von den Leuten, die mich

die Treppe beim Sportplatz runtergestoßen und danach Dutzende Male zugetreten haben.

Es tut mir leid, dass ich immer behauptet habe, dass mich alle mögen. Ich wollte nur, dass du stolz auf mich bist. Ich wollte nur geliebt werden. Aber von Mal zu Mal wurde es schlimmer. Ich weiß nicht, was ich noch tun soll, nichts hilft und nichts ändert etwas daran, dass ich so nicht mehr weitermachen kann. Ich bin so wütend auf sie alle. Alles, was ich sehe und fühle, ist schwarz. Abgrund nach Abgrund und kein Ausweg. Keine Leiter, mit der ich hier rauskomme.

Seit Jahren verfolgen mich diese Gedanken. Erst habe ich sie verdrängt, aber irgendwann wurden sie stärker als ich. Selbst als ich mich geschnitten habe, ist es niemandem aufgefallen. Beim ersten Mal nicht und bei den fünfzig Malen danach auch nicht. Ich nehme es dir und Mom und Dad nicht übel. ~~Es gab Wichtigeres für euch.~~ Es ist in Ordnung. Ich bin selbst schuld, dass ich nie etwas gesagt habe.

Ich hasse es, morgens in den Spiegel zu sehen. Alles an mir ist falsch, sonst würden mich die anderen doch mögen. Aber sie hassen mich oder ich bin ihnen egal. Sei nicht sauer auf mich, großer Bruder. Eines Tages sehen wir uns wieder. Ich freue mich darauf.

Es tut mir leid, wenn du jetzt traurig und sauer und wütend bist. Du hättest nichts tun können. Du hättest es nicht verhindern können. Mach dich nicht verantwortlich.

Es tut mir leid, dass ich dir immer die blauen M&Ms geklaut habe. Es tut mir leid, dass ich dir so selten gesagt habe, dass ich froh bin, einen tollen Bruder wie dich zu haben. Es tut mir leid, dass ich dein Fahrrad kaputt gemacht habe, aber auch, dass Dad dich und deine Mom für meine verlassen hat. Es tut mir leid, dass ich gesagt habe, dass es mir gut geht, als du gefragt hast und ich mein Leben gehasst habe. Es tut mir leid, dass ich mit dir gelacht habe, wenn mir zum Weinen zumute war. Es tut mir leid, dass ich nicht der kleine Bruder ~~bin~~ war, auf den du stolz sein kannst. Alles tut mir leid.

Ich hoffe, du erinnerst dich nicht nur an das, was ich jetzt gleich tun werde. Ich hoffe, du erinnerst dich an mein Lachen und den Tag im Schwimmbad, als wir vom Fünf-Meter-Turm gesprungen sind. Ich hoffe, du erinnerst dich an unsere Super-Mario-Spieleabende und denkst im Winter daran, wie gerne wir Schlittenfahren waren. An den Klang meiner Stimme und dass ich mich irgendwann mehr und mehr zurückgezogen habe. Wie ich niemanden sehen und nicht aus meinem Zimmer kommen wollte, und daran, dass ich im Sommer Sweater getragen habe. Ich hoffe, du erinnerst dich daran, dass es mich mal gab, dass ich existiert habe und es vielleicht sogar wert war, geliebt zu werden, auch wenn ich das nie gesehen habe. Dass ich dir mal wichtig war und jetzt nicht mehr bin.

Es tut mir leid, Dash. Ich hoffe, du kannst mir

eines Tages verzeihen. Ich wünschte, ich könnte dich noch ein einziges Mal umarmen, aber das geht jetzt nicht mehr. Pass auf dich auf und vergiss mich nicht.

Ich liebe dich. Bis wir uns irgendwann wiedersehen.

Marcus

Ich schloss die Augen und versuchte, ruhig zu atmen, während ich neben mir Tatum leise schluchzen hörte. Sie schlang die Arme um meinen Oberkörper und legte ihren Kopf an meine Schulter.

Eiseskälte glitt durch meine Glieder, Taubheit, die bis in die Knochen reichte.

»Dash, du darfst weinen.«

»Ich kann das nicht«, flüsterte ich und schüttelte beharrlich den Kopf.

»Du bist traurig, und das darfst du auch sein. Du darfst ihn vermissen. Du darfst all das, also lass es zu. Spür das, was sich in dir aufbaut. Fühl es und ...« Abrupt brach sie ab, als sie sah, wie mir Tränen in die Augen stiegen. Ganz langsam, wie in Zeitlupe, glitten sie meine Wangen hinunter und hinterließen heiße Spuren auf meiner Haut. Sie brannten. Mein Herz brannte. Alles brannte lichterloh. Dann zog sie mich in eine Umarmung und schenkte mir damit so viel mehr als nur Nähe. Es war alles, was ich gerade brauchte, auch wenn ich wusste, dass es womöglich das letzte Mal war, dass wir uns so berührten. Dass es das letzte Mal sein könnte, dass ich ihren süßen Duft einatmete und ihr über die Haare streichen durfte, dass ihr

Herz gegen meines schlug, im gleichen Takt. Mehr Tränen stiegen mir in die Augen, und ich ließ es zu. Es war einer dieser Momente, in denen alles egal war. Sie liefen mir an der Wange hinunter und verfingen sich in Tatums Pulli. So saßen wir einige Minuten nebeneinander, bis ich schließlich meinen Kopf hob und ihr tief in die Augen blickte, wo ich genau die gleiche Zerrissenheit erkannte, die ich seit Jahren mit mir herumtrug.

»Ich habe sämtliche Signale verpasst«, wisperte ich. »Ich hätte sie sehen müssen, bemerken müssen. Irgendwas. Dass er sich zurückgezogen hat oder mich nicht mehr sehen wollte. Er hat irgendwann angefangen, unsere Treffen abzusagen, indem er Ausreden vorgeschoben hat. Und dann der Sweater im Sommer. Er trug ständig langärmelige Oberteile. Er hat immer weniger mit mir gesprochen. Ich hätte was merken müssen.«

»Nein«, sagte Tatum ruhig und schüttelte den Kopf. »Dein Bruder hatte Probleme mit seiner mentalen Gesundheit, wurde gemobbt, und vermutlich hat er es einfach sehr gut versteckt und wollte nicht, dass jemand davon weiß und sich Sorgen macht. Dich trifft keine Schuld.« Sie seufzte und wischte sich die Tränen vom Gesicht. »Und ganz ehrlich? Ich glaube, Liebe reicht nicht aus. Wir können nicht wissen oder kontrollieren, was unsere Geliebten denken und fühlen. Und die Tatsache, dass man gar nicht daran denkt, dass sie zu so was fähig wären, dass man niemals auf den Gedanken kommt, dass so etwas passieren kann, bringt uns vermutlich auch dazu, wichtige Signale zu verpassen.«

Was Tatum sagte, ergab Sinn. Niemals hätte ich gedacht, dass Marcus so etwas tun könnte.

Und doch hat er es getan. Und doch ging es ihm beschissen. Und doch ist er nicht mehr da. Und doch kann er all das, was du tust, nicht mehr erleben. Seine Träume nicht verwirklichen. Keine Beziehungen führen. Keine Kinder bekommen und heiraten. Nichts davon und noch so viel mehr, was er niemals erleben wird.

»Erst danach ist man schlauer.« Langsam löste ich mich von ihr, hielt jedoch meine Finger weiter mit ihren verschlungen. »Ich glaube, wir müssen immer davon ausgehen, dass jemand, den wir kennen oder sogar lieben, leidet. Ganz abgesehen davon, was er oder sie sagt oder tut. Es steckt immer mehr dahinter, und auch wenn nichts an dieser Sache etwas Gutes hat, habe ich daraus zumindest gelernt, genau zuzuhören und auf alles zu achten. Zu beobachten und Fragen zu stellen, die ich bei Marcus versäumt habe zu stellen.«

Tatum zitterte leicht, als sie den Blick abwandte und zu Boden sah.

»Tatum«, wisperte ich und legte eine Hand an ihre Wange, um ihr Gesicht zurück zu mir zu drehen. Ich sah ihr an, dass tief in ihr drin ein Wirbelsturm aus Trauer, Schmerz und wirren Gedanken wütete. »Es tut mir leid, dass mein Bruder dir so wehgetan hat.«

Wieder krochen Tränen aus ihren Augen, und auf ihren Wangen zeichneten sich rote Flecken ab. »Es ist nur … Ich weiß nicht, was ich machen oder sagen soll. Mir tut dein Verlust unfassbar leid, und es tut mir wahnsinnig weh, dich so zu sehen. Und trotzdem zerreißt es in mir etwas, weil ich immer noch unglaublich wütend bin.«

»Ich verstehe das. Wirklich. Damals, vor all den Jahren, hat er sich entschlossen, Menschen zu töten. Es war seine Entscheidung. Ich glaube, es ist vollkommen normal, wenn du ihn hasst – er hat schreckliche Dinge getan.«

»Nachdem ich den Brief gelesen habe, verstehe ich es aber zumindest. Also, warum er es gemacht hat. Das heißt aber nicht, dass dadurch seine Schuld geringer wird – es ist immer noch Mord –, sondern einfach nur, dass ich mich vermutlich mit der Zeit vom Hass lösen und vielleicht sogar vergeben kann.«

»Das erwartet niemand von dir, niemand«, sagte ich schnell und schüttelte den Kopf.

Sie zuckte mit den Schultern. »Ich weiß. Ich sage ja auch nicht, dass es von heute auf morgen so sein wird. Wahrscheinlich ist es vielmehr ein Prozess. Jeder Tag ein neuer Schritt.«

»Und wenn nicht, ist das vollkommen verständlich. Ich meine … ich weiß nicht einmal, ob ich überhaupt das Recht habe, ihn vermissen zu dürfen.«

»Das hast du«, sagte sie und verzog einen Mundwinkel zu einem müden Lächeln. »Du hast seinen Brief gelesen. Er hat das nicht getan, weil er Spaß daran hatte, sondern weil er sich nicht zu helfen wusste und keinen Ausweg kannte. Das ändert nichts daran, dass er viele unschuldige Menschen verletzt und … getötet hat.« Sie holte Luft. »Aber er war dein Bruder. Und er hat innere Kämpfe ausgefochten, die er am Ende verloren hat.«

Ich nickte und presste die Lippen aufeinander, während Tatum wieder ihre Arme um mich schlang. »Danke, dass du mir all das erzählt und mir den Brief gezeigt hast.«

Wärme breitete sich in meinem Brustkorb aus. Ich

strich ihr sanft über den Rücken. »Danke, dass du mir zugehört hast.«

»Ich habe das gebraucht. Nicht nur für uns, sondern auch für mich.«

Mit einem mulmigen Gefühl in der Magengegend zog ich mich zurück, um ihr in die Augen sehen zu können. Sie waren leicht gerötet, ein müder Ausdruck lag darin.

Ich schluckte. »Wie geht es jetzt weiter? Wenn ich irgendwas tun kann, sag es bitte. Egal, was es ist. Ich will nur, dass du dich bei mir wohlfühlst und nicht immer an früher denken musst. Ich will für dich der eine Mensch sein, der dir Sicherheit gibt und sie dir nicht raubt. Ich würde alles tun, damit du dich besser fühlst und wir es noch mal miteinander versuchen können.«

Sie öffnete die Lippen, starrte mich an. »Ich glaube, ich muss das erst mal verdauen. Gerade ist es noch zu frisch und zu intensiv. Wie gesagt kann ich dir nichts versprechen.«

»Ich weiß. Ich gebe dir selbstverständlich die Zeit, die du brauchst.« Mein Herz pochte viel zu schnell. »Und falls du dich gegen mich, gegen uns, entscheidest … dann sollst du wissen, dass ich es verstehen würde – auch wenn es mir das Herz bricht.«

KAPITEL 33

TATUM

In dieser Nacht machte ich kein Auge zu. Ich wälzte mich von links nach rechts, über die Decke, unter die Decke, holte mir etwas zu trinken und versuchte es dann noch mal. Doch nichts half gegen all die Gedanken, die mein Kopf in ein Minenfeld verwandelten und nur darauf warteten, mich emotional in die Luft zu jagen.

Zu wissen, dass es Dash einige Türen weiter mit Musik auf den Ohren in seinem Bett vermutlich ähnlich ging, half keineswegs. Als ich durch mein Fenster sah, wie es leicht dämmerte, der Morgen anbrach, fuhr ich mir grummelnd übers Gesicht. Immer noch zerbrach ich mir den Kopf darüber, was Dash mir erzählt hatte. Über den Zwiespalt, den ich empfand. Ich wusste nicht, ob ich in der Lage war, jemals wieder mit ihm zusammen zu sein. In sein Gesicht zu sehen, ohne Hass und Trauer und Angst zu empfinden. Ich seufzte und drehte mich zur Seite, dann fasste ich mir ein Herz und stand auf.

Trotz allem musste ich funktionieren und meinem Job nachgehen. Nachdem ich mich fertig gemacht und gefrühstückt hatte, entschied ich mich dazu, mit Sherlock rauszugehen, um frische Luft zu schnappen und den Kopf freizubekommen. In meinen warmen Wintermantel gehüllt, lief ich Richtung Wald. Auf den Straßen begegneten mir hier und da ein paar Leute aus Golden Oaks, doch ich versuchte, jedem Gespräch aus dem Weg zu gehen. Ich wollte mit niemandem reden, brauchte Ruhe und Zeit, um mir darüber klar zu werden, was ich tun sollte.

Als wir den Wald erreichten, befreite ich Sherlock von der Leine. »Uuuuuuund auf geht's.«

Ohne eine weitere Sekunde abzuwarten, raste er los, schnupperte an den umliegenden Büschen und Bäumen. Zu dieser Zeit war es hier glücklicherweise sehr still. Niemand außer Sherlock und mir. Nur der Wind, der mir um die Ohren sauste, mein Atem in der Kälte, der Wolken in die Luft zauberte. Unter meinen Boots knacksten die dünnen Äste auf dem unbefestigten Waldboden. Über mir die Bäume, die bereits ihre Blätter lassen mussten, und neben mir der Fluss, der bald zum größten Teil gefroren wäre.

Nach einigen Minuten öffnete ich die braune Tasche und holte meine neue Kamera heraus, die Frankie mir zum Geburtstag geschenkt hatte. Rasch schaltete ich sie ein und machte ein paar Testaufnahmen vom düsteren Waldweg und den Baumwipfeln, spielte noch etwas an der Belichtungszeit und der Blende herum, bis ich zufrieden war und alles fotografierte, was mir vor die Nase kam. Ich konzentrierte mich voll und ganz auf meine Motive, strich mit meinem Zeigefinger vorsichtig über den Auslöser, hielt die Luft an und … drückte ab. Und dann wieder. Und wieder. Und wieder. Nichts bis auf das Klicken der

Kamera. Das Geräusch, das jedes Mal kleine Blitze der Aufregung durch meinen Körper jagte. Der *guten* Aufregung.

Einige Fotos waren im Kasten, und ich lief ein Stück weiter, um die Augen nach weiteren Motiven offen zu halten. Sherlock sprang begeistert von Pfütze zu Pfütze. Nachher musste er dringend gewaschen werden, seine Pfoten und das Fell am Bauch waren schon vollkommen verdreckt.

Ich blieb noch eine Weile im Wald und genoss die Ruhe, fotografierte, bis ich langsam den Nachhauseweg antrat.

Nachdem ich Sherlock gründlich geschrubbt hatte, verzog ich mich in mein Zimmer, um ein wenig an unserer Website zu basteln. Mit einer heißen Schokolade und Lebkuchen bewaffnet und in eine flauschige Decke gehüllt, machte ich es mir an meinem Schreibtisch bequem. Ich klappte den Laptop auf und nahm einen großen Schluck, bevor ich mich an die Bearbeitung einiger Fotos machte, die ich gestern Vormittag schon angefangen und dann abgebrochen hatte, weil ich unbedingt Dash hatte sehen wollen. Ich war mit Frankie und Quinn am Thanksgiving-Wochenende extra ein bisschen weiter aus Golden Oaks rausgefahren, um einen Wasserfall zu besuchen, der etwas abgelegener in einem anderen Wald lag. Ich wischte über das Touchpad und tippte ein paar Tastenkommandos, und schon tauchte das Foto auf dem Bildschirm auf, in das ich mich ein wenig verliebt hatte. Das nahezu weiße Wasser schoss vom Felsvorsprung herunter in den Fluss, der in Moostönen changierte. Es war wie ein kleiner Rückzugsort, umgeben von hohen Felsen und Bäumen, eine Sackgasse, die dir Freiheit schenkte. Jetzt noch roch ich den frischen Duft der feuchten Luft, die meine Haare zum Kräuseln gebracht hatte.

Ich biss von einem Lebkuchen ab und bearbeitete die Farben und die Belichtung etwas. Minuten vergingen, bis ich irgendwann den Wald vor lauter Bäumen nicht mehr sah und den Blick durchs Zimmer gleiten ließ, bevor ich ihn wieder auf den Bildschirm richtete. Sofort fielen mir ein paar Kleinigkeiten auf, an die ich noch ranmusste. Als ich letztendlich zufrieden und meine heiße Schokolade leer war, exportierte ich alle Bilder und lud sie in die Mediathek unserer Website. Ich tippte einen kurzen Text dazu, schwärmte von dem versteckten Ort, der sich perfekt für einen Ausflug eignete, und überlegte mir eine Überschrift. Dann verlinkte ich noch eine Karte, auf der man sich die Route anzeigen lassen konnte, und veröffentlichte den Artikel auf unserem Blog.

»Erledigt«, murmelte ich und lehnte mich zurück.

Im Raum war es vollkommen still, was sich mittlerweile fast schon ein wenig ungewohnt für mich anfühlte. Mit einer raschen Handbewegung öffnete ich wie automatisch Dashs Playlist für mich und spielte den vierten Song an – mein Lieblingslied. Leise drangen die ersten Lyrics und Melodien aus dem Lautsprecher des Laptops an mein Ohr. Ich zog die Decke ein wenig enger und lehnte mich erneut zurück.

Wie es Dash wohl gerade geht …

Vermutlich genauso beschissen wie mir. Er vermisste mich. Ich vermisste ihn. Wir vermissten uns. Ich war froh, dass er mir alles erzählt hatte, und ein Stück weit hatte es mir auch geholfen, eine neue Perspektive auf die ganze Geschichte zu erlangen. Allein der Brief ... Gänsehaut kroch über meinen Körper, nur bei dem Gedanken daran. Ich biss die Zähne fest aufeinander, als hinter meinen Lidern ein Brennen einsetzte. Vielleicht war es nötig, sich mit all dem noch eingehender zu befassen. Das Gespräch mit Dash hatte mir geholfen, ein wenig zu heilen. Nur ein kleines bisschen. Wie wenn man spürte, dass tiefe Wunden langsam zusammenwuchsen und sich in Narben verwandelten, die einen bis zum Lebensende begleiteten. Risse, die wieder eins wurden. Heilten.

Ich spielte mit den Fingern am Saum der Decke herum, als mir plötzlich eine Idee kam. Ob es eine gute war, blieb fraglich, doch letztendlich musste ich das selbst herausfinden. Also überlegte ich nicht lange, sondern öffnete den Internet-Browser und tippte ein paar Begriffe ins Suchfeld.

Amoklauf Chester High

Ich musste nicht mal den Ort oder die Jahreszahl eingeben.

Mit leicht zitternden Fingern klickte ich das erste Suchergebnis an. Ein Zeitungsartikel mit der Überschrift »Siebzehnjähriger Schüler tötet dreizehn Schüler und Lehrkräfte«, der am Tag nach dem Vorfall veröffentlicht worden war. Ich überlegte kurz, ob ich den Text lesen sollte, dann straffte ich die Schultern und überflog die ersten Zeilen. Und den ersten Absatz. Und schließlich den gesamten Artikel.

Nicht nur meine Finger, sondern auch mein Körper zitterte, jedoch konnte ich nicht sagen, ob es an dem Anflug von Angst lag oder an der Kälte, die mir bis in die Knochen reichte. Der Text ließ den Tag Revue passieren und brachte Bilder vor meinem inneren Auge zum Vorschein, die ich längst verdrängt hatte.

Die Waffe. Sein Gesicht mit den hellen Haaren. Die blaue Regenjacke. Blut. Überall Blut. Am Boden, an den Stühlen, der Wand, den Körpern. Der metallische Geruch, der sich mit dem nach Angstschweiß vermischt.

Ich konzentrierte mich darauf, dass ich allein in meinem Zimmer saß und das hier nur ein Text und in meinem Kopf nur die Erinnerung daran war. Klammheimlich stahl sich eine heiße Träne aus meinem Augenwinkel, die ich erst spürte, als sie mir auf die Hand tropfte. Vollkommen vertieft öffnete ich einen weiteren Artikel. Und dann noch einen. Und noch einen. Bis mehrere Stunden vergangen waren und ich immer noch an derselben Stelle saß, ohne eine Panikattacke bekommen zu haben. Zwar war ich kurz davor gewesen, doch ich hatte sie abwenden können. Es waren nur Texte. Sätze. Worte. Buchstaben. Es war nicht hier, es war nicht real. Nicht mehr.

Der Ausflug in die Vergangenheit hatte mir gutgetan, auch wenn ich das selbst nicht für möglich gehalten hatte. Es war ein weiterer Schritt in die richtige Richtung gewesen. Konfrontation. Das war es, was mir half. Jeden Tag ein bisschen mehr. Deshalb war ich nun sogar an dem Punkt, dass ich Musik im Hintergrund laufen lassen und auf kleinere Feste, in die Großstadt gehen konnte. Dash war meine Konfrontation gewesen. Er war das Laute, das ich brauchte, um die Stille auszubalancieren. Um Ruhe in mir zu finden, auch wenn viel los war.

Auf meinem Laptop öffnete ich ein Bild von Dash und mir, welches ein Passant in New York gemacht hatte. Es zeigte uns lachend, glücklich, verliebt, im Central Park auf einer Bank. Sein Arm um meine Schultern, meine Hand auf seiner. In unseren Augen glitzerte etwas. Vielleicht war es nur das Sonnenlicht, vielleicht aber auch der Funke Hoffnung auf ein normales Leben.

Und so saß ich hier und realisierte, dass ich ihn ansehen konnte, ohne negative Gefühle zu empfinden. Es war vielleicht nur ein Foto, aber ich wusste, dass es mir ähnlich gehen würde, wenn ich ihn wiedersah. Dash konnte nichts für das Verhalten seines Bruders. Ich durfte ihn dafür nicht verantwortlich machen. Natürlich gab es die Verbindung zwischen ihm und Marcus, sie teilten sich teilweise die gleichen Gene, doch durch Dash konnte ich mit dieser ganzen Sache etwas Neues assoziieren. Nicht unbedingt etwas sehr Positives, allerdings etwas, das alles in ein anderes Licht rückte. Marcus war auch nur ein Mensch mit Problemen gewesen, die wir alle hatten. Und während manche offen damit umgingen und sich helfen ließen, war er eine Person gewesen, die das nicht getan hatte. Seine inneren Dämonen hatten gewonnen, und dafür konnte er nicht einmal was. An diesem Tag in die Schule zu laufen und all die Menschen zu töten, *dafür* konnte er was. Aber auf eine heilende Art und Weise verstand ich ihn, auch wenn dies nicht seine Schuld minderte. In Zukunft würde ich viel stärker darauf achten, wie es meinen Mitmenschen ging und ob ich irgendwelche Signale erkannte. Irgendetwas, das durch die Fassade blitzte und darauf hindeutete, dass es der Person doch nicht so gut ging, wie sie tat. Denn am Ende des Tages hatte jeder sein Päckchen zu tragen – und manche brauchten dabei mehr Unterstützung als andere, auch wenn sie nicht um Hilfe baten.

Für Dash empfand ich nach wie vor etwas, das mir in diesem Augenblick half. Ich konnte frei atmen, wenn ich an ihn dachte. Ich konnte frei atmen, wenn ich an früher dachte. Weil sich alles verändert hatte. Marcus, das Monster, war zu Marcus, dem Menschen, geworden. Mir fiel ein Stein vom Herzen, der dort jahrelang dunkel und düster gelegen hatte. Was Marcus damals getan hatte, wollte ich keinesfalls entschuldigen. Es war schrecklich, daran blieb kein Zweifel. Aber mittlerweile konnte ich die Menschlichkeit in der Tat sehen. Ich konnte natürlich nicht von heute auf morgen damit abschließen, und es würde Monate, vermutlich Jahre dauern, bis ich wieder ein normales Leben führen würde. Womöglich …

Und dann machte es klick.

Was habe ich mir da eigentlich vorgemacht?

Die ganzen Jahre hatte ich heruntergespielt, was mir passiert war, hatte ich keine Hilfe annehmen wollen, um stark zu sein. Weil mich keine Kugel getroffen hatte. Weil ich *nur* meine Freunde verloren hatte. Passierte das nicht vielen Menschen, die sich auch keine Hilfe suchten? Ich hatte angenommen, dass ich eine Therapie nicht nötig hatte, weil ich körperlich unversehrt geblieben war. Ich hatte in meinen Augen kein Recht darauf gehabt, weil andere viel schlimmere Wunden davongetragen hatten. Aber jetzt wurde mir alles klar. Dash hatte recht. Ich brauchte Hilfe. Ich musste mir welche suchen. Ich wollte nicht, dass sich meine Mitmenschen weiter Sorgen um mich machten, nur weil ich nicht darum bat. Es war etwas völlig Normales, um Hilfe zu bitten, wenn man ein gebrochenes Bein hatte. Warum also wurde so ein großes

Ding daraus gemacht, wenn man eine gebrochene Seele hatte, die genauso der Hilfe bedurfte?

Über diese Frage dachte ich noch lange nach, als ich mich ins Wohnzimmer an den Kamin setzte und nach draußen starrte, wo Sherlock durch den Garten jagte. Doch zu einem wirklichen Schluss kam ich nicht. Nur zu dem, dass wir in einer ziemlich kaputten Gesellschaft lebten, die aller Wahrscheinlichkeit nach der Grund dafür war.

»Hey, Mom? Dad?« Unter meine Decke gekuschelt, rief ich in den Flur, als ich hörte, dass die beiden gerade die Kommode aufräumten. »Könnt ihr mal kommen?«

»Was gibt's, Schatz?«, fragte Mom, als sie und Dad durch die Tür kamen und sich zu mir aufs Sofa setzten. Auf ihrem freundlichen Gesicht zeichneten sich Sorgenfalten ab, während mein Dad entspannt zu mir sah, die dunklen Augen voller Wärme.

»Ich glaube, ich will mir Hilfe suchen.«

Meine Mom atmete tief aus, dann nahm sie meine Hand. »Du meinst … eine Therapie?«

Ich nickte, und Dad seufzte erleichtert auf. »Das ist eine sehr gute Idee.«

»Und ich möchte mit meiner Fotografie vorankommen. Ich weiß, dass das B&B nicht so gut läuft und eine Privatuni komplett ausgeschlossen ist, wenn ich kein Stipendium bekomme. Aber womöglich kann ich ja diesen einen Kurs belegen, den Quinn herausgesucht hat? So könnte ich weiter hier wohnen und helfen, aber trotzdem an meinem Traum arbeiten.«

Meine Mom schüttelte den Kopf. »Meinst du nicht, dass die Uni im nächsten Herbst machbar ist? Bis dahin ist es noch fast ein ganzes Jahr. Und davor nimmst du wie vorgeschlagen an diesem Fotografie-Kurs teil, der bald startet.«

»Aber das Geld …«

»Tatum«, unterbrach mich mein Dad. »Mach dir darüber keine Sorgen. Deine Mom und ich bekommen das hin. Das haben wir dir schon immer gesagt. Solange du dich bereit fühlst.«

»Und in meiner Freizeit und den Semesterferien kann ich hier aushelfen.« Mein Herz machte einen Satz, während ich spürte, dass sich meine Mundwinkel zögerlich hoben.

»Du hast ja noch ein wenig Zeit, es dir zu überlegen«, erwiderte meine Mom. So viel Wärme und Hoffnung lagen in ihrem Blick. »Aber am Geld soll es nicht scheitern.«

»Danke. Wirklich. Ich weiß, ich bin manchmal etwas in mich gekehrt, aber ich weiß das zu schätzen und bin euch dankbar für alles.« Meine Stimme brach. »Es wird sich vieles ändern. Aber nur zum Guten.«

KAPITEL 34

DASH

»Können wir mal festhalten, dass du ganz schön gut kochen kannst, Ty?« Ich nickte meinem besten Freund anerkennend zu. »Ich hatte aus irgendeinem Grund gedacht, dass mich hier was viel Übleres erwartet. Aber das kann man ja sogar echt essen.«

»Nur weil Fiona mir geholfen hat«, erwiderte Tyler und grinste.

»Da hast du ausnahmsweise mal recht.« Fiona schob sich schulterzuckend eine Gabel voll Lasagne in den Mund.

Heute Abend war die Bar geschlossen, es war Mittwoch, unser freier Abend, und Ty hatte mich zum Essen in die WG eingeladen. Ein wenig Ablenkung tat mir gut, und ein Abend mit Freunden war sowieso immer der Garant für Spaß. Anscheinend hatte er sich etwas Hilfe von Fiona geholt, und zusammen hatten sie eine echt leckere Gemüse-Lasagne zubereitet. Chase saß auf einem der Sitzsäcke, Ty auf dem anderen, Fiona und ich hatten es uns auf dem Sofa bequem gemacht. Jeder mit einem Teller voll Essen in der Hand.

»Manchmal frage ich mich echt, wie ich es hier mit euch aushalte, Jungs.«

»In Wirklichkeit liebst du uns doch. Mindestens genauso sehr wie Jenn. Kannst es ruhig zugeben«, brabbelte Chase vor sich hin, während er einen Schluck trank.

»Dash, flüchte, solange es geht. Vor allem vor Chase. Ty ist ja noch in Ordnung.«

»In Ordnung?«, protestierte er. »Also echt, wer heitert dich denn immer auf, wenn Jenn weg ist?«

»Chase.«

»Ha!«, lachte dieser auf, und auch ich musste grinsen.

Tyler schüttelte den Kopf und wandte sich seinem Essen zu. »Das kam jetzt unerwartet und macht mich auch nur ein bisschen traurig.«

Grinsend stellte Fiona ihren Teller ab und warf sich dann zu Tyler in den Sitzsack. »Och, komm. In diesem Haus haben wir doch schon lange die Rollen zugewiesen. Du bist für alle da und hast immer gute Ratschläge parat, Chase ist der Scherzkeks, und ich bin die Perfektion in Person. Das Hirn des Hauses. Schlau und schön und fabelhaft.«

Ich schnaubte amüsiert und verschluckte mich fast an der Lasagne. »Und bescheiden noch dazu.«

»Aber klar.« Sie zwinkerte mir zu.

»Dash braucht noch eine Rolle«, murmelte Tyler und überlegte.

»Der ist für den Soundtrack zu unserem chaotischen Leben zuständig. Bisher waren seine Playlists immer die besten, da könnt ihr nicht mithalten, Jungs.«

Meine Mundwinkel zuckten nach oben. Musik war ein großer Teil meines Lebens, und wenn Leute meine Playlists oder Sets mochten, freute mich das ungemein.

»Die Aufgabe übernehme ich gerne.«

»Dann solltest du aber auch mal wieder auflegen. Ich würde dich echt gerne als DJ erleben, Ty hat so viel von dir erzählt«, sagte Fiona und setzte sich wieder zu mir auf die Couch.

Es wäre eine Lüge gewesen zu behaupten, dass ich in den vergangenen Tagen nicht darüber nachgedacht hatte. Das Gespräch mit Tatum hatte etwas in mir losgetreten. Das Bedürfnis, mich wieder mehr den Dingen zuzuwenden, die meine Leidenschaft waren. Nun gut, eigentlich nur die eine Sache: die Musik. Das Auflegen.

Das funktionierte nicht sofort. Ich brauchte dafür Zeit. Schritt für Schritt. Aber ich war mir relativ sicher, dass ich früher oder später auf die eine oder andere Art zurückfinden konnte. Und das, ohne mir Vorwürfe dafür zu machen.

»Mal sehen«, gab ich zurück. »Vielleicht mach ich das irgendwann.«

Ich durfte mir nicht länger die Schuld für alles geben. Tatum hatte recht: Niemand hätte es gesehen. Niemand hätte etwas tun können. Niemand hätte es verhindern können. Nur Marcus selbst. Ich wusste das zwar, aber ich hatte es noch nicht verinnerlicht. Vermutlich handelte es sich um einen Prozess. Und bis es so weit war, musste ich daran glauben, dass dieser Zeitpunkt mit jedem Tag näher rückte. Ich musste darauf vertrauen, auch wenn es Zeiten geben würde, in denen ich meilenweit zurückgeworfen wurde. Ein Vor und Zurück, bis ich mein Ziel erreichte.

»Echt?« Tyler musterte mich mit offenem Mund.

»Yep. Nicht heute und nicht morgen. Aber irgendwann bestimmt.«

»Ich freu mich, wenn es so weit ist.«

»Und ich erst«, sagte Chase. »Das wird die Party des Jahrhunderts. Und das in Golden Oaks.« Er lachte. »Wie steht's eigentlich mit deiner Wohnsituation? Willst du jetzt für immer in der Chestnut Flower Lodge wohnen?«

Ich schüttelte den Kopf. Sofort wanderten meine Gedanken wieder zu Tatum. Ich wartete noch darauf, dass sie mir ihre Entscheidung mitteilte, und tappte komplett im Dunkeln. Wollte sie es noch mal probieren? Konnte sie es? Oder gab es keine Chance auf eine Zukunft mit ihr? Egal, wie sie sich entschied, ich würde es verstehen und letztendlich damit leben müssen.

»Dash?«, hörte ich Fiona sagen und zuckte zusammen.

»Oh, ja, sorry. Ich wollte mir demnächst ein paar Wohnungen angucken. Alle in Golden Oaks natürlich. Mal sehen, ob was Cooles dabei ist.«

»Vermutlich wird nichts an dein krasses Apartment in Williamsburg heranreichen«, entgegnete Tyler und warf einen raschen Blick zur Uhr.

»Muss es auch nicht. Hauptsache, ich finde was, wo ich mich wohlfühle und genug Platz für meine Möbel und Musik habe.«

»Was sagt Tatum dazu, dass du ausziehst?«

»Chase«, ermahnte Fiona ihn. Vermutlich hatte sie schon mitbekommen, dass es momentan nicht allzu gut mit uns lief. Sie warf mir einen entschuldigenden Blick zu.

»Oh, keine Tatum? Ähm, gut, dass ich das auch mal weiß. Danke fürs Vorwarnen, Leute. Sorry, Dash.«

Ich seufzte. »Echt kein Problem, Mann. Es ist nur gerade … kompliziert. Yep, ich glaube, das trifft es ganz gut.«

»Hmm, dann hoffe ich, dass sich das bald klärt und gut ausgeht.«

»Das hoffen wir alle«, meinte Tyler und stand auf, um seinen leeren Teller in die Küche zu bringen. »Ich mach mich dann mal auf den Weg. Wir sehen uns morgen in der Bar.«

»Wohin geht's?«

»Bin noch verabredet«, gab er zurück, schnappte sich seine Jacke und lief in Richtung Tür.

»Na ja, alle deine Freunde sind hier. Bis auf Frankie. Und von der weiß ich, dass sie heute bei Tatum ist.« Chase grinste, doch Ty ließ sich nicht aus dem Konzept bringen.

Er musste schmunzeln, dann sagte er noch »Gute Nacht, Leute« und zog die Tür hinter sich ins Schloss.

Wenige Stunden später begab ich mich auf den Weg zurück ins B&B. Die letzten Nächte waren viel zu kurz gewesen, und ich hoffte, dass ich heute zur Abwechslung mal richtig schlafen konnte. Oder zumindest überhaupt.

Ich setzte mir Kopfhörer auf und startete meine Lieblingsplaylist, dann machte ich es mir auf dem Bett bequem, lehnte mich gegen das Kopfteil und scrollte durch Instagram und meine anderen Social-Media-Apps. Seit ich hier war, hatte ich nicht mehr so viel Zeit auf diesen Plattformen verbracht. Ich hatte ja auch nichts mehr zu posten. Es waren meine DJ-Seiten, und wenn ich kein DJ mehr war, gab es dafür auch keine Inhalte. Nur ein volles Postfach mit etlichen Nachrichten. Anfragen für Gigs und Leute, die sich nach mir erkundigten und sogar schon wilde Vermutungen darüber anstellten, warum ich so sang- und klanglos verschwunden war. Viele kommentierten noch fleißig meine alten Fotos und fragten, wann und wo ich das nächste Mal auflegte, oder schrieben, wie sehr sie meine Gigs vermissten. Ich schloss die App wieder. Solange ich keine definitive Antwort geben konnte, wollte ich auch nicht zurückschreiben oder signalisieren, dass ich online war. Der Moment würde früher oder später kommen, daran glaubte ich fest.

Seit dem Gespräch mit Tatum waren mir noch andere Dinge in den Kopf gekommen. Dinge, die ich vor mir herschob und denen ich mich stellen musste. Ich überlegte hin und her. War jetzt der richtige Zeitpunkt? Mein Blick huschte zur Uhr auf meinem Display – kurz nach zehn. Spät, aber nicht zu spät. Mit meinen Fingern trommelte ich gegen meine Oberschenkel, dann atmete ich ein paarmal tief durch, schob mir die Musik von den Ohren und schnappte mir mein Handy. Bevor ich es mir anders überlegen konnte, hatte ich eine Nummer in meinem Telefonbuch ausgewählt, die ich schon lange nicht mehr angerufen hatte.

Am Ende der Leitung ertönte das Freizeichen und dann, nach ein paar Sekunden: »Hallo? Dash?«

Ich kniff die Augen zusammen und kratzte mich am Hinterkopf. »Ähm, hey, Dad.«

»Das ist ja eine Überraschung«, entgegnete mein Vater verdutzt. »Es ist schön, deine Stimme zu hören.«

»Störe ich?«

»Nein, natürlich nicht. Was gibt's?«

»Ich …« Mit klopfendem Herzen hielt ich inne. »Ich wollte mal fragen, wie es dir so geht.«

Stille. Und dann: »Wir schlagen uns durch. Und du?«

»Ich mich auch. Keine Ahnung, ob du es mitbekommen hast, aber ich wohne jetzt in so einer Kleinstadt in Connecticut.«

»Du … Was?«

»Ja, Tyler und ich … Du kennst doch Tyler noch, oder?«

»Klar.«

»Wir haben hier zusammen eine Bar eröffnet, es läuft echt gut.«

»Das hört sich super an, Dash. Ich bin stolz auf dich. Wie ist es dazu gekommen?«

Ich schluckte. »Ich habe Marcus' Brief an mich wiedergefunden.«

Wieder Stille. Nur Atmen am Ende der Leitung.

»Ich hab ihn nach den vier Jahren zum ersten Mal wieder gelesen. Dadurch kam alles wieder hoch, und ich wollte einfach nur weg aus New York.«

Immer noch Stille, während sich in mir alles zusammenzog.

»Dad, ich …« Ich fuhr mir übers Gesicht und seufzte. »Mir sind einige Dinge klar geworden.«

»Okay?«, wisperte er. Seine Stimme klang belegt.

»Ich kann nicht vergessen, dass du mich und Mom im Stich gelassen hast, aber ich glaube, es ist an der Zeit, dir zu verzeihen. Mein Leben lang war ich so unglaublich wütend auf dich. Aber irgendwann reicht es mit der Wut.« Ich hielt einen Moment inne. »Nachdem Marcus sich umgebracht hatte, habe ich mir vorgenommen, genauer darauf zu achten, wie es den Menschen in meinem Leben geht. Auf Signale zu achten, die man im Alltag unter normalen Umständen vielleicht übersieht. Auch wenn wir beide nicht das engste Verhältnis haben, hoffe ich, dass es dir gut geht. Und wenn du jemanden zum Reden brauchst, dann bin ich da.«

Er seufzte. »Dash, ich weiß nicht, was ich sagen soll. Ehrlich gesagt habe ich nicht mal damit gerechnet, jemals wieder von dir zu hören, abgesehen von Weihnachten und unseren Geburtstagen.«

»So war der Plan«, murmelte ich. »Aber dann habe ich mich umentschieden.«

»Und das freut mich. Danke. Ich würde mich wirklich freuen, wenn du bei einem deiner nächsten Besuche in der Stadt mal zum Essen vorbeischaust.«

»Ja, vielleicht irgendwann. Ich bin noch nicht so weit, dich wieder voll und ganz in mein Leben zu lassen. Ich möchte nur, dass du weißt, dass ich dir vergebe.«

»Ich danke dir.« Er holte tief Luft. »Und Dash … Ich bin mir ganz sicher, dass Marcus stolz auf dich wäre. Wo er auch ist, er sieht dich, und er ist bei dir. Das sagen wir uns auch immer. Wenn man ganz fest daran glaubt, dann spürt man es. Egal, was er getan hat, so schlimm die Dinge auch waren, er war dein Bruder. Er *ist* dein Bruder. Nichts wird das jemals ändern.«

»Danke«, flüsterte ich und kniff die Augen zusammen. »Ich weiß.«

»Ich freue mich, wenn wir uns sehen. Irgendwann.«

»Ich mich auch. Gute Nacht, Dad.«

»Gute Nacht, Dash.«

Ich legte auf und ließ das Handy neben mich auf die Matratze fallen. Hitze brodelte hinauf in meine Wangen, während sich etwas an die Oberfläche kämpfte. Etwas, das ich jahrelang zurückgedrängt und das sich in den letzten Wochen nur mithilfe von Tatum gezeigt hatte.

Es ist okay. Ich darf das fühlen. Es ist in Ordnung. Ich muss es zulassen.

Ich schnappte nach Luft, als mir die Sicht verschwamm und Tränen meine Wangen herunterliefen. Mein Körper bebte. Ich schlug mir die Hände vors Gesicht. Es war nichts zu hören bis auf mein Schluchzen. Ich konnte mich nicht mehr zusammenreißen, wollte es aber auch nicht. Das hatte ich viel zu lange getan. Und viel zu lange hatte es mich kaputtgemacht. Innerlich zerrissen und zerstört. Alles in Schutt und Asche gelegt. Doch damit war jetzt Schluss. Ich alleine ließ meinen Gefühlen freien Lauf, konnte loslassen, ohne dass es mir jemand befahl. Einfach nur, weil ich es endlich aus eigener Kraft schaffte, mir zu erlauben, die Dinge an die Oberfläche kochen zu lassen, die tief in mir schon jahrelang gebrodelt hatten. Auch wenn es mir in diesem Moment verdammt beschissen ging, fühlte ich mich befreit. Als ob eine Last von meinen Schultern genommen worden war, die die Gefühle in mir unterdrückt hatte. Es war vorbei. Ich heulte wie ein Baby, aber letztlich war mir das scheißegal. Die Hauptsache war, dass dieser innere Kampf endlich ein Ende nahm.

KAPITEL 35

TATUM

Mit rasendem Herzen steuerte ich auf das Golden Hour zu. Schon von draußen hörte ich Stimmengewirr und Musik, die dumpf durch die Wände scholl. Ich ballte meine feuchten Hände in meinen Jackentaschen zu Fäusten, da ich mit jedem Schritt, den ich mich der Bar näherte, noch mehr das Kribbeln in meinem gesamten Körper spürte. Ich konnte nicht mehr warten. Es musste jetzt sein.

Ich straffte die Schultern und öffnete die Tür zur Bar, woraufhin mir laute Musik entgegenschallte. Ich biss mir auf die Innenseite meiner Wange und konzentrierte mich auf alles, was ich sah. Mein Blick glitt durch den Raum; auf der Erhöhung stand ein Kerl, der Gitarre spielte und dazu irgendeinen Song von James Arthur sang, über ein Dutzend Gäste, die an den Tischen verteilt saßen, und weitere am Rand der Tanzfläche mit Drinks in der Hand. An der Theke orderten zwei Mädels und ein Typ ein paar Getränke, während Fiona fleißig mixte.

Mein Puls beschleunigte sich.

Wo bist du? Wo bist du, verdammt?

Ich ging auf die Zehenspitzen, um die Menge überblicken zu können. Oder es zumindest zu versuchen. Zwischen all den Gesichtern machte ich Tyler aus. Er stand an einem der Tische und unterhielt sich mit einer älteren Frau, die ihm immer wieder anerkennend den Arm tätschelte. Ich lief auf ihn zu. »Ty!«

Sein Blick huschte zu mir. »Hey, alles klar?« Dann entschuldigte er sich bei der Frau und kam auf mich zu.

»Wo ist Dash?«

»Aaah, ich verstehe«, gab er grinsend zurück und stemmte die großen Hände in die Hüften. »Er müsste hinten sein.« Mit einem Nicken bedeutete er mir, dass er den Bereich hinter der Theke, wo sich auch das Büro befand, meinte.

Ohne zu zögern, lief ich los und rief noch ein »Danke« über die Schulter. Im Stechschritt steuerte ich auf die Theke zu und dann auf den Raum, der sich dahinter versteckte. Rechts der Zugang zur Küche und links eine Tür, die ins Büro führte. Mit zitternden Händen öffnete ich sie und atmete tief ein, dann schlüpfte ich hindurch.

Die Einrichtung war ziemlich spartanisch; ein großer Schreibtisch aus hellem Holz und ein Stuhl, der genauso aussah wie die in der Bar. Ein Regal mit Ordnern. Und überall lagen Blätter und Kabel herum. Mein Herz setzte einen Schlag aus, als ich sah, wie Dash vor dem Schreibtisch auf dem Ledersessel saß, mir den Rücken zugewandt. Auf seinen Ohren saßen die riesigen Kopfhörer, daher hatte er vermutlich gar nicht mitbekommen, dass ich den Raum betreten hatte. Er wirkte total in den Laptop vertieft, den er auf seinem Schoß hielt.

Ich musste lächeln, als ich mich ihm langsam näherte. Schritt für Schritt.

Plötzlich sah er auf, ins Fenster an der gegenüberliegenden Wand, wo sich in der Spiegelung der Nacht unsere Blicke trafen. Er zuckte zusammen, und als er sich auf dem Stuhl umdrehte und wir uns ansahen, entfachten Millionen Funken zwischen uns. Mit geweiteten Augen blinzelte er mich an, dann stand er auf, stellte den Laptop auf den Tisch und schob sich die Kopfhörer von den Ohren.

»Tatum, was machst du hier?« Ungläubig den Kopf schüttelnd, kam er auf mich zugelaufen.

Ich grinste mittlerweile vermutlich so breit wie die Grinsekatze aus Alice im Wunderland. »Ich dachte, ich statte dir einen Besuch ab.«

»Aber … Es ist draußen echt laut, ist das denn okay für dich?«

»Ich konzentriere mich gerade auf andere Dinge, die mich ganz gut ablenken«, entgegnete ich. Inzwischen trennte uns weniger als ein Meter. »Weißt du, ich habe nachgedacht.«

Erkenntnis flackerte über seine Züge. Er kniff die Augen zusammen. »Und was kam dabei heraus?«

Ich machte einen weiteren Schritt auf ihn zu und blickte ihm tief in die blauen Augen. Alles, was ich fühlte, wenn ich darin versank, war Geborgenheit und Sicherheit. Zuneigung. Keine Spur von Angst oder Unbehagen.

Im nächsten Moment hatte ich die Hände an seine Wangen und meine Lippen auf seine gelegt. Er schmeckte nach Pfefferminz und allem, was ich mir in diesem Augenblick wünschte. Dann öffnete er seine Lippen und schlang die Arme um meinen Körper, um mich an sich zu ziehen.

Ich spürte seine harte Brust und musste lächeln. Er vertiefte den Kuss. Die Funken zwischen uns entflammten und breiteten sich wie ein Feuer in meinem Körper aus.

»Ich hab dich vermisst«, flüsterte er an meinem Ohr, als er sich von mir löste.

Meine Nackenhärchen stellten sich auf, und ich lächelte ihn an. »Ich dich auch.«

»Dann ... also ... entnehme ich deiner Reaktion, dass du es probieren willst? Dass *wir* es noch mal probieren?«

Erneut durchflutete mich Wärme, als ich nickte. »Wir schaffen das. Mir sind in den letzten Tagen einige Dinge klar geworden. Du bist nicht dein Bruder. Und du hast nichts mit all dem zu tun, was passiert ist.« Ich räusperte mich, wandte kurz den Blick ab und sah wieder zu ihm. »Meine Gefühle für dich sind stark genug, dass ich es zumindest versuchen will.«

Sein Gesicht hellte sich auf, während seine Mundwinkel nach oben zuckten. »Du weißt nicht, wie unglaublich mich das freut. Und bitte glaub mir, wenn ich dir sage, dass ich alles tun werde, um es dir leichter zu machen. Falls es dir irgendwann zu viel wird und du ein paar Tage Abstand brauchst, habe ich vollstes Verständnis dafür. Sag mir, wenn ich was tun kann.«

»Mach ich. Ich möchte nach vorne sehen, Dash. Ich möchte meine Träume verwirklichen. Und ich möchte, dass du in diesen Augenblicken an meiner Seite bist.«

Er gab mir einen Kuss, woraufhin in meinem Brustkorb etwas flatterte. »Tatum, du meintest, dass deine Gefühle stark genug sind ...«

»Möglich.« Ich spürte, wie meine Wangen warm wurden.

Lachend beugte er sich zu mir herunter, um mir ins Ohr zu flüstern: »Du kannst dir nicht mal ansatzweise vorstellen, wie verliebt ich in dich bin.«

Ich kicherte und verschränkte meine Hände in seinem Nacken. »Find ich gut.«

»Das glaube ich, so wie du grinst.«

»Übrigens«, fing ich an und hielt inne. »Ich … Also ich hab auch darüber nachgedacht, was du in New York gesagt hast.«

Fragend musterte er mich und legte den Kopf schief.

»Die Sache mit der Therapie. Ich will das jetzt angehen.«

»Oh, wow, wirklich? Es ist die richtige Entscheidung, da bin ich mir ganz sicher. Ich bin so unfassbar stolz auf dich.«

»Danke. Es wird mir helfen, und dann geht es mir hoffentlich sehr bald gut. Oder zumindest besser.«

Er nickte und strich mir eine Strähne aus dem Gesicht, steckte sie hinter meinem Ohr fest. »Ganz sicher.«

Dann legte er seine Lippen auf meine und ließ mich alles vergessen. Alles ausblenden. Jeden Ton, jede Musik, jedes Geräusch und jede Stimme.

Bis auf unsere wild pochenden Herzen.

EPILOG

TATUM

»Niemals. Nein, das kannst du echt vergessen. Nicht mal in tausend Jahren.« Dash schüttelte den Kopf und verschränkte die Arme vor der Brust.

Grinsend stand ich vor ihm und ließ meine Hände an seinen Armen entlang nach oben zu seinen Schultern wandern. »Och, komm schon. Nur für mich. Ich verrate es auch niemandem.«

»Ich werde ganz sicher keinen Taylor-Swift-Song in mein Set für diese Bar aufnehmen, Tatum. Das würde meinen Ruf ruinieren.«

»Deinen Ruf als Spaßbremse?« Ich lachte auf, weil ich mich selbst viel zu witzig fand.

»Mhm, klar. Ich erinnere dich später, wenn wir bei mir sind und du nicht genug von mir kriegen kannst, daran, dass ich eine Spaßbremse bin.«

»Mach doch. Hältst du sowieso nicht durch.«

»Okay. Wenn du das sagst.« Er grinste mich an, schüttelte dann den Kopf.

Wir befanden uns in der Bar, die Tyler und Dash in den

405

letzten Monaten zu einem Ort aufgebaut hatten, an dem sich abends viele Stadtbewohner ihre Zeit vertrieben. Regelmäßig traten DJs, Bands und andere Musik-Acts auf. Einmal im Monat gab es einen Karaoke-Abend. Zum letzten waren Frankie und ich zum ersten Mal hingegangen und hatten »Story of My Life« von One Direction geträllert. Die Menge hatte uns geliebt. Na ja, vielleicht hatten wir uns das auch nur eingebildet, aber in jedem Fall hatten wir mächtig Spaß gehabt. Man fühlte sich hier wohl. Selbst ich. In den letzten Wochen hatte ich mich dank Dash immer wieder meinen Ängsten gestellt, er motivierte mich, über meinen Schatten zu springen und Dinge anzugehen, die außerhalb meiner Komfortzone lagen. Das alles, um meine Angst zu besiegen.

»Frankie lässt übrigens fragen, ob du und Tyler später auch zu ihr zum Filmschauen kommen wollt. Sie hat da so einen Plan geschmiedet und braucht unsere Hilfe.«

»Unsere Hilfe? Ach, Frankie …« Er fuhr sich über seinen Bart und seufzte. »Wann sagt sie es ihm denn endlich?«

»Es ist Frankie. Sie wird das niemals tun, dafür hat sie viel zu viel Angst, ihre Freundschaft zu ihm aufs Spiel zu setzen.«

»Aber …«

»Kein Aber. Sie ist meine beste Freundin, und wir tun alles, damit aus ihr und Tyler noch was wird.«

Er hob verteidigend die Hände. »Okay, okay. Was ist das denn für ein Plan?«

»Sie hat ein YouTube-Video gesehen, in dem jemand die ultimativen Schritte nennt, um es aus der Friendzone zu schaffen.«

Seine Augenbrauen zuckten nach oben. »Oh Gott. Das kann ja was werden.«

Vor einigen Wochen hatten Frankie und ich über Ty gesprochen, und Dash hatte es mitbekommen. Nun lebte er in der andauernden Angst, mit einem Baguette verprügelt zu werden, falls ihm bei Tyler herausrutschte, dass Frankie schon seit Ewigkeiten auf ihn stand. Bisher hatte er dichtgehalten. Zum Glück für ihn.

»Das wird super. Sag Ty einfach Bescheid, und dann machen wir uns einen coolen Abend, ja?«

»Klar, Babe.«

Er stand jetzt hinter seinem Mischpult und spielte mir ein paar Songs aus seinem neuen Set vor. Die Musik drang aus den Lautsprechern in jeder Ecke. Nicht besonders laut, eher Zimmerlautstärke. Aber definitiv ein Fortschritt für mich.

Und für Dash. Ich war so unfassbar stolz auf ihn, weil er kurz nach Silvester angefangen hatte, wieder aufzulegen und an seiner Musik zu arbeiten. Man merkte richtig, wie er mit jedem weiteren Gig in der Bar und auch außerhalb von Golden Oaks aufblühte. Er schaffte es mittlerweile auch, Stille mehr und mehr zu ertragen, weil er in seinen Therapiestunden gelernt hatte, seine Gefühle nicht mehr zu unterdrücken, sondern sie zuzulassen. Es schien, als hätte er sich ein Beispiel an mir genommen, denn auch ich führte regelmäßig Gespräche mit einer Therapeutin, die mir sehr halfen. Bei allem. Mit Lautstärke kam ich immer besser klar, und auch den Campus der Golden Oaks University hatte ich schon einige Male mit Dash besucht. Jetzt begann der Frühling und damit bald die Bewerbungsphase für die Studienfächer. Ich war mir sicher, dass ich bis Herbst bereit sein würde, laute und trubelige Situationen zu meistern, die Angst vollkommen abzuwenden, wenn sie mich zu überrollen drohte. Daher hatte ich die Unterlagen für das Fotografiestudium schon vorbereitet und wartete nur noch darauf, sie einzureichen und eine hoffentlich positive Rückmeldung zu bekommen.

Dash und ich. Wir waren so gegensätzlich und uns doch so ähnlich. Wir hatten beide unsere Probleme, über die wir regelmäßig sprachen. Es war uns wichtig, dass wir offen miteinander umgingen, um zu wissen, wenn es dem andern nicht gut ging. Wir schenkten uns Kraft, schafften es auch alleine, aber zusammen waren wir stärker als jemals zuvor.

NACHWORT

Tatums und Dashs Geschichte hat mir sehr viel abverlangt. Die Idee dazu schlug wie ein Blitz bei mir ein und musste unbedingt geschrieben werden. Da waren sie – diese beiden Charaktere, die so viel durchgemacht hatten.

Mir war es sehr wichtig, beim Schreiben äußerst sensibel vorzugehen und den Menschen, die selbst solche Traumata erlebt haben, gerecht zu werden, weshalb ich den Rat einer Psychotherapeutin eingeholt und sie ausführlich befragt habe.

Zudem habe ich mich im Rahmen meiner Recherche eingehend damit auseinandergesetzt, was Tatums und Dashs Erlebnisse bei Menschen auslösen können. Mir ist bewusst, dass jede Person anders reagiert und der Umgang meiner Charaktere damit weder richtig noch falsch, sondern der Weg der Traumabewältigung ist, für den ich mich entschieden habe.

Was Tatums Panikattacken betrifft, habe ich zum Teil auf eigene Erfahrungen zurückgegriffen, wurde aber auch von einer Leserin unterstützt, die mir einen Einblick in ihren Umgang damit gewährt hat.

Falls du Hilfe oder einfach nur eine Person zum Reden brauchst, wende dich bitte ganz anonym und kostenlos an die Telefonseelsorge unter 0800/111 0 111 oder 0800/111 0 222 oder melde dich über Chat und Mail hier: online.telefonseelsorge.de.

Unter www.nummergegenkummer.de wird dir auch per Mail und Telefon geholfen.

Um es mit Tatums Worten zu sagen: *Es war etwas völlig Normales, um Hilfe zu bitten, wenn man ein gebrochenes Bein hatte. Warum also wurde so ein großes Ding daraus gemacht, wenn man eine gebrochene Seele hatte, die genauso der Hilfe bedurfte?*

DANKSAGUNG

Beim Entstehungsprozess dieser Geschichte haben mir wieder einige wundervolle Menschen geholfen, denen ich gar nicht genug danken kann.

Zuerst ein großes Dankeschön an meine Agentur, Langenbuch & Weiß, vor allem an Gesa, die immer ein offenes Ohr für mich hat und mich unterstützt.

Ich danke meinen tollen Lektorinnen Diana Keller und Melike Karamustafa, die mir geholfen haben, das Beste aus dieser Geschichte herauszuholen. Danke für die wertvollen Tipps und Anmerkungen.

Außerdem danke ich dem gesamten Team des Blanvalet Verlags für die Begeisterung und die tolle Arbeit an meinen Büchern.

Bedanken möchte ich mich bei Dr. Anne Katrin Külz für die ausführliche Hilfe beim Umgang mit Tatums und Dashs Traumata.

Danke an Felix Plazek, der mir mit all meinen Fragen in Bezug auf das DJ-Dasein geholfen hat.

Emily – wenn ich mich bei einem Feuer zwischen meiner Kaffeemaschine und dir entscheiden müsste, würde meine Wahl auf dich fallen (also bei der Rettung, nicht beim Im-Feuer-Zurücklassen, versteht sich. Stell dir hier mein Mond-Emoji vor. Danke.).

Tine – danke, dass du immer ein offenes Ohr für mich hast. Ich schätze mich sehr glücklich, dich als Freundin zu haben. Und mal unter uns: Du bist die schillerndste Birne im Obstkorb.

Ein riesiges Dankeschön geht zudem an all meine wunderbaren Freund:innen, die immer für mich da sind, an mich glauben und mir den Rücken stärken, insbesondere Felix, Lucy, Mona, Xenia und Philipp, aber auch meine *Dope Skit* und *Female League* People, die mich zurück in die Realität holen, wenn ich mal Abstand zu meinen fiktiven Welten brauche. Ich bin sehr froh, euch alle zu haben.

Bedanken möchte ich mich bei meinen großartigen Testleserinnen Franka, Jule, Laura, Lilly und Marie für das Feedback und die tollen Anmerkungen.

Danke an meine Autorenkolleg:innen für den Zuspruch, die Mut machenden Gespräche und den Austausch. Ohne euch wäre mein Leben deutlich einsamer.

Ich danke meiner Familie dafür, dass sie immer an mich glaubt, mich unterstützt und sich mit mir freut.

Danke an meine wundervollen Leser:innen für die lieben Worte und Fotos. Ich weiß jede Story und Nachricht, jeden Post und Kommentar zu schätzen und bin überglücklich, dass ihr meine Geschichten so gerne lest. Danke für alles!

Ein riesiges Danke an alle Buchhändler:innen und Blogger:innen, die über meine Bücher sprechen, sie rezensieren, empfehlen und so schön präsentieren. Ihr seid toll!

Und ich danke dir, dafür, dass du zu diesem Buch gegriffen, Tatum und Dash eine Chance gegeben und bis hierhin durchgehalten hast. Ich hoffe, du hast die Geschichte genossen und freust dich schon auf Frankie und Tyler in *Lights of Darkness*.

Auf Instagram bin ich unter @marenvivienhaase erreichbar und freue mich sehr auf den Austausch mit dir.

Leseprobe

MAREN VIVIEN HAASE

LIGHTS OF DARKNESS

Frankie Davis hat panische Angst vor der Dunkelheit. In ihrer Kindheit musste sie schlimme Erfahrungen machen, weshalb sie bis heute nur bei absoluter Helligkeit einschlafen kann. Sobald das Licht erlischt, fürchtet sie die Geschehnisse von damals neu durchleben zu müssen. Tyler Montgomery ist ein Nachtmensch durch und durch. Seit einer schrecklichen Tragödie flüchtet er sich in die Dunkelheit, wo er unter den Sternen er selbst sein kann. Doch als Frankie und Tyler – Licht und Schatten – spüren, dass da mehr zwischen ihnen ist als nur Freundschaft, ändert sich alles …

KAPITEL 1

FRANKIE

Licht an.

Meine Fingerspitzen tanzten über den Lichtschalter, während ich darauf wartete, dass die Neonröhren im kleinen Mitarbeiterraum hinter der Backstube der Reihe nach ansprangen. Eine nach der anderen erhellte den Raum und ließ meinen Puls wieder in einem geregelten Rhythmus schlagen.

Rasch lief ich zu meinem Schließfach, das aus dunkelgrünem Metall bestand und mich jedes Mal an meine Highschool-Zeit erinnerte. Nachdem ich mich umgezogen und in meine von Kopf bis Fuß weiße Bäckerei-Uniform geworfen hatte, schloss ich meinen Rucksack und meine Klamotten ein, band meine roten Haare zusammen und lief schließlich nach vorne in die Backstube.

Der ganze Raum war in den köstlichen Duft von frisch gebackenen Croissants, Vanille und Schokolade gehüllt, während im Hintergrund irgendein französischer Song lief. Andere Musik spielte mein Chef Mathieu in seiner französischen Bäckerei nämlich nicht. Kurz nachdem ich vor ungefähr eineinhalb Jahren hier angefangen hatte zu arbeiten, hatte ich für meine Musikwahl mächtig eins auf den Deckel bekommen. Aber wer hätte denn ahnen können, dass Mathieu nicht auf Taylor Swift stand?

»Frankie? Ich hab den Teig für die Baguettes schon vorbereitet, du musst sie nur noch formen«, kam es von meiner Kollegin Eve. Sie war Ende dreißig und trug ihr mittelblondes Haar nur ein paar Zentimeter lang. Vom dauernden Stirnrunzeln hatte sie schon einige Falten davongetragen, so richtig fröhlich hatte ich sie noch nie gesehen. Gerade drückte sie ein paar Knöpfe der Knetmaschine, die lautstark brummte und in einer der hinteren Ecken der Backstube neben dem großen silbernen Ofen mit den verschiedenen Ebenen stand, in dem bereits ein paar Croissants vor sich hin buken.

»Alles klar, dann leg ich direkt los.« Ich wusch mir schnell die Hände und lief dann rüber zum langen Holztisch, auf dem um die zwanzig kleine Teighaufen darauf warteten, von mir in Form gebracht zu werden. Bis auf die französische Musik und die Maschinen, die rumorten, war es still. Mein Blick huschte nach links zur Tür, die nach vorne in den Laden mit Café führte und offen stand. Um diese Uhrzeit – es war erst kurz nach fünf – war es dort noch stockduster. Immerhin öffneten wir für Kundschaft erst in ungefähr zwei Stunden. Ich konzentrierte mich wieder auf meine Arbeit, bestäubte die Arbeitsfläche und meine Hände mit Mehl und schnappte mir einen der Teighaufen. »Mathieu ist noch nicht da? Oder hat er sich wie die Ratte aus Ratatouille hier irgendwo versteckt? Hoffentlich nicht im Ofen, könnte ungemütlich werden.«

Eve schnaubte. »Ne, der ist noch nicht da. Vorhin hat er mir noch 'ne Nachricht geschickt, dass er etwas später kommt.«

»Vielleicht hat er ja verschlafen.«

»Möglich.« Sie zuckte mit den Schultern und wandte sich wieder der Knetmaschine zu. Das war schon länger, als ich hier arbeitete, ihre Hauptaufgabe – die Arbeit in der Backstube und sich um die ganzen technischen Dinge zu kümmern. Anders als ich verfügte sie über jahrelange Erfahrung als Bäckerin, während ich erst nach und nach die verschiedenen Techniken lernte. Dafür war ich bei den organisatorischen Dingen und im Umgang mit den Kunden eine größere Hilfe. Eve war lieber für sich und versteckte sich hier hinten, tat, was Mathieu ihr auftrug, und verstand, was sie tat.

Ich knetete weiter die kleinen Teighaufen, faltete sie von allen Seiten immer wieder ein. Mit den Fingerspitzen fuhr ich an den Längen entlang, rollte sie etwas und wackelte damit leicht hin und her, damit aus dem Klops später ein Baguette werden konnte. Von der Mitte angefangen formte ich den Teig zu den Enden hin spitzer, dann legte ich das erste Exemplar auf das Knettuch und machte mit dem nächsten weiter. So fuhr ich fort, knetete und formte. Selbst die französische Musik und die Geräusche der Maschinen blendete ich irgendwann aus und spürte, wie mein Körper zur Ruhe kam. Es machte Spaß und entspannte mich, außerdem konnte ich nicht genug von dem köstlichen Duft bekommen, der …

Dunkelheit.

Hitze kroch mir den Hals hinauf. In meiner Brust hämmerte es, und in der nächsten Sekunde rauschte es in meinen Ohren. »Eve?« Meine Stimme brach, während sich in meiner Kehle ein Kloß bildete. »Ähm, was …«

»Oh, Mist. Das ist schon der zweite Stromausfall heute Morgen. Vorhin, kurz bevor du gekommen bist, gab es auch schon einen.« Ich hörte, wie sie herumwerkelte. »Müsste sicher gleich wieder …«

Licht.

Der dunkle Schleier um mein Herz löste sich auf. Ich atmete die Luft aus, die ich die letzten Sekunden angehalten hatte, und schloss die Augen für einen Moment.

»Ahh, schau, da ist er wieder«, murmelte Eve und klatschte in die Hände. »Dann muss ich jetzt das Ding hier noch mal programmieren. Hoffentlich war's das für heute.«

»Hoffe ich auch«, flüsterte ich und schlug die Lider wieder auf.

Auch wenn sich mein Herzschlag mit jedem Wimpernschlag normalisierte, war ich noch meilenwert davon entfernt, wirklich entspannt zu sein. Meine Finger hatten sich in den Teig gebohrt wie in einen Stressball. Nur dass sich das arme zukünftige Baguette nicht ausgesucht hatte, von mir zerknautscht zu werden.

Meine verkrampften Muskeln lösten sich nach und nach. Ich atmete durch. Es war nur ein kurzer Stromausfall, wie es ihn oft genug in Golden Oaks gab.

Das Licht ist wieder an. Alles ist beim Alten und gut und super und klasse und toll …, zählte ich in Gedanken immer weiter irgendwelche Adjektive auf, um mich davon zu überzeugen, dass es mir gut ging.

Meine Finger zitterten noch etwas und fühlten sich kalt an, während ich mich daranmachte, den zerquetschten Teigklumpen zurück in seine Ursprungsform zu bringen. Ich setzte ein Lächeln auf und vertiefte mich erneut in meine Arbeit, die mir half, abzuschalten und jegliche Probleme zu vergessen. Solange das Licht an blieb, ging es mir gut. Solange das Licht an blieb, fühlte ich mich sicher.

Eine halbe Stunde verging, bis vorne die Glocke an der Tür zu hören war und die Lampen im Laden aufflammten. Kurz darauf kam ein groß gewachsener Franzose mit Schnurrbart nach hinten zu uns gehetzt. Sein braunes Haar trug Mathieu wie immer nach hinten gegelt, die tiefen Falten auf seiner Stirn verhießen nichts Gutes. Er schälte sich aus seiner dunkelgrünen Jacke und guckte so grimmig, als ob ihm jemand die Geheimzutat für seine Eclairs geklaut hatte.

»Bonjour«, wünschte ich ihm auf Französisch einen guten Morgen, weil ich wusste, wie gerne er das mochte. Vielleicht besänftigte ihn das ja ein bisschen. Schaden konnte es zumindest nicht.

»Bon? Nichts an diesem Tag ist bon, Mademoiselle Francine. Nichts. Rien.« Er warf theatralisch die Hände in die Luft und schüttelte den Kopf. Mathieu, unsere kleine Diva.

Ich seufzte und warf Eve einen Blick zu, den sie erwiderte. Auf ihrer Miene zeichnete sich Ahnungslosigkeit ab.

»Können wir dir bei irgendwas helfen?«, tastete sie sich an unseren Chef heran, der jedoch, ohne auf ihre Frage einzugehen, in sein Büro verschwand und die Tür hinter sich zuknallte.

»Oh-oh«, sagte ich und verzog das Gesicht. »Hoffentlich ist es nichts Schlimmes.«

Schon ging die Tür wieder auf, und Mathieu kam mit großen Schritten auf uns zu. Die Augen geweitet, die Hände in die Seiten gestemmt. »Francine, Eve? Auf ein Wort.«

Eigentlich mochte ich es nicht, wenn mich die Leute Francine nannten. Ich stellte mich jeder Person als Frankie vor. Das klang cooler, und ich konnte mich damit viel besser identifizieren. Außerdem löste der Klang meines eigentlichen Namens in meiner Magengegend ein mulmiges Gefühl aus. Aber da Mathieu selbst nach einem Dutzend Hinweisen nicht damit aufgehört hatte, ihn zu benutzen, war es mir bei ihm irgendwann egal geworden.

Rasch legte ich ein fertig geformtes Baguette auf das Knettuch, klopfte mir die Mehl-Hände an der Schürze ab und lief zu ihm und Eve rüber. »Alles in Ordnung?«, erkundigte ich mich und legte den Kopf schief.

»Ich habe gestern Abend einen Anruf bekommen und die ganze restliche Nacht damit verbracht, die nächsten Wochen zu planen. Meinem père geht es nicht gut, er liegt im Krankenhaus. Mein Flug nach Nice geht heute Nachmittag.«

Damit meinte er nicht nice wie in toll, großartig, super, sondern wie in Nizza. Wie in Nizza in Südfrankreich, was definitiv nicht hier im idyllischen Golden Oaks lag. Crap.

»Oh, nein«, sagte ich und presste die Lippen aufeinander. »Das tut mir leid, Mathieu. Ich hoffe, es ist nicht allzu schlimm.«

»Ja, das hoffe ich natürlich auch«, fügte Eve hinzu und nickte. »Wie lange besuchst du deinen Vater?«

»Deshalb will ich mit euch beiden sprechen. Ich weiß leider nicht, wann ich wieder hier sein werde. Natürlich hoffe ich, dass es ihm bald besser geht und ich in zwei, drei Wochen zurückfliegen kann, aber das ist nicht sicher.« Er hielt inne und blickte zwischen Eve und mir hin und her. »In der Zeit müsst ihr das Le Petit Pain am Laufen halten, mes chères.«

Ich riss die Augen auf. Oh Gott. In meinem Kopf spielten sich im Bruchteil einer Sekunde jegliche Horrorszenarien ab, die eintreten konnten: Explosionen. Überflutung. Bürgerkrieg der Baguettes, die sich ihr Dasein als Backware so nicht vorgestellt hatten. Macarons, die zum Leben erwachten und uns in den Ofen steckten, um ausufernde Partys feiern zu können. Wilde Dinge standen uns bevor.

»Eve, du kümmerst dich hauptsächlich ums Backen und alles, was hier hinten in der Backstube passiert, während Francine die allgemeine Leitung übernehmen wird.«

Mir klappte der Kiefer herunter. »Wie? Also … ähm … Ich soll den Laden leiten?« Hatte er getrunken? Ich hob mein Kinn und schnüffelte unauffällig in seine Richtung, doch alles, was mir in die Nase stieg, war der typische Geruch seines Rasierwassers. Er schien also tatsächlich bei Sinnen zu sein, auch wenn seine Worte eher darauf hindeuteten, dass er die letzten Stunden ein paar Schnäpse gezischt hatte.

»Oui, Eves Stärke liegt klar im Backen. Das machst du dann natürlich auch, aber vor allem sollst du dich um die Organisation, den Verkauf, Bestellungen kümmern und dafür sorgen, dass alles nach Plan läuft.«

»Soll mir recht sein«, murmelte Eve.

Ein hysterisches Lachen schwappte über meine Lippen. Das konnte doch nicht sein Ernst sein. »Bist du dir sicher? Eve arbeitet doch schon viel länger hier.«

»Ich bin mir sicher. Da du noch nicht so viel Erfahrung bei der Zubereitung hast, dafür aber gut mit den Kunden umgehen kannst, wird das deine Aufgabe sein. Aber Eve, schau bitte trotzdem darauf, dass Francine auch regelmäßig backt. Nicht, dass sie vergisst, wie man ein Croissant zubereitet.«

»Mach ich.«

Ich lockerte meine Schürze etwas, weil mir heiß geworden war. Ursprünglich hatte ich diesen Job nur angenommen, weil ich nach der Highschool nicht gewusst hatte, was ich mit meinem Leben anfangen sollte. Er diente als eine Art Überbrückung. Und jetzt stand ich hier und sollte für die nächsten Wochen die Bäckerei leiten, während ich es nicht mal schaffte, mein eigenes Leben in den Griff zu bekommen? Wenn das mal keine Ironie des Schicksals war.

»Außerdem wird ab Montag auch mon neveu Nicolas einspringen und euch ein wenig Arbeit abnehmen.«

Mathieu hatte uns immer wieder von seinem Lieblingsneffen erzählt, der auch ab und zu im Laden vorbeisah, wirklich Kontakt hatte ich allerdings noch nie mit ihm gehabt. Er war in meinem Alter, und wenn er mit Mathieu verwandt und somit auch zum Teil Franzose war, dann hatte er vielleicht auch ein wenig Ahnung von französischem Gebäck. Zumindest hoffte ich das.

»Er ist ein Goldjunge und wird euch bei allem helfen, ihr werdet ihn lieben. Trotzdem übertrage ich hiermit die Verantwortung dir, Francine. Kann ich mich auf dich verlassen?«

Ich schluckte meine Bedenken hinunter und nickte. »Auf jeden Fall. Wir kriegen das hin. Flieg du zu deinem

Dad und kümmere dich gut um ihn, damit es ihm bald besser geht.« *Und du so schnell wie möglich wieder hier bist*, fügte ich in Gedanken hinzu.

»Oui, oui. Ich habe ein Notizbuch mit allen wichtigen Infos vorbereitet, das kannst du gleich haben. Wenn es Probleme gibt, ruft mich an. Ich vertraue euch beiden und Nicolas. Enttäuscht mich nicht.«

Meine Brauen huschten nach oben, und ich versuchte, die Fassung zu bewahren, während in mir die pure Panik tobte. Ich sollte die Bäckerei leiten. Ich. Frankie Davis, einundzwanzig Jahre, die sich nicht mal traute, Kerzen anzuzünden aus Angst, das Haus abzufackeln. Die nächsten Wochen würden definitiv interessant werden.

»Frag nicht«, begrüßte ich meine beste Freundin Tatum, als ich aus der Bäckerei auf die Straße trat, wo sie auf mich gewartet hatte. Ihr dunkelbraunes, fast schon schwarzes Haar trug sie heute gewellt, wobei sie die vordere Partie zu einem kleinen Knoten hochgesteckt hatte.

Mit den Händen in den Taschen ihres braunen Mantels sah sie mich mit großen Augen an. »Was ist los, Franks?«

»Frag nicht.«

»Das sagtest du bereits«, entgegnete sie grinsend, dann umarmte sie mich kurz.

Ich verzog das Gesicht. »Erstens: Aufgeschmissenheits-Level 3000, zweitens ...«

»Das Wort existiert doch gar nicht.«

»Dann existiert es jetzt, Schlaubi Schlumpf.« Ich musste lachen und hakte mich bei ihr unter, als wir die Straße entlang Richtung Stadtmitte liefen.

Da es Anfang April war, blühten schon an jeder Straßenecke kleine Blumen, und auch die Bäume ergrünten von Tag zu Tag mehr. Golden Oaks zelebrierte jede einzelne Jahreszeit, und auch wenn ich mich noch mehr auf den Sommer freute, liebte ich trotzdem den Frühling. Den süßen Duft der Blüten und Bäume, der vom Wald am Stadtrand herüberflog, konnte fast nichts übertreffen. Abgesehen von frisch gebackenem Karottenkuchen vielleicht.

»Zweitens?« Tatum warf mir einen Seitenblick zu.

Ich seufzte. »Mathieus Vater liegt im Krankenhaus, deshalb ist er vorhin nach Nizza abgezwitschert. Und jetzt rate mal, wer in seiner Abwesenheit die Leitung des Le Petit Pain übernehmen soll.«

Ihre Augen weiteten sich. »Na ja, wenn du so fragst, wird es bestimmt nicht Eve sein, die sich immer hinter den Maschinen versteckt, wenn jemand reinkommt.«

Ich hob einen Finger in die Luft und tat so, als ob ich eine Glocke läutete. »Ding, ding, ding. Die Kandidatin hat hunderttausend Dollar gewonnen. Was machen Sie mit Ihrem Gewinn, Miss Sullivan? Ihre Weltreise? Noch fünf weitere Hunde adoptieren?«

»Franks! Es ist doch super, dass er dir vertraut und Verantwortung überträgt.«

»Ich weiß. Es ist nur … eben *ziemlich viel* Verantwortung. Aber ja, ich werde das schon irgendwie hinbekommen. Eve kümmert sich hauptsächlich ums Backen, das ist gut. Als Mathieu mir vorhin sein Notizbuch mit den ganzen Infos gegeben hat, habe ich kurz darüber nachgedacht, was wohl passieren würde, wenn er zurückkommt und der Laden abgebrannt und bankrott ist und obdachlose Opossums dort ihr Revier markiert haben und niemanden in die Ruinen der Bäckerei lassen, um sie wieder aufzubauen. Oder vielleicht finden dort dann Hahnen-kämpfe statt, aber mit Waschbären, und die tragen Masken wie die Ninja Turtles oder ...«

Tatum lachte auf. »Okay, stopp.« Sie klopfte mit der Faust sanft gegen meinen Kopf. »Hallo? Ist da noch ein wenig Verstand drin? Halloo-hooo?«

Jetzt musste ich auch lachen. »Das ist 'ne Frage, die ich mir jeden Tag stelle. Sobald du die Antwort kennst, sag mir Bescheid.«

»Ich bin mir sicher, dass du das hinbekommst. Vielleicht wirkt es auf den ersten Blick etwas viel, aber das schaffst du. Du hast Eve, du hast mich, du hast die anderen. Wir können dir helfen, falls die Opossums Widerstand leisten und dich anfauchen. Dann fauchen wir gemeinsam zurück.«

Wir prusteten beide erneut los, dann nickte ich. »Danke, Girl.«

Ein warmes Gefühl breitete sich in mir aus, weil ich wusste, dass ich mich auf sie verlassen konnte. Ich war wirklich froh, Tatum zu haben. Vor über vier Jahren hatten wir uns im Literaturkurs kennengelernt, als sie neu an meine Highschool gekommen war, um ihr altes Leben hinter sich zu lassen. Als mir aufgefallen war, dass sie in den Pausen mein Lieblingsbuch *Clockwork Angel* verschlang, war mir klar gewesen, dass wir Freundinnen werden mussten. Zwar hätte ich sie damals in meiner Aufregung über meine Lieblingscharaktere der Buchreihe fast gespoilert (wirklich nur fast!), aber seitdem waren wir mit jedem Tag mehr zusammengewachsen und inzwischen viel mehr als beste Freundinnen. Sie unterstützte mich immer, war für mich da, genauso wie ich für sie.

Einige Minuten später erreichten wir unser Ziel: das Golden Hour. Jetzt, am frühen Abend, war in der einzigen und ziemlich coolen Bar von Golden Oaks, die in einer ruhigen Seitenstraße lag, schon etwas los. Wir überquerten den Parkplatz, auf dem bereits einige Autos standen, und liefen auf den Bungalow mit der dunklen Holzfassade zu. Unweit anderer kleiner Restaurants hatten Tatums Freund Dash und einer meiner besten Freunde, Tyler, sich ihren Traum erfüllt und eine Bar eröffnet, die nach Feierabend und auch am Wochenende Treffpunkt für Jung und Alt in unserer kleinen Stadt sein sollte. Ich war so stolz auf Ty, und auf Dash natürlich auch. In meinem Bauch kribbelte etwas, und ich musste lächeln. Es war immer eins meiner Tages-Highlights, hier vorbeizukommen und Ty zu sehen.

Von drinnen drangen die Klänge eines Hip-Hop-Songs nach draußen. Vor einem Jahr wäre es noch ein Ding der Unmöglichkeit gewesen, mit Tate an einen Ort zu gehen, an dem es laut war. So wie ich hatte auch sie mit Dingen aus ihrer Vergangenheit zu kämpfen. Doch anders als ich hatte sie diese Dinge mittlerweile zum Großteil überwunden und kam damit klar, wenn es lauter wurde. Auch wenn ich mir keine Sorgen mehr um sie machen musste, hatte ich trotzdem nach wie vor ein Auge auf sie. Denn wer wusste besser als ich, dass einen die Geschehnisse der Vergangenheit schneller wieder einholen konnten, als man vielleicht dachte.

»Die Shots gehen heute auf mich«, sagte Tatum, als wir die schwere silberne Tür aufzogen und eintraten. »Die hast du heute sicher nötig.«

Ich schnaubte. »Dagegen kann ich nichts einwenden.«

Sofort stieg mir eine Geruchsmischung aus Tequila, Bier und Zitrone in die Nase. Der Song wechselte gerade zu einem von Russ, aber die Musik war so leise gedreht, dass man sich gut unterhalten konnte. Einige Leute bewegten sich auf der Tanzfläche und unterhielten sich, während die meisten der Tische schon besetzt waren und einige weitere Gäste am Holztresen standen und ihre Bestellungen aufgaben. Der Betonboden und die grauen Wände, durch die hier und da Backsteine brachen, gepaart mit den Holzmöbeln verliehen der Bar einen coolen Industrial-Vibe.

Mein Blick huschte wieder zur Bar. Fiona, eine gute Freundin von mir und Tys Mitbewohnerin, stand gerade dahinter und mixte ein paar Drinks, während Dash ihr etwas erzählte. Und ein paar Meter daneben: Tyler.

Wärme kroch mir den Hals hinauf, während meine Mundwinkel nach oben zuckten. Ich fing an zu lächeln. Das tat ich jedes Mal, wenn ich diesen Kerl sah – seine braunen Haare, die ihm wellig und an manchen Stellen lockig in die Stirn fielen, die liebevollen Augen in der gleichen Farbe und seine Grübchen, die immer hervortraten, wenn er ins Schmunzeln geriet. Der graue Sweater mit einem dezenten Print umspielte seinen athletischen Oberkörper und passte gut zu der verwaschenen Jeans, die er an den Knöcheln etwas hochgekrempelt und zu der er weiße Nikes kombiniert hatte. Mein Herzschlag beschleunigte sich sekündlich.

»Pass auf, sonst sabberst du noch«, flüsterte mir Tatum ins Ohr.

Ich blinzelte ein paarmal und schloss meinen Mund wieder. Tate wusste, dass ich mehr als freundschaftliche

Gefühle für Tyler hatte, und zog mich nur zu gerne damit auf.

»Hey!« Lachend stieß ich ihr meinen Ellenbogen in die Seite und bemerkte, wie Ty plötzlich zu uns herübersah. Er sagte noch kurz etwas zu dem Gast neben ihm, klopfte ihm auf die Schulter und kam anschließend zu uns rübergelaufen.

»Ich geh dann mal zu Dash«, sagte Tatum, kurz bevor Ty vor uns zum Stehen kam. »Viel Spaß mit Montgomery, du Lustmolch.«

KAPITEL 2

TYLER

»Heeeeeey, alles klar?« Ich zog Frankie in die Arme, hob sie ein Stück vom Boden und wirbelte sie herum, bis sie aufschrie. Mit unserem Größenunterschied von gut zwanzig Zentimetern war das ein mehr als leichtes Spiel. Sofort umspielte ihr süßer Duft nach Vanillegebäck meine Nase.

»Hey, ich bekomme keine Luft mehr. Lass mich runter, du Rollmops!«, keuchte sie.

Ich setzte sie wieder ab, und sie lachte, wobei ihre grünen Augen aufleuchteten. Ihre Wangen waren leicht gerötet, was die Sommersprossen darauf noch mehr zur Geltung brachte. Sofort musste ich grinsen, ihr Lachen steckte mich jedes Mal an.

»Ein Rollmops also?«

»Klar. Für einen normalen Mops reicht es nicht, der wäre zu süß für dich.«

Ich verzog gespielt entrüstet das Gesicht und schüttelte den Kopf. »Pff, ich bin ja wohl der Süßigkeitenladen in Person, ich bitte dich.« Mit meinem Spruch konnte ich ihr ein Lachen entlocken, und ich musste noch breiter grinsen.

Frankie und ich kannten uns schon seit Ewigkeiten. Genauer gesagt seit gut sieben Jahren, als wir bei einem Football-Spiel unserer Highschool nebeneinandergesessen und festgestellt hatten, dass Marvel-Filme zu unserem Leben gehörten wie Schlaf und Essen. Tja, und seitdem war dieser Wirbelwind mit den roten Locken und dem guten Herzen nicht mehr aus meinem Alltag wegzudenken.

»Hast du das schon mit 50 Cent geklärt, *Candy Shop?*«

»Klar. Der sieht das wie ich. Oh, warte …« Ich hob die Hand, um ihr etwas Mehl aus den Haaren zu streichen. Ihr Haar fühlte sich weich an, und im nächsten Moment war das weiße Zeug schon verflogen. »So. Perfekt!«

Ihre Lippen öffneten sich, als ob sie etwas sagen wollte. »Ähm, danke.«

»Na klar.« Ich legte ihr locker einen Arm über die Schultern und führte sie zum Tresen. »Wie geht's dir so?«

»Ganz gut«, sagte sie und warf mir einen Blick von der Seite zu. »Rate mal, wer die nächsten Wochen das Le Petit Pain schmeißen wird.«

»Was …?«

»Mathieu muss zu seiner Familie nach Südfrankreich, und in seiner Abwesenheit regiere ich das Königreich der Tartes und Macarons.« Sie kicherte und biss sich dann auf die Lippe.

»Hey, megacool, dass er dir da so vertraut. Glückwunsch!« Ich drückte sie an mich, dann kamen wir am Tresen an, und ich ließ sie los.

»Danke, Ty.« Sie schenkte mir ihr wärmstes Lächeln.

»Es wird vermutlich superanstrengend, und ganz eventuell – na ja, wohl eher ziemlich sicher – werde ich heillos überfordert sein, aber irgendwie wird das schon.« Sie lehnte sich gegen das dunkle Holz der Bar und trommelte mit den Fingern auf der Oberfläche herum.

»Du kriegst das hin. Wenn das jemand schafft, dann ja wohl du, da hab ich keinen Zweifel.«

»Sei still, sonst werde ich noch rot.«

»Du meinst noch röter als sowieso schon? Ich glaube, mein Überfall hat dir die Luft zum Atmen geraubt.«

»Ähm ...« Ihre grünen Augen weiteten sich etwas, dann lachte sie und ließ den Blick zu Fiona schweifen, die gerade ein Bier zapfte. »Ja ... sicher. Äh ... Träum weiter.«

»Kommst du zurecht oder brauchst du Hilfe?«, wandte ich mich meiner Mitbewohnerin und Barfrau zu.

»Alles gut, gerade passt es«, erwiderte Fiona, strich sich eine ihrer pechschwarzen Strähnen hinters Ohr und nickte Frankie zu. »Hey Frankie, wie geht's?«

»Guuuuuut. Kannst du mir bitte ...«

»Zwei Tequilas bringen«, vervollständigte Tatum ihren Satz und lehnte sich in der nächsten Sekunde neben sie gegen den Tresen.

»Kommt sofort.«

»Guter Start in den Abend«, kommentierte mein bester Kumpel Dash die Shot-Wahl der Mädels, gab Tatum einen Kuss auf die Schläfe und legte dann den Arm um ihre Taille. »Ich würde ja mittrinken, aber zumindest noch ein paar Stunden sollte ich den vorbildhaften Barbesitzer mimen und seriös bleiben.«

»Ha!« Tatum lachte auf. »Den kauft dir doch sowieso niemand ab.«

Die beiden waren seit letztem Herbst zusammen. Auch wenn es am Anfang etwas kompliziert gewesen war – immerhin war Dash Tatum mit seiner dauernden Geräuschkulisse mächtig auf die Eierstöcke gegangen –, ergänzten sie sich perfekt. Ich freute mich für meinen besten Freund und gönnte auch Tatum ihr Glück von Herzen. Es war schön, jemanden zu haben, den man über alles liebte.

»Hier, viel Spaß mit dem Teufelszeug.« Fiona schob die zwei Tequilas, Salz und Zitronenscheiben über den Tresen.

»Ich verstehe bis heute nicht, warum Tequila dein Lieblings-Shot ist, Tate«, murmelte Frankie und schnappte sich ihr Glas.

»Schmeckt lecker, und durch die Zitrone ist es auch supergesund.«

Ich schnaubte. »Absolut. Sollte man jeden Morgen trinken, damit man gesund in den Tag startet.«

»Meine Rede.« Tatum zuckte mit den Schultern, dann setzten die Mädels an, tranken den Shot, leckten sich das Salz vom Handrücken und bissen in die Zitronenscheibe.

»Uuuuäääääh.« Frankie kniff die Augen zusammen und schüttelte sich, während Tatum nicht mal mit der Wimper zuckte. »Das ist doch abartig.«

Dash grinste und klopfte seiner Freundin anerkennend auf die Schulter. »Noch mehr?«

»Von mir aus …«

»Nein, ich bin jetzt schon am Limit«, kicherte Frankie und winkte ab. »Ich vertrage doch so gut wie nichts. Der hier war genug für den ganzen Abend.«

Ich lachte. »Stimmt. Außerdem musst du bestimmt wieder früh raus, oder?«

Sie nickte. »So um vier, damit ich um fünf im Le Petit Pain bin.«

»Ist mir echt jedes Mal aufs Neue ein Rätsel, wie du so früh aufstehen kannst. Ich glaube, ich würde nicht mal meinen Wecker hören.«

»Liegt aber vermutlich auch daran, dass du dir regelmäßig die Nächte um die Ohren schlägst«, warf Dash ein und grinste.

»Möglich.« Mein Blick huschte von einem Gesicht zum nächsten. Ich musste schnell das Thema wechseln, bevor wir mal wieder auf meine schlaflosen Nächte zu sprechen kamen. »Und wie war euer Tag so? Franks hat schon berichtet, dass sie jetzt der Big Boss der Bäckerei ist.«

»Was? Wie?« Auf Dashs Gesicht zeichnete sich Verwirrung ab. »Was ist mit dem Franzosen?«

»Mathieus Dad ist krank, daher muss er für ein paar Wochen nach Südfrankreich, und in der Zeit kümmere ich mich um den ganzen organisatorischen Kram. Oder versuche es zumindest.«

»Du wirst das richtig gut machen«, erwiderte Tatum und stupste sie in die Seite, doch auf Frankies Gesicht zeichnete sich Skepsis ab. »Wehe du sagst uns nicht Bescheid, wenn wir dir helfen können.«

Ich nickte. »Falls du jemanden suchst, der sich durch euer Angebot probiert, bin ich sofort zur Stelle.« Als Frankie wieder lächelte und gleichzeitig amüsiert die Augen verdrehte, zuckte ich mit den Schultern und legte die Unterarme auf dem Tresen ab, um mich dagegen zu lehnen. »Du weißt doch, dass wir immer für dich da sind.«

»Yes, auf jeden Fall«, stimmte mir Tatum zu, und Dash nickte.

»Danke, Leute, wirklich.« Sie lachte. »Wird schon schiefgehen. Aber gut zu wissen, dass hier ein paar Knechte darauf lauern, von mir ausgebeutet zu werden.«

»Nichts da, Ty knechtet mich schon genug«, kam es von Dash, woraufhin ich die Augenbrauen hob und ihn angrinste.

»Klar, jemand muss es schließlich machen. Und wenn es Tatum nicht tut, ist das wohl meine Aufgabe.«

»Na, wenn das so ist, dann muss ich mal durchgreifen. Kann ja nicht sein, dass mir nachgesagt wird, dass ich meinen Freund in Watte packe«, sagte Tatum und streckte Dash die Zunge heraus. »Was stand bei euch heute so an?«

»Heute Mittag waren ein paar DJs, Bands, Sängerinnen und Sänger da, um sich vorzustellen und zukünftige Auftritte zu besprechen, die im Laufe der nächsten Monate stattfinden.«

»Yep, die waren echt krass. Dafür mussten wir dann noch den Plan erstellen, und anschließend hatte ich einen Termin mit einem Vertreter, der uns mit seinen brandneuen Getränken beliefern will«, fügte ich hinzu. Ich griff in die kleine Keramikschüssel, die vor mir auf dem Tresen stand, und warf mir ein paar Erdnüsse in den Mund. »Die müssen wir aber erst noch testen, um zu entscheiden, ob wir sie auf die Liste setzen. Ist so 'ne Mischung aus Eistee und Dr Pepper. Ziemlich süß. Mal gucken, ob das zu uns passt.«

Schon seit Jahren hatte ich den Traum gehabt, eine eigene Bar zu eröffnen. Zum Teil war das ganz sicher auch durch die Serie *How I Met Your Mother* gekommen, und nachdem ich vergangenes Jahr meinen Abschluss in

Wirtschaft an der Golden Oaks University gemacht hatte, war ich das Projekt angegangen. Ich hatte mir den Arsch aufgerissen, um das hier zu erreichen. Einige Wochen vor der Eröffnung war mein bester Freund Dash mit eingestiegen, weil er als Großstadt-DJ kürzertreten wollte. Und jetzt standen wir hier und lebten unseren Traum. Klar, wir befanden uns noch ganz am Anfang, aber an manchen Tagen glaubte ich selbst nicht, dass diese Bar wirklich mir und Dash gehörte. Das Golden Hour war gut angelaufen, besonders nach Feierabend kamen hier Leute jeden Alters aus unserer Kleinstadt zusammen, um den Tag ausklingen zu lassen, und an den Wochenenden war noch mehr los. Das alles mit meinem besten Freund gemeinsam zu machen, war sozusagen die Kirsche auf der Sahnetorte. Manchmal kam es natürlich auch zu Unstimmigkeiten, aber am Ende einigten wir uns immer auf einen Kompromiss oder einer von uns lenkte ein. Ich hatte das Gefühl, dass die Arbeit unsere Freundschaft noch ein wenig mehr hatte stärken können; und die Tatsache, dass Dash nun auch richtig zufrieden mit seinem Leben war, mit seiner Vergangenheit Frieden geschlossen hatte und eine glückliche Beziehung führte, freute mich umso mehr für ihn.

»Süß klingt genau nach meinem Geschmack«, sagte Frankie und schnappte sich ebenfalls ein paar Erdnüsse.

»Ist mir vollkommen klar«, erwiderte ich und hob einen Mundwinkel. »Wir sind nicht umsonst so lange beste Freunde, weißt du?«

Ihr Blick huschte zu mir, dann lächelte sie wieder. Wärme erfüllte meinen Brustkorb. »Klar weiß ich das, Ty.« Dann sah sie wieder weg und widmete sich einer weiteren Handvoll Erdnüsse.

»Wenn wir uns durchprobiert haben, stell ich dir 'ne Flasche zur Seite, okay?«

Sie nickte. »Mach das. Im Gegenzug bring ich dir eine deiner liebsten Tartes mit.«

»Oh, die mit ...«

»Schokolade, yes.«

Ich grinste. »Ich freu mich schon.« Die Tartes aus der französischen Bäckerei waren mein absolutes Lieblingsdessert, und natürlich wusste Frankie das und brachte mir immer wieder welche mit – jedes Mal das Highlight meines Tages.

Wir hingen noch ein wenig zusammen an der Bar ab; Dash und ich unterhielten uns währenddessen hin und wieder mit ein paar Gästen und achteten darauf, dass niemand Fiona blöd anmachte. Ab und zu, wenn Kerle aus der Nachbarstadt hier waren, muckten die mal auf, aber im Regelfall verhielten sich die meisten Leute gesittet. Außerdem konnte Fiona gut für sich selbst einstehen und brauchte unsere Hilfe nur im größten Notfall, falls jemand handgreiflich wurde.

»Wann bist du morgen hier?«, fragte mich Dash irgendwann, als wir etwas abseits der Mädels standen. »Wir müssen noch mal die Acts von heute durchgehen.«

Ich schob die Hände in die Taschen meiner Jeans und überlegte. Mein Blick huschte zur Wanduhr – es war mittlerweile schon fast acht –, dann zur Tür, die gerade aufging und durch deren Spalt ich draußen die Dunkelheit erkennen konnte. »Ähm ... Ich denke, so um zwei. Passt das?«

»Geht es auch früher? Tatum und ich sind zum Lunch im Diner verabredet.«

»Hmm …« Früher bedeutete auch, früher aufzustehen. Weniger zu schlafen. Irgendwann killte mich der kurze Schlaf noch, aber letztendlich hatte alles seine Vor- und Nachteile. Und die Vorteile überwogen ganz klar, raubten mir vielleicht ein paar Stunden Nachtruhe, doch wenn ich ehrlich zu mir selbst war, wälzte ich mich sowieso nur im Bett herum, bis der Wecker klingelte und ich in einen neuen Tag starten musste. »Okay, dann um zwölf? Oder eins?«

»Halb eins ist gut.«

Ich nickte, sah wieder zur Uhr und atmete aus. Etwas Schweres breitete sich auf meiner Brust aus, je länger ich hier drinnen stehen blieb und die Dunkelheit draußen voranschritt. Jede Minute, die ich verpasste, fühlte sich falsch an. »Ich mach mich dann so langsam auf den Weg. Du und Fiona habt ja alles im Griff.«

Dashs rechte Augenbraue zuckte nach oben. »Wohin geht's heute?«

Dorthin, wo ich mich zur Abwechslung mal lebendig fühle.

»Ich muss was erledigen. Unwichtig.« Ich winkte ab und holte meine Jeansjacke aus dem Büro, zog sie über und blickte noch mal zur Uhr. Zwar war ich spät dran, doch ein paar Stunden blieben mir, bis der Morgen anbrach und es dämmerte.

Ich verabschiedete mich rasch von Fiona, dann lief ich rüber zu Tatum und Frankie, die sich über Tates Hund Sherlock unterhielten.

»Ich wette, ich kann ihm beibringen, deine Kamera auf seiner Nase zu balancieren«, sagte Frankie gerade, als ich bei ihnen ankam. Ihr Blick wanderte zu mir. »Gehst du?«

Ich nickte. »Ja, ich hab noch zu tun. Viel Spaß euch!«

Tatum kniff die Augen zusammen und musterte mich. »Was machst du heute noch?«

»Ich muss mich um ein paar Sachen kümmern. Ihr wisst schon, dies, das …«

Wow, Ty, deine Ausreden waren auch schon besser.

»Bestimmt ein Booty Call. Oder er braucht eine Pause von uns«, rief Fiona in unsere Richtung.

»Ich tippe darauf, dass er den Mond anheult oder alternativ ein paar Hälse blutleer saugt. Wobei ich nicht weiß, ob du eher ein Edward- oder ein Jacob-Typ wärst.« Tatum legte den Kopf schief, und ich schnaubte.

»Ich hab doch diesen Onlinekurs zum Thema Gastronomie belegt, dafür muss ich … ein paar Aufgaben erledigen.«

Ich hasste es, meine Freunde zu belügen. Heute wie auch an den etlichen anderen Abenden in den letzten Monaten. Während der Unizeit hatte ich immer erzählt, dass ich nachts viel besser lernen und den Stoff aufnehmen konnte, und alle hatten es mir abgekauft. Doch seit ich meinen Abschluss in der Tasche hatte, musste ich mir andere Ausreden einfallen lassen, warum ich seit drei Jahren hin und wieder verschwand, wenn die Nacht anbrach. Sie bekamen es nicht immer mit, zumal es ja auch Abende gab, an denen ich die Zeit mit ihnen verbringen konnte. Und trotzdem hatte es sich zu einer Art Running Gag entwickelt, darüber zu spekulieren, was ich nachts so trieb. Ich ließ meinen Freunden ihren Spaß. Besser, sie malten sich irgendwelche absurden Szenarien aus, als dass sie die Wahrheit kannten.

Frankie umarmte mich zum Abschied und musterte

mich neugierig. »Der Filmabend am Samstag steht aber,
oder?«

»Klar, gegen sieben bei dir. Dash und ich haben uns
um eine Aushilfe gekümmert, die Fiona unter die Arme
greift, wenn wir bei euch sind. Ich kümmere mich um die
Getränke.«

Ihre Miene hellte sich auf. »Super. Ich freu mich schon!«

»Ich mich auch.« Ich zwinkerte ihr noch mal zu, dann
verabschiedete ich mich von den anderen und lief zum
Ausgang, zog die Tür hinter mir ins Schloss und atmete
die frische Luft ein.

Dunkelheit.

Mein Herz machte einen Sprung, und ein Stück der
Schwere fiel von mir ab. Gleich würde ich mich leicht
fühlen. Noch so viel leichter. Schwerelos unter den Sternen – der Moment, den ich den ganzen Tag herbeigesehnt
hatte.

Ich schob die Hände in die Jackentaschen, während ein
Lächeln an meinen Mundwinkeln zupfte und ich hinein
ins Dunkel trat.

Wenn Sie wissen möchten,
wie es weitergeht, lesen Sie
Maren Vivien Haase
Lights of Darkness

ISBN 978-3-7341-1163-1/
ISBN 978-3-641-29330-7 (E-Book)
Blanvalet Verlag

Urban, gefühlvoll und voller heißer Beats – diese Reihe bringt Herzen zum Tanzen!

978-3-7341-1002-3

978-3-7341-1003-0

978-3-7341-1004-7

Lesen Sie mehr unter: **www.blanvalet.de**

Liebe Leserinnen und Leser,

ihr liebt Bücher und verbringt eure Freizeit am liebsten zwischen den Seiten? Wir auch! Wir zeigen euch unsere liebsten Neuerscheinungen, führen euch hinter die Verlagskulissen und geben euch ganz besondere Einblicke bei unseren AutorInnen zu Hause. Lasst euch inspirieren, wir freuen uns auf euch.

Euer

Blanvalet Verlag

🏠 blanvalet.de

📷 @blanvalet.verlag

f /blanvalet